BASTEI
LÜBBE
TASCHENBUCH

Weitere Titel der Autorin:

Daringham Hall – Die Rückkehr
Daringham Hall – Die Entscheidung
Daringham Hall – Das Erbe

Colours of Love – Entfesselt
Colours of Love – Entblößt
Colours of Love – Verloren
Colours of Love – Verführt

Titel auch als Hörbuch erhältlich

Über die Autorin:

Kathryn Taylor begann schon als Kind zu schreiben – ihre erste Geschichte veröffentlichte sie bereits mit elf. Von da an wusste sie, dass sie irgendwann als Schriftstellerin ihr Geld verdienen wollte. Nach einigen beruflichen Umwegen und einem privaten Happy End ging ihr Traum in Erfüllung: Bereits mit ihrem zweiten Roman hatte sie nicht nur viele begeisterte Leser im In- und Ausland gewonnen, sie eroberte auch prompt Platz 2 der *Spiegel*-Bestsellerliste. Ihre Trilogie *Daringham Hall* über große Gefühle und lang verborgene Geheimnisse auf einem englischen Landgut etablierte sie endgültig in der Riege sicherer Bestsellerautorinnen.

Kathryn Taylor

WILDBLUMEN-SOMMER

Roman

BASTEI LÜBBE TASCHENBUCH

BASTEI LÜBBE TASCHENBUCH
Band 17 536

Dieser Titel ist auch als Hörbuch und E-Book erschienen

FSC www.fsc.org
MIX
Papier aus verantwortungsvollen Quellen
FSC® C083411

Originalausgabe

Textredaktion: Ann-Kathrin Schwarz, Köln
Titelillustration: © shutterstock/Maxim Kovich; shutterstock/Samburova Maria, shutterstock/Scisetti Alfio; shutterstock/Mrs. Opossum
Umschlaggestaltung: Sandra Taufer München
Satz: Urban SatzKonzept, Düsseldorf
Gesetzt aus der Garamond
Druck und Verarbeitung: CPI books GmbH, Leck – Germany
Printed in Germany
ISBN 978-3-404-17536-9

5 4 3 2 1

Sie finden uns im Internet unter www.luebbe.de
Bitte beachten Sie auch: www.lesejury.de

1

Zoe rannte den schmalen gewundenen Pfad entlang über die grünbewachsenen Hügel und blieb erst stehen, als sie die Ruine des Steinturms am Rand der Klippen erreicht hatte. Völlig außer Atem hielt sie sich ihre stechenden Seiten und sah aufs Meer hinaus.

Die Sonne ging gerade auf, und die Luft war noch kühl, auch wenn Zoe die Wärme bereits spüren konnte, die der Tag bringen würde. Es roch nach Salz und den Wildblumen, die hier überall wuchsen, und der Duft erinnerte sie daran, wie oft sie schon mit Jack hier draußen gewesen war. Es war ihr geheimer Treffpunkt, der Ort, an den sie gingen, wenn sie allein sein wollten, und Zoe hatte gehofft, dass sie ihn hier finden würde. Doch sie entdeckte ihn nirgends, und ihre Verzweiflung wuchs.

Wo konnte er nur sein? Sie musste dringend mit ihm sprechen und hatte schon überall nach ihm gesucht. Aber er war weder in der Pension noch auf der Farm und auch sonst nirgends zu finden.

»Jack?«, rief sie, so laut sie konnte, und lauschte angestrengt, aber außer dem Rauschen der Wellen, die unten an den Gezeitenstrand schlugen, war nichts zu hören.

Erschöpft lehnte Zoe sich mit dem Rücken an die Steinmauer und rutschte daran herunter. Sie war so durcheinander, glücklich und unglücklich zugleich, und sie würde platzen, wenn sie Jack nicht bald fand und ihm sagen konnte, dass sie mit ihm nach Kanada gehen würde.

Zuerst war es nur einer seiner verrückten Pläne gewesen.

Jack Gallagher war voller Ideen, er sprudelte über davon – und genau das war es, was Zoe so an ihm liebte. Doch er war kein Träumer, sondern ein Macher, er setzte um, was er sich vornahm, und jetzt war er fest entschlossen: Er wollte raus aus Cornwall, das ihm zu klein geworden war, und endlich etwas von der Welt sehen. Die Papiere hatte er bereits zusammen, und auch genug Geld für den Anfang. Bald schon sollte es losgehen, in nicht einmal zwei Wochen, und er wollte, dass Zoe mit ihm kam.

Jack, dachte sie und spürte, wie ihr Herz sich zusammenzog vor lauter Sehnsucht, obwohl sie ihn erst vor ein paar Stunden zuletzt gesehen hatte. Er war ihre große Liebe, und sie war jetzt bereit, etwas dafür zu wagen. Denn es würde schwierig werden, ihren Vater davon zu überzeugen, dass es ihr ernst war. George Bevan hielt nichts von Jack, der als Farmerssohn in seinen Augen nicht gut genug war für seine Tochter. Von Anfang an war ihr Vater gegen die Beziehung gewesen, und auch wenn Zoe in ein paar Tagen achtzehn wurde und dann tun konnte, was sie wollte, graute ihr ein bisschen vor den Auseinandersetzungen mit ihm. Ihre Mutter würde ihr vermutlich keine Hilfe sein. Sie stellte sich selten gegen ihren Mann, aber Zoe hatte gehofft, dass wenigstens ihr Bruder auf ihrer Seite wäre. Chris war gut mit Jack befreundet und wusste, was Zoe für ihn empfand.

Doch als sie Chris gestern Abend um Rat gefragt hatte, war seine Reaktion ganz anders ausgefallen als erwartet. Anstatt sie zu bestärken, hatte er ihr vorgeworfen, dass sie egoistisch sei und nicht daran denke, was es für die Familie bedeutete, wenn sie mit Jack wegging. Und er hatte gesagt, dass man im Leben eben nicht immer machen könne, was man wolle. Zoe war von seiner Reaktion furchtbar enttäuscht gewesen und hatte ihn angeschrien, dass er feige sei und sich bevormunden lasse von ihrem Vater, der ihr Leben für sie beide vorgezeichnet hatte, bevor sie wütend aus dem Zimmer gestürmt war. Erst in den Stunden danach, in denen sie sich in ihrem Bett gewälzt und über alles nachgedacht hatte, war ihr klar geworden, dass etwas anderes hinter Chris' abweisender Reaktion stecken musste. Er verhielt sich sonst nie so, und sie nahm sich vor, ihn noch mal darauf anzusprechen und herauszufinden, was mit ihm los war. Aber erst musste sie Jack finden und ihm sagen, was sie beschlossen hatte. Denn egal, wie Chris dazu stand oder wie sehr ihr Vater wetterte – sie würde auf jeden Fall …

Zoe hob den Kopf, als ein Geräusch an ihr Ohr drang. Es war nur ganz leise über dem Rauschen der Wellen zu hören, aber es klang wie Stimmengewirr. Offenbar waren Leute unten in der Bucht.

Neugierig stand sie auf und ging das kurze Stück bis an den Rand der Klippe. Eine Sicherung gab es hier nicht, nur drüben am Hauptstrand, deshalb konnte sie direkt hinunterblicken auf den schmalen, von massigen Felsbrocken durchzogenen Sandstreifen. Er war sonst breiter, aber die Flut hatte eingesetzt, und das Wasser eroberte immer mehr davon, würde bald alles überspülen und erst bei Ebbe wieder freigeben.

Um diese Zeit, kurz bevor das Meer sich den Strand einverleibte, hielt sich normalerweise niemand mehr dort auf. Doch jetzt wimmelte es da unten vor Leuten, die in der Nähe eines großen Felsens etwas entdeckt zu haben schienen. Zoe versuchte auszumachen, was es war, und als es ihrem Gehirn endlich gelang, das Bild richtig zu deuten, sog sie scharf die Luft ein.

Jemand lag regungslos da unten im Sand, die Arme und Beine seltsam verdreht. Unmittelbar in der Nähe hielten sich mindestens ein Dutzend Menschen auf. Einige von ihnen trugen Polizeiuniformen, und sie liefen hin und her wie Ameisen, riefen sich gegenseitig etwas zu, das Zoe von ihrem Platz aus nicht verstand. Aber sie begriff, was das alles bedeutete. Offenbar war jemand von hier oben abgestürzt. Jemand, der eine Jeans trug. Und eine dunkle Lederjacke, die aussah wie Jacks …

Zoe schlug das Herz plötzlich bis zum Hals. Sofort wandte sie sich um und rannte zu der Stelle hinüber, von der aus man über einen schmalen, steilen Weg hinunter zum Strand gelangte. An dessen Ende waren Stufen in die nackten Steine geschlagen, die so rutschig waren, dass sie mehrfach beinahe ausglitt. Endlich kam sie unten an und lief blindlings auf die Leute zu, kämpfte sich durch den zähen nassen Sand, der sie nur quälend langsam vorankommen ließ. Die Brandung war jetzt lauter, genau wie die Stimmen der Helfer.

»Jack!«, rief sie immer wieder, und ihr Magen krampfte sich zusammen bei dem Gedanken, dass er es sein könnte, der dort lag. Bitte, lass es jemand anderes sein, flehte sie innerlich und rannte noch schneller.

Ihr Rufen schien bis zu den Leuten zu dringen, denn jemand löste sich aus der Gruppe und kam auf sie zu. Seine Silhouette wirkte vertraut, und als er nah genug war, erkannte sie seinen Gang und das rotbraune Haar …

»Jack!« Eine Welle der Erleichterung durchflutete sie, und sie flog ihm entgegen, fiel ihm um den Hals. »Ich dachte, du bist es«, stammelte sie und vergrub das Gesicht an seinem Hals, atmete seinen vertrauten Duft ein. Ihr Herzschlag beruhigte sich nur langsam.

Jack hielt sie einen langen Moment ganz fest, doch dann löste er sich wieder von ihr und starrte zurück zu der Stelle, wo die Leute standen.

»Ich hab ihn gefunden«, sagte er mit belegter Stimme, und Zoe schluckte, während sie seinem Blick folgte.

»Ist er von der Klippe gestürzt?«

Jack nickte. Er war leichenblass, und sein Gesicht wirkte wie versteinert.

Instinktiv trat Zoe ein bisschen näher an ihn heran und legte die Hände auf seine Brust, wollte ihn trösten und suchte doch gleichzeitig Schutz bei ihm. Er trug nur ein T-Shirt, und ihr fiel wieder ein, warum sie gerade noch solche Angst gehabt hatte.

»Ich war oben auf der Klippe und dachte, du würdest hier unten liegen.« Ein Schauer lief ihr über den Rücken. »Weil die Jacke, die er anhat, so aussieht wie deine.«

Sie reckte sich und versuchte, irgendetwas zu erkennen, aber die Leute verstellten ihr die Sicht. Was vermutlich ganz gut war, denn sie hatte noch nie einen Toten gesehen, und wenn der Anblick Jack so erschütterte, war sie nicht sicher, ob sie überhaupt näher gehen sollte. Vermutlich würde die Polizei sie ohnehin nicht vorlassen, schließlich war das alles schlimm genug. Sie brauchten keine Gaffer, die sich …

»Es ist meine Jacke, Zoe.«

Jacks Worte ließen sie überrascht aufblicken. Sein Gesicht war noch bleicher geworden, und seine Lippen zitterten.

»Was?«

»Ich habe sie ihm geliehen. Er war gestern bei mir, ganz spät noch, und er hatte keine dabei, deshalb habe ich sie ihm gegeben.«

Zoe schüttelte langsam den Kopf, weil sie nicht begriff. »Wem hast du sie gegeben?«

Es war die Art, wie er sie ansah. Die Leere in seinem Blick.

»Es tut mir so leid, Zoe.«

Plötzlich war ihr eiskalt.

»Nein!« Sie schüttelte den Kopf, heftiger jetzt, und versuchte, sich an ihm vorbeizudrängen. Doch er hielt sie zurück.

»Zoe, nicht!«

Mit einer heftigen Bewegung riss sie sich von ihm los und rannte an dem Mann vorbei, der gerade dabei war, ein Absperrband zu ziehen.

»Hey!«, rief er ihr nach, doch sie achtete nicht auf ihn, drängte sich auch an den anderen Leuten vorbei nach vorn, ließ sich nicht aufhalten. Bis sie vor dem Körper stand, der leblos im Sand lag.

Ihr Kopf war wie in Watte gepackt, und sie konnte nicht denken. Jemand schrie, hoch und schrill, und erst einen Augenblick später wurde ihr klar, dass sie selbst es war. Sie schrie, immer wieder, bis keine Luft mehr in ihren Lungen war und sie auch keine mehr holen konnte. Dann sackten ihre Beine weg. Sie spürte Arme, die nach ihr griffen, doch sie konnten sie nicht halten. Sie entglitt ihnen, fiel in tiefe, bodenlose Schwärze …

»Tut mir leid, dass Sie warten mussten.«

Abrupt setzte Zoe sich auf und starrte Dr. Kashrani an, der eben hereingekommen war und nun hinter seinem Schreibtisch Platz nahm. Er lächelte, als er ihren Gesichtsausdruck sah.

»Habe ich Sie erschreckt? Das wollte ich nicht.«

»Nein, ich … war nur in Gedanken.« Zoes Herz hämmerte, während sie versuchte, die Bilder zu vertreiben, die vor ihrem geistigen Auge aufgetaucht waren. Bilder von jenem schrecklichen Morgen auf den Klippen.

Vierzehn Jahre waren seitdem vergangen, und sie hatte es irgendwann geschafft, nicht mehr so oft daran zu denken. Doch nun drängten die Ereignisse von damals mit Macht zurück in ihr Bewusstsein. Immer wieder spielte ihr Gehirn ihr den Moment vor, der ihr Leben verändert hatte, so als wollte es sie zwingen, sich zu erinnern. Jetzt. So lange es noch ging …

Dr. Kashrani legte die Papiere, die er mitgebracht hatte, vor sich auf den Schreibtisch und schob sie auseinander, betrachtete sie einen Moment. Die Sonnenstrahlen, die durch das Fenster hinter ihm fielen, ließen sein tiefschwarzes, noch sehr volles Haar bläulich schimmern, und Zoe fand, dass er mit seinem dunklen Teint und dem fein geschnittenen Gesicht jünger wirkte als Anfang sechzig. Aber so alt war er, und das musste man vielleicht auch sein, um zu den renommiertesten Neurochirurgen des Landes zu gehören. Arrogant hatte ihn der Ruf, der ihm vorauseilte, jedoch nicht werden lassen, denn sein Lächeln war freundlich und vertrauenerweckend. Doch jetzt gerade lächelte er nicht.

»Die Untersuchungsergebnisse sind wie erwartet ausgefallen, und auch das MRT bestätigt leider meine Vermutung.« Sein leichter Akzent verriet seine indischen Wurzeln und machte seine Stimme melodiös, ließ das, was er aus den Tests folgerte, auf eine merkwürdige Weise unbeschwert klingen. »Wir müssen operieren.«

Also doch, dachte Zoe. Sie hörte das Blut in ihren Adern rauschen. Ihr Herz schlug immer noch viel zu schnell, und sie starrte auf die Kante des Schreibtischs, versuchte, sich zu beruhigen.

»Miss Bevan? Haben Sie mir zugehört?«

»Ja«, erwiderte sie leise. »Ja, natürlich.« Sie holte tief Luft und hob den Kopf, blickte den Arzt an. »Und was ist mit dem anderen Verfahren? Sie sagten, manchmal wäre eine Operation nicht notwendig.«

Er nickte. »Das stimmt. In Ihrem Fall bleibt uns durch die Lage und die Größe des Aneurysmas jedoch keine andere Möglichkeit.«

Zoe schluckte. »Und wenn es schiefgeht?«

Dr. Kashrani lehnte sich zurück, legte die Finger aneinander. »Ein solcher Eingriff birgt Risiken, darüber hatten wir ja bereits gesprochen. Es kann auch während der Operation zu einer Blutung kommen. Aber eine plötzliche Ruptur wäre deutlich gefährlicher. Deshalb sollten wir schnell handeln.«

Zoe starrte ihn an, während sich die Gedanken in ihrem Kopf überschlugen. »Und wenn es gut geht – wie lange wird es dann dauern, bis ich mich von der Operation erholt habe?«

Der Arzt zuckte mit den Schultern. »Schwer zu sagen. Im besten Fall sicher ein paar Wochen. Vielleicht aber auch länger.«

Zoe schüttelte den Kopf. »Das geht nicht«, sagte sie und dachte an die Projekte, an denen sie gerade arbeitete. »Ich kann im Büro nicht so lange fehlen.«

»Ich fürchte, Sie haben keine Wahl«, erwiderte Dr. Kashrani. »In Ihrem Kopf tickt eine Bombe, die jederzeit hochgehen kann. Sie können von Glück sagen, dass wir das Aneurysma überhaupt entdeckt haben. Die meisten bemerken es erst, wenn es zu spät ist.«

Glück?, dachte Zoe und unterdrückte ein bitteres Lächeln. Sollte sie sich etwa darüber freuen, dass sie in der vergangenen Woche mit ihren neuen Pumps umgeknickt und bei dem Sturz so heftig mit dem Kopf gegen den Konferenztisch geprallt war, dass sie sich eine Gehirnerschütterung zugezogen hatte? Und dass die Ärzte im Krankenhaus all die vielen Tests gemacht hatten, bei denen die Gefäßanomalie aufgefallen war? Sollte sie dankbar dafür sein, dass ihr Leben ganz plötzlich ein weiteres Mal aus den Fugen geriet?

»Und wenn ich nichts unternehme?« Sie verschränkte die Arme vor der Brust. »Ich habe doch bisher auch gut mit dem

Ding in meinem Kopf gelebt. Vielleicht platzt es ja gar nicht.«

Dr. Kashrani seufzte. »Letztlich ist das Ihre Entscheidung, und ich verstehe Ihre Bedenken sehr gut. Aber das Aneurysma wird nicht von selbst wieder verschwinden. Sie werden sich dieser Sache stellen müssen, Miss Bevan. Ob Sie wollen, oder nicht.«

Zoe schwieg betroffen, weil sie wusste, dass er recht hatte. Sie konnte nicht so tun, als wäre nichts. Das würde nicht funktionieren. Diesmal nicht.

»Und wann ...« Sie räusperte sich, weil ihre Stimme ihr nicht recht gehorchen wollte. »Ich meine, wann würde die Operation stattfinden?«

»Wenn es nach mir geht, so bald wie möglich. Allerdings ist mein OP-Plan schon relativ voll. Warten Sie kurz.« Dr. Kashrani drückte den Knopf der Gegensprechanlage, die ihn mit der Sprechstundenhilfe im Vorzimmer verband. »Alice, würden Sie bitte nachsehen, wann ich Miss Bevan für den besprochenen Eingriff einplanen kann?«

Seine Assistentin bestätigte, dass sie die Anweisung verstanden hatte, und vermeldete kurze Zeit später, dass sie Zoe erst Anfang September, also Ende der kommenden Woche, einen Termin anbieten konnte.

Dr. Kashrani runzelte die Stirn. »Geht es nicht früher?«

»Das ist schon okay«, sagte Zoe, bevor die Sprechstundenhilfe antworten konnte. »Mir ... passt das ganz gut.«

Der Arzt musterte sie für einen Moment. »Dann tragen Sie Miss Bevan für Freitagmorgen ein«, bat er Alice und ließ den Knopf der Gegensprechanlage wieder los. »Vielleicht haben Sie recht«, fügte er nach kurzem Nachdenken hinzu. »Sie müssen bestimmt noch einiges regeln.«

Zoe rechnete nach. Knapp zehn Tage blieben ihr dafür nur

noch, aber zumindest gab es eine Galgenfrist. Während sie dem Arzt zuhörte, der ihr noch einmal beschrieb, wie der Eingriff ablaufen würde, wuchs jedoch ihre Beklommenheit. Er hatte ihr das alles schon erläutert, als sie sich nach ihrer Diagnose an ihn gewandt hatte, und es klang auch diesmal wieder kompliziert und gefährlich.

Dr. Kashrani konnte ihr offenbar ansehen, wie sehr sie das alles ängstigte, denn als er sie zur Tür begleitete und sich von ihr verabschiedete, blickte er sie verständnisvoll an.

»Ich weiß, wie Sie sich fühlen«, sagte er. »Aber wenn die Operation erfolgreich ist, werden Sie danach ganz normal weiterleben.«

Zoe verzog das Gesicht in der Absicht höflich zu lächeln, doch ihr gelang nur eine Grimasse. Dr. Kashrani war ein sehr fähiger Arzt, schließlich zahlten seine Patienten nicht umsonst horrende Summen für sein medizinisches Urteil. Aber ein »Wenn« war keine Garantie, das wussten sie beide.

»Danke«, sagte sie und gab ihm die Hand. Als sie kurz darauf das Vorzimmer und den Flur mit den hohen, stuckverzierten Decken durchquerte und die Praxis verließ, sah sie nicht zurück.

Draußen auf der Harley Street blieb sie stehen und blickte die schmale Straße entlang. Es war kurz vor zehn Uhr morgens, aber der Himmel war wolkenlos, und es versprach, ein weiterer sehr warmer Augusttag zu werden. Kein so idyllischer Sonnentag wie in den Sommern, die sie mit ihren Eltern in Cornwall verbracht hatte, sondern ein Großstadtsommertag, an dem der Müll stärker stank als sonst und die Autoabgase die Luft flirren ließen. Na ja, nicht unbedingt in diesem Viertel, dachte Zoe und betrachtete die ruhige Straße mit den gepflegten Stadthäusern, in denen traditionell die renommiertesten Ärzte Londons residierten. Die Gegend war Zoe vertraut, sie war mit ihrer Mutter oft hier gewesen, bei sämtlichen Spezialisten für Neurologie. Auch bei Dr. Kashrani – ohne zu ahnen, dass sie bald selbst seine Patientin sein würde …

Der Klingelton ihres Handys drang aus ihrer Tasche, leise nur, aber vertraut genug, dass sie ihn trotz des Straßenlärms wahrnahm. Rasch holte sie das elegante flache Smartphone heraus und sah, dass es ihre Assistentin Maureen war.

»Ich soll Ihnen von Ihrem Vater ausrichten, dass er überraschend auf die Großbaustelle in Winchester fahren musste und vor heute Abend vermutlich nicht zurück ist. Deshalb sollen Sie für ihn um halb elf das Treffen mit den Leuten von Lombardi übernehmen«, berichtete Maureen in dem kühlen geschäftsmäßigen Ton, den sie immer anschlug, wenn es um etwas ging, das George Bevan gesagt hatte. Fast so, als müsste sie etwas von der Härte weitergeben, die häufig in seinen Anweisungen mitschwang.

Zoe blickte auf ihre Armbanduhr. Eine halbe Stunde, mehr blieb ihr nicht. Mit dem Taxi war das zu schaffen, wenn sie sich gleich auf den Weg machte. Aber bei dem Gedanken daran, ins Büro zurückzukehren, fühlte sie plötzlich eine bleierne Müdigkeit.

Sie können nicht einfach weitermachen wie bisher.

»Das geht nicht«, sagte sie, selbst erstaunt über ihre Antwort.

Bis vor Kurzem wäre so etwas noch undenkbar gewesen. Sie hätte alles darangesetzt, pünktlich zu dem Treffen zu erscheinen, weil sie wusste, wie viel Wert ihr Vater darauf legte. Die Firma immer zuerst – das war das Motto von George Bevan, und Zoe war darauf geeicht, es zu befolgen, seit sie nach ihrem Betriebswirtschaftsstudium bei Bevan Constructions eingestiegen war. Sie lebte für die Firma, steckte ihre ganze Energie in die Projekte, die sie betreute. Normalerweise jedenfalls. Aber normal war jetzt nichts mehr.

Sie seufzte. »Ich glaube, ich komme heute gar nicht mehr zurück ins Büro.«

»Was?« Maureen klang fassungslos. »Aber wer soll denn dann …«

»Philipp … ich meine, Mr Freeman kennt das Lombardi-Projekt. Er kann die Präsentation übernehmen«, unterbrach Zoe sie. »Und er soll sich auch bitte um meine anderen Termine kümmern.«

»Aber …«

»Bis dann, Maureen.« Zoe beendete das Gespräch und atmete zitternd aus. Dann steckte sie ihr Handy wieder ein.

Kurz überlegte sie, sich direkt in ein Taxi zu setzen und zurück in ihr Haus in Hampstead zu fahren. Aber sie hatte plötzlich Angst davor, allein zu sein. Deshalb ging sie, einer spontanen Eingebung folgend, in das kleine Café an der nächsten Straßenecke. Es war gut besucht, aber sie fand trotzdem noch einen Platz an einem kleinen Tisch am Fenster.

Als sie gerade bei der Kellnerin eine Tasse Tee und ein stilles Wasser bestellt hatte, klingelte ihr Handy erneut. Diesmal war es Philipp.

»Maureen sagt, du hast alle Termine für heute abgesagt.« Seine tiefe Stimme klang beunruhigt. »Ist was passiert?«

Zoe überlegte für einen Moment, ob sie ihm von ihrer Diagnose erzählen sollte. Eigentlich hätte sie das längst tun müssen, schließlich waren sie verlobt. Aber sie wollte ihn nicht aufregen, und ihren Vater, dem Philipp sicher davon berichten würde, erst recht nicht. Nein, es war besser, wenn sie das mit sich selbst ausmachte. So wie immer.

»Ich … habe starke Kopfschmerzen und fühlte mich nicht gut«, erklärte sie und tröstete sich damit, dass Letzteres zumindest stimmte. »Deshalb fahre ich lieber nach Hause und lege mich hin.«

Philipp schwieg für einen Moment, offenbar ähnlich irritiert wie Maureen. Kein Wunder, schließlich war Zoe in den letzten Jahren nie krank gewesen, hatte höchstens mal ein paar Stunden versäumt, wenn sie sich um ihre Mutter kümmern musste. Erst der Sturz in der vergangenen Woche hatte das geändert, und daran schien Philipp sofort zu denken.

»Vielleicht ist das noch eine Folge der Gehirnerschütterung. Ich habe dir gleich gesagt, dass du länger in der Klinik bleiben sollst.« Er klang jetzt ernsthaft besorgt. »Wo bist du denn? Immer noch bei diesem neuen Architekten in Shoreditch?«

»Ja, genau.« Zoe biss sich auf die Lippe, als er sie an die Lüge erinnerte, mit der sie ihren Arzttermin verschleiert hatte. »Aber ich rufe mir gleich ein Taxi. Würdest du dich auch um den Rest meiner Termine kümmern?«

»Natürlich«, versicherte er ihr sofort. »Ich erledige alles und komme dann heute Abend noch bei dir vorbei. Mein Flieger geht zwar morgen ganz früh, aber das schaffe ich sicher trotz …«

»Nein, schon gut«, unterbrach Zoe ihn hastig. »Das wird viel zu stressig für dich. Ich glaube, ich brauche einfach ein bisschen Ruhe. Dann geht es bestimmt bald wieder. Außerdem musst du doch fit sein für New York.«

Dort würde er für einige Tage geschäftlich unterwegs sein. Wenn er von der Operation erfuhr, würde er hierbleiben, und das wollte sie auf keinen Fall. Er hatte hart für den Deal gearbeitet, den er in New York sehr wahrscheinlich abschließen würde, und er verdiente diesen Erfolg. Deshalb war es besser, sie behielt ihren Zustand für sich.

»Wenn du meinst. Aber melde dich, falls ich etwas für dich

tun kann.« Philipp klang immer noch besorgt, aber verständnisvoll. Er war überhaupt sehr zurückhaltend, drängte sich nie auf – etwas, das sie zu schätzen wusste.

Sie wollte auflegen, doch bevor sie sich verabschieden konnte, räusperte er sich noch einmal.

»Zoe, da ist noch was. Ich habe vorhin mit Simon Fielding telefoniert, du weißt schon, der Anwalt dieses Griechen, der an der Villa interessiert ist. Offenbar gibt es da ein Problem, das er gerne mit dir klären möchte.«

Zoes Magen zog sich zusammen.

»Sag ihm, ich melde mich.«

Philipp seufzte tief. »Er meinte, es wäre sehr eilig, Zoe, und dass er schon mehrfach vergeblich versucht hat, dich zu erreichen.«

Das stimmte, wie Zoe sich eingestehen musste. Sie hatte Fieldings Nachrichten von Maureen erhalten, aber stets einen guten Grund gefunden, nicht zurückzurufen. Und wenn die Nummer des Anwalts auf ihrem Handydisplay erschien, war sie nicht drangegangen.

»Ich weiß, du hast Bedenken wegen deiner Mutter, aber die Summe, die dieser Grieche bietet, liegt weit über dem Marktwert, und wir sollten wirklich …«

»Ich fühle mich nicht gut, Philipp«, unterbrach Zoe ihn. »Müssen wir das jetzt diskutieren?«

»Entschuldige.« Er klang zerknirscht, doch sie war sicher, dass er das Thema nicht ruhen lassen würde. Er redete schon sehr lange davon, dass sie endlich den Familiensitz in Hampstead aufgeben und zu ihm nach Chelsea ziehen sollte. Das Haus war viel zu groß für sie allein, und Philipp wohnte näher an der Firma, deshalb sah er keinen Grund, nicht auf das unerwartete, aber sensationell gute Kaufangebot einzugehen. Er war eben durch und durch pragmatisch und verstand einfach nicht, dass die Villa für Zoe viel mehr war als nur eine Immobilie.

Nachdem sie das Gespräch beendet hatte, sah sie sich im Café um. Sie war die Einzige, die allein an einem Tisch saß. Alle anderen waren mindestens zu zweit und in Gespräche vertieft. Manche lachten, wie die junge Frau am Nebentisch, die sich über eine Bemerkung ihres Begleiters amüsierte. Sie war höchstens Anfang zwanzig und hatte lange blonde Haare, genau wie sie selbst. Tatsächlich erinnerte sie Zoe an ihr jüngeres Ich. Allerdings bin ich in diesem Alter nicht mehr so unbeschwert gewesen, überlegte sie wehmütig und senkte den Blick, starrte in den Tee, den die Kellnerin ihr inzwischen gebracht hatte.

Fast sofort kehrten ihre Gedanken zurück zu dem Gespräch mit dem Arzt, und die Angst legte sich erneut wie eine kalte Hand um ihre Kehle.

In Ihrem Kopf tickt eine Bombe, hatte Dr. Kashrani gesagt. Doch es fühlte sich nicht an wie ein Ticken. Eher wie völliger Stillstand, so als würde es nicht mehr weitergehen. Sie hatte das Gefühl vor einer Wand zu stehen, ohne sehen zu können, was dahinterlag. Oder ob dort überhaupt noch etwas auf sie wartete.

In den letzten Tagen hatte sie alles über ihren Zustand gelesen, was das Internet und die Fachliteratur hergaben. Deshalb wusste sie, dass ein Aneurysma die krankhafte Aussackung einer Schlagader war. Die Gefäßwand wurde dadurch so dünn, dass sie reißen und zu einer heftigen inneren Blutung führen konnte, deren Folgen nicht absehbar waren – vor allem dann nicht, wenn, wie bei Zoe, das Gehirn davon betroffen war. Mit etwas Glück würde sie eine solche Gehirnblutung überleben, aber sie würde vielleicht nicht mehr laufen können. Oder sprechen. Oder sich erinnern. Und wie schlimm das war, führte der Zustand ihrer Mutter ihr immer wieder eindrücklich vor Augen.

Hastig trank Zoe von ihrem Tee und versuchte, das Gefühl der Hilflosigkeit zu unterdrücken, gegen das sie schon die ganze Zeit ankämpfte. Ihre Zeit lief ab, ihr blieben nur wenige Tage, und jeder einzelne davon war plötzlich kostbar. *Sie müssen bestimmt noch einiges regeln.* Damit hatte Dr. Kashrani sicher vor allem ihre beruflichen Verpflichtungen gemeint, aber Zoe wurde mit einem Mal klar, dass es etwas viel Wichtigeres gab, das sie klären musste. Etwas, das sie schon seit Jahren vor sich herschob.

Hastig holte sie das Tablet aus ihrer Tasche und gab den Namen, an den sie seit ihrer Diagnose ständig denken musste, in die Suchmaschine ein.

Penderak.

Fotos poppten auf von dem kleinen Ort in Cornwall, zusammen mit den Webseiten einiger Hotels und Pensionen.

Zoe klickte sich durch die Angebote, bis sie fand, was sie suchte. Da war es, das große, weißgetünchte Haus mit dem hübschen Reetdach und dem weitläufigen, von einer niedrigen Mauer eingefassten Garten. »Wild Flower Inn« stand in geschwungenen Lettern auf dem großen Emaille-Schild über dem Eingang, und die üppig blühenden Montbretien und Wildrosen, die am Haus wuchsen, machten dem Namen alle Ehre. Die Fensterrahmen waren blau gestrichen und der Garten wirkte zugewachsener, aber ansonsten sah alles noch genauso aus wie damals. Und wenn man den Informationen auf der Website glauben durfte, dann gehörte die Pension auch immer noch den Gallaghers.

Für einen kurzen Moment dachte Zoe daran, wie Chris mit verdrehten Gliedern vor ihr im Sand gelegen hatte, dann wurde das Bild überlagert von seinem lächelnden Gesicht.

Sein Tod war immer noch ein Rätsel. Niemand wusste, ob sein Sturz von der Klippe ein Unfall gewesen war oder ob er sich absichtlich in den Abgrund gestürzt hatte. Es gab keine Zeugen und auch keinen Abschiedsbrief, deshalb ließ sich weder das eine noch das andere ausschließen. Der Verdacht, dass ihn jemand gestoßen haben könnte, war anfangs ebenfalls aufgekommen. Zoes Vater hatte sich auf diese Möglichkeit regelrecht versteift, weil er in seinem Schmerz irgendjemandem die Schuld für den Tod seines Sohnes geben musste. Aber auch dafür fehlten am Ende die Beweise. Niemand konnte rekonstruieren, was in jener Nacht passiert war, deshalb waren die Ermittlungen recht bald eingestellt worden und der Fall ruhte seit Jahren.

Aber nicht für Zoe.

Auch wenn es leichter gewesen war, den Verlust ihres Bruders zu ertragen, indem sie die Erinnerungen wegschob, hatte sie die Ungewissheit nie verwunden und sich geschworen, eines Tages an den Ort seines Todes zurückzukehren und nach Antworten zu suchen. Sie hatte die Reise jedoch immer wieder aufgeschoben, zuerst, weil sie nicht wusste, ob sie schon stark genug dafür war, und später, weil sie immer so viel zu tun gehabt hatte. Aber nun lief ihr die Zeit davon.

Sie werden sich dieser Sache stellen müssen.

Das galt nicht nur für ihre Krankheit.

Nur einmal ganz kurz erlaubte sie sich, an Jack zu denken. Er war damals nach Kanada gegangen, genau wie er es vorgehabt hatte, das wusste sie aus den Briefen, die seine Schwester Rose ihr noch eine Weile geschrieben hatte. Also wird er nicht in Penderak sein, beruhigte sie sich. Aber ihre Hand zitterte trotzdem ein bisschen, als sie das Buchungsformular aufrief.

Rasch tippte sie ihre Daten in die Adressfelder, froh darüber, dass bei dieser Art der Anfrage außer einer kurzen

Notiz, die sie in einem Feld mit dem Titel »Bemerkungen« hinterließ, keine persönliche Nachricht nötig war. Sie hatte keine Ahnung, wie die Gallaghers inzwischen zu ihr standen, schließlich hatte sie den Kontakt damals sehr abrupt abgebrochen. Deshalb fand sie es besser, ihre Anmeldung neutral zu halten.

Noch einmal betrachtete Zoe, was sie geschrieben hatte, dann klickte sie, bevor sie der Mut wieder verlassen konnte, auf »Senden«.

2

Rose starrte auf die Buchungsanfrage. Sie war gerade eingegangen, und die Nachricht, die dabeistand, klang drängend. Möglichst sofort wollte die Frau anreisen, am liebsten schon morgen, was an sich keine ungewöhnliche Bitte war. Solche spontanen Buchungswünsche kamen vor. Aber sie fragte ausdrücklich nach dem Strandhaus, das eigentlich gar nicht mehr zu ihrem Angebot gehörte. Und dann der Name. Das war doch nicht möglich. Konnte das …

»Mum?« Sarah riss die Tür zu dem kleinen Arbeitszimmer so abrupt auf, dass Rose erschrocken zusammenzuckte. »Kommst du mal? Henry findet seine Sportschuhe nicht.«

»Sie müssen in seinem Zimmer sein«, erklärte Rose geistesabwesend.

»Da sind sie aber nicht, sagt er.« Sichtlich genervt davon, die Botin für ihren kleinen Bruder spielen zu müssen, stemmte Sarah die Fäuste in die Hüften, und Rose musste ein Lächeln unterdrücken, weil diese Geste sie an ihre Mutter erinnerte. Daisy Gallagher war eine herzensgute Frau, aber auch sehr resolut, und wenn Sarah ihr mit dreizehn Jahren schon so ähnlich war, standen ihnen vermutlich noch recht turbulente Zeiten ins Haus.

»Dann soll er noch mal ein bisschen gründlicher suchen.«

»Das hat er schon«, beharrte Sarah. »Er sagt, du sollst kommen und …«

Ein Schrei tönte durch das Cottage, gefolgt von polternden Schritten auf der Treppe. Nur wenige Augenblicke später stürmte der siebenjährige Henry an seiner Schwester vorbei in das kleine Zimmer, dicht gefolgt von seinem zehnjährigen, sichtlich verärgerten Bruder Luke.

»Mummy, Henry hat mir meine Lok weggenommen!«, rief Luke aufgebracht. »Sag ihm, er soll sie mir wiedergeben.«

Henry, der eindeutig etwas in seiner geballten Faust versteckt hielt, hatte sich hinter Rose' Stuhl verschanzt. Trotzig blickte er zu seiner Mutter auf.

»Das ist auch meine! Onkel Jack hat sie uns beiden geschenkt, und ich will auch mal damit spielen!«

Rose seufzte tief. Sie liebte ihre Kinder sehr, aber manchmal kam sie sich vor wie ein Zirkusdompteur. Henry und Luke verstanden sich eigentlich gut, doch um die alte Holzeisenbahnlandschaft, die sie erst vor ein paar Monaten zufällig auf dem Dachboden drüben im Haupthaus gefunden hatten, entbrannte immer wieder Streit. Meistens drehte es sich dabei um die brandneue, selbstfahrende Lokomotive, die Rose' Bruder Jack ihnen kürzlich als Ergänzung für das Set mitgebracht hatte.

»Du kannst jetzt nicht spielen, du hast Fußballtraining«, erinnerte Rose ihren Jüngsten. »Also gib Luke die Lok wieder. Und später, wenn du zurück bist, lasst ihr sie gemeinsam fahren. Ja?«

Nach seinem Gesichtsausdruck zu urteilen, schien Henry diese Lösung nicht wirklich zu gefallen. »Aber ich kann nicht zum Training. Meine Schuhe sind weg!«, beschwerte er sich.

»Ich wette, sie stehen noch hinten auf der Terrasse«, entgegnete Rose. »Hast du da schon nachgesehen?«

Der Kleine schüttelte den Kopf, und Rose sah ihm an, dass ihm gerade wieder eingefallen war, dass er sie dort abgestellt hatte.

»Dann hol sie dir und mach dich auf den Weg.«

Henry nickte zerknirscht und legte die Lok zögernd in Rose' fordernd ausgestreckte Hand, bevor er das Zimmer verließ.

Als er weg war, reichte Rose die Lok ihrem älteren Sohn. »Ihr sollt euch deswegen nicht immer streiten«, ermahnte sie ihn, dann lächelte sie, weil sie auch noch eine gute Nachricht für ihn hatte. »Onkel Jack hat übrigens vorhin angerufen und gefragt, ob du ihm helfen willst. William sollte das eigentlich tun, aber offenbar ist er mal wieder unauffindbar.«

Lukes Gesicht erhellte sich. »Auf der Farm?«

Rose lachte. »Na, sicher auf der Farm! Jack will Zäune ausbessern, und er sagt, er könnte deine Unterstützung gebrauchen. Hast du Lust?«

»Klar! Bin schon unterwegs«, rief Luke begeistert und sprintete los. Er bewunderte seinen Onkel sehr, und für ihn gab es im Moment nichts Schöneres, als mit Jack draußen auf den Feldern zu sein.

Rose blickte ihm lächelnd nach, dann wandte sie sich an ihre Tochter.

»Du weißt nicht zufällig, wo William sein könnte?«, erkundigte sie sich. Sarah und Jacks Sohn waren fast gleichaltrig und verstanden sich gut, deshalb war ihre Tochter die Einzige, die im Moment halbwegs an den verschlossenen Jungen herankam. Doch Sarah zuckte mit den Schultern.

»Keine Ahnung. Wahrscheinlich drüben bei den Klippen. Da ist er oft.«

»Wirklich?« Rose war ehrlich überrascht, denn sie war ziemlich sicher, dass ihr Bruder das nicht wollte. »Hat Jack ihm das nicht verboten?«

Sarah warf ihr einen vielsagenden Blick zu. »Ich glaube, genau deswegen geht er hin. Du kennst ihn doch.«

Ja, dachte Rose. Das ergab durchaus Sinn. Im Moment war ihr Neffe nämlich gar nicht gut auf seinen Vater zu sprechen. William nahm Jack übel, dass sie Kanada verlassen hatten und zurück nach Cornwall gegangen waren. Sie hatten alle geglaubt, dass es nur eine Phase wäre und dass der Junge sich schnell einleben würde. Doch er war während der vergangenen sechs Monate bei seiner sturen Abwehrhaltung geblieben, und sie konnten alle nur hoffen, dass sich das noch geben würde.

Sarah holte ihr Handy aus ihrer Hosentasche, das gerade einen melodiösen Ton von sich gegeben hatte, wie so oft. Als sie vom Display aufblickte, strahlte sie. »Debbie ist gerade bei Rachel. Kann ich schnell runter ins Dorf und mich mit den beiden treffen?«

»Ja, sicher, geh nur«, meinte Rose.

Als sie wieder allein war, lehnte sie sich seufzend auf ihrem Schreibtischstuhl zurück. Es war ein Glück, dass die Kinder sich hier so wohlfühlten und die Ferien genossen, obwohl sie auch in diesem Sommer wieder nicht wegfahren konnten. Natürlich lebten sie an einem Ort, an dem andere Urlaub machten. Trotzdem hätte Rose ihnen gerne etwas Abwechslung geboten, und sie selbst wäre auch dankbar für eine kleine Auszeit vom Alltag gewesen. Aber das Geld reichte nicht für eine Reise, weil Matt im Moment keinen Unterhalt zahlte.

Rose schüttelte den Kopf, als sie daran dachte, wie wenig ihr Exmann sich um seine Kinder kümmerte. Seine Besuche in Cornwall waren in letzter Zeit immer seltener geworden, und seit mehr als drei Monaten hatte er sich gar nicht mehr blicken lassen. Außerdem überwies er schon fast genauso lange den Betrag nicht mehr, zu dem er sich bei der Scheidung verpflichtet hatte und auf den Rose angewiesen war. Wenn sie mit ihm sprach, fand Matt immer neue Ausreden, und zuletzt war er gar nicht mehr ans Telefon gegangen – ein Zustand, den sie nicht mehr lange hinnehmen würde.

Wenn sie ihm wenigstens hätte glauben können, dass er nicht zahlen konnte. Viel wahrscheinlicher war jedoch, dass er es nicht wollte, denn er hatte sich schon oft darüber beklagt, dass ihm die finanzielle Belastung zu hoch war. Dabei verlangte Rose nur, was ihr zustand, und da er gut verdiente, konnte er das eigentlich auch aufbringen. Vermutlich lag es also eher daran, dass er gerade wieder eine neue Freundin hatte, der er viel zu teure Geschenke machte, um sie zu beeindrucken – während Rose sehen musste, wie sie über die Runden kam.

Ich bin eben keine knackige Blondine, dachte sie seufzend. Sicher, sie sah nicht schlecht aus mit ihren rotbraunen Locken und der zierlichen Figur, die sie trotz der drei Geburten behalten hatte. Aber insgeheim befürchtete sie, dass sie nie wirklich Matts Typ gewesen war. Er hatte es mit der Treue von Anfang an nicht so genau genommen, war immer wieder fremdgegangen – nur um Rose nachher zu beteuern, dass er sie liebte und um ihre Ehe kämpfen wollte. Sie hatte ihm das geglaubt, schon der Kinder wegen, doch irgendwann war ihr klar geworden, dass er sich niemals ändern würde. Sie hatte die Scheidung eingereicht und war mit den Kindern von Truro, wo sie gelebt hatten, nach Penderak zurückgekehrt, während Matt nach London gegangen war, um dort einen neuen Job als Investmentbanker anzunehmen. Vermutlich genoss er das Leben in der Metropole, während sie sich mit den Kindern in Cornwall gerade so durchschlug.

Das ging so nicht weiter, es musste endlich etwas passieren, aber Rose zögerte, ihn zu verklagen, auch wenn sie wusste, dass sie das konnte. Die Kosten für den Anwalt und der langwierige Prozess schreckten sie ab, und sie hätte die Sache viel lieber gütlich geregelt. Deshalb war sie auch schon mehrfach drauf und dran gewesen, zu Matt zu fahren und ihn zur Rede zu stellen. Doch London war weit, und gerade in letzter Zeit hatte sie so viel gearbeitet, dass ihr kaum eine freie Minute geblieben war.

Apropos London, dachte sie und wandte sich wieder dem Computer zu, starrte auf die Nachricht, die sie gelesen hatte, bevor die Kinder gekommen waren.

Zoe Bevan. Das war ein eher seltener Name. Und die Frau fragte außerdem gezielt nach dem Cottage, das die Bevans damals jeden Sommer für einige Wochen gemietet hatten. Das konnte kein Zufall sein!

Aber wieso schrieb Zoe nicht persönlicher und gab sich zu erkennen? Sie war gut mit Rose befreundet gewesen und hatte der ganzen Familie nahgestanden – bis zu jenem schrecklichen Morgen, an dem Zoes Bruder Chris tot am Strand aufgefunden worden war.

Rose spürte, wie ihr Magen sich zusammenkrampfte, als sie daran dachte. Es war ein großer Schock für sie alle gewesen, vor allem, weil die Todesumstände nie geklärt werden konnten. Der Kontakt zu Zoe und ihrer Familie war danach abgebrochen, und die Bevans waren nie mehr nach Penderak zurückgekehrt. Rose hatte noch eine Weile Briefe an Zoe geschrieben, aber da nie eine Antwort gekommen war, hatte sie es irgendwann aufgegeben.

Mit der Zeit war Gras über die Sache gewachsen, und man hörte im Ort nur noch ganz selten jemanden darüber reden. Aber vergessen hatte es niemand.

Wieder starrte Rose auf die Nachricht. Sie hatte sich oft gefragt, was aus ihrer früheren Freundin geworden war. Ein paar Dinge wusste sie, zum Beispiel, dass Zoe inzwischen in den Baukonzern ihres Vaters eingestiegen war. Erfolgreich, wie es schien, denn Matt war irgendwann in einem Wirtschafts-

Newsletter, den er abonniert hatte, auf einen Artikel über sie gestoßen. Darin wurde berichtet, dass sie die Auszeichnung »Managerin des Jahres« für ihre Arbeit bei Bevan Constructions erhalten hatte. Rose konnte noch das Foto in dem Bericht vor sich sehen, auf dem Zoe wie eine Fremde gewirkt hatte. Die kühle Blondine mit dem reservierten Lächeln war Lichtjahre entfernt gewesen von dem fröhlichen Mädchen, an das Rose sich erinnerte. Deshalb war sie davon überzeugt gewesen, dass Zoe sie und alles, was in Penderak passiert war, längst hinter sich gelassen und vergessen hatte.

Aber offenbar stimmte das nicht, denn warum sonst wollte sie plötzlich zurück, und noch dazu so überstürzt?

Es gab nur einen Weg, das herauszufinden, und Rose war noch nie der Typ gewesen, der Dinge lange aufschob. Deshalb griff sie zum Telefon und wählte die Handynummer, die auf dem Kontaktformular angegeben war.

Nach zweimaligem Klingeln meldete sich eine Frauenstimme.

Rose räusperte sich. »Spreche ich mit Zoe Bevan?«

Die Frau bejahte es, und jetzt glaubte Rose, die Stimme zu erkennen.

»Hier ist Rose, Zoe. Rose Riley ... ich meine, Gallagher.« Sie holte tief Luft. »Erinnerst du dich noch an mich?«

***

Zoe saß im Taxi und umklammerte ihr Handy, presste es dicht ans Ohr.

»Rose.« Zitternd holte sie Luft.

Natürlich hatte sie damit gerechnet, dass die Gallaghers auf ihre Mail reagieren würden. Aber nicht, dass es ausgerechnet Rose war, die zu ihr Kontakt aufnahm. Sie wusste selbst nicht, wieso sie davon ausgegangen war, dass ihre frühere Freundin nicht mehr in Penderak lebte. Vielleicht, weil auf der Homepage ein Foto gewesen war, das nur Rose' Eltern, Daisy und Brian, zeigte. Oder hatte Zoe es einfach nur gehofft, weil sie immer noch ein schlechtes Gewissen plagte und weil sie keine Ahnung hatte, wie sie Rose begegnen sollte?

Mühsam zwang sie den Kloß aus ihrem Hals. »Geht es um meine Anfrage?«

»Ja. Ich meine, nein.« Rose klang immer noch freundlich, aber Zoes kühler Tonfall schien sie zu irritieren. »Ich wollte eigentlich nur sichergehen, dass du es wirklich bist. Wir haben eine Ewigkeit nichts voneinander gehört, deshalb konnte ich es zuerst gar nicht glauben, als vorhin deine Nachricht kam.«

Zoe spürte einen Stich und wusste nicht, was sie sagen sollte. Die Briefe fielen ihr wieder ein, die Rose ihr geschrieben und die sie nicht beantwortet hatte. Wie entschuldigte man sich dafür, dass man jemanden einfach aus seinem Leben gestrichen hatte?

»Das sollte kein Vorwurf sein«, ergänzte Rose besorgt, die Zoes Schweigen offenbar falsch deutete. »Im Gegenteil. Ich freue mich, dass du dich gemeldet hast. Es kam nur so ... überraschend.«

»Ich weiß.« Zoe schluckte. »Es tut mir leid«, fügte sie leise hinzu und hoffte, dass Rose verstand, dass sie damit nicht nur ihre unpersönliche Mail meinte.

»Wie geht es dir denn?« Rose' Stimme klang immer noch freundlich und wirklich interessiert. Es war nur die falsche Frage.

»Gut. Es geht mir gut«, antwortete Zoe ein bisschen zu hastig und beeilte sich mit der Gegenfrage. »Und dir? Führst du jetzt die Pension?«

»Nein, das macht immer noch meine Mutter. Ich kümmere mich nur um die Buchungen, die online eingehen, und auch um alles andere, was mit dem Computer zu tun hat. Damit steht Mum auf Kriegsfuß.« Zoe hörte das Lächeln in Rose' Stimme. »Außerdem nähe ich viel. Taschen und Blusen hauptsächlich. Meine Schwester hat eine kleine Boutique unten am Hafen und verkauft die Sachen dort. Kommt bei den Touristen ganz gut an.«

»Das kann ich mir vorstellen.« Zoe musste nun ebenfalls lächeln, als ihr wieder einfiel, wie geschickt Rose schon als Teenager mit Handarbeiten gewesen war. Sie hatte sogar davon geträumt, eine berühmte Modedesignerin zu werden. Diesen Plan schien sie jedoch nicht verfolgt zu haben. Einen anderen dagegen schon. »Und du heißt jetzt Riley? Dann hast du Matt also geheiratet?«

Zoe dachte an den gutaussehenden Sohn des Hafenmeisters von Penderak. Er war fünf Jahre älter gewesen und hatte die beiden Freundinnen entsprechend wenig beachtet, aber Rose hatte dennoch aus der Ferne für ihn geschwärmt. Zoe hatte sie immer damit aufgezogen, weil sie Matt nicht mochte und davon überzeugt gewesen war, dass aus den beiden kein Paar werden würde.

»Da lag ich mit meiner Einschätzung wohl falsch.«

»Nicht ganz, wir sind nämlich schon seit einer Weile wieder geschieden.« Rose seufzte. »Wie sich herausgestellt hat, gehört Matt nicht zu den Männern, die einer Frau treu sein können. Im Moment lebt er in London und lässt kaum von sich hören. Jedenfalls hat er sich ewig nicht mehr bei mir und den Kindern gemeldet.«

»Du hast Kinder? Wie viele denn?«

Man konnte den Stolz in Rose' Stimme hören, als sie von ihrer Tochter und ihren beiden Söhnen berichtete, und Zoe rechnete im Kopf nach. Ihre Freundin war wie sie selbst Anfang dreißig, und wenn ihr ältestes Kind dreizehn war, dann war Rose schon sehr früh Mutter geworden. Was Zoe eigentlich nicht wirklich wunderte. Rose hatte schon immer etwas Mütterliches gehabt. Als sie damals zufällig auf einen verletzten Jungvogel am Strand von Penderak gestoßen waren, hatte der Tierarzt ihm keine Chance gegeben. Rose hatte den Kleinen trotzdem hingebungsvoll gepflegt und es am Ende tatsächlich geschafft, ihn durchzubringen. Und bei jedem Picknick war sie es gewesen, die dafür gesorgt hatte, dass alle mit Essen und Getränken versorgt waren. So war Rose, sie kümmerte sich einfach gerne um andere. Auch, wenn man es gar nicht wollte. Oder ertragen konnte ...

Als Rose geendet hatte, entstand ein Schweigen, und Zoe wusste, dass sie nun eigentlich an der Reihe war mit einer kurzen Zusammenfassung ihres Lebens.

»Das klingt schön«, sagte sie unverbindlich und tat das, was sie in hunderten von Geschäftsmeetings perfektioniert hatte: zum eigentlichen Anliegen zurückzukehren, wenn der Gesprächspartner unbequeme Fragen zu stellen drohte. »Wie steht es denn nun mit dem Strandhaus? Kann ich es mieten?«

Für einen Moment befürchtete sie, dass ihr Ablenkungsmanöver nicht funktionieren würde. Die alte Rose hätte sie nicht einfach so davonkommen lassen. Sie hätte nachgebohrt, bis sie erfuhr, was sie wissen wollte.

Jetzt zögerte Rose jedoch nur ganz kurz, bevor sie antwortete.

»Nein, leider nicht. Wir vermieten es nicht mehr. Nur noch die Zimmer in der Pension.«

»Oh.« Die Enttäuschung bohrte sich wie eine Faust in Zoes Magen. »Habt ihr das Haus verkauft?«

»Nein. Wir brauchten es selbst. Ich bin nach der Scheidung mit den Kindern dort eingezogen.«

»*Du* wohnst jetzt im Strandhaus?«

»Genau.«

Ratlos schwieg Zoe. Sie hatte sich in Gedanken so darauf versteift, noch einmal ins Strandhaus nach Penderak zu fahren, dass ihr für einen Moment keine Alternative einfiel. Aber es gab natürlich eine.

»Und in der Pension? Habt ihr da noch etwas frei?«

»Leider auch nicht«, meinte Rose bedauernd. »Es ist Hochsaison. Wir sind komplett ausgebucht. Aber ich trage dich gerne für den nächsten Termin ein. Das wäre …« Sie machte eine Pause, weil sie offenbar die Verfügbarkeit checkte. »Die erste Woche im Oktober. Soll ich da für dich ein Zimmer reservieren?«

»Nein«, sagte Zoe niedergeschlagen und fühlte, wie die bleierne Müdigkeit zurückkehrte. »Ich kann nur jetzt.«

Wieder entstand ein Schweigen, das Rose als Erste brach.

»Schade. Ich hätte dich gerne wiedergesehen.« Sie klang enttäuscht. »Aber wir könnten uns ja trotzdem mal treffen. In London. Ich muss bald sowieso hinfahren, weil ich etwas mit Matt zu klären habe, und dann könnten wir uns sehen. Was meinst du?«

Zoe presste die Lippen zusammen, bevor sie antwortete. »Ich weiß nicht, wie lange ich noch hier sein werde.«

»Oh. Wohin gehst du denn?«

»Ich … muss für eine Weile weg«, erwiderte Zoe vage, und in dem Schweigen, das auf ihre Antwort folgte, hatte sie plötzlich Sehnsucht nach der alten Rose, die all ihre Geheimnisse gekannt hatte.

»Na ja, dann. Es war sehr nett, mal wieder mit dir zu reden.« Rose war offenbar klar geworden, dass Zoe nichts preisgeben wollte über ihr Leben, und sie war zu höflich oder zu resigniert, um weiter zu versuchen, ihr etwas zu entlocken. »Leb wohl, Zoe. Ich hoffe …«

»Warte!« Zoe hatte plötzlich eine Idee. Sie war ein bisschen verrückt, und wahrscheinlich würde Rose ablehnen. Aber sie musste es einfach versuchen. »Ich hätte da einen Vorschlag.«

3

»Du willst Zoe Bevan im Strandhaus wohnen lassen?« Daisy Gallagher schüttelte den Kopf mit den grau gesträhnten Locken, so als könnte sie es immer noch nicht glauben, und stemmte entrüstet die Hände in die Hüften. »Und was ist mit den Kindern? Willst du die einfach ausquartieren?«

»Das ist alles schon geregelt«, verteidigte sich Rose. »Sarah zieht so lange zu ihrer Freundin Rachel, und Henry und Luke können bei Iris bleiben.« Hilfesuchend blickte sie ihre jüngere Schwester an, die neben ihr am großen Esstisch in der Küche der Pension saß.

»Genau«, bestätigte Iris. »Sarah ist ganz aus dem Häuschen deswegen, und die Jungs sind auch einverstanden. Und bevor du fragst: Die Boutique ist im Moment gut bestückt. Rose kann also sehr gut mal für ein paar Tage wegfahren, das ist gar kein Problem.«

Ihr Grinsen wirkte zufrieden, und Rose staunte immer noch ein bisschen darüber, wie sicher ihre Schwester war, dass dieser Trip nach London genau das war, was sie brauchte. Rose hatte nämlich durchaus Zweifel, ob der spontane Häusertausch, den Zoe ihr vorgeschlagen hatte, wirklich so reibungslos verlaufen würde.

Eigentlich klang es ganz einfach: Rose würde Zoe für eine Weile das Strandhaus überlassen und durfte im Gegenzug in deren Villa in Hampstead wohnen. Sie hatte Zoe dort früher ein paar Mal besucht und erinnerte sich noch gut an die Räume mit den hohen Decken und den schönen Antiquitäten.

Es war dort viel besser – und günstiger – als in jedem Hotel, und der Gedanke, Matt endlich wegen der Unterhaltszahlungen zur Rede stellen zu können, hatte Rose spontan zustimmen lassen. Doch nun, nach ein paar Stunden Bedenkzeit, war sie wieder unsicher, und die Reaktion ihrer Mutter bestärkte sie in ihren Bedenken.

Iris dagegen war immer noch Feuer und Flamme für die Idee. »Mum, das ist doch eine tolle Gelegenheit für Rose! Sie müsste nicht mal den Zug nehmen, weil Zoe ihr auch ihren Wagen leihen will. Ich meine – so ein tolles Angebot kann man doch gar nicht ablehnen!«

Daisy starrte für einen Moment aus dem Fenster in den Garten, und man konnte ihr ansehen, wie wenig es ihr passte, was ihre Töchter sich da ausgedacht hatten.

»Aber ausgerechnet Zoe Bevan! Was will sie denn plötzlich wieder hier?«

Rose zuckte mit den Schultern. »Hat sie nicht gesagt. Sie wirkte ziemlich verschlossen am Telefon. Aber es schien ihr sehr wichtig zu sein, dass sie herkommen kann.«

Daisy schnaubte und wandte sich wieder dem Brotteig zu, der auf einem großen Holzbrett auf der Arbeitsplatte lag. Mit heftigen Bewegungen bearbeitete sie ihn – ein eindeutiges Zeichen, wie aufgewühlt sie war.

»Das ist keine gute Idee«, sagte sie, mehr zu sich selbst. »Wenn Zoe hier nach all den Jahren auftaucht, dann werden die Leute wieder anfangen zu reden, und das Letzte, was dein Bruder braucht, sind neue Gerüchte, von einer Begegnung mit Zoe ganz zu schweigen.« Daisy hielt inne, und in ihrem Blick lag plötzlich Sorge. »Weiß sie, dass er zurück ist?«

Rose schüttelte den Kopf. »Sie hat nicht nach ihm gefragt.« Das war ihr aufgefallen, aber sie hatte sich gesagt, dass ihr Bruder für Zoe vielleicht einfach keine Rolle mehr spielte. Die

Zeit heilte alle Wunden. Oder? »Denkst du, es hat etwas mit ihm zu tun, dass sie herkommen will?«

»Natürlich nicht«, erklärte Iris, wie immer im Brustton der Überzeugung, und blickte ihre Mutter und ihre Schwester verständnislos an. »Es wissen noch nicht mal alle seine Freunde, dass Jack wieder hier ist, also wird es sich kaum bis nach London rumgesprochen haben. Und außerdem glaube ich nicht, dass ihre Jugendliebe noch irgendjemanden interessiert. Das ist doch alles schon eine halbe Ewigkeit her. Zoe wird ihre Gründe für die Reise haben, aber die gehen uns nichts an. Wichtig ist nur, dass Rose hier mal wieder rauskommt, und sie wird darauf nicht verzichten, nur weil Jack dann vielleicht seiner alten Flamme wiederbegegnen könnte!«

Iris schien darauf zu warten, dass Daisy und Rose ihr zustimmten. Doch sie schwiegen beide, und als ihre Blicke sich trafen, erkannte Rose, dass ihre Mutter dasselbe dachte wie sie.

Iris war damals noch zu klein gewesen. Sie wusste nicht, wie schlimm das alles gewesen war, vor allem für Jack.

Aber das war nicht das einzige Argument, das Rose erneut an dem Häusertausch zweifeln ließ.

»Ich glaube, Mum hat recht. Es ist wirklich keine gute Idee.«

Natürlich wäre sie gerne nach London gefahren, und das nicht nur, um das Gespräch mit Matt endlich hinter sich zu bringen. Es war lange her, dass sie mal nur an sich gedacht hatte. Nicht dass sie ihr Leben hier nicht mochte. Aber es war oft hart, allein für die Kinder zu sorgen. Sie hatte kaum Zeit für sich, und einfach mal ein paar Tage ganz alleine Großstadtluft zu schnuppern und nur das zu tun, was sie wollte, ohne Verpflichtungen und ohne Termine, kam ihr traumhaft vor. Aber genau deshalb ging es nicht. Denn sie war nun mal nicht allein.

»Wenn ich wegfahre, dann muss ich die Kinder mitnehmen. Sie haben schon so lange keinen richtigen Urlaub mehr gemacht. Das bin ich ihnen schuldig.«

Diesmal war es Iris, die schnaubte. »So ein Blödsinn!«, sagte sie entrüstet. »Die Kinder vermissen hier nichts. Sie haben keine Schule, und wir kümmern uns um sie. Also kommen sie sehr gut auch mal ein paar Tage ohne dich aus. Stimmt's, Henry?«

»Hm?«, murmelte Rose' Jüngster, der gerade von draußen hereingekommen war, und blickte seine Tante an. Seine Wangen waren gerötet, und die Dreckflecken auf seinem T-Shirt, seiner kurzen Sporthose und seinen Knien ließen Rose darauf schließen, dass er mit den Jungs der Petersons, die im »Wild Flower Inn« zu Gast waren, im Garten Fußball gespielt hatte.

»Wir haben doch schon drüber gesprochen, dass deine Mum ein paar Tage nach London fahren will und du mit Luke so lange bei mir wohnen sollst«, sagte Iris und strich ihm liebevoll über die Haare. »Das ist doch in Ordnung, Großer, oder?«

»Klar«, meinte Henry, nicht ganz bei der Sache, und tippte seine Großmutter an. »Kann ich was zu trinken kriegen? Die Jungs und ich haben Durst.«

»Natürlich, mein Schatz. Nimm dir was«, sagte Daisy lächelnd, woraufhin Henry sich eine Flasche Mineralwasser aus dem Kühlschrank holte. Zufrieden und ohne sich noch einmal umzusehen verließ er die Küche wieder.

»Siehst du?«, meinte Iris triumphierend und hob die Hand, als Rose erneut protestieren wollte. »Wir kommen klar, Schwesterherz. Also fahr nach London und genieß einfach mal wieder das Leben.«

Rose seufzte tief und stellte erneut fest, wie schwierig es

war, ihre kleine Schwester von etwas abzubringen, das sie sich partout in den Kopf gesetzt hatte.

Mit siebenundzwanzig war Iris eigentlich das Nesthäkchen der Familie, aber sie überragte Rose und Daisy, die beide klein und zierlich waren, um mehr als einen halben Kopf. Genau wie Jack, der ebenfalls sehr groß war, schlug sie in dieser Hinsicht nach ihrem Vater Brian, der allen Kindern seine grünen Augen und die rotbraunen Haare vermacht hatte. Vom Wesen her kam jedoch besonders Iris nach ihrer temperamentvollen Mutter, und sie war definitiv die hartnäckigste von ihnen, wenn es darum ging, sich durchzusetzen.

Auch in diesem Moment strahlte Iris über das ganze Gesicht, völlig überzeugt von ihrer Idee. »Mensch, Rosie, das ist doch die Gelegenheit! Vielleicht lernst du dann endlich mal wieder jemanden kennen. Du bist schon viel zu lange allein, und hier im Dorf scheint es ja niemanden zu geben, für den du dich erwärmen kannst.«

Ach, daher weht der Wind, dachte Rose und musste gegen ihren Willen lächeln. Eigentlich hätte sie auch schon früher darauf kommen können, dass das der eigentliche Grund für Iris' Enthusiasmus war. Ihre Schwester war eine unverbesserliche Romantikerin und konnte sich einfach nicht damit abfinden, dass Rose seit ihrer Scheidung nicht mehr mit einem Mann zusammen gewesen war. Dabei war das nicht Rose' Schuld. Es hatte ihr schlicht an geeigneten Kandidaten gemangelt, weil die wenigen unverheirateten Männer im Dorf entweder viel zu alt oder viel zu jung oder als Partner indiskutabel waren.

Was Iris nicht davon abgehalten hatte, immer wieder zu versuchen, ihre Schwester zu verkuppeln. Rose hatte irgendwann ein Machtwort gesprochen, und seitdem musste sie nicht mehr ganz so oft damit rechnen, dass ihr ein hoffnungsvoller Singlemann – meist ein Freund ihres Schwagers Gordon, der gerade »zufällig« in der Gegend war – gegenübersaß, wenn Iris sie zum Essen einlud. Die meisten ließen sich zwar schon von der Information abschrecken, dass sie Mutter von drei Kindern war, aber selbst bei denen, die das nicht gestört hätte, war der Funke nicht übergesprungen. Deshalb glaubte Rose nicht mehr daran, dass es da draußen noch irgendwo den idealen Partner für sie gab. Vielleicht war sie nach der Enttäuschung, die sie mit Matt erlebt hatte, einfach zu misstrauisch geworden.

»Ich suche keinen Mann, Iris«, erinnerte sie ihre Schwester.

»Du vielleicht nicht, aber es gibt bestimmt ganz viele Männer da draußen, die dich gerne finden würden«, gab ihre Schwester ungerührt zurück. »Das können sie nur nicht, wenn du dich hier vergräbst. Außerdem würde dir die Erholung guttun nach dem ganzen Stress mit dem Auftrag für diese furchtbare Amerikanerin.«

»Erinnere mich bloß nicht daran.« Rose stöhnte bei dem Gedanken an Felicity Myers, eine hagere Mittfünfzigerin aus Boston, die sie während der letzten zwei Wochen ständig in Atem gehalten hatte. Sie war nach einem Besuch in der Boutique so begeistert von den von Rose geschneiderten Sachen gewesen, dass sie sich komplett von ihr hatte einkleiden lassen. Zwei neue Hosen, drei Blusen, drei Shirts, zwei Tops, eine Jacke und mehrere Taschen, zusätzlich zu dem, was sie ohnehin für den Laden nähte – Rose hatte nächtelang durcharbeiten müssen, um rechtzeitig mit allem fertig zu werden. Aber es war nicht nur anstrengend gewesen, sondern auch ärgerlich, weil die Amerikanerin sich ihr gegenüber so arrogant benommen hatte. Ständig hatte sie weitere Sonderwünsche geäußert und erwartet, dass Rose diese sofort umsetzte, und auch ihre

Komplimente waren sehr zweischneidig gewesen. »Das hätte ich wirklich nicht erwartet, hier jemanden zu finden, der Talent für Modedesign hat. Ich meine – wo holen Sie sich denn Ihre Inspiration?«, hatte sie mit einem süßlichen Lächeln zu Rose gesagt, und es war klar gewesen, was sie damit meinte: dass Rose eine Landpomeranze war, die mit eleganten Großstädterinnen wie ihr nicht mithalten konnte.

Aber vielleicht stimmte es ja? Sie war ewig nicht mehr rausgekommen aus Cornwall, und bei dem Gedanken an die bunten Stände am Camden Market und die vielen kleinen Boutiquen, die es in Islington, Shoreditch oder Soho zu entdecken gab, schlug ihr Herz höher. Wenn sie sich dort Anregungen holte, würde ihre Arbeit davon sicher sehr profitieren. Und dann konnte sie der nächsten hochnäsigen Kundin ganz anders Paroli bieten …

Rose seufzte tief. »Na ja, irgendwie wäre es schon schön, wenn ich fahren könnte«, gestand sie zaghaft.

»Dann tu es«, mischte ihre Mutter sich unvermittelt ein. Sie hatte den fertig geformten Brotlaib auf einem Blech in den großen alten Aga-Herd geschoben und stützte sich nun mit beiden Händen auf der Arbeitsplatte ab, die Stirn nachdenklich gerunzelt.

Überrascht sah Rose sie an. »Aber du hast doch gerade noch gesagt, dass es keine gute Idee ist.«

»Ich meinte die Tatsache, dass Zoe hier wieder auftaucht. Wegen Jack. Daran, was es für dich bedeutet, habe ich nicht gedacht«, gab Daisy zu und setzte sich, griff über den Tisch hinweg nach Rose' Hand und drückte sie. »Du hast dir wirklich eine Auszeit verdient, und wenn dir das die Möglichkeit gibt, dann soll sie in Gottes Namen für eine Weile ins Strandhaus ziehen.«

Besonders begeistert von dieser Vorstellung schien Daisy

immer noch nicht zu sein, aber sie lächelte trotzdem, und Rose spürte, wie eine heiße Welle der Liebe sie erfasste.

Ihre Mutter hatte es in den letzten Jahren nicht leicht gehabt. Sie führte die Pension schon seit einer ganzen Weile praktisch allein, weil ihr Mann zu krank war, um ihr zu helfen. Brian Gallagher litt an einer schweren Form von Rheuma und konnte sich an schlechten Tagen nur unter großen Schmerzen bewegen. Es gab Therapien, die ihm halfen, aber die Behandlung war langwierig und teuer. Auch die Kur, die er vor ein paar Tagen angetreten hatte, würde ihm nur kurzzeitig Linderung verschaffen, und es war zuletzt immer schwieriger für ihn geworden, den Farmbetrieb aufrechtzuerhalten, der neben der Pension ihr zweites finanzielles Standbein war. Der landwirtschaftliche Betrieb funktionierte seit Jacks Rückkehr wieder besser, aber in den letzten Jahren war das Geld immer knapp gewesen. Und es war noch knapper geworden, als Rose nach der Trennung von Matt mit den Kindern nach Penderak zurückgekehrt und in das Strandhaus gezogen war, das sie daraufhin nicht mehr vermieten konnten. Die Einnahmen fehlten, aber trotzdem hatte Daisy nicht gezögert, ihrer Tochter das Cottage zur Verfügung zu stellen. Sie war immer für ihre Familie da und arbeitete von früh bis spät, aber sie beklagte sich nie – etwas, das Rose zutiefst an ihr bewunderte.

»Du bräuchtest den Urlaub eigentlich viel dringender, Mum.«

»Das Angebot gilt aber nicht für mich«, erinnerte Daisy sie und blickte zu dem Kalender, der an der Wand hing. »Wann soll es denn losgehen?«

»Morgen schon«, erwiderte Rose und lächelte zaghaft, froh darüber, dass sie Zoe doch nicht wieder absagen musste. Obwohl es tatsächlich eine total überstürzte, verrückte Aktion war. Sie war jedoch auch aufregend – und wie viele aufregende Dinge waren Rose in den letzten Jahren passiert? Sollte sie nicht wirklich mal wieder ein bisschen Spaß haben?

»Na, dann würde ich vorschlagen, dass du schon mal packen gehst, Schwesterherz«, meinte Iris breit grinsend und erhob sich. »Ich muss jetzt los, aber ich komme nach dem Abendessen wieder und helfe dir. Außerdem können wir dann alles noch mal besprechen – nur für den Fall, dass dir wieder Zweifel kommen.«

Rose winkte ihrer Schwester lächelnd nach, doch als sie mit ihrer Mutter allein war, wurde sie wieder ernst.

»Ist es wirklich in Ordnung, Mum?«

Daisy nickte. »Amüsiere dich ein bisschen, du kannst es gebrauchen. Und was den Rest angeht …« Sie zuckte mit den Schultern. »Zoe ist ja nicht lange hier, und Jack hat genug zu tun. Vielleicht begegnen die beiden sich ja gar nicht.«

»Du willst es ihm nicht sagen?«, fragte Rose überrascht. »Wird er nicht wütend sein, wenn wir es ihm verschweigen?«

Daisy erhob sich. »Ich habe nicht vor, es ihm zu verschweigen. Aber wir bringen es ihm besser schonend bei, er wird nämlich nicht begeistert sein.«

Sie sah nach dem Brot im Ofen, dann räumte sie die Backutensilien in die Spülmaschine und begann mit den Vorbereitungen für das Abendbrot.

»Warte, ich helfe dir.« Rose ging zu ihr hinüber, nahm ihr die Schüssel mit den Kartoffeln ab und stellte diese zusammen mit einem Topf voll Wasser auf den Tisch. Während sie routiniert die Schalen entfernte, dachte sie über das nach, was ihre Mutter über Jacks Reaktion auf Zoes Anwesenheit gesagt hatte.

Aber würde es wirklich so schlimm werden? Das alles war viele Jahre her. Vielleicht hatte Iris ja recht und Jack war längst über diese Geschichte hinweg und hatte seinen Frieden damit gemacht.

Das Gesicht ihres Bruders tauchte vor Zoes geistigem Auge auf, die Lippen eine schmale weiße Linie, die Hände zu Fäusten geballt, die Augen dunkel vor Zorn und Enttäuschung. Niemals würde Rose den Blick vergessen, mit dem er Zoe nachgestarrt hatte, als sie gegangen war.

Und was, wenn nicht?

Rose schluckte beklommen. Es wird schon gut gehen, dachte sie und versuchte, sich wieder auf ihre Vorfreude zu konzentrieren, während sie die nächste geschälte Kartoffel in den Topf warf.

4

»Ich fahre nach Penderak, Mum.« Zoe saß auf der Bettkante und betrachtete ihre Mutter. Ruhig lag Brenda da und hatte die Augen geschlossen. Aber das war Zoe ganz recht, denn so konnte sie sagen, was sie dringend loswerden musste. »Ich habe mit Rose gesprochen. Rose Gallagher, erinnerst du dich? Wir tauschen die Häuser: Sie stellt mir das Strandhaus zur Verfügung, in dem wir damals immer gewohnt haben, und dafür darf sie eine Weile in der Villa bleiben. War eine ganz spontane Idee. Ich musste heute eine Menge organisieren, damit es klappt, aber jetzt ist alles geregelt. Also fahre ich morgen.«

Sie wartete einen Moment, aber ihre Mutter reagierte nicht, sondern atmete ruhig weiter.

»Ich weiß, dass du eigentlich auch immer dorthin zurückwolltest und dass es Dad war, der dich daran gehindert hat. Er kann nicht mal den Gedanken an eine solche Reise ertragen, und ich habe lange geglaubt, dass ich es auch nicht kann. Aber jetzt muss ich einfach fahren.« Zoe griff nach Brendas Hand, hielt sie ganz fest. »Ich wünschte, du könntest mitkommen, Mum. Dann wäre ich nicht so alleine, und wir würden ...«

Brendas Augenlider flatterten plötzlich, und Zoe hielt unwillkürlich den Atem an, als sich der Blick ihrer Mutter auf sie richtete.

»Mum?«

Für einen langen Moment blieb Brendas Gesicht unbewegt, und in ihren Augen stand ein leerer Ausdruck. Dann schoben sich ihre Brauen zusammen.

»Wer sind Sie?«, fragte sie schroff und entzog Zoe ihre Hand, wich ein Stück vor ihr zurück.

Zoe atmete aus. Ich bin deine Tochter, wollte sie sagen, aber sie wusste, dass Brenda ihr nicht glauben würde. An guten Tagen lächelte sie manchmal, und für einen kurzen Augenblick war Zoe dann sicher, dass ihre Mutter irgendwo tief drinnen noch wusste, dass sie sich sehr nahegestanden hatten. Aber in letzter Zeit gab es kaum noch gute Tage.

»Was wollen Sie von mir?« Brendas Augen blitzten feindselig und voller Misstrauen.

»Ich wollte nach Ihnen sehen«, erklärte Zoe so ruhig wie möglich. Sie wusste, dass es wichtig war, ihre Mutter nicht noch weiter aufzuregen. »Kann ich Ihnen etwas holen?«

Die Frage ließ Brenda nachdenken. Verwirrt blickte sie sich im Zimmer um.

»Einen Tee vielleicht?«, hakte Zoe nach. Es half manchmal, sie an Dinge zu erinnern, die sie mochte. Doch Brenda hörte ihr gar nicht zu, sondern schlug die Decke zurück und wollte aufstehen. Zoe hielt sie zurück.

»Nein, bleib liegen.«

»Lassen Sie mich. Ich muss nach Hause«, protestierte ihre Mutter und wehrte sich, schlug nach Zoe. »Gehen Sie weg!«

Zoe ließ sie los, und Brenda kämpfte sich aus dem Bett, stieß ihre Tochter zur Seite. Barfuß und im Nachthemd lief sie zur Tür und öffnete sie, trat hinaus auf den Flur. Weiter kam sie nicht, denn die Pflegerin, die Zoe über den Knopf am Nachttisch gerufen hatte, eilte bereits herbei und hakte Brenda unter.

»Mrs Bevan, was machen Sie denn auf dem Korridor? Wollen Sie sich nicht lieber wieder hinlegen? Hier draußen ist es doch viel zu kalt.«

Ihre Verwirrtheit stand Brenda nun deutlich ins Gesicht

geschrieben, und auch, wie verzweifelt sie darüber war, dass sie nichts mehr richtig zuordnen konnte.

»Ich muss nach Hause«, wiederholte sie, leiser diesmal, und sah sich erneut um, so als suche sie nach diesem Ort, von dem sie keine wirkliche Vorstellung mehr hatte.

»Na, kommen Sie, Mrs Bevan, ich bringe Sie zurück.« Sanft schob die Pflegerin Zoes Mutter, die sich jetzt nicht mehr wehrte, zurück ins Zimmer, begleitete sie zum Bett. Widerstandslos legte Brenda sich hin und starrte an die Decke, schien nun wieder ganz in ihrer eigenen Welt gefangen, aus der sie nicht mehr herausfand.

»Es ist schon Abend. Sehen Sie? Die Sonne geht bald unter. Am besten, Sie schlafen jetzt.« Die Pflegerin deutete auf das Fenster, um ihre Worte zu bekräftigen, doch Brenda blieb teilnahmslos, deshalb strich die Frau im Kittel ihr nur noch einmal über den Arm. Dann lächelte sie Zoe aufmunternd zu, bevor sie wieder ging und die Tür schloss.

Zoe kannte die Pflegerin. Sie hieß Shauna und arbeitete seit ungefähr einem halben Jahr auf der Station. Sie hatte dort angefangen, kurz nachdem Brenda in das Pflegeheim verlegt worden war, und Zoe hatte das Gefühl, dass sie von allen am besten mit ihrer Mutter umgehen konnte. Irgendwie schien Brenda auf Shaunas freundliche, aber resolute Art zu reagieren und fügte sich ihren Anweisungen. Ihre Tochter dagegen behandelte sie wie eine Fremde, und obwohl Zoe wusste, dass es ein Teil des Krankheitsbildes war, traf es sie jedes Mal mitten ins Herz.

Ihre Mutter erkannte sie nicht mehr. Sie erkannte niemanden mehr und war nur noch zu wenig imstande. Die einfachsten Dinge fielen ihr schwer, und sie wurde immer apathischer. Langsam zuerst und dann immer schneller hatte ihre Alzheimer-Erkrankung ihr alles genommen. Dabei war sie erst

Anfang sechzig. Bei Menschen in ihrem Alter trat das tückische Leiden nur selten auf, deshalb waren die Ärzte zuerst nicht darauf gekommen, dass die Vergesslichkeit, an der Brenda litt, ein erstes Anzeichen dafür sein könnte. Die Diagnose war ein Schock gewesen, und auch wenn Zoe sich umfassend über alle Folgen informiert hatte, konnte sie immer noch nicht fassen, wie sehr ihre Mutter sich inzwischen verändert hatte.

Brenda Bevan war eine sanftmütige Frau gewesen, die niemals laut wurde. Und eine echte Lady, immer elegant, immer sehr gepflegt. Jetzt lagen ihr die schulterlangen Haare, die damals nach jenem Sommer in Cornwall schlagartig weiß geworden waren, meist wirr um den Kopf, und Zoe konnte sie ihr nicht einmal kämmen, weil Brenda es nicht zuließ. Wenn sie es versuchte, wurde ihre Mutter aggressiv und schlug nach Zoe, fauchte sie an oder stieß sie weg. Einmal hatte sie sogar um Hilfe geschrien und erst aufgehört, als die Pfleger ihr ein Beruhigungsmittel gegeben hatten. Es war der Moment gewesen, in dem Zoe klar geworden war, dass sie ihre Mutter endgültig verloren hatte.

Brenda war wieder eingeschlafen, atmete ruhig und tief, deshalb traute Zoe sich, wieder an das Bett ihrer Mutter zu treten. Sanft strich sie ihr über die Hand, betrachtete die schlanken Finger mit den ovalen Fingernägeln, die ihr so vertraut waren, dass Zoe sie unter Hunderten wiedererkannt hätte. Wieso kannte man die Hände seiner Mutter eigentlich so genau? Vielleicht, weil sie einen schon gehalten, gestreichelt und gefüttert hatten, bevor man sie bewusst wahrnahm, überlegte Zoe. Bevor man merkte, was ihre Berührung einem bedeutete, und wie weh es tat, darauf verzichten zu müssen …

»Mach's gut, Mum«, flüsterte Zoe, dann wandte sie sich abrupt ab und verließ das Zimmer, lief durch den Flur mit dem dunklen Parkettboden auf den Ausgang der Station zu. Shauna unterhielt sich mit einer Kollegin vor der offenen Tür des Schwesternzimmers. Sie lächelte freundlich, als Zoe vorbeikam.

»Einen schönen Urlaub, Miss Bevan!«, rief sie ihr nach, weil Zoe ihr gesagt hatte, dass sie für eine Weile nicht kommen konnte. Auch wenn es für Brenda keinen Unterschied machte, wollte Zoe nicht, dass das Pflegepersonal glaubte, sie würde sich nicht mehr für ihre Mutter interessieren.

An der Stationstür winkte sie den beiden Pflegerinnen noch einmal kurz zu. Dann zückte sie ihr Handy, schaltete es wieder ein und rief ein Taxi, während sie die Treppe hinunterlief und das kleine Foyer durchquerte.

Draußen auf der Straße blickte sie noch einmal an der Fassade hoch zu dem Fenster, vom dem sie wusste, dass es zum Zimmer ihrer Mutter gehörte. Die umgebaute viktorianische Villa lag im noblen Belgravia und galt als eine der renommiertesten Einrichtungen ihrer Art im Großraum London. Hier bekamen Brenda und andere Alzheimer-Patienten die beste Pflege, die es für wohlhabende Klienten gab, und Zoe hätte froh darüber sein sollen, dass sie sich den Platz leisten konnten. Doch jedes Mal, wenn sie das Pflegeheim verließ, fühlte sie sich wie eine Verräterin, und nun erst recht, weil sie keine Ahnung hatte, wann sie zurück sein würde.

Im Büro hatte Zoe ebenfalls nur verlautbaren lassen, dass sie sich eine Auszeit nehmen wollte. Sie war am Nachmittag doch hingefahren und hatte Philipp erklärt, dass sie für eine Weile aus dem Trott rausmusste. Begründet hatte sie es mit dem Stress der letzten Zeit und mit den Folgen ihres Sturzes, und er war sofort bereit gewesen, ihr dabei zu helfen, die Projekte, die in der nächsten Zeit anstanden, anderweitig zu verteilen. Kein schwieriges Unterfangen, denn viele ihrer

Angestellten schienen sich über die Chance zu freuen, mehr Verantwortung zu übernehmen.

Nur Zoe selbst war es schwergefallen loszulassen. Sie konnte sich noch nicht vorstellen, morgen nicht ins Büro zu fahren, sondern nach Cornwall. Und erst recht mochte sie nicht daran denken, dass in nicht mal zehn Tagen vielleicht alles vorbei war. Wenigstens hatte sie das Wichtigste geregelt, alle wussten Bescheid, was zu tun war, und die Geschäfte würden auch ohne sie weitergehen.

Der Einzige, der noch nichts von ihrer spontanen Reise wusste, war ihr Vater. Zoe hatte es den ganzen Tag vor sich hergeschoben, ihn zu informieren, aber er war inzwischen sicher aus Winchester zurück. Deshalb würde sie jetzt zu ihm fahren und …

Ein Wagen hielt direkt neben Zoe, doch erst, als das Fenster heruntergefahren wurde, nahm sie ihn bewusst wahr. Es war allerdings nicht das Taxi, das sie erwartete, sondern ein silberner Jaguar. Sie erkannte das Auto und eine Sekunde später auch den Mann hinter dem Steuer.

»Dad!«, rief sie überrascht und auch ein bisschen erfreut, weil sie für einen Moment glaubte, er wäre vielleicht gekommen, um Brenda zu besuchen.

Doch George Bevan stieg nicht aus, sondern sah sie durch das geöffnete Beifahrerfenster an.

»Steig ein!«, forderte er sie auf, und als Zoe seine zusammengeschobenen Brauen sah, wusste sie, dass er von ihren Plänen erfahren hatte. Und dass er alles andere als begeistert davon war.

5

Jack Gallagher steckte zwei Finger in den Mund und stieß einen schrillen Pfiff aus. Wenige Augenblicke später jagte ein schwarz-weißer Border Collie über die Wiese und blieb schwanzwedelnd vor ihm stehen, wartete auf eine neue Aufgabe. Aber es gab nichts mehr zu tun. Die Schafe waren versorgt, und es war alles in Ordnung, davon hatte Jack sich gerade noch mal überzeugt, so wie jeden Abend.

»Wir sind fertig für heute, Buddy.« Er beugte sich hinunter und strich dem Hund über den Kopf. »Na los, gehen wir nach Hause.«

Buddy folgte ihm und wartete, bis Jack das Weidetor wieder geschlossen hatte. Dann lief er voran, den Weg entlang zu dem alten Farmhaus, das sich in der Abendsonne vor ihnen erhob.

Es war aus den für diese Gegend typischen flachen Schiefersteinen gebaut und so alt, dass sich die Dachschindeln der Scheune, die neben dem Haupthaus stand, schon ein bisschen durchbogen. Ein paar kleinere Schuppen gab es auch noch, und ein gutes Stück dahinter, aber immer noch in Laufweite, lag das »Wild Flower Inn«. Die Pension war früher auch eine Scheune gewesen, die seine Eltern jedoch schon vor Jahrzehnten umgebaut hatten – als klar war, dass die Landwirtschaft das Einkommen der Familie nicht mehr allein sichern konnte. Außer dem Strandhaus, das ganz hinten am Ende der Weiden in der Nähe der Klippen lag und das man von hier aus gerade noch erkennen konnte, gab es keine weiteren Gebäude in

Sichtweite, und so war der idyllische ländliche Eindruck perfekt. Dabei begann das Dorf gar nicht weit entfernt von den Häusern der Gallaghers, es lag nur etwas tiefer in der nächsten Bucht und war von der Farm aus nicht zu sehen. Dafür blickte man auf das Meer, das man zu Fuß erreichen konnte, wenn man die Schafweiden überquerte und dem Pfad über die sanft geschwungenen Hügel zu den Klippen folgte, die ein beliebtes Ausflugsziel für Touristen waren. Surfer genossen die Brandung, und die Strände waren im Sommer immer voll, genau wie die Straßen im Ort und die Restaurants und Läden in den engen, teilweise steilen Gassen, die hinunter zum Hafen führten. Penderak lebte inzwischen vom Tourismus, und das hatte den Charakter des alten Fischerdorfs verändert. Aber nicht so sehr, dass Jack es nach seiner Rückkehr nicht wiedererkannt hätte. Vieles war noch genauso wie damals, als er gegangen war, und dafür war er auf eine fast verzweifelte Weise dankbar.

Er hatte nicht geglaubt, dass ihm das alles hier fehlen würde, als er nach Kanada gegangen war. Im Gegenteil. Er war ganz sicher gewesen, dass ihn keine zehn Pferde jemals wieder zurückbringen könnten an den Ort, der ihm damals so eng vorgekommen war, dass er ihm ganz dringend entfliehen musste. Aber jetzt tat es gut, wieder hier zu sein, jetzt war es gerade die Ruhe, die er dringend brauchte.

Und für William galt das Gleiche, auch wenn sein Sohn ihn immer noch dafür hasste, dass sie Vancouver verlassen hatten.

Jack rief den Hund, der ein Stück über die Wiese hinter dem Farmhaus gelaufen war, und Buddy kam sofort zurück, folgte ihm auf den Hof und dann ins Haus. Die Dielen knarrten vertraut, als Jack durch den Flur in das kleine Wohnzimmer mit den dunklen Holzmöbeln ging, die hier standen, seit er denken konnte. Sein Urgroßvater war ein begabter Zimmermann gewesen und hatte jedes Stück selbst gefertigt, was der Einrichtung etwas sehr Uriges gab, das Jack inzwischen zu schätzen wusste. Die Gallaghers bewirtschafteten die Farm schon seit Generationen, und früher hatte ihm der Anblick der alten Möbel genau deswegen Beklemmungen verursacht. Alles wirkte festgelegt und unveränderbar, auch wenn das natürlich nicht stimmte, aber er hatte erst Mitte dreißig werden müssen, um zu erkennen, dass genau das auch seinen Reiz hatte.

Buddy stupste ihn an, und Jack lächelte, als er in das erwartungsvolle Hundegesicht blickte.

»Du hast Hunger, oder?« Buddy konnte zwar nicht nicken, aber er sprang auf und lief schon mal vor in die Küche, was einer Bestätigung gleichkam. Jack folgte dem Hund und füllte den Napf, stellte ihn Buddy hin, der sich begierig über sein Futter hermachte.

Der Border Collie war noch nicht lange bei ihnen. Jack hatte ihn gekauft, kurz nachdem er die Farm übernommen hatte, vor allem für die Arbeit mit den Schafen, aber auch für William. Der Junge hatte sich lange einen Hund gewünscht, doch Karen war immer dagegen gewesen, und irgendwie hatte Jack gehofft, dass Buddy William aufmuntern würde. Doch William zeigte kein Interesse. Die meiste Zeit trieb er sich irgendwo herum, ohne zu sagen, wohin er ging, und auf Nachfragen reagierte er pampig oder ausweichend.

Jack seufzte tief, während er den Wasserkocher füllte, um sich einen Tee aufzugießen. Er wusste, dass es in der Pension um diese Zeit Abendessen gab und dass seine Mutter sich freuen würde, wenn er mit William hinüberging. Aber der Junge fühlte sich immer noch überfordert davon, plötzlich eine große Familie zu haben, und Jack wollte es ihm nicht noch schwerer machen. Deshalb aßen sie meistens allein.

Er holte eine Pfanne aus dem Schrank und begann, Omeletts mit Schinken zuzubereiten, weil er wusste, dass William sie mochte. Was er nicht wusste, war, ob sein Sohn auch da sein würde, um sie zu essen. Jack hatte ihm am Morgen zwar gesagt, dass er ihn um sieben Uhr – also in ein paar Minuten – zum Essen erwartete, aber das bedeutete nicht, dass der Junge auch pünktlich auftauchte.

Ein Klopfen am Fenster riss ihn aus den Gedanken, und als er nach draußen blickte, sah er Megan Turner. Sie hatte einen Korb dabei und winkte ihm lächelnd.

»Kann ich reinkommen?« Ihre Stimme drang nur gedämpft durch die Scheibe, und er seufzte innerlich, weil ihm nicht nach Besuch war, auch nicht von Megan. Aber er deutete trotzdem mit dem Pfannenwender in Richtung Haustür.

»Es ist offen!«

Wenig später betrat Megan die Küche.

»Ich habe heute gebacken und dachte, ich bringe euch ein bisschen Kuchen vorbei«, erklärte sie und holte einen mit Alufolie bedeckten Teller aus dem Korb, den sie auf dem Tisch abgestellt hatte. »Es ist ein Apfelkuchen, den mag William doch so gerne.«

Sie strahlte ihn an, und wieder stellte Jack fest, dass sie sehr hübsch war. Nicht so hübsch, dass es einen umhaute, aber sie gefiel ihm. Sportlich war sie und fasste ihre dunklen Haare fast immer zu einem Pferdeschwanz zusammen. Und sie hatte ein schönes Lächeln. Das war ihm schon damals aufgefallen, als sie noch gemeinsam zur Schule gegangen waren. Wirklich befreundet waren sie zwar nicht gewesen, aber sie hatten sich gut gekannt, und nach Jacks Rückkehr vor einem halben Jahr war Megan – anders als andere Dorfbewohner – offen und ohne viele Fragen zu stellen auf ihn zugegangen. Er wusste, dass viele rätselten, warum er wieder da war, aber er sprach nicht gerne über seine Vergangenheit. Megan gehörte zu denjenigen, die das respektierten. Das wusste er zu schätzen, und auch, dass sie sich sehr um William bemühte.

Natürlich tat sie das nicht nur, weil sie so ein guter Mensch war. Jack war durchaus bewusst, dass sie Interesse an ihm hatte. Aber nach dem Desaster mit Karen und ihrem plötzlichen Tod vor etwas mehr als einem Jahr hatten er und William immer noch genug zu verarbeiten. Ob er eine Beziehung mit Megan eingehen würde, wenn er wieder bereit dazu war, wusste Jack nicht. Doch das war eine Sache, über die er sich noch keine Gedanken machen wollte. Im Moment war er dankbar für ihre Freundschaft und dafür, dass sie nicht mehr von ihm verlangte.

»Danke, das ist nett von dir.« Er nahm den Teller und stellte ihn auf die Arbeitsplatte neben den Kühlschrank. »Ich bin allerdings nicht sicher, ob William den Kuchen essen wird. Du kennst ihn ja – im Moment sagt er zu so gut wie allem Nein.«

Megan setzte sich an den Küchentisch. »Du musst ihm Zeit lassen, um sich einzugewöhnen. Aber das wird schon, du wirst sehen.«

»Dein Wort in Gottes Ohr«, meinte Jack, der das nicht so optimistisch sah. »Er ist wirklich schwierig im Moment.«

»Soll ich mal versuchen, mit ihm zu reden?«

»Nein, lass nur, ich krieg das schon hin.« Jack konnte sich gerade noch davon abhalten, den Mund zu verziehen.

So nett er Megan fand, sie überschätzte leider völlig, wie sie bei William ankam. Der Junge war mehr oder weniger höflich zu ihr, aber nur, weil Jack ihm sehr deutlich gesagt hatte, dass er das von ihm erwartete. Wenn sie nicht da war, machte William allerdings keinen Hehl daraus, wie wenig er von Megan hielt. Er mochte noch jung sein, aber ihm waren ihre Absichten, was Jack anging, ebenfalls nicht entgangen. Und auch wenn er wusste, dass die Ehe seiner Eltern alles andere als glücklich gewesen war, schien ihm die Vorstellung, dass sein Vater sich neu verlieben könnte, nicht zu gefallen.

Jack nahm das erste Omelett aus der Pfanne und legte es auf einen Teller.

»Willst du auch eins?«, fragte er Megan.

»Gern«, erwiderte sie und strahlte ihn erneut an. Auf die Einladung schien sie gewartet zu haben.

Er reichte ihr den Teller mit dem Omelett und Besteck, dann schlug er neue Eier auf und verquirlte sie mit Milch.

»Sag mal, was ich dich auch noch fragen wollte ...« Megan zögerte kurz, doch dann gab sie sich einen Ruck. »Am Samstag ist doch der Summer Dance unten im Dorf. Ich würde gerne hingehen, aber nicht so gern allein. Hättest du vielleicht Lust, mich zu begleiten?«

Hoffnungsvoll sah sie Jack an, der für einen Moment nicht wusste, was er antworten sollte. Zum Summer Dance, einer großen und sehr beliebten Tanzveranstaltung der Gemeinde, kamen nämlich traditionell vor allem Paare, und wenn er mit Megan hinging, dann war das fast wie ein nächster Schritt. Den schien Megan offenbar gehen zu wollen, und er fragte sich plötzlich, ob er vielleicht unterschätzt hatte, wie sehr sie sich eine Beziehung mit ihm wünschte.

Aber schuldete er ihr nicht wenigstens diesen kleinen Gefallen, nach allem, was sie für ihn und William tat? Sie war so freundlich zu ihm, da konnte er sich ruhig mal erkenntlich zeigen. Außerdem war es nur ein Tanzabend, mehr nicht.

»Wenn du möchtest«, sagte er deshalb und lächelte.

»Oh, großartig!« Megans Augen leuchteten, und sie wollte gerade noch etwas sagen, doch in diesem Moment betrat William die Küche.

Als er sah, dass Megan da war, wurde sein ohnehin schon mürrischer Gesichtsausdruck noch ein bisschen finsterer.

»Hi, Will.« Sie lächelte ihn freundlich an, und der Junge erwiderte den Gruß nach einem kurzen Seitenblick auf Jack, bevor er zum Kühlschrank ging und sich einen Orangensaft eingoss.

Jack beobachtete seinen Sohn aus den Augenwinkeln, während er das zweite Omelett briet. William war ein hübscher Kerl, groß für sein Alter und noch ein bisschen schlaksig, aber bei den Mädchen kam er jetzt schon gut an – auch wenn er deren Interesse bisher nicht erwiderte. Sein dunkles, fast schwarzes Haar hatte er von Karen geerbt, und er sah ihr auch sonst ähnlich. Nur die grünen Augen hatte er von Jack – und das sture Wesen vermutlich auch.

»Na, wie war dein Tag?« Falsche Frage, dachte Jack sofort, nachdem er sie gestellt hatte, doch zu seinem Erstaunen bekam er eine Antwort.

»Ich war bei Sarah drüben im Strandhaus.« William nahm sich Messer und Gabel, dann setzte er sich an den Platz, der am weitesten von Megan entfernt war.

»Den ganzen Tag?«, fragte Jack erstaunt. Er hatte am Morgen noch mit seiner Schwester telefoniert, weil sein Neffe Luke ihm beim Ausbessern der Zäune helfen sollte, und als die Rede auf William gekommen war, hatte Rose behauptet, sie habe ihn nicht gesehen.

»Nein, erst vorhin«, erwiderte William, ohne weitere Erklärungen, was er den Rest der Zeit über gemacht hatte.

Jack drang nicht weiter in ihn. Er konnte sich schon denken, dass William den Tag am Strand verbummelt hatte, und er war einfach froh, dass der Junge überhaupt etwas erzählte.

Tatsächlich war William auch noch gar nicht fertig mit seinem Bericht.

»Tante Rose fährt morgen nach London«, verkündete er, als er von Jack den Teller mit dem Omelett entgegennahm.

Überrascht sah Jack ihn an. »Nach London? Davon hat sie gar nichts gesagt.«

»Sie weiß es auch erst seit heute«, erklärte William. »Sarah zieht dann so lange zu den Donovans und die Jungs zu Iris. Weil nämlich irgendeine Frau kommt und so lange im Strandhaus wohnt.«

»Was denn für eine Frau?«, erkundigte sich Megan neugierig.

William zuckte mit den Schultern. »Keine Ahnung. Ich glaube, Tante Rose kennt sie von früher. Sie wollte unbedingt sofort kommen und das Strandhaus mieten, und jetzt fährt Rose nach London und wohnt so lange in dem Haus von der Frau.«

Das waren nur spärliche Informationen, aber Jack war Williams lückenhafte Erzählweise gewohnt und reimte sich zusammen, was passiert sein musste. Rose hatte offenbar sehr spontan einen Häusertausch vereinbart. Mit einer Freundin von früher ...

Sein Magen zog sich zusammen. »Hat sie gesagt, wie diese Freundin heißt?«

William schüttelte den Kopf. »Nö. Glaub nicht«, meinte er, was vermutlich hieß, dass es ihm wieder entfallen war, falls Sarah oder Rose es erwähnt hatten. So unwichtige Dinge merkte sich ein Dreizehnjähriger nicht.

Aber es spielte ohnehin keine Rolle. Es kann nicht Zoe sein, dachte Jack und ärgerte sich darüber, dass sofort ihr Bild in seinem Kopf aufgetaucht war. Sie hatte sich nie wieder gemeldet, und wenn es nach ihm ging, dann durfte es auch gerne dabei bleiben. Er wusste nicht mal, wieso sie ihm überhaupt wieder eingefallen war. Vielleicht weil sie mit ihrer Familie immer im Strandhaus gewohnt hatte. Und weil sie aus London kam. Aber London war groß, und er hatte keine Ahnung, ob sie noch dort war oder was sie machte. Und es war ihm auch egal.

Während des Essens erzählte Megan viel. Sie arbeitete in einem Fish-and-Chips-Grill unten am Hafen und berichtete von einigen skurrilen Begegnungen mit Kunden. Das war auch gut so, denn ein Gespräch kam ansonsten kaum zustande. William sagte nicht einen Ton und ging sofort, als er mit dem Omelett fertig war, und auch Jack hörte nur mit einem Ohr zu und war froh, als Megan sich schließlich verabschiedete.

»Also dann bis Samstag«, sagte sie an der Tür. »Holst du mich ab?«

Jack nickte. »So gegen halb acht.«

Als er zurück in die Küche ging, beschloss er, sich auf den Abend zu freuen. Megan war nett. Und sie würde ihn sicher nicht so enttäuschen wie Karen. Oder Zoe …

Kurz überlegte er, ob er Rose einen Besuch abstatten sollte, um sich von ihr die ganze Geschichte über diesen Häusertausch erzählen zu lassen. Aber dann entschied er sich dagegen. Wenn sie wirklich morgen schon nach London wollte, dann hatte sie vermutlich genug um die Ohren.

Ich werde schon früh genug erfahren, wer diese Besucherin ist, dachte er und schob den Riegel vor.

6

»Woher wusstest du, dass ich hier bin?« Zoe glitt auf den Beifahrersitz und schloss die Autotür. Ihr Vater war noch angeschnallt, aber er machte keine Anstalten weiterzufahren.

»Dein Handy ist aus. Das ist es nie. Nur, wenn du bei Brenda bist«, erwiderte er.

Zoe fiel ein, dass sie es tatsächlich abgeschaltet hatte, bevor sie hoch auf die Station gefahren war. Es hatte einmal einen unangenehmen Zwischenfall gegeben, als ihr Handy plötzlich geklingelt hatte. Ihre Mutter war der Meinung gewesen, das Gespräch wäre für sie, und hatte Zoe das Telefon aus der Hand gerissen. Da sie den Anrufer nicht kannte, war ihre Verwirrung noch größer geworden, und die ganze Sache hatte damit geendet, dass Brenda das Handy gegen die Wand geschleudert hatte. Seitdem machte Zoe ihr Smartphone grundsätzlich aus, bevor sie das Zimmer ihrer Mutter betrat. Dass dies für ihren Vater ein Indikator sein könnte, wo sie sich befand, wäre ihr bis zu diesem Moment nicht in den Sinn gekommen. Aber es stimmte. Es war die einzige Zeit, in der sie nicht erreichbar war.

»Ich dachte, du bist noch in Winchester«, sagte sie und wand sich unter dem Blick ihres Vaters.

»Es ging schneller, als gedacht.« Er zögerte, schien seine nächsten Worte abzuwägen. Doch dann entschied er sich – wie immer – für den direkten Vorstoß. »Hast du eigentlich den Verstand verloren?«

Zoe versuchte, ruhig zu bleiben. Sie wusste, dass ihr Vater

es gar nicht schätzte, wenn man ihn vor vollendete Tatsachen stellte. Oder etwas tat, das ihm nicht passte. Gerade deshalb war sie genau diesen Weg gegangen. Weil es keinen Zweck hatte, mit ihm zu diskutieren.

George Bevan war ein harter Mann. Das war er nicht immer gewesen, aber der Tod seines Sohnes und die Krankheit seiner Frau hatten ihn dazu gemacht. Beruflich war er dadurch erfolgreicher als vorher, privat jedoch eher schwierig. Wobei – ein Privatleben gab es für ihn kaum noch. Er war ein Workaholic, bei ihm drehte sich alles um die Firma, und Zoe hatte gelernt, damit umzugehen. Mehr noch, sie hatte seine Lebensweise übernommen, hatte sich in die Arbeit gestürzt genau wie er, weil es eine gute Möglichkeit war zu vergessen, dass im Leben ihrer Familie seit Jahren ein Loch klaffte. Und es wird für Dad vielleicht bald noch größer, dachte Zoe traurig, während sie sein hageres Gesicht betrachtete.

»Wer hat es dir erzählt?« Sicher nicht Philipp oder Maureen. Zoe hatte beide gebeten zu schweigen, weil sie es ihrem Vater selbst sagen wollte, und ihr Verlobter und ihre Assistentin hatten sich bestimmt daran gehalten. Deshalb blieb eigentlich nur eine Möglichkeit. »War es Phyllis?«

Die Sekretärin ihres Vaters schien einen sechsten Sinn dafür zu haben, wenn in der Firma etwas vorging. Sie hatte ihre Augen und Ohren überall, also konnte es gut sein, dass sie eine Unterhaltung zwischen den Kollegen mitbekommen und die Information dann sofort an ihren Boss weitergegeben hatte. Ihre Loyalität ihm gegenüber war fast legendär, was sicher auch daran lag, dass die beiden schon seit einigen Jahren eine Affäre hatten. Zoe wusste das, auch wenn ihr Vater es leugnete, und sie verstand es sogar. Irgendwie. Schließlich hatte die Ehe ihrer Eltern auch schon vor Brendas Krankheit nur noch auf dem Papier bestanden.

»Ist doch egal«, sagte George Bevan wütend. »Jedenfalls nicht von dir.«

»Ich wäre nicht gefahren, ohne es dir zu sagen«, erklärte sie. »Tatsächlich war ich gerade auf dem Weg zu dir, um ...«

»Um was? Es mir mitzuteilen?«, herrschte er sie an. »Das reicht nicht, Zoe. Du kannst doch nicht einfach beschließen, alles stehen und liegen zu lassen und wegzufahren. Du bist stellvertretende Geschäftsführerin, Herrgott noch mal. Wir hätten das besprechen müssen.«

»Es tut mir leid«, sagte sie, weil sie wusste, dass er recht hatte. Doch eine Entschuldigung allein schien ihm nicht zu genügen.

»Das geht nicht, Zoe. Du kannst nicht weg, nicht jetzt. Du weißt, wie wichtig das Lombardi-Projekt für uns ist. Wir haben so lange daran gearbeitet, und es steht auf der Kippe. Jim Smethers hat beim letzten Mal ausdrücklich betont, dass er den Budgeterhöhungen nur zugestimmt hat, weil du ihn überzeugen konntest. Er hält viel von dir. Wenn du aussteigst, schmeißt er uns das Ganze vielleicht vor die Füße.«

Zoe war sich darüber im Klaren. Und sie wusste auch, dass es ein Problem war. Aber sie konnte es nicht ändern.

»Es tut mir wirklich leid, Dad, glaub mir«, wiederholte sie. »Aber ich muss trotzdem weg.«

Überrascht über ihre hartnäckige Weigerung betrachtete er sie genauer. Seine Wut schien verraucht, stattdessen standen Verwirrung und Sorge auf seinem Gesicht.

»Was ist denn los mit dir? So kenne ich dich gar nicht. Geht's dir nicht gut?«

Das war genau der Punkt ihres Gesprächs, vor dem Zoe sich gefürchtet hatte. Sie konnte ihm nichts über ihren Zustand sagen. Es würde schwer genug für ihn sein, damit zu leben, wenn es so weit war und er sie vielleicht auch noch verlor. Aber irgendeine Begründung musste sie ihm liefern.

»Ich bin so erschöpft, Dad. Ich habe zu viel gearbeitet in der letzten Zeit, und dann die Sache mit Mum ... Ich kann einfach nicht mehr.«

Die letzten Worte sagte Zoe mit Nachdruck und spürte mit Schrecken, dass es die Wahrheit war. Tränen schossen ihr in die Augen, und sie blinzelte rasch dagegen an. Aber ihr Vater hatte es gesehen. Erschrocken legte er ihr die Hand auf den Arm.

»Das war mir nicht bewusst. Du ... hast nie was gesagt.«

Nein, dachte Zoe. Sie sagte nie etwas. Jedenfalls nicht so etwas. Wenn überhaupt, dann redete sie mit ihrem Vater über Bauprojekte und Kalkulationen und nicht über Dinge, die ihn oder sie oder ihr Verhältnis zueinander betrafen. So funktionierten sie. Oder so hatten sie bis jetzt funktioniert.

Er räusperte sich. »Und wohin willst du fahren?«

»Ich weiß noch nicht genau. Das entscheide ich spontan.«

Zoe fand es schrecklich, ihn anlügen zu müssen. Aber wenn er erfuhr, dass sie nach Penderak fahren wollte, würde er ausrasten, das wusste sie. Für George war alles, was mit diesem Ort zu tun hatte, nach wie vor ein rotes Tuch, und er würde nicht verstehen, dass sie noch einmal dorthin fahren musste. Von der Tatsache, dass sie wieder bei den Gallaghers wohnen würde, ganz zu schweigen.

»Aha«, meinte ihr Vater, und für einen Moment befürchtete Zoe, dass er sich mit ihrer Antwort nicht zufriedengeben würde. Aber er ließ das Thema fallen, vielleicht, weil er spürte, dass sie nichts mehr dazu sagen würde und dass sie auch nicht von ihrem Plan abzubringen war.

»Soll ich dich nach Hause fahren?«, fragte er.

Zoe blickte aus dem Fenster zu der Villa hinüber. »Willst du nicht noch kurz rauf zu Mum? Es wäre eine gute Gelegenheit.«

Einen Versuch ist es wert, dachte sie. Doch ihr Vater schüttelte den Kopf. Wie immer.

»Wozu? Sie erkennt mich nicht.« In seiner Stimme schwang Bitterkeit mit.

»Deswegen brauchst du sie nicht komplett aus deinem Leben zu streichen. Sie ist deine Frau«, erinnerte Zoe ihn, obwohl sie wusste, dass es keinen Zweck hatte. Er konnte mit Brendas Krankheit nicht umgehen, das hatte er noch nie gekonnt. Wenn es nach ihm gegangen wäre, dann hätte sie schon viel eher in ein Pflegeheim eingewiesen werden sollen. Doch das hatte Zoe verhindert.

Ihr Vater antwortete nicht und wich ihrem Blick aus, schwieg für einen Moment. Und tat dann das, was Zoe auch gut konnte, wenn ihr ein Thema nicht passte – er sprach einfach etwas anderes an.

»Was sagt Philipp eigentlich zu deinen Urlaubsplänen? Ich nehme an, er weiß davon?«

Zoe nickte. »Er hat mir geholfen, alles zu regeln.«

»Hm.« Die Tatsache, dass sein zukünftiger Schwiegersohn ihn nicht sofort informiert hatte, wurmte ihn ganz offensichtlich, und Zoe rechnete es Philipp hoch an, dass er dennoch geschwiegen hatte.

Grundsätzlich verheimlichte ihr Verlobter seinem Boss nämlich nicht gerne etwas. Er war stets bemüht, einen Konsens zu finden, hatte schon oft zwischen Zoe und ihrem Vater vermittelt, wenn ihre Standpunkte weit auseinanderlagen – was einer der Gründe dafür war, dass sie ihn beide so schätzten.

Wenn es nach ihrem Vater gegangen wäre, dann hätte die Hochzeit deshalb auch schon längst stattgefunden. Doch Zoe hatte das immer wieder aufgeschoben. Und nun ging es erst recht nicht, denn sie wollte Philipp nicht zumuten, sich an eine Frau zu binden, die vielleicht bald ein Pflegefall war. Sie hatte ja gesehen, wie ihr Vater auf die Krankheit ihrer Mutter reagierte.

»Und was ist mit dem Verkauf der Villa?«, erkundigte George sich. »Wenn du länger weg bist, dann sollte das vielleicht vorher noch geklärt werden.«

Zoe schluckte. »Ich kümmere mich darum, wenn ich zurückkomme.«

Ihr Vater hob die Augenbrauen. »Das Angebot gilt sicher nicht ewig, Zoe. Du solltest es annehmen, bevor der Kerl es sich wieder anders überlegt.«

Sie lehnte sich im Sitz zurück und stieß stöhnend die Luft aus. Wieso verlangten heute alle Entscheidungen von ihr, die sie nicht treffen wollte?

»Es fällt mir eben schwer, Dad. Ich hänge an dem Haus. Wir sind dort aufgewachsen, Chris und ich. Und Mum …« Sie stockte, als sie an das verzweifelte Gesicht ihrer Mutter dachte, damals, als sie noch bei Verstand gewesen war.

Du darfst das Haus nicht verkaufen, Zoe. Versprich es mir. Er ist noch hier, ich spüre das. Lass nicht zu, dass es in fremde Hände kommt.

Deswegen hatte Zoe auch so lange gezögert, ihre Mutter in ein Pflegeheim zu geben. Für Brenda war es wichtig gewesen, in der Villa zu sein. Sie hatte die Erinnerungen gebraucht, die sie dort umgaben, ganz im Gegensatz zu ihrem Mann, der genau das nicht ertrug.

George Bevan war schon vor Jahren ausgezogen und lebte inzwischen in einem Apartment in der Nähe der Firma, angeblich, weil das für ihn praktischer war. Wenn es nach ihm gegangen wäre, dann hätten sie die Villa schon lange verkauft.

Doch das Haus gehörte nicht ihm, sondern Brenda, die es von ihrer Familie geerbt und an Zoe überschrieben hatte, um es seinem Zugriff zu entziehen – eine Tatsache, die ihn immer noch ärgerte.

»Deine Mutter hat Alzheimer, sie hat vergessen, dass es das Haus überhaupt gibt«, erinnerte er Zoe. »Und du hast selbst gesagt, dass es für dich allein zu groß ist.«

Ja, das habe ich gesagt, gestand Zoe sich ein. Und es stimmte auch. Es gab Abende, da hasste sie es, nach Hause zu kommen in das große, stille Haus, in dem es Zimmer gab, die sie seit Jahren nicht betreten hatte. Aber trotzdem …

Sie seufzte tief. »Es kommt mir vor, als würde ich Mum verraten.«

»Das ist Unsinn, Zoe. Im Leben muss man nach vorn sehen. Aber das konnte deine Mutter nicht. Sie hat in der Vergangenheit gelebt, immer schon, auch vor ihrer Krankheit. Sie hat versucht, etwas festzuhalten, das es nicht mehr gibt.« Georges Stimme klang verächtlich, und das machte Zoe auf einmal furchtbar wütend.

»Dann bedeutet dir das alles nichts mehr? Die Erinnerungen an Chris? Willst du das alles verkaufen und vergessen?«

Ihr Vater beugte sich zu ihr. Seine Augen glänzten, und zum ersten Mal seit langer Zeit sah Zoe darin wieder rohen Schmerz. »Ich habe gar nichts vergessen, Zoe. Aber ich brauche das Haus nicht, um mich an Chris zu erinnern. Ich weiß auch so jeden Tag, was ich verloren habe.«

Langsam, als habe ihn dieser Satz viel Kraft gekostet, sank ihr Vater zurück in seinen Sitz und starrte durch die Windschutzscheibe auf die Straße.

Zoe spürte, wie die Müdigkeit zurückkehrte, die sie schon den ganzen Tag begleitete und die ihr jeden Antrieb nahm.

Denn sie wusste, was ihr Vater damit zugab. Chris fehlte. Immer noch. Und es war ganz egal, wie sehr sie sich bemühte – sie würde ihren Bruder niemals ersetzen können.

Chris war es gewesen, der Bevan Constructions hätte übernehmen sollen, und nicht sie. Er hatte angefangen, Bauwesen zu studieren und wäre in die Fußstapfen seines Vaters getreten. Sein Tod hatte das verhindert, und Zoe versuchte seitdem irgendwie, den Verlust auszugleichen. Aber es gab niemanden, der die Lücke füllen konnte, die ihr Bruder hinterlassen hatte.

Für einen Moment versank sie in Erinnerungen, dachte an Chris' strahlendes Lächeln, seinen Charme. Und wie schön er Klavier gespielt hatte. Die Musik war seine Leidenschaft gewesen, deshalb dachte Zoe schon länger darüber nach, eine Stiftung zu gründen, die sich in seinem Namen um die Förderung junger Musiktalente kümmerte. Das war der einzige Grund für sie gewesen, das Kaufangebot ernsthaft in Erwägung zu ziehen, denn mit dem Geld hätte sie diesen Plan in die Tat umsetzen können.

Aber nun war es fraglich, ob sie das noch schaffen würde. Es war überhaupt alles fraglich, und Zoe spürte, dass sie keine Kraft mehr hatte.

»Ich spreche noch mal mit diesem Anwalt«, sagte sie, weil sie nicht mehr weiter über das Thema diskutieren wollte, und sah zu ihrer Erleichterung, dass ein schwarzes Auto mit einem kleinen orangefarbenen Leuchtschild auf dem Dach vor dem Jaguar ihres Vaters an der Bordsteinkante hielt. »Das ist mein Taxi. Ich nehme es, dann musst du nicht extra einen Umweg fahren.«

Sie gab ihrem Vater einen Kuss auf die Wange und stieg aus, bevor er protestieren konnte. Dann beugte sie sich noch einmal zu ihm in den Wagen.

»Bis dann«, sagte sie und spürte, wie ihre Brust sich zusammenzog, während sie ihn betrachtete.

»Melde dich«, verlangte er. »Ich will wissen, wo du bist.«

Zoe nickte, obwohl sie wusste, dass sie ihm das nicht sagen konnte, und lächelte zaghaft. Dann warf sie die Autotür zu und ging zu dem Taxi hinüber, dessen Fahrer schon auf sie wartete.

»Nach Hampstead«, erklärte sie ihm, nachdem sie sich hinten in den Wagen gesetzt hatte, und sah dem Jaguar nach, der an ihnen vorbeizog. Der Wagen verschwand zu schnell, als dass sie noch einmal Blickkontakt zu ihrem Vater am Steuer hätte aufnehmen können.

Einen Moment später fuhr auch das Taxi los, und Zoe lehnte sich mit einem tiefen Seufzen in den Sitz zurück.

Das Gefühl, dass ihr alles entglitt, wurde fast übermächtig, und ihre Augen brannten. Sie hätte so gerne geweint, aber sie wollte sich vor dem Taxifahrer keine Blöße geben. Deshalb biss sie die Zähne zusammen und konzentrierte sich auf das, was vor ihr lag.

Morgen würde sie nach Cornwall fahren und anfangen, endlich die Fragen zu stellen, vor deren Antworten sie sich damals gefürchtet hatte. Sie hatte versucht, dem Schmerz zu entkommen, der sie zu zerreißen drohte. Aber die Ungewissheit hatte sie trotzdem all die Jahre gequält. Sie hatte sich in ihrem Kopf festgesetzt, genau wie dieses verdammte Aneurysma, das sie zwang, zu handeln. Ich muss wissen, was damals wirklich passiert ist, dachte sie und spürte, wie die Angst zurückkehrte, nicht nur vor dem, was sie erfahren würde, sondern auch davor, wie wenig Zeit ihr noch blieb, um es herauszufinden.

7

Rose schloss ihren Koffer und hievte ihn vom Bett herunter. Er war schwer, aber sie schaffte es trotzdem, ihn über die Treppe nach unten in den Flur zu schleppen. Kurz vor der Haustür stellte sie ihn ab und seufzte erleichtert. Dann warf sie einen Blick auf ihre Armbanduhr.

Gleich elf Uhr. Zoe würde gegen Mittag hier eintreffen, und obwohl Rose es kaum fassen konnte, war inzwischen alles für den Besuch ihrer früheren Freundin vorbereitet – eine Tatsache, die sie am Tag zuvor noch fast für unmöglich gehalten hatte.

Allein wäre es ihr in der kurzen Zeit vermutlich auch nicht gelungen, aber ihre Mutter und ihre Schwester hatten sie tatkräftig unterstützt und ihr geholfen, das Haus zu putzen, aufzuräumen und die Sachen der Kinder zusammenzusuchen. Alle drei waren gestern Abend schon umgezogen und sie schienen sich auf das Abenteuer zu freuen, mal für eine Weile woanders zu wohnen. Einzig Henry war ein bisschen besorgt gewesen, aber nicht wegen der Trennung von Rose, sondern weil er Angst hatte, Zoe könnte etwas an der Eisenbahn verändern, die im Zimmer der Jungs aufgebaut war. Erst nachdem Rose ihm versichert hatte, dass Zoe sicher nicht damit spielen würde, war er beruhigt gewesen und hatte ihr mit Luke zusammen nachgewinkt, als sie gegangen war. Sarah hatte nicht mal das getan, sondern Rose nur ganz kurz einen Kuss auf die Wange gedrückt, bevor sie mit ihrer Freundin Rachel in deren Zimmer verschwunden war. Wie es aussah, nahmen die Kinder das Ganze also sehr entspannt, etwas, das Rose von sich selbst nicht behaupten konnte.

Vor lauter Nervosität hatte sie in der Nacht fast kein Auge zugemacht, deshalb fühlte sie sich heute Morgen entsprechend gerädert. Trotzdem war das Packen schneller gegangen als gedacht. Jetzt brauchte sie eigentlich nur noch einmal durch die Räume zu gehen und zu kontrollieren, ob auch wirklich alles in Ordnung war. Und dann blieb noch genug Zeit für eine Tasse Tee, bevor ...

Es klopfte an der Haustür, und Rose, die schon auf halbem Weg nach oben gewesen war, drehte sich auf der Treppe um und ging zurück zum Eingang. Sie nahm an, dass es jemand von der Familie war, und sofort schossen ihr tausend Gedanken durch den Kopf. Gab es doch Schwierigkeiten mit den Kindern?

Hektisch riss sie die Tür auf, die besorgte Frage, was los war, schon auf den Lippen. Doch es waren weder Daisy noch Iris noch eines der Kinder.

»Zoe!« Überrascht sah Rose wieder auf die Uhr. »Mit dir hatte ich noch gar nicht gerechnet!«

Das schien Zoe bewusst zu sein, denn sie zuckte unsicher mit den Schultern. »Tut mir leid, ich bin viel zu früh. Aber ich hatte in London nichts mehr zu tun, und ich dachte, ich fahre schon mal los. Ich kann im Wagen warten, falls du noch ...«

»Nein, nein, komm rein. Ich bin schon fertig.« Zum Glück, dachte Rose und schob den Koffer ein Stück zur Seite, um Zoe Platz zu machen. Als sie sich einen Augenblick später im Flur gegenüberstanden, zögerte sie, weil sie nicht recht wusste, wie sie ihre Freundin nach all der Zeit begrüßen sollte. Sie waren sich nicht mehr so vertraut wie damals, aber ihr die Hand zu geben, kam Rose zu steif vor. Deshalb beugte sie sich spontan vor und umarmte Zoe.

»Herzlich willkommen! Schön, dass du da bist!«

Zoe wirkte überrascht, aber sie erwiderte die Umarmung kurz, und Rose spürte, wie erschreckend dünn sie geworden war. Überhaupt wirkte sie zerbrechlicher als früher, und selbst, als sie lächelte, wich der müde Ausdruck nicht aus ihren Augen.

»Danke, dass du meinen Besuch hier möglich gemacht hast.«

Rose winkte ab. »Davon habe ich ja auch etwas«, meinte sie. »Willst du einen Tee? Ich wollte mir gerade einen machen.«

»Gern.«

Rose ging vor in die Küche, erneut froh darüber, dass der Raum dank der Hilfe ihrer Familie aufgeräumt und vorzeigbar war.

»Setz dich doch«, sagte sie und deutete auf den kleinen Tisch in der Ecke. Dahinter an der Wand hingen einige selbstgemalte Bilder von Henry, aber das war im Moment das einzige Anzeichen dafür, dass hier sonst Kinder lebten. Alles andere – die Stifte, Schul- und Spielsachen, die alle drei gerne liegen ließen – hatte Rose zurück in die Kinderzimmer geräumt.

»Hattest du eine gute Fahrt?«, erkundigte sie sich, während sie den Wasserkocher füllte.

Zoe nickte, schien aber tief in Gedanken versunken, während sie sich in der Küche umsah.

»Hier hat sich ja gar nicht viel verändert«, stellte sie erstaunt fest, und Rose wurde bewusst, dass dies auf die Küche tatsächlich zutraf. Die Einbauschränke, das große Küchenbuffet und sogar die Eckbank und die Stühle waren noch dieselben wie damals. Nur die Elektrogeräte hatten sie in der Zwischenzeit ausgetauscht, genau wie den Tisch, dessen Oberfläche ganz zerkratzt gewesen war. Von der Form her erinnerte er allerdings an den alten, deshalb fiel es Zoe vielleicht gar nicht auf.

»Das gilt aber nicht für die anderen Räume«, erklärte Rose, während sie die Teekanne vorbereitete. »Wir mussten einiges renovieren und neu machen, als wir eingezogen sind. Da wirst du nicht mehr viel wiederkennen.«

Sie hatte es positiv gemeint – das Haus war alt, und Zoe sollte nicht glauben, sie müsste ihre Villa in Hampstead gegen eine Bruchbude tauschen. Doch statt sich zu freuen, wirkte Zoe plötzlich enttäuscht.

»Ich habe schon gesehen, dass das antike Tischchen nicht mehr im Flur steht.«

»Das gibt es aber noch.« Rose lächelte. »Meine Mutter würde niemals zulassen, dass ich es weggebe. Ich fand nur, dass es nicht zum Rest meiner Sachen passte. Außerdem war es schon ziemlich angeschlagen, genau wie einige der anderen alten Möbel, die jetzt im Schuppen stehen. Ich wollte sie eigentlich aufarbeiten lassen, aber ...«

Das ist zu teuer, hätte sie fast gesagt, konnte sich aber gerade noch davon abhalten.

»... aber dann fand ich sie doch zu altmodisch«, erklärte sie stattdessen und schämte sich ein bisschen, weil das wirklich nur auf das kleine Tischchen zutraf. Die anderen Möbel waren wunderschön: ein Sekretär, mehrere Kommoden und ein mit Schnitzereien verzierter Schrank, die sie nur zu gerne wieder zurück ins Cottage gestellt hätte. In ihrem derzeitigen Zustand ging das jedoch nicht, und Rose fehlte das Geld, um daran etwas zu ändern.

Aber das brauchte Zoe nicht zu wissen. Die Bevans war damals sehr wohlhabend gewesen, und dem schicken neuen BMW-Cabriolet draußen vor dem Cottage nach zu urteilen, hatte sich daran nichts geändert. In dieser Hinsicht kamen sie aus zwei verschiedenen Welten, und Rose wollte nicht, dass Zoe Mitleid mit ihr hatte. Dafür war sie zu stolz.

Zoe schien ihr jedoch gar nicht richtig zuzuhören, wie Rose bemerkte, die ihr immer wieder einen Seitenblick zuwarf, während sie den Tee aufgoss.

Sie konnte immer noch nicht so recht glauben, dass ihre frühere Freundin hergekommen war, um sich hier zu erholen, wie sie behauptet hatte. Diese ganze Aktion wirkte überstürzt und wenig durchdacht. Und so, wie Zoe aussah und sich verhielt, schien sie sich nicht besonders auf ihren Urlaub zu freuen. Hatte sie sich vielleicht völlig falsche Vorstellungen davon gemacht, was sie hier nach all den Jahren vorfinden würde, und bereute es schon, überhaupt gekommen zu sein?

»Soll ich dir kurz das Haus zeigen, solange der Tee zieht? Dann kannst du selbst sehen, was sich verändert hat.«

»Ja, gern.« Zoe schien froh über den Vorschlag.

Während sie zusammen von Zimmer zu Zimmer gingen, achtete Rose auf die Reaktionen ihrer Freundin. Doch Zoes Kommentare waren allesamt neutral, wenn sie überhaupt etwas sagte. Das meiste sah sie sich nur schweigend an.

»Gefällt es dir nicht?«, erkundigte sich Rose unsicher, als sie wieder in der Küche saßen, und erwartete fast, dass Zoe einen Rückzieher machte. Vielleicht war ihr ja aufgegangen, dass es für sie ein schlechter Tausch war? »Wenn du lieber doch nicht hier wohnen möchtest, dann …«

»Doch, doch, das möchte ich«, versicherte Zoe ihr hastig. »Ich bin nur … ein bisschen überwältigt. Das ist alles.«

Rose betrachtete sie genauer. »Geht es dir wirklich gut?«

Überrascht sah Zoe sie an, senkte dann jedoch rasch wieder den Blick, bevor Rose den Ausdruck darin deuten konnte.

»Ja, natürlich«, sagte sie und lächelte ein wenig. »Es ist alles in Ordnung.«

Nein, ist es nicht, dachte Rose. Sie mochten sich lange nicht gesehen haben, aber so gut kannte sie ihre frühere Freundin noch. Mit Zoe stimmte etwas nicht, davon zeugten die dunklen Ringe unter ihren Augen und der Ausdruck, den Rose darin erkannte. Sie wirkte gehetzt. Und unglücklich. Dabei hatte sie Rose am Telefon mehrfach versichert, dass sie nichts glücklicher machen würde, als ein paar Tage im Strandhaus zu verbringen.

Aus einem Impuls heraus streckte Rose die Hand über den Tisch und legte sie auf Zoes, die sie erschrocken ansah.

»Was ist los?«, fragte sie sanft, aber eindringlich. »Sag schon. Ich sehe doch, dass dich etwas bedrückt. Willst du's mir nicht erzählen?«

***

Zoe erwiderte Rose' Blick und musste die Zähne fest zusammenbeißen, um nicht in Tränen auszubrechen. Herrgott, sie war doch sonst nicht so nah am Wasser gebaut! Aber das war einfach zu viel. Nach all der Zeit wieder hier im Strandhaus zu sein überflutete sie mit Erinnerungen. Und dann Rose, die so herzlich und natürlich war wie damals. Und auch noch genauso einfühlsam. Sie hatte schon immer ein Gespür für Menschen gehabt. Oder zumindest für mich, dachte Zoe. Nichts hatte sie Rose damals verheimlichen können, und sie hatte es auch nie versucht, weil es schön gewesen war, eine Vertraute zu haben. Es hatte nie wieder jemanden wie Rose in ihrem Leben gegeben, und plötzlich vermisste Zoe das so sehr, dass es beinahe körperlich schmerzte.

Ein bisschen kann ich ihr erzählen, dachte sie. Nicht alles. Aber ein bisschen.

»Meiner Mutter geht es nicht so gut, und das macht mich

ziemlich fertig«, sagte sie, und ihre Stimme stockte ein wenig, weil sie es nicht mehr gewohnt war, über ihre Gefühle zu sprechen. Aber dann, als sie erst einmal begonnen hatte, sprudelten die Worte nur so aus ihr heraus. Sie berichtete von der Zeit, in der sie gemerkt hatte, dass etwas mit Brenda nicht stimmte. Und was sie alles versucht hatten, um das Unabwendbare aufzuhalten. Davon, wie schwer es gewesen war, ihre Mutter in das Pflegeheim zu bringen, gegen das diese sich mit Händen und Füßen gewehrt hatte. Und wie hin und her gerissen sie selbst war wegen der Villa, in der sie nicht mehr wohnen, die sie aber auch nicht verkaufen wollte.

»Ich weiß einfach nicht, was ich tun soll.« Zoe zuckte mit den Schultern und ihr wurde plötzlich bewusst, dass sie viel mehr preisgegeben hatte, als ihr lieb war. Erschrocken sah sie Rose an. »Entschuldige! Ich wollte dich damit nicht belasten. Das ist mein Problem, nicht deins.«

»Du belastest mich damit nicht – ich hab ja gefragt«, meinte Rose, und das Mitgefühl in ihren Augen tat Zoe gut. Sie fühlte sich erschöpft, aber auch erleichtert, und die Versuchung war groß, Rose auch den Rest ihrer Sorgen anzuvertrauen. Doch sie konnte es nicht, deshalb schüttelte sie den Kopf.

»Trotzdem – ich halte dich nur auf mit meinen Geschichten. Bis London sind es ein paar Stunden, also solltest du bald fahren.« Sie holte den Schlüsselbund aus ihrer Handtasche und legte ihn zusammen mit den Autopapieren und einer Tankkarte auf den Tisch. »Das ist der Autoschlüssel und der ist für die Haustür«, erklärte sie. »Ich habe den Wagen noch mal vollgetankt, und wenn er wieder leer ist, kannst du die Karte hier benutzen.«

Zögernd griff Rose nach dem Schlüssel und den Papieren, schob die Karte jedoch zurück. »Das kann ich nicht annehmen. Ich zahle das Benzin selbst, und du kriegst den Wagen vollgetankt zurück. Es ist schon großzügig genug von dir, dass du ihn mir überlässt.« Sie runzelte die Stirn. »Brauchst du ihn denn wirklich nicht?«

»Nein«, meinte Zoe entschieden. Es war sehr riskant gewesen, mit dem Auto zu kommen. Der Arzt hatte ihr davon abgeraten, sich in ihrem Zustand hinters Steuer zu setzen. Falls das Aneurysma platzte, brachte sie damit nicht nur sich selbst, sondern auch andere in Gefahr, das wusste sie. Aber es war der schnellste Weg nach Penderak gewesen, deshalb hatte sie es trotzdem gewagt. Wie sie das auf dem Rückweg lösen würde, wusste sie noch nicht, das würde sie entscheiden, wenn es so weit war. »Wie ich schon sagte – hier kann ich alles zu Fuß erreichen, also würde der Wagen nur rumstehen. Nimm ihn ruhig mit nach London, das ist doch auch viel bequemer für dich.«

»Na gut. Wenn du meinst.« Rose stand auf, um das Teegeschirr abzuräumen.

»Lass nur, ich mach das schon«, meinte Zoe und erhob sich ebenfalls, folgte ihr zur Spüle. »Ich bin ja jetzt für das Haus zuständig.«

»Stimmt.« Rose erwiderte ihr Lächeln und stellte die Tassen auf die Spüle. »Ich erkläre dir nur noch kurz, wie alles funktioniert, ja?«

Zoe nickte, und ein warmes Gefühl stieg in ihr auf. Da war immer noch eine Verbindung zwischen ihnen, auch wenn sie angestaubt war und rostig und nicht mehr wirklich trug. Aber sie war noch da, diese tiefe Sympathie, die sie überhaupt Freundinnen hatte werden lassen, und Zoe spürte erneut einen Stich, als ihr klar wurde, was sie all die Jahre vermisst hatte. Sie hätte Rose das gerne gesagt, doch sie schwieg und lauschte stattdessen den Erklärungen ihrer alten Freundin.

Als sie kurze Zeit später vor dem Haus standen und sich

verabschiedeten, konnte sie jedoch nicht anders und umarmte Rose noch einmal ganz fest.

»Danke«, sagte sie mit belegter Stimme. »Es bedeutet mir viel, dass ich wieder hier sein kann.«

Rose lächelte. »Erhol dich gut. Falls es irgendein Problem gibt, kannst du dich jederzeit an Mum wenden. Oder du rufst mich an, wenn du eine Frage hast. Du kannst mich immer erreichen.« Das Letzte sagte sie eindringlich, und es bezog sich nicht auf irgendwelche praktischen Probleme im Haus, das war Zoe bewusst, als sie nickte.

»Okay.«

Sie sah zu, wie Rose einstieg und das Cabrio wendete, winkte ihr nach, bis der Wagen über den schmalen Weg in Richtung Dorf verschwunden war. Dann drehte sie sich um und blickte zum Cottage.

»Strandhaus« nannten es alle, obwohl es nicht direkt am Wasser lag, sondern am Ende einer weitläufigen Wiese, auf der Schafe grasten. Wenn man dem Weg folgte, der am Cottage entlangführte, gelangte man jedoch direkt zu den Klippen, und da es in der Nähe kein anderes Haus gab, das dichter am Meer stand, hatte es irgendwann diesen Namen bekommen.

Das Gebäude war eigentlich ein alter Schafstall gewesen, aber die Gallaghers hatten ihn umgebaut und renoviert und in ein kleines Juwel verwandelt. Das tief gezogene Reetdach, die weißgekalkte Fassade, die hier und da schon etwas verwittert war, und die hübschen Sprossenfenster, dazu die einsame, aber sehr idyllische Lage – all das hatten ihre Eltern genauso geliebt wie sie selbst und Chris, und sie waren sehr gerne jedes Jahr hierher zurückgekehrt. Hier waren sie immer glücklich gewesen. Bis das mit Chris passiert war …

Zoe seufzte tief. *Erhol dich gut*, hatte Rose gesagt, und für einen Moment wünschte sie, dass sie den Aufenthalt hier einfach genießen könnte. Stattdessen würde sie sich den Geistern ihrer Vergangenheit stellen. Wie und wo sie ihr überall begegnen würden, konnte sie noch nicht sagen. Aber je eher ich damit anfange, desto besser, dachte sie und kehrte mit entschlossenen Schritten ins Haus zurück.

8

Rose schaltete in einen niedrigeren Gang und ließ den Wagen ausrollen, brachte ihn an der Ampel zum Stehen. Die Nachmittagssonne, die gerade wieder hinter den wandernden Wolken am Himmel hervorgekommen war, blendete sie ein bisschen, deshalb klappte sie die Sonnenblende herunter – und sah bei einem Blick in den Rückspiegel, dass ihre Haare ganz zerzaust und noch ein bisschen lockiger waren als sonst.

Lächelnd fuhr sie sich mit den Fingern hindurch, um sie zu entwirren. Dass ihre Frisur durch den Fahrtwind ruiniert war, störte sie überhaupt nicht, dafür hatte es viel zu viel Spaß gemacht, dieses schicke, schnelle Cabriolet über die Autobahn zu lenken. Fünf Stunden, länger hatte sie nicht gebraucht, aber es war nicht nur wegen der kurzen Fahrtzeit toll gewesen, sondern auch, weil sie sich nicht erinnern konnte, wann sie sich zuletzt so frei und unabhängig gefühlt hatte.

Ich, ganz allein in diesem wundervollen Auto, dachte Rose und strich andächtig über den weichen hellbraunen Bezug des Lenkrads. Die gesamte Innenausstattung war aus gleichfarbigem Leder und die Armaturen waren in dunkles, edel glänzendes Holz eingelassen, was den Eindruck von Luxus noch verstärkte. Im Vergleich dazu war Daisys alter, leicht verbeulter Toyota-Kombi, den Rose mitbenutzte, nur ein Haufen Schrott, und Rose wagte gar nicht, sich auszumalen, was so ein Wagen kostete. Deshalb war sie anfangs auch nur ganz vorsichtig gefahren, aus Angst, sie könnte irgendetwas daran kaputt machen. Auf der Autobahn hatte dann ihre Abenteuerlust gesiegt, und sie war aufs Gas gestiegen, hatte den schnellen Wagen ein bisschen ausgefahren. Nach einer Weile war sie sicherer geworden, und nun, kurz vor dem Ziel, fühlte es sich schon fast vertraut an, hinter dem Steuer zu sitzen.

Mit einem zufriedenen Lächeln lehnte sie sich in den Sitz zurück – nur um eine Sekunde später wieder hochzufahren, als ein lautes Hupen ertönte.

Erschrocken blickte sie aus dem Seitenfenster und sah, dass neben ihr auf der Abbiegespur ein roter, ebenfalls offener Sportwagen stand. Der braungebrannte Mann hinter dem Steuer war ungefähr in ihrem Alter und passte sehr gut zu seinem Wagen. Er trug ein weißes Hemd, dessen oberste Knöpfe geöffnet waren, und in seinem dunklen Haar, das er mit Gel zurückgekämmt hatte, steckte eine teuer aussehende Sonnenbrille. Mit einem breiten Grinsen sah er zu ihr herüber, und es dauerte einen Moment, bis Rose begriff, dass er sie mit dem Hupen nicht auf einen Fehler hatte aufmerksam machen wollen. Sondern auf sich.

Gerade als er ansetzen wollte, ihr etwas zuzurufen, sprang die Ampel um und Rose musste weiterfahren. Mit klopfendem Herzen blickte sie in den Rückspiegel und sah das rote Auto kleiner werden.

War das tatsächlich ein Flirtversuch gewesen? Der Gedanke ließ sie lächeln. Es war lange her, dass ein fremder Mann ihr auf diese Weise Beachtung geschenkt hatte, deshalb war sie ziemlich irritiert. Aber irgendwie freute es sie auch, das musste sie sich eingestehen.

Wobei … wenn sie es sich hätte aussuchen dürfen, dann wäre sie viel lieber von einem etwas weniger aufgemotzten Kerl angehupt worden. Jemandem mit mehr Stil. Ein seriöser Wagen hätte ihr besser gefallen, irgendeine dunkle Limousine zum Beispiel. Ein weit aufgeknöpftes Hemd musste auch nicht sein, lieber ein maßgeschneiderter Anzug. Und darin ein gut gebauter Kerl, breitschultrig und attraktiv, mit einem sexy Lächeln. Und blond. Ja, definitiv blond.

Rose schmunzelte, amüsiert über sich selbst. Aber, hey, träumen durfte man doch, oder nicht? Schließlich war sie hier, um sich zu amüsieren.

Donner grollte plötzlich etwas weiter entfernt, und Rose wurde mit Schrecken klar, dass das Wetter gerade umschlug. Die Sonne war jetzt komplett hinter einer dichten Wolkenwand verschwunden, und der auffrischende Wind roch nach Regen. Na, das ist ja eine tolle Begrüßung, dachte sie und drückte hastig auf den Hebel, der das Dach des Cabrios wieder schloss. Kurze Zeit später fielen die ersten Tropfen und trommelten auf das Stoffdach. Die Sicht wurde immer schlechter, und Rose hatte alle Mühe, den Anweisungen des Navis durch die Stadt zu folgen.

Als sie zwanzig Minuten später in den Wells Walk in Hampstead einbog, an dem die Villa der Bevans lag, hatte der Regen aufgehört. Doch am Himmel ballten sich noch immer dunkle Wolken zusammen, und das Donnergrollen wurde wieder lauter, deshalb würde es vermutlich nicht lange dauern, bis es erneut losging.

Gespannt blickte Rose durch die Windschutzscheibe auf die Straße, die rechts und links von gediegen aussehenden Stadthäusern gesäumt war. Es war viele Jahre her, seit sie zuletzt hier gewesen war, doch sie erinnerte sich noch gut an die roten Backsteingebäude mit den weißen Sprossenfenstern und Ornamenten im Klinker, die am Anfang des Wells Walk eine geschlossene Front bildeten. Eisenzäune und kleine Mauern fassten die schmalen Vorgärten ein, und alles wirkte gepflegt und einladend. Auf der rechten Seite lag ein kleiner Park, dahinter begann eine Reihe mit frei stehenden Villen.

Den Bevans gehörte gleich das erste Haus, ein dreistöckiger Bau mit hohen Fenstern und mehreren Schornsteinen. Es war das einzige, dessen Klinker gelblich-braun waren, und es stach auch durch seine besonders hübsche Fassade hervor. Die halbrunden hohen Fenster waren weiß eingefasst und der Bereich vor der schwarz lackierten Haustür, zu der drei Stufen hinaufführten, wurde durch ein von zwei weißen Säulen getragenes, dreieckiges Vordach geschützt.

Das Grundstück war von einer Mauer eingefasst, und links neben dem kleinen Vorgarten lag die Auffahrt, auf der Rose das Cabrio parkte. Ein Blick zum Himmel sagte ihr, dass sie sich beeilen musste, wenn sie noch trockenen Fußes das Haus erreichen wollte, deshalb holte sie schnell ihren Koffer hinten aus dem Wagen, nahm ihren Mantel und ihre Handtasche und wollte zur Haustür laufen.

Nach ein paar Schritten blieb sie jedoch abrupt wieder stehen, weil eine dunkle Mercedes-Limousine in die Auffahrt bog und direkt hinter dem Cabriolet zum Stehen kam. Der Platz reichte nur sehr knapp für zwei hintereinander geparkte Autos, deshalb ragte der hintere Teil der Limousine ein Stück auf den Bürgersteig. Aber das schien den Fahrer nicht zu stören, denn er stieg ohne Eile aus und kam auf Rose zu.

»Miss Bevan? Gut, dass ich Sie antreffe. Hätten Sie kurz Zeit für mich?«

Rose erwiderte nichts, sondern starrte den Mann fassungslos an, nicht sicher, ob ihr Gehirn ihr vielleicht gerade einen Streich spielte. Blond, gut gebaut unter dem offenbar maßgeschneiderten grauen Anzug mit passender Krawatte und ein ausgesprochen sympathisches Lächeln: Der Kerl sah haargenau so aus wie der Traummann, den sie sich vorhin ausgemalt hatte. Sogar der Wagen passt, dachte sie und schüttelte den Kopf.

»Wer sind Sie?«

Der Mann wollte gerade antworten, aber nach einem kurzen Blitz und einem heftigen Donnerschlag öffnete der Himmel erneut seine Schleusen, und diesmal richtig. Ein Platzregen prasselte auf sie herab, und durchnässte Rose innerhalb von Sekunden. Das kalte Wasser drang durch den dünnen Stoff ihres ärmellosen Kleides und nahm ihr den Atem, lähmte sie für einen Moment.

Der Mann jedoch reagierte sofort, fasste sie am Oberarm und griff mit der anderen Hand nach ihrem Koffer.

»Kommen Sie!«

Er zog sie mit sich die Stufen hinauf unter das kleine Dach vor der Eingangstür, wo sie zumindest etwas vor dem Regen geschützt waren. Rose fror, aber ihr Gehirn arbeitete jetzt wieder, deshalb suchte sie hastig nach dem richtigen Schlüssel, und einen Augenblick später standen sie beide in der Halle.

»Herrje, was für ein Wetter!« Der Mann schüttelte das Wasser aus seinem Haar und strich über sein nasses Jackett. Das weiße Hemd, das er darunter trug, klebte ihm am Körper, und Rose erkannte, dass sie recht gehabt hatte. Ziemlich muskulös war er, und noch dazu an den richtigen Stellen.

Aber wenn sie durch sein Hemd sehen konnte, dann ...

Sie blickte an sich herunter und sog erschrocken die Luft ein, weil ihr Zustand noch viel schlimmer war als seiner. Unter dem durchnässten Stoff ihres Kleides zeichneten sich ihre Kurven so deutlich ab, dass sie genauso gut hätte nackt sein können, und als sie den Kopf wieder hob und den Mann ansah, merkte sie, dass ihm das keinesfalls entgangen war, auch wenn er den Blick jetzt rasch abwandte. Ihre Wangen wurden heiß, und sie verschränkte die Arme vor der Brust. Aber das reichte nicht. Das reichte auf keinen Fall.

»Ich ... hole schnell ein paar Handtücher«, entschied sie,

obwohl sie gar nicht so sicher war, wo sie welche finden würde. Nach ein paar Schritten erinnerte sie sich jedoch daran, dass es hier unten im Erdgeschoss ein Bad gab, im hinteren Teil des Hauses, wo die Gästezimmer lagen. Hastig lief sie in den Flur, der links von der Halle abging und ließ den Mann allein im Eingangsbereich zurück. Was, wie ihr dann erst klar wurde, keine besonders gute Idee war. Sie bereute ihn überhaupt reingelassen zu haben, schließlich wusste sie nichts über ihn. Vielleicht war er ein Trickbetrüger oder, schlimmer noch, ein Serienkiller. Aber im Regen hätte ich ihn auch nicht stehen lassen können, dachte sie, während sie einige Türen öffnete. Hinter der dritten fand sie das Bad und schnappte sich schnell zwei große Badetücher. Eins davon schlang sie notdürftig um ihr nasses Kleid, dann lief sie wieder zurück und reichte dem Mann das andere.

»Hier.«

»Danke.« Er lächelte schief, als er es ihr abnahm, und zuckte mit den Schultern. Offenbar war die Situation auch ihm ein bisschen unangenehm. »Tut mir leid.«

Rose musste unwillkürlich lächeln. »Sie können doch nichts dafür. Oder haben Sie es absichtlich regnen lassen?«

»Nein. Aber ich wollte Ihnen keine Umstände machen«, sagte er, und als er ihr Lächeln erwiderte, fand sie nicht, dass er aussah, als könnte er ihr gefährlich werden. Jedenfalls nicht im Sinne von serienkiller-gefährlich, schränkte sie ein und spürte, wie ihre Wangen warm wurden.

»Sie wollten mir noch sagen, wer Sie sind.«

»Natürlich. Entschuldigen Sie.« Er streckte ihr die Hand hin, drückte ihre fest. »Ich bin Simon Fielding von der Kanzlei Fielding & Mason. Wir hatten schon kurz telefoniert wegen des Kaufangebots, das Ihnen unser Klient Mr Pandakis unterbreitet hat, erinnern Sie sich? Sie wollten sich melden, aber …«

»Nein«, sagte Rose und entzog ihm die Hand wieder, was ihn verblüfft innehalten ließ.

»Nein?«

Sie schüttelte den Kopf. »Wir haben nicht telefoniert. Ich bin nämlich nicht Zoe Bevan. Mein Name ist Rose Riley.«

»Oh.« Er schien enttäuscht. »Und wo ist Miss Bevan?«

Rose legte den Kopf schief und überlegte, was sie ihm sagen sollte. Er wirkte seriös und sehr nett, und Zoe hatte vorhin erzählt, dass sie überlegte, die Villa zu verkaufen. Aber stand es ihr zu, einem Fremden zu erzählen, wo Zoe sich gerade aufhielt – noch dazu, wenn er sie offenbar gar nicht persönlich kannte?

»Sie ist nicht da«, erwiderte sie ausweichend. »Wenn Sie sie sprechen möchten, versuchen Sie es doch einfach auf ihrem Handy.«

Seine Schultern sanken nach unten, und er seufzte tief.

»Glauben Sie mir, genau das tue ich schon seit über einer Woche. Aber ich erreiche Miss Bevan nicht, und sie reagiert auch nicht auf meine Nachrichten. Vielleicht könnten Sie ihr ausrichten, dass ich wirklich dringend mit ihr reden muss? Mr Pandakis besteht nämlich auf einem Besichtigungstermin mit einem von uns gestellten Gutachter.«

Rose biss sich auf die Lippen. Wenn er deswegen extra persönlich vorbeikam, musste es wichtig sein. Vielleicht war es doch besser, ihm noch einige Informationen zu geben.

»Meine Freundin ist weggefahren. Und sie kommt auch erst Ende nächster Woche zurück.«

»Ende nächster Woche!« Bestürzt sah er sie an. »Das ist zu spät. Wir brauchen das Gutachten früher. Mr Pandakis ist recht sprunghaft in seinen Entscheidungen, und es könnte sein, dass er das Angebot zurückzieht, wenn er zu lange warten muss.«

Rose schluckte, weil er sehr ernst klang. Auf keinen Fall wollte sie schuld daran sein, dass Zoe einen finanziellen Nachteil erlitt, und das würde vielleicht passieren, wenn sie diesen Simon Fielding einfach wieder wegschickte.

»Warten Sie kurz, ja? Ich versuche, das zu klären.«

Sie kramte das Handy aus ihrer Handtasche und ging ein paar Schritte in den Salon – weit genug, dass dieser Fielding nicht hören konnte, was sie sagte, aber nah genug, dass sie ihn im Auge behalten konnte. Dann wählte sie Zoes Handynummer. Der Anruf landete jedoch sofort auf der Mailbox. Schnell legte sie wieder auf und versuchte es stattdessen im Strandhaus, doch auch dort meldete sich niemand.

»Mist!«, fluchte sie leise und ging zurück zu Simon Fielding, der sich gerade mit dem Handtuch über die blonden Haare rieb. »Tut mir leid, ich erreiche meine Freundin im Moment nicht. Aber ich werde ihr ausrichten, dass Sie sie sprechen möchten.«

Er betrachtete sie nachdenklich.

»Oder wir machen es anders«, schlug er vor. »Richten Sie ihr doch bitte aus, dass ich gerne morgen Nachmittag mit unserem Klienten und dem Gutachter eine Hausbegehung machen möchte. Wenn ihr der Termin nicht passt, kann sie gern einen anderen vorschlagen, aber es sollte bald sein. Würden Sie das tun? Sie erreichen sie bestimmt besser als ich, und dann hätte ich endlich eine Antwort. Die brauche ich nämlich.« Er griff in die Innentasche seines Jacketts. »Hier, meine Karte. Unter der Handynummer können Sie mich jederzeit erreichen.«

»Okay«, erwiderte Rose ein bisschen überrumpelt und betrachtete die Visitenkarte.

Simon A. Fielding von Fielding & Mason, einer Anwaltskanzlei mit einer Adresse in Belgravia. Noble Gegend, dachte sie. Und noble Karte. Das Papier fühlte sich edel an, und die Gestaltung war sehr geschmackvoll. Kein Vergleich zu dem labberigen Ding, das ihr Matts kleiner, untersetzter Anwalt bei den Scheidungsverhandlungen in die Hand gedrückt hatte. Wie es schien, war Simon A. Fielding ein ganz anderes Kaliber. In jeder Hinsicht sogar, überlegte sie und sah wieder zu ihm auf.

»Stimmt was nicht?«, fragte er verwundert, und erst jetzt wurde ihr bewusst, wie lange sie die Karte angestarrt hatte.

»Was? Nein. Ich ... habe an etwas anderes gedacht.« Hastig ließ sie die Karte in ihrer Hand verschwinden und hielt sie hinter den Rücken. Gott, wie peinlich, dachte sie. Nicht genug, dass sie hier in einem klatschnassen Kleid stand, um das sie notdürftig ein Handtuch gewickelt hatte, jetzt starrte sie auch noch seine Karte an, als wäre es Aladdins Wunderlampe. Was musste er bloß von ihr denken? »Ich ... werde es meiner Freundin ausrichten.«

Simon Fielding schien zu merken, dass ihr die Situation unangenehm war, denn er gab ihr das andere Handtuch zurück.

»Dann werde ich mal wieder«, meinte er und ging zur Tür. Auf dem Weg dorthin kam er an Rose' Koffer vorbei und runzelte die Stirn. »Wohnen Sie eigentlich hier?«

Rose schüttelte den Kopf. »Ich bin nur zu Besuch«, sagte sie und war kurz davor, begeistert hinzuzufügen, wie aufregend sie es fand, mal wieder in London zu sein. Aber für ihn war das vermutlich nicht so spannend, schließlich lebte er hier. Überhaupt wirkte er sehr weltgewandt – und sie wollte nicht, dass er sie wie Felicity Myers für eine Landpomeranze hielt.

»Meine Freundin lässt mich hier wohnen, wenn ich in der Stadt zu tun habe«, fügte sie hinzu und schob noch ein »beruflich« hinterher. Sie wollte diese Behauptung jedoch lieber nicht weiter ausführen müssen, deshalb war sie froh, als sie die Haustür erreichten.

Es hatte wieder aufgehört zu regnen, aber am Himmel hingen noch immer dicke, dunkle Wolken.

»Tja, dann …« Sie streckte ihm zum Abschied die Hand hin, und er umschloss sie warm und fest mit seiner.

»Ich hoffe, ich höre bald von Ihnen.« Er lächelte, und Rose stellte erstaunt fest, dass sie fast auf Augenhöhe waren. Dabei war sie ziemlich klein und er ziemlich groß. Aber er war schon eine der Stufen vor dem Eingang hinuntergestiegen, was den Größenunterschied zwischen ihnen ausglich und ihr ermöglichte, ihm direkt ins Gesicht zu blicken. Und in seine Augen, in denen ein Funkeln lag, das sie ziemlich nervös machte.

»Ich hoffe, ich habe gute Nachrichten für Sie«, schränkte sie ein.

»Das hoffe ich auch«, sagte er und drückte ihre Hand noch ein letztes Mal, bevor er sie wieder losließ. »Bis dann!«

Rose sah ihm nach, während er zu seinem Wagen ging. Kurz bevor er einstieg, sah er noch einmal zu ihr herüber, und sie hob die Hand und winkte ihm. Er grüßte zurück, dann stieg er ein, setzte den Mercedes aus der Einfahrt und fuhr davon.

Rose schloss die Tür wieder und ließ das Handtuch sinken, legte es zusammen mit dem anderen, das Simon Fielding benutzt hatte, auf den Koffer.

Na, wenigstens kann ich Iris berichten, dass ich den ersten Mann schon kennengelernt habe, dachte sie und verzog den Mund zu einem schiefen Lächeln, während sie die Visitenkarte drehte, die sie immer noch in der Hand hielt.

Er hatte ihr gut gefallen, dieser Simon A. Fielding, das musste sie gestehen. Aber das konnte sie gleich wieder vergessen. Schließlich hatte er ihr seine Karte aus beruflichen Gründen gegeben. Und deshalb hatte er vermutlich auch so nett gelächelt: weil er wollte, dass sie ihm behilflich war.

Rose seufzte tief. Und selbst wenn er tatsächlich Interesse hätte, würde daraus nichts werden, dachte sie und legte die Visitenkarte in die Schale auf dem kleinen Tischchen, das an der Wand stand. Sie war hier nur zu Besuch und sie hatte zu Hause drei Kinder, zu denen sie zurückmusste. Wie attraktiv würde sie für jemanden wie diesen Anwalt noch sein, wenn er das erfuhr?

Sie schüttelte den Kopf über ihre Gedanken, die wirklich müßig waren. Wahrscheinlich sah sie ihn ohnehin nie wieder, würde höchstens noch einmal mit ihm telefonieren, wenn sie Zoe erreicht hatte. Und das war's dann.

Also verwende ich meine Energie lieber darauf, mich meiner nassen Sachen zu entledigen und mich hier ein bisschen einzurichten, überlegte sie und nahm die beiden Handtücher, um sie wieder zurück ins Bad zu bringen.

9

Zoe zog die Strickjacke vor der Brust zusammen, während sie dem Weg zu den Klippen folgte. Der Wind wehte hier stärker, und sie fror trotz der Abendsonne ein bisschen.

Schon von Weitem sah sie die Ruinen des Steinturms. Eine der Wände ragte noch immer in den Himmel, doch der untere Teil war inzwischen fast völlig von mannshohen Wildrosenbüschen verdeckt. Und das war nicht das Einzige, was sich verändert hatte, denn am Rand der Klippe stand jetzt an der Stelle, wo es besonders steil nach unten ging, ein Geländer, das Besucher daran hinderte, zu dicht an den Abgrund zu treten. Das Holz wirkte verwittert, und als Zoe es erreichte, fragte sie sich unwillkürlich, ob es direkt nach Chris' Sturz angebracht worden war. Sie hatte keine Ahnung, was danach in Penderak passiert war – eine Tatsache, die sie nun bereute. Zögernd legte sie die Hände auf den Holzlauf und blickte hinaus aufs Meer, das die untergehende Sonne in orangefarbenes Licht tauchte.

Eigentlich hatte sie nicht herkommen wollen. Nicht schon am ersten Tag. Sie war sogar davon ausgegangen, dass sie Zeit brauchen würde, bis sie es schaffte, sich diesem Ort wieder zu nähern. Aber es hatte sie regelrecht hierher gezogen, in der Hoffnung, dass es etwas in ihr auslösen würde. Bisher war ihr Aufenthalt in Penderak nämlich längst nicht so aufwühlend, wie sie ihn sich vorgestellt hatte, und sie war sich nicht sicher, ob sie froh darüber war oder traurig.

Vielleicht lag es daran, dass sich so viel verändert hatte. Das Haus, der Weg hierher, die Klippe selbst – Zoe erkannte das alles wieder, und doch unterschied es sich von den Bildern, die sich in ihre Erinnerung eingebrannt hatten. Das dämpfte den Schmerz, machte ihn erträglicher als erwartet. Aber es enttäuschte sie auch, dass der Anblick so wenig in ihr auslöste.

Sie hatte Angst davor gehabt, wieder in der Küche des Strandhauses zu sitzen. Oder durch die Räume und den kleinen Garten zu gehen, die so untrennbar mit ihrer Kindheit verbunden waren. Aber es war nicht schlimm gewesen, eher befremdlich. Ein bisschen hatte es sich angefühlt, als wäre sie in die Privatsphäre einer jungen Familie eingedrungen. Ihnen gehörte inzwischen das Haus, es war kein Ferienheim mehr. Fast nichts sah mehr so aus wie früher, und wenn doch, dann freute es Zoe viel mehr, als dass es sie erschreckte. Je länger sie hier war, desto mehr sehnte sie sich nach etwas, das ihre Erinnerungen heraufbeschwor, sie suchte jetzt regelrecht danach, anstatt es zu vermeiden.

War das hier die Stelle, an der sie damals gestanden und auf den Strand geblickt hatte? Zoe versuchte, über den Rand der Klippe zu spähen, doch das Geländer stand ein Stück von der Kante entfernt. Von hier aus sah man nur das Wasser, aber nicht den Gezeitenstrand, deshalb beugte sie sich so weit über das Geländer wie möglich. Tatsächlich konnte sie so die dicken Felsbrocken ausmachen, die unten am Rand des Strandes lagen. Das Wasser stand schon hoch, offenbar kam die Flut, aber sie reckte trotzdem noch ein bisschen den Kopf.

»Vorsicht!«

Erschrocken lehnte Zoe sich wieder zurück und blickte sich nach dem Rufer um, dessen Warnung zu ihr herübergeschallt war. Zuerst konnte sie niemanden entdecken und glaubte schon, sie hätte sich die Stimme nur eingebildet. Doch dann sah sie, dass jemand zwischen den Büschen vor dem alten Minenturm stand. Es war ein älterer Junge, ein Teenager, und wie es schien, war er nicht gerade erst gekommen. Er musste sich dort im Gebüsch versteckt haben, und nur die Sorge, dass Zoe fallen könnte, hatte ihn hervorgelockt. Es war sicher eine Art Reflex gewesen, und es schien ihm peinlich zu sein, dass Zoe jetzt wusste, dass er da war, denn er kaute auf seiner Unterlippe.

»Da ist schon mal jemand runtergefallen«, rief er.

Zoes Herz schlug schneller. »Weißt du etwas darüber?«

Der Junge war nicht alt genug, um die Ereignisse damals miterlebt zu haben, aber er konnte ihr vielleicht sagen, was man sich im Dorf darüber erzählte. Das interessierte sie sehr, und deshalb war sie froh, als er nach kurzem Zögern näherkam. Er war so groß wie sie, hatte dunkelbraunes Haar und ein hübsches, aber sehr ernstes Gesicht, in dem sich die Verwunderung über ihre Frage spiegelte.

»Über den Mann, der abgestürzt ist, meinen Sie?«

Zoe nickte. »Kannst du mir sagen, was du darüber weißt?«

»Nicht viel«, erklärte er. »Es ist schon ziemlich lange her, glaube ich. Damals haben wir noch nicht hier gewohnt, aber mein Dad hat mir davon erzählt, damit ich vorsichtig bin. Wenn es nach ihm ginge, dürfte ich gar nicht hier sein.«

Natürlich, dachte Zoe und stieß die Luft aus, die sie unwillkürlich angehalten hatte. Was sonst sollte der Tod ihres Bruders für die Dorfbewohner noch sein als eine Warnung für die jungen Leute, sich an den Klippen vorzusehen?

»Wurde das Geländer deswegen hier angebracht?«

»Glaub schon«, meinte der Junge.

»Und sonst weißt du nichts über diese Sache?«

Er schüttelte den Kopf. »Wieso interessiert Sie das so?«

Zoe zögerte einen Moment. »Weil ich den Mann kannte, der abgestürzt ist.«

»Echt?« Der Junge trat ein Stück näher, stellte sich neben Zoe an das Geländer. »War er ein Freund von Ihnen?«

»Er war mein Bruder.«

Zu ihrem Erstaunen fühlte es sich nicht komisch an, mit einem Fremden über Chris zu sprechen. Im Gegenteil. Es erleichterte sie sogar. Den ganzen Tag schon drehte sich in ihrem Kopf alles um ihn, und nachdem sie so lange jeden Gedanken an seinen Tod verdrängt hatte, war es befreiend, das alles endlich wieder zuzulassen. Deshalb war sie schließlich hier.

Der Junge erwiderte nichts, was Zoe überraschte. Sie hatte erwartet, dass er ihr noch mehr Fragen stellen würde. Doch er lehnt sich nur ans Geländer und sah aufs Meer hinaus.

»Fühlt sich scheiße an, oder?«, sagte er nach einer Weile und zuckte mit den Schultern, als Zoe ihn irritiert ansah. »Ich weiß, wie das ist. Meine Mutter ist bei einem Autounfall gestorben.«

Für einen Moment war Zoe sprachlos.

»Das tut mir leid.«

Der Junge verzog den Mund, so als hätte er diese Floskel schon zu oft gehört.

»War vor über einem Jahr«, sagte er. »Aber es ist immer noch scheiße.«

Zoe betrachtete ihn verblüfft und fragte sich, wie alt er war. Dreizehn? Vierzehn? Es war ewig her, dass sie mit jemandem in seinem Alter gesprochen hatte. In ihrem Leben kamen fast nur Erwachsene vor, und sie hätte geschworen, dass sie sich mit einem Teenager nichts zu sagen hatte. So konnte man sich täuschen, denn tatsächlich sprach dieser Junge ihr aus der Seele.

»Ja. Finde ich auch.«

Er sah sie an und schenkte ihr ein trauriges Lächeln, das sie erwiderte. Sie mochte den Jungen und wollte plötzlich mehr über ihn wissen.

»Wie heißt du?«

»William.«

»Freut mich, William. Ich bin Zoe.«

Er ergriff die Hand, die sie ihm hinstreckte, und diesmal war sein Lächeln etwas breiter.

»Sie sind nicht von hier, oder?«

Zoe schüttelte den Kopf. »Nein. Ich wohne für ein paar Tage in dem kleinen Haus hinten auf der Schafweide.«

»Im Strandhaus?« William runzelte die Stirn und betrachtete sie mit neuem Interesse. »Dann sind Sie die Freundin von Tante Rose? Die mit dem Haus in London?«

Zoe sah ihn überrascht an. »Rose ist deine Tante?«

Er nickte, und sie spürte, wie ihr Herz schneller schlug. Rose hatte zwei Geschwister.

»Dann bist du ... der Sohn von Iris?«

»Nein«, erklärte William. »Mein Vater ist ...«

»William?«, rief jemand von weiter weg, und der Junge erstarrte.

»Mist, das ist er. Er darf mich hier nicht finden! Bitte, verraten Sie mich nicht!«

Schnell rannte er zurück zur Turmruine und verschwand hinter den Büschen, bevor Zoe etwas sagen konnte. Aber sie hätte ohnehin kein Wort herausgebracht, denn sie starrte wie gebannt den Mann an, der eben am Ende des Wegs aufgetaucht war und auf sie zukam.

Er trug Jeans, schwarze Gummistiefel und ein Shirt, so wie früher, wenn er seinem Vater auf der Farm geholfen hatte. Aber er sah trotzdem anders aus. Sein rotbraunes Haar war ein bisschen länger als damals, es reichte ihm bis zum Kragen, und er kam ihr größer vor. Seine Schultern und seine Brust wirkten breiter, seine Arme und Beine muskulöser, so als wäre er körperliche Arbeit gewohnt, und sein Gang war sicherer. Er hatte nichts Jungenhaftes mehr, sondern war ein gestandener Mann, aber das machte ihn nur noch attraktiver, als er es ohnehin schon gewesen war.

Etwa auf Höhe des Steinturms blieb er abrupt stehen und legte die Hand über die Augen, blinzelte gegen die tiefstehende Sonne, den Blick auf Zoe gerichtet.

Ihr Herz raste, und ihr Mund war plötzlich ganz trocken. Sie wäre gerne weggelaufen, aber sie konnte sich nicht rühren, wartete, bis der Mann sich wieder in Bewegung setzte und näher kam. Dicht vor ihr blieb er stehen.

»Hallo Jack«, sagte sie, weil sie keine Ahnung hatte, was sie sonst hätte sagen sollen, und blickte atemlos zu ihm auf.

10

Jack antwortete nicht, doch Zoe sah, dass seine Kiefermuskeln arbeiteten, während er sie unverwandt anstarrte. Was sie verstand, denn auch sie schaffte es nicht, den Blick abzuwenden, sondern betrachtete ihn ganz genau, registrierte jede Veränderung.

Seine Züge waren nicht mehr so weich wie früher, das Kinn wirkte kantiger, die feinen Linien in seinem Gesicht schienen tiefer eingegraben. Doch das Grün seiner Augen nahm sie noch genauso gefangen wie damals.

Plötzlich wünschte sie, sie hätte Rose nach Jack gefragt. Aber sie hatte das absichtlich vermieden, und da Rose ihn nicht erwähnt hatte, war sie davon ausgegangen, dass sie ihm hier nicht begegnen würde.

Jack wirkte jetzt eher grimmig, musterte sie mit zusammengeschobenen Brauen.

»Also doch du.« Er schüttelte den Kopf, so als könnte er es nicht fassen. »Das hätte Rose mir sagen müssen.«

Zoe hatte Mühe, seinem durchdringenden Blick standzuhalten.

»Ich ...« Sie schluckte. »Ich dachte, du wärst in Kanada.«

»Und ich dachte, du hättest vergessen, dass es mich überhaupt gibt.« Die unterdrückte Wut, die in seiner Stimme mitschwang, sandte einen Schauer über Zoes Rücken.

»Jack, ich ...«

»Was zur Hölle machst du hier?«, unterbrach er sie so heftig, dass sie für einen Moment erstarrte, weil sie es auf sich bezog. Doch er wandte den Kopf und blickte zu der Turmruine hinüber. »William, verdammt, ich rede mit dir! Ich habe dich gesehen, also komm raus!«

Es dauerte einen Moment, dann trat der Junge hinter den Büschen hervor und kam zu ihnen herüber, die Hände in den Hosentaschen vergraben und den Blick unsicher auf seinen Vater gerichtet. Er hat Jacks Augen, dachte Zoe und fragte sich, wieso ihr das nicht gleich aufgefallen war.

Jack wartete, bis der Junge sie erreicht hatte, aber er hielt ihm keine Standpauke, wie Zoe es erwartet hatte, sondern legte ihm nur die Hand auf den Rücken. »Komm. Deine Großmutter wartet mit dem Abendessen auf uns.«

Er schob William von Zoe weg und ging mit ihm über den Pfad zurück. Der Junge sah sich noch einmal irritiert zu Zoe um, die den beiden hinterherstarrte.

Offenbar hatte Jack kein Interesse daran, mit ihr zu sprechen, und darüber durfte sie sich vermutlich nicht wundern. Schließlich war sie damals einfach gegangen, ohne ein Wort.

Sie hatte den Tag ihrer Abreise aus Cornwall verdrängt, wie so vieles andere auch, aber jetzt stand ihr die Situation wieder vor Augen. Wie ihr Vater Jack in der Pension angeschrien hatte, vor den Augen seiner Familie und der anderen Gäste. George Bevan war sicher gewesen, dass Jack ihnen etwas verschwieg, hatte ihn beschuldigt, etwas mit Chris' Sturz von der Klippe zu tun zu haben. Jack hatte das abgestritten und sich auf der Suche nach Unterstützung verzweifelt an Zoe gewandt.

Ich war nicht bei ihm. Es hat sich nur meine Jacke geliehen, mehr nicht. Bitte, glaub du mir doch wenigstens.

Aber Zoe hatte nicht mehr gewusst, was sie glauben sollte. Wie in einer Endlosschleife waren ihre Gedanken immer nur um den einen Punkt gekreist – dass ihr Bruder tot war. Dass er nicht mehr mit ihr lachen oder sie trösten würde, wenn es ihr schlecht ging, und dass er sich keinen seiner Träume mehr erfüllen konnte, weil er mit verdrehten Gliedern und starren Augen vor ihr im Sand gelegen hatte – ein Bild, dass sie niemals vergessen würde.

Sie hatte Jack nicht verteidigt, sondern war mit ihrem Vater wieder gegangen. Wortlos. Weil sie gefangen gewesen war in ihrer Trauer und den Schuldgefühlen, die sie quälten. Sie hatte sich mit Chris vor seinem Tod gestritten, hatte gemeine Dinge zu ihm gesagt. Und sie konnte nichts davon wieder zurücknehmen. Diese Erkenntnis war wie ein lähmendes Gift gewesen, das sie völlig handlungsunfähig gemacht hatte. Und blind für den Schmerz der anderen.

Deshalb war sie mit ihren Eltern abgereist, ohne sich zu verabschieden. Und später, als der erste Schock vorbei war, hatte sie nicht mehr den Mut aufgebracht, mit Jack zu sprechen. Vielleicht hätte sie es getan, wenn er ihr ein Zeichen gegeben hätte, dass er das gerne wollte. Aber das Einzige, was sie nach ihrer Rückkehr in die Stadt von ihm gehört hatte, war, dass er nach Kanada gegangen war. Er hatte sich nie wieder bei ihr gemeldet, und sie war davon ausgegangen, dass er nichts mehr mit ihr zu tun haben wollte. Sie hatte geglaubt, dass ihre Liebe mit Chris gestorben war – und nicht mehr zurückgeblickt.

Und Jacks Leben war offenbar auch weitergegangen. Schließlich hatte er jetzt einen Sohn, also hatte er eine andere Frau geliebt, auch wenn diese inzwischen gestorben war. Wenn überhaupt, dann war Zoe vermutlich nur noch eine unangenehme Erinnerung, mehr nicht.

Zoe schluckte, als sie daran dachte, wie abschätzig Jack sie gerade angesehen hatte, und wünschte für einen Moment, sie wäre ihm nicht begegnet. Aber dann wurde ihr klar, dass es eine Chance war, mit der sie nicht gerechnet hatte. Sie musste mit ihm reden, wenn sie mehr über den Tod ihres Bruders erfahren wollte. Damals hatte sie es nicht gekonnt, und nun blieb ihr nicht mehr viel Zeit, um herauszufinden, was er wusste.

»Jack!«, rief sie, doch er reagierte nicht, deshalb lief sie ihm nach und legte ihm eine Hand auf den Arm, hielt ihn zurück. »Jack, bitte ... Du kannst mich doch nicht einfach so stehen lassen!«

Abrupt fuhr er zu ihr herum, und sein Blick brannte sich in den ihren.

»Kann ich nicht? Wieso nicht? Das hast du damals doch auch getan, Zoe. Du bist einfach gegangen, ohne ein Wort.«

Zoe hielt seinem zornigen Blick stand. »Ich weiß. Aber jetzt bin ich wieder hier, und ich ...« Sie hob die Arme und suchte verzweifelt nach den richtigen Worten. »Ich würde gerne reden. Über Chris. Ich brauche Antworten, Jack.«

Er sah sie für einen langen Moment mit unbewegter Miene an, und Zoe hoffte plötzlich, dass er lächeln würde. Es war sein Lächeln gewesen, in das sie sich damals zuerst verliebt hatte. Doch er stieß nur die Luft aus.

»Das ist alles so lange her, das spielt doch keine Rolle mehr«, sagte er, und die Endgültigkeit in seiner Stimme versetzte ihr einen unerwartet heftigen Stich.

»Jack ...«

»Wir müssen jetzt los«, unterbrach er sie und ging weiter, zog William erneut mit sich.

Zoe starrte den beiden nach, bis sie hinter der Turmruine verschwunden waren. Dann ging sie zurück an das Holzgeländer, legte ihre zitternden Hände darauf und versuchte, sich wieder zu beruhigen.

Sie hatte sich immer davor gefürchtet, Jack wieder zu begegnen, aber wenn sie sich ein solches Aufeinandertreffen vorgestellt hatte, dann war es immer ganz anders verlaufen. Sie hatte erwartet, dass er kühl und distanziert sein würde. Oder gleichgültig vielleicht. Aber niemals so wütend.

Es war plötzlich alles wieder da: die Enttäuschung, die verletzten Gefühle, der Schmerz. Nichts davon war schwächer geworden, im Gegenteil. Wenn überhaupt, dann tat es jetzt noch mehr weh als damals, und sie wünschte sich plötzlich, sie hätte damals schon mit ihm gesprochen und die Situation zwischen ihnen geklärt, anstatt so viel Zeit verstreichen zu lassen.

Aber so schnell würde sie nicht aufgeben, auch wenn es bedeutete, dass sie Jack Gallaghers Zorn ertragen musste.

Noch einmal sog sie die salzige Seeluft in ihre Lungen und stieß sie mit einem Seufzen wieder aus. Dann wandte sie sich um und machte sich auf den Weg zurück zum Cottage.

Nach wenigen Schritten musste sie jedoch wieder stehen bleiben, weil sie plötzlich alles doppelt sah. Ihr Herz raste, und sie versuchte, wieder zum Geländer zurückzugehen. Nein, dachte sie panisch. Nicht jetzt. Bitte nicht …

***

»Dad, warte!«

William stolperte neben ihm her, aber Jack wurde nicht langsamer. Mit großen Schritten folgte er dem Pfad und entfernte sich von der Klippe, brachte Abstand zwischen sich und Zoe. Er hatte keine Ahnung, ob sie ihn noch sehen konnte, und er wollte sich auch nicht umdrehen, um das herauszufinden.

Warum zur Hölle hatte seine Schwester ihn nicht direkt angerufen, als klar gewesen war, dass Zoe nach Penderak zurückkehren würde? Hatte sie es über ihren Reisevorbereitungen vergessen? Oder hatte sie gehofft, dass er es nicht mitbekam?

Erst dann fiel ihm wieder ein, dass seine Mutter ihn und William auch deshalb heute Abend zum Essen eingeladen hatte, weil sie ihm etwas Wichtiges sagen wollte. Was das gewesen wäre, konnte er sich jetzt denken.

Aber am Ende hätte es vermutlich keinen Unterschied gemacht. Auch wenn er es gewusst hätte, wäre er nicht weniger erschüttert über dieses Treffen gewesen. Vierzehn Jahre, dachte er. Und diese Frau schaffte es immer noch, in völlig aus der Fassung zu bringen …

»Dad! Hey! Jetzt renn doch nicht so.« William griff nach Jacks Arm und zwang ihn, stehen zu bleiben. Seine Augen funkelten verärgert. »Wieso hast du mir das eigentlich nie erzählt?«

»Was?«

»Na, dass du den Typen kanntest, der die Klippe runtergestürzt ist. Das hättest du mir sagen können!« William klang entrüstet. »Bei mir beschwerst du dich immer, dass ich dir zu wenig erzähle. Dabei bist du auch nicht viel besser!«

Das stimmt, dachte Jack und fühlte sich ertappt. Es gab tatsächlich einige Dinge, die er seinem Sohn bisher verschwiegen hatte, aber die betrafen seine Mutter. Die Sache mit Chris hatte er nicht erwähnt, weil er sich einfach nicht daran erinnern wollte.

»Ich rede nicht gerne darüber«, sagte er und zuckte mit den Schultern. »Und du wusstest ja, warum ich nicht möchte, dass du allein oben auf die Klippe gehst. Wer der Tote war, spielt keine Rolle.«

William ging ein paar Meter schweigend neben ihm her und schien zu versuchen, die Informationen zusammenzupuzzeln, die sich für ihn aus dem Gespräch zwischen Jack und Zoe ergeben hatten.

»War der Mann ein Freund von dir?«

»Ein sehr guter sogar«, bestätigte Jack.

»Und die Frau? Sie sagt, sie wäre seine Schwester. Warst du mit ihr auch befreundet?«

»Ja.«

William legte den Kopf ein wenig schief. »Und warum warst du dann so unfreundlich zu ihr?«

Jack ballte die Hände zu Fäusten, weil er wieder dieses Ziehen in der Brust spürte, genau wie eben, als er vor Zoe gestanden und ihr Gesicht betrachtet hatte.

Sie war noch schöner als früher. Reifer. Aber auch blasser. Und irgendwie zerbrechlich mit ihren großen blauen Augen, in denen Tränen geschimmert hatten. Er hatte richtig ankämpfen müssen gegen den Impuls, sie in die Arme zu nehmen.

Doch die Zeiten, in denen er alles getan hätte, um dafür zu sorgen, dass es ihr gut ging, waren lange vorbei. Sie war nicht mehr seine Zoe, sie war die Frau, die ihn bitter enttäuscht hatte.

»Dad?«, hakte William nach, und Jack seufzte schwer.

»Das erzähle ich dir, wenn du mir sagst, warum du allein raus zu den Klippen gegangen bist, obwohl ich es dir ausdrücklich verboten hatte.«

William senkte betroffen den Kopf und wich Jacks Blick aus, kaute auf seiner Unterlippe. Offenbar hatte er für einen Moment vergessen, dass er eigentlich immer noch böse auf seinen Vater war. Er schwieg, während sie weitergingen, aber Jack konnte ihm ansehen, dass die Sache ihm keine Ruhe ließ. Es war nur eine Frage der Zeit, bis William weitere Fragen stellen würde, und dann würde Jack nicht darum herumkommen, sie ihm zu beantworten.

Aber wenigstens interessierte der Junge sich mal wieder für ihn. Dann hat Zoes Rückkehr ja wenigstens etwas Gutes, dachte er und hielt inne, als sie die Weggabelung oben auf dem Kamm erreicht hatten.

Von hier aus führte ein Pfad weiter über die Hügel zu den Badestränden von Penderak, während der andere, sehr viel kürzere auf einem kleinen abgesteckten Stück Wiese endete, das Besuchern als Parkplatz diente. Dort stand Jacks Defender-Jeep, deshalb schlug er diese Richtung ein. Doch schon nach ein paar Schritten hielt William ihn erneut am Arm fest.

»Dad, sieh doch!« Er deutete besorgt zurück zur Klippe, auf die man von hier aus einen guten Blick hatte.

Jack wandte den Kopf und erkannte, was William meinte.

»Verdammt!«, stieß er hervor. Und rannte wieder zurück.

11

Rose war gerade dabei, sich im Schlafzimmer etwas Bequemeres anzuziehen, als ein lauter Gong durch das Haus hallte. Überrascht hielt sie inne, weil sie das Geräusch nicht zuordnen konnte. Doch dann wurde ihr klar, dass es die Türglocke war.

Aus einem Reflex heraus blickte sie auf die Armbanduhr, obwohl sie wusste, dass es kurz nach halb sieben war. Schließlich hatte sie die Zeit vorhin noch überprüft, als sie den Auflauf in der Küche in den Ofen geschoben hatte. Nach der langen Fahrt und den gut zwei Stunden, die sie mit dem Erkunden des Hauses und einem kurzen Einkauf in dem kleinen Laden in der Nähe verbracht hatte, war sie ganz auf einen ruhigen Abend eingestellt. Deshalb steckte sie schon mit einem Bein in ihrer weiten grasgrünen Jerseyhose mit dem aufgesetzten Bund aus dunkelgrüner Seide.

Die Hose war selbstgenäht, wie viele ihrer Sachen, und gehörte nicht nur zu ihren Lieblingsstücken, weil sie so bequem war, sondern auch, weil die Grüntönte besonders gut zu ihrem blassen Teint und ihren rotbraunen Haaren passten. Das weiße T-Shirt, das sie dazu trug, hatte jedoch schon bessere Tage gesehen. Es war eng geschnitten und schon ein bisschen verwaschen, aber Rose mochte den weichen Stoff und kombinierte beides gern, wenn sie es sich gemütlich machen wollte. Allerdings war dieses Outfit nur bedingt für den Empfang von Gästen geeignet, deshalb zögerte sie. Wer auch immer da unten vor der Tür stand, wollte ohnehin mit Zoe sprechen und nicht mit ihr. Schließlich wusste niemand, dass sie hier war. Also konnte sie das Klingeln auch einfach ignorieren und gar nicht erst …

Der Gong ertönte erneut, diesmal sogar zwei Mal, und Rose seufzte, als ihr wieder einfiel, dass Zoes Wagen in der Einfahrt stand. Der Besucher würde also davon ausgehen, dass sie da war, und sein Anliegen schien dringend zu sein. Also schlüpfte sie schnell ganz in ihre Hose und lief in die Halle.

Es ist vielleicht ein Paketbote, überlegte sie, während sie den Riegel zurückschob und die Tür öffnete. Oder ein Nachbar, der sich etwas leihen wollte. Oder …

»Sie?«

Ungläubig starrte sie Simon Fielding an, der mit einer Plastiktüte in der Hand vor ihr stand.

Er trug immer noch denselben Anzug, aber die Krawatte fehlte jetzt und sein Hemdkragen war offen, was ihn weniger förmlich wirken ließ. Aber nicht weniger attraktiv, dachte Rose. Leger stand ihm auch verdammt gut.

»Ich hoffe, ich störe nicht«, sagte er und lächelte so charmant, dass Rose' Herz einen kleinen Sprung machte. Plötzlich war sie froh, dass sie die Tür geöffnet hatte – und ärgerte sich gleichzeitig sehr, dass sie nicht mehr das Blusenkleid trug, das sie vorhin gegen das nasse Sommerkleid getauscht hatte. Aber es war nicht zu ändern, deshalb erwiderte sie sein Lächeln.

»Nein, tun Sie nicht. Aber falls Sie gekommen sind, um nach Zoes Antwort wegen dieser Besichtigung zu fragen, muss ich Sie enttäuschen – ich habe meine Freundin leider noch nicht erreicht.«

»Das macht nichts, es ist nett, dass Sie es überhaupt versuchen. Und deshalb bin ich auch nicht hier, sondern weil ich Sie vorhin so überfahren habe mit meiner Bitte. Das tut mir leid, schließlich haben Sie mit der Sache eigentlich gar nichts zu tun. Deshalb dachte ich, ich bringe Ihnen das hier – als Wiedergutmachung sozusagen.«

Er reichte ihr den weißen Plastikbeutel, den er dabeihatte, und Rose nahm ihn neugierig entgegen. Es war eine dieser Taschen, in die Take-away-Restaurants gerne ihre Gerichte packten, und als sie einen Blick hineinwarf, sah sie neben einer weißen Kartonbox mit dem Namenszug eines indischen Restaurants auch noch zwei große Packungen mit Kunststoffabdeckung, die mit einer Auswahl an japanischen Spezialitäten gefüllt waren. Überrascht blickte sie wieder zu ihm auf.

»Sushi?«

Er nickte. »Und ein Curry von meinem Lieblings-Inder. Weil ich nicht sicher war, ob Sie Fisch mögen.«

»Ich bin aus Cornwall, natürlich mag ich Fisch«, erwiderte Rose kopfschüttelnd. »Aber … warum bringen Sie mir Essen vorbei?«

»Weil Sie eben erst angekommen sind«, erklärte er. »Ich dachte, nach der langen Fahrt haben Sie bestimmt Hunger. Und damit Sie sich nicht extra etwas kochen müssen …«

»Ich fürchte, da kommen Sie ein bisschen zu spät.« Rose zuckte mit den Schultern. »Ich habe schon einen Shepherd's Pie im Ofen. Er müsste gleich fertig sein.«

Diese Information nahm Simon Fielding sichtlich den Wind aus den Segeln, denn für einen Moment starrte er sie nur verblüfft an.

»Tja, da war ich wohl etwas zu voreilig. Behalten Sie es trotzdem. Sie können es ja morgen aufwärmen. Also, das Curry jedenfalls. Den Fisch essen Sie besser zum Nachtisch, der hält sich nicht so gut. Herrje …« Er hob die Hand und strich sich in einer hilflosen Geste über den Hinterkopf. »Da komme ich extra, um mich dafür zu entschuldigen, dass ich Sie so überrumpelt habe, und tue es gleich noch mal. Wahrscheinlich halten Sie mich jetzt für eine furchtbare Nervensäge.«

Zoe schmunzelte, weil das so gar nicht dem entsprach, was sie tatsächlich dachte.

»Nein, im Gegenteil. Ich finde es wirklich nett von Ihnen«, beruhigte sie ihn und öffnete die Tür noch ein bisschen weiter. »Wollen Sie nicht reinkommen? Sie könnten mit mir essen, wenn Sie möchten.« Sie hielt die Tüte hoch. »Jetzt reicht es ja auf jeden Fall für uns beide.«

Simon Fielding zögerte einen Moment. »Aber nur, wenn es Ihnen wirklich recht ist.«

»Es ist mir sogar sehr recht«, versicherte ihm Rose. »Ich komme mir in diesem riesigen Haus nämlich ein bisschen verloren vor. Und allein esse ich sowieso nicht gern.«

Erst als sie es aussprach, wurde ihr klar, dass es stimmte. Sie hatte sich zwar darauf gefreut, mal ganz für sich zu sein, doch tatsächlich war es auf eine unangenehme Art ungewohnt, niemanden um sich zu haben. Vor allem, weil die Villa so weitläufig war. Die Stille in den großen, hohen Räumen, die überall herrschte und die nur vom Ticken diverser antiker Uhren durchbrochen wurde, war irgendwie bedrückend, und Rose hatte eigentlich nur gekocht und sich ihre Wohlfühlklamotten angezogen, um sich nicht mehr so fremd vorzukommen. Deshalb war sie richtig erleichtert, als Simon Fielding ihr Lächeln erwiderte.

»Dann leiste ich Ihnen gerne Gesellschaft«, meinte er und ging an ihr vorbei in die Halle, wo sie sich einen Augenblick später wieder gegenüberstanden.

»Ich bringe das Essen schnell in die Küche und sehe nach dem Auflauf«, erklärte Rose und deutete in den Salon, der sich an die Halle anschloss. »Setzen Sie sich doch schon mal. Möchten Sie etwas trinken?« Hastig überlegte sie, was sie ihm anbieten konnte. »Einen Tee? Oder vielleicht lieber einen Wein? Ich weiß nicht genau, was es sonst noch gibt – ich müsste kurz nachsehen …« Sie war schon auf dem Weg in den Salon, in dem sie vorhin in einer Glasvitrine eine recht gut sortierte Bar entdeckt hatte, doch Simon Fielding winkte ab.

»Ein Glas Wein wäre schön.«

»Okay. Warten Sie kurz, ich bin gleich zurück.«

Schnell und plötzlich doch ein bisschen nervös machte sich auf den Weg in die Küche, die ungefähr doppelt so groß und sehr viel professioneller wirkte als die in ihrem Cottage in Penderak. Das lag vor allem an den modernen elektrischen Geräten, mit denen Rose sich erst hatte vertraut machen müssen. Vor allem der auf Augenhöhe angebrachte Ofen war ungewohnt, doch offenbar hatte sie es geschafft, ihn richtig einzustellen, denn der Auflauf, der darin garte, duftete herrlich und war – wie sie nach einem prüfenden Blick feststellte – auch fast fertig.

Zufrieden schloss sie den Ofen wieder und überlegte, wo die Teller waren. Sie hatte vorhin auf der Suche nach einer passenden Auflaufform welche entdeckt, aber sie brauchte einen Moment, bis ihr wieder einfiel, wo das gewesen war.

»Und Wein«, erinnerte sie sich selbst, nachdem sie Teller und Besteck bereitgestellt hatte, und trat vor das Weinregal in der Ecke, in dem zahlreiche Flaschen lagerten.

Normalerweise wäre sie nicht darauf gekommen, sich daran zu bedienen, doch Zoe hatte mehrfach betont, dass sie sich alles nehmen durfte, was sie wollte. Den Wein hatte sie dabei ausdrücklich erwähnt, deshalb ließ Rose den Blick über die Flaschen gleiten.

Sie enthielten alle Rotwein, und der passte zu einem Fleischauflauf besser als Weißwein. So viel wusste sie. Aber welcher war gut?

Wahllos zog sie einige der Flaschen heraus und betrachtete die Etiketten.

»Kann ich helfen?«

Simon Fieldings Stimme erklang so plötzlich hinter ihr, dass Rose zusammenzuckte. Doch sie fing sich schnell wieder und lächelte ihn an.

»Ja, Sie könnten mir sagen, welchen Wein Sie mögen.« Sie hielt ihm die Flasche hin, die sie gerade in der Hand hatte. »Diesen hier vielleicht?«

Während er das Etikett prüfte, hoffte Rose inständig, dass er sie nicht in ein Gespräch über die Vorzüge der verschiedenen Anbaugebiete verwickeln würde. Wein war nämlich so gar nicht ihr Fachgebiet. Sie trank so gut wie nie Alkohol und hatte wenig Gelegenheit gehabt, einen erlesenen Geschmack zu entwickeln. Was ihr plötzlich peinlich war, denn Simon Fielding begutachtete die Flasche sehr fachmännisch.

»Hm, Primitivo di Manduria. Ein sehr guter italienischer Rotwein, aber ich persönlich bevorzuge französische Rotweine. Mal sehen ...« Er sah sich die anderen Flaschen an und zog schließlich eine heraus, die ihn zufrieden lächeln ließ. »Diesen hier zum Beispiel. Ein Châteauneuf-du-Pape, und noch dazu ein guter Jahrgang.« Er sah richtig begeistert aus, doch dann hielt er inne. »Aber wir können auch gerne den Primitivo trinken, wenn Ihnen der lieber ist.«

»Nein, nein, wir nehmen den da«, meinte Rose hastig, die schon wieder vergessen hatte, wie der Wein hieß, der ihm so gut gefiel, und suchte nach einem Korkenzieher. Sie fand einen, und Simon Fielding öffnete die Flasche mit routinierten Handgriffen.

»Wollen wir nicht hier essen?« Rose deutete auf den kleinen Essplatz vor dem Fenster. Es gab neben dem Salon auch ein separates Speisezimmer, aber das kam ihr plötzlich so steif vor. »Ist doch gemütlicher, oder?«

Der Vorschlag schien Simon Fielding zu überraschen, aber er war einverstanden, und als sie sich kurze Zeit später vor den Tellern mit dampfendem Shepherd's Pie gegenübersaßen, erhob er sein Glas.

»Auf die Köchin«, sagte er und fügte mit einem Schmunzeln hinzu: »Deren Fähigkeiten ich so grandios unterschätzt habe.«

Rose stieß mit ihm an.

»Das ist doch nur ein einfacher Auflauf.« Sie dachte an die Box mit Sushi, die im Kühlschrank stand. »Ich wette, Sie sind sonst sehr viel ausgefallenere Gerichte gewohnt.«

»Eben«, befand er. »Wenn ich ehrlich bin, kann ich mich gar nicht erinnern, wann ich zuletzt echte Hausmannskost auf dem Teller hatte. Mir war gar nicht klar, wie sehr ich das vermisst habe, und wenn es auch nur halb so lecker schmeckt wie es duftet, dann kann es ganz sicher mit jedem Michelin-Sterne-Gericht mithalten.«

Er probierte den ersten Bissen, und sein verzückter Gesichtsausdruck schien zu bestätigen, dass Rose seine Erwartungen erfüllt hatte.

»Köstlich! Wo haben Sie denn so gut kochen gelernt?«

Rose schwieg einen Moment. Jetzt wäre vermutlich ein guter Zeitpunkt gewesen, ihm von ihren drei Kindern zu erzählen, die sie seit vielen Jahren täglich bekochte – was sie in der Küche sehr routiniert hatte werden lassen. Aber würde das Strahlen in seinen Augen nicht schlagartig verschwinden, wenn er das erfuhr? Das war ihr mit den Männern, die Iris ihr vorgestellt hatte, zu oft passiert, als dass sie es hätte riskieren wollen. Denn im Gegensatz zu den Kandidaten, die ihre Schwester ihr bisher präsentiert hatte, gefiel ihr Simon

Fielding wirklich. Zumindest für einen kurzen Flirt, schränkte sie hastig ein – mehr würde das hier ja nicht werden. Und das sollte sie besser nicht ruinieren, indem sie ihn gleich mit ihrer Lebensgeschichte verschreckte.

»Wie ich schon sagte – so schwer ist das gar nicht«, erklärte sie mit einem Lächeln und nahm noch einen Schluck von dem wirklich sehr süffigen Wein.

»Und was machen Sie, wenn Sie gerade nicht kochen?«, wollte er wissen, während er weiter aß.

Wieder zögerte Rose.

»Ich … entwerfe Mode«, antwortete sie dann und war ein bisschen stolz auf sich, weil das nicht mal gelogen war. Den Rest wegzulassen, fiel ihr diesmal schon ein bisschen leichter.

»Ah, eine Designerin also.« Er lehnte sich zurück. »Ich gestehe, dass ich mich auf diesem Gebiet nicht gut auskenne. Aber vielleicht habe ich von Ihrer Linie schon gehört?«

Rose schluckte. Eine eigene Modelinie – das wäre schön, dachte sie und spürte einen Stich. Früher hatte sie tatsächlich davon geträumt, Modedesign zu studieren und sich einen Namen in der Branche zu machen. Aber dann hatte sie Matt geheiratet und ihre beruflichen Ambitionen waren im Alltag mit den Kindern untergegangen. Übrig geblieben war nur ihre Liebe zum Entwerfen und Nähen von Kleidern. Aber Designerin durfte sie sich deshalb sicher noch nicht nennen, und wenn sie ihn jetzt nicht korrigierte, würde er ein ganz falsches Bild von ihr haben.

Sag es ihm, drängte sie sich selbst. Sag ihm, dass du eigentlich Hausfrau bist und nur ein paar Blusen für die Boutique deiner Schwester nähst. Und für arrogante amerikanische Touristinnen.

Aber gerade der Gedanke an Felicity Myers' herablassende Art ließ sie schweigen. Sie war es so leid, sich für das, was sie war, zu entschuldigen. Und außerdem brauchte Simon Fielding es doch auch gar nicht zu wissen. Sie würde ihn nach diesem Abend wahrscheinlich nie wieder sehen, aber sie genoss die Zeit mit ihm. Seine Bewunderung tat ihr gut, es war schön, einmal wieder ausschließlich als Frau wahrgenommen zu werden. War es wirklich so verwerflich, ihn in dem Glauben zu lassen, sie wäre eine erfolgreiche, ungebundene Designerin?

»Von mir gehört? Nein, so bekannt bin ich leider noch nicht«, antwortete sie und fügte mit einem Lächeln hinzu: »Aber das ändert sich hoffentlich bald.«

»Bestimmt«, versicherte ihr Simon und stützte das Kinn in die Hand, während er sie aufmerksam betrachtete. »Worauf legen Sie denn Wert bei Ihren Entwürfen?«

Die Frage verblüffte Rose. Die Kunden und auch Iris waren zwar immer ganz begeistert von dem, was sie für die Boutique nähte, aber bisher hatte niemand wissen wollen, warum sie ihre Entwürfe so gestaltete, wie sie es tat. Simon Fielding schien es jedoch zu interessieren, deshalb versuchte sie, es zum ersten Mal in Worte zu fassen.

»Ich kombiniere gerne verschiedene Texturen. Unterschiedliche Stoffarten in ähnlichen Farbschattierungen. Ich möchte, dass man sich nie sattsieht an meinen Stücken, sondern dass es immer wieder etwas daran zu entdecken gibt. Es soll Mode für alle Sinne sein.«

Es machte Spaß, ihm das zu erzählen, und sie fuhr fort, berichtete ihm davon, wie schwierig es oft war, die richtigen Stoffe zu finden und zu kombinieren, und wie lange es dauerte, bis das perfekte Modell entstand.

Er hörte ihr genau zu, stellte hin und wieder eine Frage und lächelte, als sie geendet hatte.

»Ich bin sicher, dass Ihre Linie ein Erfolg wird, wenn Sie so viel Leidenschaft hineinstecken«, meinte er. »Haben Sie ein paar Stücke dabei, die Sie mir zeigen können?«

Rose lächelte. »Ich nähe die meisten meiner Sachen selbst. Das Kleid, das ich heute Nachmittag anhatte, zum Beispiel, das war von mir. Und die hier auch.«

Sie streckte ihr Bein ein bisschen zur Seite, sodass er noch mal Gelegenheit hatte, die grüne Hose zu begutachten. Doch dann wurde ihr klar, dass diese vermutlich in Kombination mit dem verwaschenen T-Shirt nicht das beste Beispiel für ihre modische Kreativität war.

»Na ja, sie macht mit einem anderen Oberteil mehr her«, schränkte sie ein. »Aber ich wusste ja auch nicht, dass Sie vor der Tür stehen. Sonst hätte ich mir etwas angezogen, das Sie mehr beeindruckt.«

»Sie beeindrucken mich sehr, glauben Sie mir«, erwiderte er und lächelte so strahlend, dass Rose' Herz ins Stolpern geriet. Plötzlich wurde ihr wieder bewusst, wie lange es her war, seit sie zuletzt mit einem Mann allein gegessen hatte. Der leckere Pie, der Wein, der ihr langsam zu Kopf stieg, die tiefen Blicke ... Es fühlte sich an wie ein Date. Aber war es das?

Sie schluckte. »Ach, das sagen Sie doch nur, weil Sie wollen, dass ich Ihnen den Besichtigungstermin besorge, den Sie so dringend brauchen.« Sie runzelte die Stirn, als sie noch einmal darüber nachdachte. »Wieso eigentlich?«

»Wieso was?«

»Wieso müssen Sie sich um diesen Besichtigungstermin kümmern? Tun Anwälte normalerweise nicht etwas anderes?«

»Sie meinen diese Sache mit der Verteidigung von Klienten vor Gericht?« Er hob einen Mundwinkel zu einem schiefen Lächeln. »So was mache ich auch. Deutlich lieber sogar. Aber Mr Pandakis ist ein wichtiger Klient unserer Kanzlei. Er ist

Geschäftsführer der Swan Holding, die wir ebenfalls vertreten. Und da er ein, nun, sagen wir, recht exzentrischer Typ ist, hat mein Boss beschlossen, dass es oberste Priorität haben muss, ihn glücklich zu machen. Für diese Aufgabe hat er leider mich auserkoren, also muss ich mich im Moment mit Dingen befassen, mit denen ich normalerweise nichts zu tun habe.«

»Sie haben einen Boss?« Rose dachte an die Visitenkarte, die er ihr vorhin gegeben hatte. »Ich dachte, es wäre Ihre Kanzlei.«

Er seufzte. »Mit dem Fielding in Fielding & Mason ist mein Vater gemeint. Die Kanzlei gehört ihm und seinem Sozius. Es ist geplant, dass ich bald mit einsteige, aber noch bin ich erst mal nur angestellt. Um mich ›warmzulaufen‹, wie mein alter Herr es nennt. Ist so etwas wie eine Familientradition, das Gleiche musste er nämlich schon tun, bevor mein Großvater ihn in die Kanzlei aufgenommen hat. Im Moment ist also mein Vater gleichzeitig mein Boss.«

Rose legte den Kopf ein bisschen schief, während sie über seine Worte nachdachte. Es passte ihm nicht, den Auftrag seines Vaters auszuführen, wahrscheinlich, weil ihm das zu langweilig war. Aber in seiner Stimme schwang trotzdem Respekt mit. Wenn sie hätte raten müssen, wie er zu seinem Vater stand, dann hätte sie gesagt, dass er zwar mit seiner momentanen Rolle in der Kanzlei haderte, aber grundsätzlich ein gutes Verhältnis zu Mr Fielding Senior hatte.

»Dann war Ihre Karriere als Jurist also schon von Anfang an vorgezeichnet?«

»Kann man so sagen.«

»Und? Ist es das, was Sie wollten?«

Die Frage war ziemlich persönlich, und Rose bereute sofort, sie gestellt zu haben. Sie konnte ihre Neugier manchmal einfach nicht zügeln. Simon Fielding schien ihr das jedoch nicht übel zu nehmen, denn er schüttelte lächelnd den Kopf.

»Das habe ich mich tatsächlich noch nie gefragt. Komisch, oder?« Er zuckte mit den Schultern. »Aber ich schätze, manche Dinge sind eben einfach, wie sie sind. Und ich leide auch nicht darunter, Anwalt zu sein, falls Sie das meinen. Im Gegenteil, ich mache den Job gern. Vielleicht liegt das ja tatsächlich in der Familie.«

Rose betrachtete ihn und versuchte sich ihn in schwarzer Robe vor Gericht vorzustellen. Was nicht schwer war, denn da machte er sicher ebenfalls eine gute Figur, und die Geschworenen fraßen ihm bestimmt aus der Hand. Vor allem die weiblichen. Ihr jedenfalls wäre es schwergefallen, sich bei einem Plädoyer von ihm auf den Fall zu konzentrieren.

»... oder was meinen Sie?« Simon Fielding sah sie erwartungsvoll an, doch Rose zuckte nur verlegen mit den Schultern.

»Tut mir leid, ich war in Gedanken. Was haben Sie gesagt?«

»Ich habe mich gefragt, ob Ihre Freundin die Villa überhaupt verkaufen will. Sie hat den Verhandlungen zugestimmt, aber jetzt habe ich fast den Eindruck, dass sie kein echtes Interesse daran hat.«

Rose zuckte mit den Schultern. »Sie hat etwas von einem Verkauf erwähnt, aber genau weiß ich es nicht. Ich werde sie fragen, sobald ich sie erreiche, und ihr ausrichten, wie wichtig dieser Besichtigungstermin für Sie ist.« Sie lächelte. »Und nur fürs Protokoll: Das hätte ich auch gemacht, wenn Sie mir kein Essen vorbeigebracht hätten.«

Er beugte sich vor.

»Und ich hätte Ihnen das Essen auch vorbeigebracht, wenn Sie's nicht gemacht hätten«, sagte er, und als ihre Blicke sich trafen, schlug Rose' Herz ein wenig schneller.

Das Summen seines Handys, das er auf den Tisch gelegt hatte, riss sie beide aus dem Moment.

Mit gerunzelter Stirn warf er einen Blick auf das Display, doch die Nachricht schien wichtig zu sein.

»Entschuldigen Sie, da muss ich kurz drangehen.« Er stand auf und verließ die Küche, um zu telefonieren.

Rose sah ihm nach, dann erhob sie sich ebenfalls und stellte die Auflaufform mit den Resten des Pies zurück auf den Herd. Sie spürte, wie heiß ihre Wangen waren, und das war ihr ein bisschen peinlich. Wie lange war es her, dass ein Mann sie nur mit einem Lächeln und einem tiefen Blick in die Augen so aus der Fassung gebracht hatte? Rose konnte sich nicht erinnern, aber es war ein berauschendes Gefühl, deshalb lächelte sie strahlend, als Simon Fielding kurze Zeit später in die Küche zurückkehrte. Er dagegen wirkte plötzlich bedrückt.

»Es tut mir leid, aber ich muss unser Essen leider abkürzen.« Zerknirscht schüttelte er den Kopf. »Ich habe völlig vergessen, dass ich heute Abend auf einem Wohltätigkeitsdinner erwartet werde.«

Rose' Lächeln verschwand, und sie fühlte sich schlagartig ernüchtert.

»Dann lassen Sie Ihre Freundin besser nicht warten«, meinte sie und bemühte sich, nicht enttäuscht auszusehen. Natürlich war er vergeben. Wie hatte sie annehmen können, dass er …

»Meine Mutter«, korrigierte er sie. »Sie richtet heute Abend eines ihrer zahlreichen Charity-Dinner aus. Fragen Sie mich nicht nach dem guten Zweck, um den es geht, Mum ist in so vielen Komitees aktiv, dass sie vermutlich selbst schon den Überblick verloren hat. Aber sie erwartet von meinem Vater und mir, dass wir ihre Arbeit unterstützen, und ich hatte ihr versprochen zu kommen. Deshalb war sie gerade am Telefon ziemlich ungehalten. Ich sollte sie also besser nicht länger warten lassen.«

Rose wusste, dass es albern war, erleichtert zu sein, aber sie lächelte trotzdem wieder.

»Tja, schade. Aber das ist natürlich wichtiger«, meinte sie und begleitete ihn zur Tür.

Zum Abschied gab Simon Fielding ihr die Hand und hielt sie ein bisschen länger fest als nötig.

»Meine Freundin wäre übrigens bestimmt auch zu dem Dinner gekommen – wenn ich denn eine hätte«, sagte er und lächelte wieder so unverschämt charmant, dass es Rose' Magen auf Talfahrt schickte. Für einen Moment schien die Zeit stillzustehen, während sie seinen Blick erwiderte, und als er ihre Hand losließ, merkte Rose erst, dass sie den Atem angehalten hatte.

»Ich wäre wirklich gerne noch geblieben«, sagte er. »Aber wir hören ja hoffentlich bald voneinander.«

»Ich melde mich, sobald ich Zoe erreicht habe«, versicherte sie ihm noch einmal und sah ihm nach, während er zu seinem Auto ging. Nachdem er weggefahren war, schloss sie die Haustür wieder und lehnte sich hilflos lächelnd dagegen. Was für ein erster Abend, dachte sie und ließ jede Einzelheit davon noch einmal vor ihrem geistigen Auge ablaufen.

Hatte Simon Fielding ihr gerade tatsächlich durch die Blume gesagt, dass er noch frei war? Und freute er sich wirklich darauf, sie wiederzusehen?

Herrgott, jetzt hör schon auf, ermahnte sie sich selbst. Sie kannte ihn überhaupt nicht, also konnte es sehr gut sein, dass er jeder Frau schöne Augen machte, der er begegnete. Es fühlte sich vielleicht nur so besonders für sie an, weil es so lange her war, dass sie selbst an einem Mann interessiert war.

Aber das durfte sie ja auch, schließlich war sie ebenfalls

ungebunden. Und es musste ja nicht gleich etwas Ernstes sein. Sie war nur ein paar Tage in der Stadt und niemandem Rechenschaft darüber schuldig, mit wem sie diese Zeit verbrachte – ein Gedanke, den sie plötzlich noch aufregender fand als vorher.

Entschlossen drückte sie sich von der Haustür ab und lief zur Garderobe, wo ihre Handtasche hing. Sie holte ihr Handy heraus und rief Zoes Handynummer an, erreichte jedoch – wie beim letzten Mal – nur die Mailbox. Also wählte sie die Nummer vom Strandhaus und ließ es lange klingeln. Doch auch dort meldete sich niemand.

Komisch, dachte Rose und sah auf die Uhr. Sie hatte eigentlich gehofft, dass Zoe inzwischen zurück wäre. Aber dann musste sie es eben später noch mal probieren. Oder morgen früh. Irgendwann würde sie ihre Freundin schon erwischen und sie dazu bringen, dieser Besichtigung zuzustimmen. Denn eins stand fest: Sie hatte jetzt ein sehr persönliches Interesse daran, dass sie stattfand.

Sie wollte gerade auflegen, als sich doch noch jemand meldete.

»Hallo?«

Rose stutzte, weil es eine Männerstimme war. Und noch dazu eine, die sie sofort erkannte.

»Jack?«, fragte sie und schüttelte ungläubig den Kopf. »Was machst du denn bei Zoe?«

12

Jemand rief ihren Namen, doch die Stimme klang gedämpft und weit entfernt, wurde nur langsam lauter.

»Zoe? Zoe, um Himmels willen, wach auf!«

Mühsam zwang sie sich, die Augen zu öffnen, doch das Licht blendete. Für einen Moment hatte sie Schwierigkeiten, ihren Blick scharf zu stellen, aber schließlich gelang es ihr.

»Jack?« Sie sah sein Gesicht über sich und glaubte, dass es ein Traumbild war. Aber dann spürte sie, wie seine Hände sie hielten, und dass ihr Kopf auf seinem Schoß ruhte. Mit besorgter Miene musterte er sie.

»William hat gesehen, wie du zusammengebrochen bist! Was ist denn passiert? Geht's dir nicht gut?«

Zoe versuchte, sich aufzusetzen, und er half ihr dabei, stützte ihren Rücken. Erst jetzt sah sie, dass William ebenfalls zurückgekommen war und mit erschrockener, ratloser Miene neben ihnen stand.

»Ich weiß auch nicht, mir war plötzlich ganz komisch«, sagte sie und versuchte, sich zu beruhigen und die Angst zurückzudrängen, die sie im ersten Moment überkommen hatte.

Das Aneurysma konnte nicht geplatzt sein. Dr. Kashrani hatte gesagt, dass eine Ruptur extreme Schmerzen auslöste, und ihr Kopf tat nur ein bisschen weh. Aber die Aussackung lag an einer Stelle, wo sie Beschwerden wie Doppelbilder und plötzlichen Schwindel verursachen konnte, auch das hatte der Neurologe erwähnt. Davon, dass sie in Ohnmacht fallen würde, war zwar nicht die Rede gewesen, doch Zoe nahm an, dass ihr Blackout ebenfalls darauf zurückzuführen war. Und das erschreckte sie zutiefst.

Viele Aneurysma-Patienten merkten nichts von ihrem Zustand, und bei ihr war das bis eben auch so gewesen. Doch jetzt fühlte sich die vorher theoretische Gefahr plötzlich sehr real an und machte ihre Beine noch ein bisschen wackliger, ließ ihren Versuch, aufzustehen, kläglich scheitern.

»Bleib sitzen«, befahl Jack und legte ihr kurz die Hand auf die Stirn. Seine Finger fühlten sich warm an, und Zoe merkte plötzlich, wie kalt ihr war. Sie zitterte richtig, was auch Jack nicht entging.

»Ich bringe dich runter in den Ort zu Dr. Corby«, erklärte er, doch Zoe schüttelte sofort den Kopf.

»Kein Arzt. Es geht schon wieder, wirklich.«

Um das zu beweisen, kämpfte sie sich entschlossen wieder auf die Beine, und diesmal half Jack ihr dabei. Er hielt sie jedoch weiter fest, und für einen Moment war Zoe nicht sicher, was ihr weiche Knie machte – ihr Ohnmachtsanfall oder die Tatsache, dass Jack ihr so nah war. Er roch vertraut, und das brachte Gefühle zurück, an die sie sich nicht erinnern wollte.

»Ich … werde mich einfach eine Weile hinlegen. Dann wird es sicher gleich besser.«

Sie versuchte, optimistischer zu klingen, als sie sich fühlte, denn der Weg zurück zum Strandhaus kam ihr in ihrem derzeitigen Zustand unüberwindlich lang vor. Sie brauchte Hilfe, und auch wenn sie es hasste, ausgerechnet Jack darum bitten zu müssen, blieb ihr keine Wahl.

»Würdet ihr mich nach Hause bringen?«, fragte sie kleinlaut und blickte zu ihm auf. Sein Blick war noch immer grimmig, aber er nickte.

Anstatt sie beim Gehen zu stützen, wie sie es erwartet hatte, hob er sie jedoch auf seine Arme und trug sie, während William ihnen folgte.

»Lass mich runter, ich kann gehen!«, protestierte sie, doch er lief weiter, ohne sie abzusetzen.

»So geht es schneller«, meinte er, und Zoe fühlte sich zu schwach, um sich ihm ernsthaft zu widersetzen. Müde und immer noch ein bisschen benommen schlang sie die Arme fester um seinen Hals und ließ den Kopf gegen seine Schulter sinken.

»Ich bin doch viel zu schwer für dich.«

Ihren gemurmelten Einwand quittierte er nur mit einem hochgezogenen Mundwinkel, so als wäre das ziemlich absurd. Und tatsächlich schien es ihm wenig auszumachen, sie den hügeligen Weg entlang zu tragen, der durchaus einige Steigungen hatte. Jack war nicht mal besonders außer Atem, als sie schließlich bei seinem dunkelgrünen Defender-Jeep ankamen. Behutsam setzte er Zoe ab und half ihr auf den Beifahrersitz, dann fuhr er die kurze Strecke zurück zum Strandhaus.

»Geh schon mal rüber zur Pension und sag Grandma, dass ich gleich nachkomme«, wies er William an.

Der Junge nickte und lief nach einem letzten unsicheren Blick auf Zoe los, während Jack ihr ins Haus half. Diesmal trug er sie nicht, sondern hakte sie unter und begleitete sie bis zur Couch im Wohnzimmer, auf die sie sich erleichtert sinken ließ.

»Danke.« Sie lehnte sich zurück und lächelte schwach.

»Wann hast du zuletzt was gegessen?«, wollte Jack wissen.

Zoe überlegte. »Heute Mittag«, sagte sie, verschwieg ihm jedoch, dass es nur ein Joghurt und ein Apfel gewesen waren. Rose hatte den Kühlschrank zwar gut gefüllt, aber sie war einfach nicht hungrig gewesen. Das hatte sich inzwischen geändert, denn ihr Magen knurrte bei dem Gedanken an

Essen mit einem Mal vernehmlich – was auch Jack nicht entging.

»Ich mache dir was«, erklärte er. »Worauf hast du Appetit?«

Sie schüttelte den Kopf. »Das musst du nicht. Ich will dir keine Umstände machen.«

»Dafür ist es ein bisschen zu spät.« Er verzog den Mund zu einem ironischen Lächeln, aber zum ersten Mal, seit sie ihn wiedergesehen hatte, erschien Zoe der Ausdruck in seinen Augen nicht mehr ganz so feindselig. »Omeletts kann ich ganz gut, und die gehen schnell. Oder vielleicht finde ich auch noch was anderes. Ich werde mal nachsehen.«

Damit verschwand er in der Küche, bevor Zoe erneut protestieren konnte. Sie hörte ihn dort rumoren. Heißes Fett zischte, und kurz danach durchzog das Wohnzimmer ein herrlicher Duft nach gebratenem Speck, der Zoe das Wasser im Mund zusammenlaufen ließ. Sie schloss die Augen, weil die Erschöpfung sie übermannte, und öffnete sie erst wieder, als Jack ihr nach einigen Minuten einen Teller mit Eiern, Speck und gebackenen Bohnen brachte.

»Das wäre wirklich nicht nötig gewesen«, beharrte Zoe, machte sich jedoch gierig über den Teller her, während Jack erneut in die Küche ging und erst zurückkehrte, als sie mit dem Essen fertig war. Den Geräuschen nach zu urteilen hatte er dort alles wieder aufgeräumt und ihr außerdem noch einen Becher Tee gemacht, den er vor ihr auf den Couchtisch stellte.

»Geht es dir besser?«

»Viel besser«, bestätigte Zoe und war plötzlich trotz aller Dankbarkeit sehr verlegen. Sie konnte Jack nicht sagen, was wirklich mit ihr los war, aber sie musste ihm irgendeine Erklärung für ihren Zusammenbruch bieten. »Ich glaube, das war heute alles ein bisschen viel für mich. Die weite Fahrt von London hierher und die vielen Erinnerungen …« Sie beendete ihren Satz nicht und zuckte mit den Schultern.

Jack setzte sich in einen der Sessel ihr gegenüber.

»Warum tust du es dir dann an?« Er sagte es vorwurfsvoll, aber in seinem Blick lag keine Wut mehr. Eher Verwunderung. »Und warum jetzt?«

»Weil es mich nicht loslässt. Ich dachte sehr lange, es wäre vorbei und ich hätte das alles hinter mir gelassen. Aber in letzter Zeit …« Sie schluckte, als sie an ihre bevorstehende OP dachte. »In letzter Zeit geht es mir immer und immer wieder im Kopf herum. Es gibt noch so viele offene Fragen, was Chris' Tod angeht. Und die kann ich nur hier klären.«

Jack schnaubte. »Und was sollte sich geändert haben? Niemand weiß, was in der Nacht passiert ist. Es gibt nur Vermutungen, nichts weiter.«

»Ich will das trotzdem alles noch mal durchgehen«, beharrte sie. »Wenn ich mir die Polizeiakten ansehe, fällt mir vielleicht irgendetwas auf, das damals übersehen wurde. Außerdem möchte ich gerne noch mal mit den Leuten im Ort reden, die das alles miterlebt haben. Mit Harry Owen von der Polizeiinspektion zum Beispiel. Er hat den Fall damals aufgenommen, oder? Ist er noch in Penderak?«

Jack nickte. »Er leitet die Dienststelle jetzt. Aber es gibt sicher keine neuen Erkenntnisse, sonst hätte man dich benachrichtigt. Und warum solltest du nach all den Jahren etwas herausfinden können, was der Polizei entgangen ist?«

Zoe kaute auf ihrer Unterlippe. »Ich weiß nicht. Aber ich werde es trotzdem versuchen.«

Fast abrupt erhob sich Jack wieder.

»Dann tu, was du nicht lassen kannst«, sagte er und musterte sie wieder genauso unfreundlich wie zuvor auf der Klippe. »Ich muss jetzt los.«

Er wandte sich um und wollte gehen.

»Jack?«

Nur widerwillig blickte er noch einmal zu ihr zurück.

»Ich habe nie geglaubt, dass du etwas mit Chris' Tod zu tun hattest.«

Für einen langen Moment ruhte sein Blick auf ihr, und Zoe sah, wie der Ausdruck in seinen Augen wechselte. Der Moment war jedoch zu schnell vorbei, als dass sie hätte sagen können, was sich da auf seinem Gesicht gespiegelt hatte.

»Bis dann, Zoe.«

Er ging zur Tür, und etwas in Zoes Brust zog sich schmerzhaft zusammen, während sie ihm nachsah. Sie wollte nicht, dass er sie verließ, weil sie sich plötzlich davor fürchtete, in diesem Haus voller Erinnerungen allein zu sein. Den ganzen Tag über war das kein Problem gewesen, aber da hatte sie sich auch fit gefühlt. Jetzt saß ihr der Schock über ihren Zusammenbruch noch in den Gliedern, und so sehr sie es hasste, das zuzugeben – in Jacks Gegenwart fühlte sie sich sicher. Das konnte sie ihm natürlich nicht sagen, und vermutlich hätte es auch nichts genutzt, schließlich wurde er in der Pension erwartet und hätte ohnehin nicht bleiben können. Deshalb schwieg sie, während sie auf sein breites Kreuz starrte.

Als Jack gerade die Tür erreicht hatte, klingelte draußen im Flur das Telefon. Es war ein schnurloser Apparat, der auf einem kleinen weißen Tischchen in seiner Ladeschale stand, und Zoe stöhnte innerlich bei dem Gedanken, aufstehen und hingehen zu müssen.

»Würdest du drangehen?«, bat sie Jack. »Das ist bestimmt sowieso nicht für mich.«

Er nickte und verschwand im Flur. Sie hörte ihn mit jemandem reden, dann kam er wieder ins Wohnzimmer zurück.

»Es ist Rose«, sagte er und reichte Zoe mit versteinerter Miene den Apparat. Dann drehte er sich um und einen Augenblick später hörte sie, wie die Haustür draußen ins Schloss fiel.

»Hallo«, meldete sie sich.

»Oh, gut, dass ich dich endlich erreiche.« Rose' Stimme klang aufgeregt. »Ich muss dich nämlich sehr dringend etwas fragen.«

* * *

Jack wendete den Defender und gab so schnell Gas, dass der Wagen mit einem Ruck nach vorn schoss. Für einen Moment behielt er das Tempo bei, dann bremste er ab und fuhr langsamer über den Weg auf die Pension zu, deren Lichter man in der Ferne schon erkennen konnte.

Reiß dich zusammen, ermahnte er sich selbst und versuchte, nicht mehr daran zu denken, was in den letzten anderthalb Stunden passiert war. Doch es gelang ihm nicht und er sah wieder vor sich, wie Zoe zusammengebrochen war. Er konnte sich nicht erinnern, wann er zuletzt so schnell gerannt war. Innerhalb weniger Augenblicke war er an ihrer Seite gewesen, und es hatte plötzlich keine Rolle mehr gespielt, dass er wütend auf sie war. Oder wie sie sich damals getrennt hatten. Es war nur wichtig gewesen, dass sie die Augen wieder aufgeschlagen hatte, und die Erleichterung darüber hatte seinen Zorn ausgelöscht und durch etwas ersetzt, das er selbst nicht recht fassen konnte. Etwas, das ihn zutiefst verwirrte, weil er es nicht empfinden wollte.

Ich brauche Antworten, Jack.

Er stieß die Luft aus, als er sich an ihre Worte erinnerte. Und an den flehenden Ausdruck in ihren Augen.

Damals hatte er vergeblich darauf gewartet, dieses Aufbegehren in ihrem Blick zu sehen. Oder wenigstens irgendein Gefühl. Doch da war nur Leere gewesen und eine Ablehnung, die ihn tief getroffen hatte. Er war sich sicher gewesen, dass er sich in ihr getäuscht hatte. Dass ihr die Liebe zu ihm nicht ernst gewesen war.

Aber jetzt ...

Er schüttelte den Kopf. Nein, dachte er. Denk nicht mal dran. Was passiert ist, ist passiert. Es gab kein Zurück mehr, nicht nach so vielen Jahren. Er hatte im Moment genug zu tun mit William. Und er war Zoe auch nichts schuldig. Wenn sie unbedingt nachforschen und alte Wunden aufreißen wollte, dann war das ihre Sache, nicht seine. Das ging ihn nichts mehr an, also würde er sich raushalten. So einfach war das.

Mit einem Ruck brachte er den Defender neben dem Kombi seiner Mutter zum Stehen, stieg aus und warf die Tür mit einem lauten Knallen ins Schloss. Dann stapfte er missmutig auf den Eingang der Pension zu.

13

»Simon, wärst du wohl so lieb und würdest Mrs Edgars zur Tür begleiten?«

Elaine Fielding sah ihren Sohn mit einem unmissverständlich auffordernden Ausdruck in den Augen an, und Simon stöhnte innerlich.

»Natürlich.« Er erhob sich und lächelte die ältere Dame an, die gerade gehen wollte. Normalerweise wäre er wohl allein darauf gekommen, diese Gastgeberpflicht zu übernehmen – schließlich wusste er, wie viel Wert seine Mutter auf solche Dinge legte. Aber er war schon den ganzen Abend mit den Gedanken woanders, und hörte kaum auf das, was Martha Edgars ihm auf dem Weg zur Haustür erzählte. Es ging um ihre Enkelin Lydia, die er schon bei verschiedenen Gelegenheiten getroffen hatte. Sie war Ende zwanzig, wenn er sich recht erinnerte, und sie schien großes Interesse an ihm zu haben, wenn man ihrer Großmutter glauben durfte.

»Lydia tut es sehr leid, dass sie heute Abend nicht hier sein kann. Sie wollte Sie so gerne wiedersehen. Aber sie wurde aufgehalten. Eines ihrer Pferde lahmt, wissen Sie, und sie musste sich darum kümmern.«

»Das tut mir leid. Richten Sie ihr Grüße von mir aus«, erwiderte Simon höflich, obwohl er Mühe hatte, sich Lydia Edgars Gesicht in Erinnerung zu rufen. Letztlich war sie wie so viele junge Frauen in den gehobenen Kreisen, in denen seine Familie verkehrte – wohlerzogen, mit den richtigen Hobbys und von Kopf bis Fuß perfekt gestylt. Er konnte sich nicht vorstellen, dass sie ihm in einem verwaschenen engen T-Shirt die Tür öffnete. Oder dass sie ihm Hausmannskost in der Küche servierte …

»Das mache ich«, erklärte Martha Edgars zufrieden und ließ sich von Simon die Haustür aufhalten. »Und sagen Sie Ihrer Mutter, dass sie sich auch diesmal wieder selbst übertroffen hat. Ich weiß nicht, wie sie es macht, aber es war ein absolut perfekter Abend.«

»Ich werde es weitergeben«, versprach Simon und half der alten Dame die Eingangsstufen zu der Limousine hinunter, die in der Einfahrt auf sie wartete.

Dann ging er wieder ins Haus und wollte gerade in den Salon zurückkehren, wo sich alle Gäste nach dem Essen versammelt hatten, als seine Mutter in die Halle kam.

»Alles in Ordnung?«, fragte sie besorgt.

Simon nickte. »Ich soll dir noch mal ausrichten, wie gelungen der Abend war.«

Das Lob war nicht verwunderlich, denn Elaine Fieldings Dinnerpartys waren legendär. Wenn sie zu ihren Charity-Veranstaltungen rief, dann kam die Londoner High Society gern, und das nicht nur, weil sie eine perfekte Gastgeberin war. Als Gattin des erfolgreichen Anwalts Robert Fielding bewegte sie sich schon lange unter den wohlhabenden Industriellen des Landes, von denen sehr viele seit Jahren zu den Klienten ihres Mannes zählten. Und da sie außerdem die Tochter des Earls of Chiswick war und Zugang zu Adelskreisen hatte, war ihre Gästeliste in der Regel so interessant, dass die Leute sich darum rissen, von ihr eingeladen zu werden, vor allem dann, wenn die Party nicht wie an diesem Abend in ihrer Villa in Kensington, sondern in Marlton House, dem Stammsitz der Chiswicks in Kent stattfand. Deshalb war Elaine Fielding begehrtes Mitglied diverser Charity-Boards, und soweit

Simon das beurteilen konnte, liebte sie diese Verpflichtungen sehr.

Im Moment wirkte sie jedoch nicht besonders glücklich, denn sie musterte ihren Sohn mit gerunzelter Stirn.

»Ich meinte nicht Martha. Ich wollte wissen, ob mit dir alles in Ordnung ist.«

»Mit mir?« Simon lächelte verwundert. »Natürlich.«

Davon schien seine Mutter jedoch nicht überzeugt zu sein.

»Und warum warst du dann heute den ganzen Abend über so geistesabwesend? Was ist los, Simon? Gibt es Ärger in der Kanzlei, von dem Daddy und du mir nichts erzählt habt?«

»Was? Nein. Es ist alles bestens, wirklich«, versicherte er ihr.

»Dann ist es eine Frau, die dich beschäftigt, stimmt's?« Sie hob die Hand, als Simon protestieren wollte. »Komm schon, ich kenne dich«, meinte sie und stieß ihn lächelnd an. »Es ist nicht zufällig Lydia Edgars, oder? Sie ist entzückend, findest du nicht? Und ich glaube, du gefällst ihr.«

Simon seufzte. »Das beruht leider nicht auf Gegenseitigkeit.«

»Oh.« Elaine Fielding war sichtlich enttäuscht. »Und wer ist es dann? Oder sollte ich lieber fragen, auf welcher Titelseite ich sie zuletzt gesehen habe?«

»Sie ist kein Model«, erklärte Simon und verzog den Mund, als ihm klar wurde, dass die Frage seiner Mutter durchaus ihre Berechtigung hatte. Schließlich waren seine letzten drei Freundinnen Models gewesen. Wobei allein das Wort Freundin schon fast ein bisschen zu hoch gegriffen war. Es waren eher kurze Affären gewesen, sehr zum Leidwesen seiner Eltern, die fanden, dass ihr einziger Sohn mit Mitte dreißig endlich sesshaft werden und die Fielding-Linie fortführen sollte. Natürlich nicht mit einer Frau, die ihr Geld mit Magazinfotos verdiente. Ihnen schwebte eine Partnerin aus ihren eigenen gesellschaftlichen Kreisen vor. Jemand mit gutem Namen und noch besserem Hintergrund. Jemand wie Lydia Edgars. Wenn es nach seiner Mutter ging, dann hätte sie lieber heute als morgen eine Verlobungsanzeige in die *Times* gesetzt.

»Kein Model?« Elaine hob die Augenbrauen. »Was macht sie denn dann?«

»Sie ist Modedesignerin«, erklärte Simon und lächelte, als er an seine beiden Begegnungen mit Rose Riley dachte. Sie war so erfrischend anders gewesen als die Frauen, die er sonst kannte. Jedenfalls war er ziemlich sicher, dass er sie so schnell nicht vergessen würde, und er hoffte sehr, dass er sie bald wiedersah.

»Eine Designerin?«, befand Elaine, offenbar nicht sicher, ob sie das dem Beruf des Fotomodels vorzog. »Ist sie berühmt?«

Simon schüttelte den Kopf. »Noch nicht. Sie steht noch am Anfang ihrer Karriere.«

»Aha«, erwiderte seine Mutter, plötzlich misstrauisch. »Und ich nehme an, du sollst ihr ein bisschen Starthilfe leisten. Ich wette, sie hat sich über dich erkundigt und weiß, dass du über gute Kontakte verfügst. Von deinem Geld ganz zu schweigen. Ach, Simon.« Sie seufzte. »Warum muss es immer so etwas Extravagantes wie ein Model oder eine Designerin sein? Warum suchst du dir nicht eine Partnerin, die dir ebenbürtig ist? Wenn dir Lydia Edgars nicht gefällt, dann wäre diese Hazel Cummings, die jetzt bei euch in der Kanzlei arbeitet, doch vielleicht was für dich. Sie ist nett, hat den gleichen Beruf wie du und kommt, soweit ich weiß, aus einer guten Familie.«

Simon dachte an die rothaarige junge Anwältin, die sein Vater vor Kurzem eingestellt hatte. Sie war nett, keine Frage.

Aber als mögliche Partnerin hatte er sie bis jetzt nicht gesehen, deshalb hob er nur die Augenbrauen.

Seine Mutter seufzte. »Glaub mir, solche Beziehungen halten besser.«

»Ich habe Rose eben erst kennengelernt, Mum. Wir schmieden noch keine Hochzeitspläne«, meinte er, fast ein bisschen amüsiert darüber, wie oft seine Mutter bei diesem Thema über das Ziel hinausschoss.

»Aber apropos Design«, sagte sie. »Du denkst doch an die Ausstellungseröffnung am Samstag?«

Er hob die Augenbrauen, weil er keine Ahnung hatte, wovon sie sprach, und Elaine quittierte dies mit einem strafenden Blick.

»Ich weiß, dass ich dir eine Einladung geschickt und dir gesagt habe, dass du dir den Termin frei halten sollst. Es ist diese Ausstellung über die wichtigsten Modetrends der letzten fünfzig Jahre, die ich für unser Mental-Health-Projekt organisiert habe. Mit Modellkleidern, die wir später versteigern. Eins von Coco Chanel ist dabei und auch eins, das die Duchess of Cambridge getragen hat. Sie hat es uns persönlich zur Verfügung gestellt, weil sie unsere Sache unterstützen möchte. Außerdem wird Clive Wentworth dort sein, du weißt schon, der Londoner Mode-Papst, von dem jetzt alle sprechen. Und noch ein paar andere Größen aus der Fashionszene. Das wird eine große Sache, Simon, und ich erwarte, dass du da auftauchst.« Sie senkte ihre Stimme. »Lydia Edgars kommt übrigens auch. Das wäre sicher eine gute Gelegenheit, um sie näher kennenzulernen.«

Simon hakte seine Mutter unter. »Wir sollten uns jetzt lieber wieder um unsere Gäste kümmern, meinst du nicht?«

Seine Mutter sah ihn mit diesem irritierten Ausdruck an, der immer auf ihrem Gesicht erschien, wenn er nicht das sagte, was sie erwartete, sie aber keine passende Antwort parat hatte. »Ja, natürlich.«

Sie gingen ein paar Schritte in Richtung Salon, dann blieb Simon stehen, weil das Handy in seiner Jacketttasche brummte.

»Entschuldige. Ich komme sofort nach«, sagte er und holte es trotz des strafenden Blicks seiner Mutter heraus, um die SMS zu lesen, die gerade eingegangen war.

Hausbesichtigung morgen Nachmittag um fünf Uhr.
Liebe Grüße, Rose

Ein Lächeln breitete sich auf Simons Gesicht aus. Perfekt, dachte er und speicherte ihre Handynummer in seinem Smartphone ab. Dann ging er mit beschwingten Schritten zurück in den Salon.

14

»Nein, tut mir leid. Das darf ich nicht.« Harry Owen zuckte bedauernd mit den Schultern, und Zoe fühlte, wie sich eine heiße Welle der Enttäuschung in ihr ausbreitete.

»Aber es geht doch um meinen Bruder.« Sie ballte die Hände zu Fäusten und fixierte den Polizisten mit flehendem Blick. »Das sind Informationen, die mir zustehen.«

Harry Owen drehte sich um und ging zu seinem Schreibtisch zurück, von dem er aufgestanden war, als Zoe kurz zuvor an die Tür seines Büros geklopft hatte. Er war kein Sergeant mehr, sondern Chief Constable, wie Zoe draußen an der Tür gelesen hatte, und über seinem Gürtel zeichnete sich ein kleines Bäuchlein ab. Ansonsten hatte er sich äußerlich kaum verändert. Sein Haar war noch voll und genauso weißblond wie früher, und seine hellblauen Augen blickten sie aufmerksam an, während er ihr bedeutete, auf dem Stuhl vor dem Schreibtisch Platz zu nehmen.

»Ich würde Ihnen gerne helfen, Miss Bevan. Aber ich kann nicht. Die Ermittlungsakte ist ein internes Dokument. Wir dürfen sie nicht an Dritte herausgeben, weder an den Täter, wenn es einen gibt, noch an das Opfer und dessen Familie. So lautet die Vorschrift, und daran muss ich mich halten.«

Zoe folgte seiner Aufforderung und ließ sich auf den Stuhl sinken.

»Aber Sie brauchen die Informationen doch gar nicht mehr«, argumentierte sie. »Der Fall ruht schon seit Jahren.«

»Eben«, meinte Harry Owen und musterte sie mit undurchdringlichem Blick. »Die Untersuchung ist abgeschlossen. Was würde es bringen, das jetzt alles noch mal aufzuwühlen?«

»Sie verstehen das nicht.« Zoe rutschte auf ihrem Stuhl nach vorn, sah den Polizisten bittend an. »Ich will die Ermittlungen nicht kritisieren oder so etwas. Ich weiß, dass Sie und Ihre Kollegen damals alles getan haben, um die Sache aufzuklären. Aber ich war damals so schockiert, dass ich gar nicht wirklich mitbekommen habe, wen Sie befragt haben und was die Leute über Chris gesagt haben. Und das interessiert mich jetzt. Natürlich würde ich sehr diskret sein und niemandem …«

Sie brach ab, weil Harry Owen vehement den Kopf schüttelte.

»Wie ich schon sagte. Ich darf es nicht.« Seine Lippen bildeten jetzt eine schmale Linie, und Zoe spürte, wie unangenehm ihm dieses Gespräch war. Doch sie konnte noch nicht aufgeben.

»Aber es wäre so wichtig für mich. Und ich müsste die Unterlagen auch nicht mitnehmen. Ich könnte sie hier lesen, wenn Sie sie nicht rausgeben dürfen.«

»Sie dürfen sie nicht lesen«, beharrte Harry Owen. »Wenn überhaupt, dürfte das nur ein von Ihnen beauftragter Anwalt. Er kann Akteneinsicht verlangen und Ihnen sagen, was in den Unterlagen steht. Aber auch er dürfte Ihnen die Blätter nicht zeigen.«

»Aber …«

»Nein. Ich kann Ihnen da wirklich nicht helfen.« Er erhob sich, und als Zoe das ebenfalls tat, begleitete er sie zurück zur Tür. »Es tut mir wirklich leid«, sagte er und wich ihrem Blick aus. »Auf Wiedersehen, Miss Bevan.«

Er schloss die Tür, sobald Zoe in den Flur getreten war, und sie starrte für einen Moment frustriert auf das Türblatt. Dann ging sie zurück in den Hauptraum der Wache.

An einem der beiden Schreibtische, die hier standen, saß der Polizist, der sie vorhin empfangen und zu Harry Owen gebracht hatte. Sergeant Collins hieß er, und er war jünger als sie, vielleicht Mitte bis Ende zwanzig, ein großer, schlaksiger Kerl mit einem freundlichen Lächeln. Als sie vorbeiging, betrachtete er sie neugierig. Er wirkte zugänglicher als sein Vorgesetzter, und für einen Moment überlegte Zoe, ob sie ihn vielleicht auch noch einmal nach der Ermittlungsakte fragen sollte. Aber er würde sich kaum gegen seinen Chef stellen, und das Ganze war schon demütigend genug gewesen. Deshalb nickte sie ihm nur zu und verließ die Wache.

Als sie wieder auf der Straße stand, blickte sie noch einmal zurück auf das hübsche historische Gebäude, das sich mit seiner Schieferfassade und den Sprossenfenstern perfekt ins Stadtbild einfügte.

Sie war sich so sicher gewesen, dass Harry Owen ihr helfen würde. Er war damals noch ein junger Polizist gewesen, an den sie sich auch deshalb noch so gut erinnerte, weil er besonders schockiert gewirkt hatte. Es musste einer seiner ersten Fälle gewesen sein, und seine Erschütterung hatte Zoe gezeigt, dass Chris' gewaltsamer Tod auch für die Einsatzkräfte im kleinen, friedlichen Penderak eine traumatische Erfahrung gewesen war. Deshalb hatte sie darauf gebaut, dass gerade er Verständnis für ihre Bitte haben würde. Doch da hatte sie sich offenbar getäuscht.

Natürlich würde sie das nicht auf sich beruhen lassen und einen Anwalt einschalten, genau wie er es ihr geraten hatte. Ihren Londoner Firmenanwalt konnte sie damit allerdings nicht betrauen, sonst erfuhr ihr Vater, wo sie sich aufhielt. Also musste sie sich eine Kanzlei in der Nähe suchen. Das würde allerdings Zeit kosten. Zeit, die ich nicht habe, dachte Zoe seufzend und lief gedankenverloren durch die schmalen Gässchen mit dem hübschen Kopfsteinpflaster.

Als sie die Hafenpromenade erreichte, blieb sie stehen und atmete tief durch. Es war schon Nachmittag, und die rostigen Fischtrawler lagen längst wieder an den beiden Anlegern und warteten auf ihren nächsten Einsatz. Es waren weniger als früher, wie Zoe überrascht feststellte. Dafür hatte die Anzahl der Segelboote und Motorjollen deutlich zugenommen. Richtig voll war es im Hafenbecken, wo sie vertäut lagen, und es gab auch sehr viel mehr Touristen, die über die Promenade schlenderten und sich die Auslagen der Läden ansahen oder in den Restaurants und Cafés saßen. Einige Geschäfte und Hotels kannte Zoe noch, andere waren neu dazugekommen oder hatten einen anderen Namen. Aber alles in allem war ihr das Bild, das die schiefergrauen und weißen Häuser mit den bunten Fensterrahmen vor dem glitzernden Wasser boten, beinahe schmerzhaft vertraut, und wieder hier zu stehen und das alles zu sehen, zu hören und zu riechen, weckte mit einem Mal eine ganze Flut von Erinnerungen.

Das Schreien der Möwen, das hohe Singen der Leinen, die der Wind gegen die Masten der Segelboote schlug, und der typisch würzige Hafengeruch nach faulendem Seetang und Salzwasser – das alles war in ihrem Kopf untrennbar verbunden mit Sommer, Sonne und einem glücklichen, warmen, sicheren Gefühl. Sie sah sich selbst mit Rose auf den Hafenpollern sitzen und Eis essen, wusste noch, wie sie mit Jack abends, als es schon dunkel war, Hand in Hand über die Promenade geschlendert war, damals, als sie ganz frisch verliebt gewesen waren. Wie aufgeregt ihr Herz damals geklopft hatte. Und wie sicher sie gewesen war, dass nichts ihrem Glück im Weg stehen würde …

»Entschuldigen Sie, kennen wir uns nicht?«

Die Frage ließ Zoe überrascht zu einer älteren Dame herumfahren, die sie mit leicht schief gelegtem Kopf musterte. Sie war ungefähr Mitte sechzig, hatte hellbraune Locken und gab mit ihrer feuerroten Bermudahose und der wild gemusterten Tunika, die sie dazu trug, ein recht schrilles Bild ab. Deshalb erkannte Zoe sie sofort.

»Mrs Carmichael!«

Als sie den Namen der Frau aussprach, schien diese sich ebenfalls wieder zu erinnern, denn ihr Blick klarte auf.

»Zoe! Zoe Bevan, nicht wahr? Mein Gott, wie lange ist das her?« Die Frau lächelte strahlend, wurde jedoch einen Moment später wieder ernst. »Ich habe Ihnen damals gar nicht sagen können, wie leid mir das mit Ihrem Bruder tat. Er war ein so ...« Ihre Stimme brach kurz, doch sie fing sich schnell wieder. »Ein so unglaublicher talentierter Pianist. Ich hatte nie wieder einen Schüler wie ihn.«

»Er ist auch immer sehr gerne in Ihren Unterricht gegangen«, erwiderte Zoe und hatte einen Kloß im Hals, als sie sah, dass Tränen in den Augen der anderen Frau schimmerten. Chris' Tod lag schon so viele Jahre zurück, dass Zoe davon ausgegangen war, dass nur noch sie und ihre Eltern um ihn trauerten. Es tat gut zu hören, dass auch andere ihn nicht vergessen hatten.

Aber vielleicht galt das auch wirklich nur für Lizzy Carmichael, schließlich war sie es gewesen, die Chris' musikalisches Talent entdeckt und gefördert hatte. Wie genau die beiden zueinandergefunden hatten, wusste Zoe nicht mehr, aber irgendwann hatte Chris herausgefunden, dass sie den Kindern in Penderak Klavierunterricht gab, und hatte so lange gebettelt, bis er auch ein paar Stunden bei ihr nehmen durfte. In London hatte er mit anderen Lehrern weitergemacht und es auf dem Instrument durch Fleiß und Begeisterung weit gebracht. Aber trotzdem oder gerade deswegen war es für ihn zur Tradition geworden, jeden Sommer weiter Unterricht bei Lizzy Carmichael zu nehmen.

»Die Stunden bei Ihnen haben ihm viel bedeutet.«

»Für mich waren sie auch etwas Besonderes.« Lizzy Carmichael seufzte und ein Schatten huschte über ihr Gesicht. Dann lächelte sie wieder. »Wie lange bleiben Sie denn in Penderak?«

»Ein paar Tage«, antwortete Zoe.

»Dann kommen Sie doch mal bei mir vorbei. Ich habe da noch etwas, das ich Ihnen geben möchte. Sie wissen doch noch, wo ich wohne, oder?«

»Natürlich«, erwiderte Zoe. »Was ist es denn?«

Die ältere Dame lächelte. »Besuchen Sie mich morgen Nachmittag, dann zeige ich es Ihnen.« Sie strich Zoe noch einmal über den Arm, dann ging sie weiter, drehte sich jedoch nach ein paar Metern noch einmal um. »Um vier zum Tee«, rief sie und winkte noch ein letztes Mal, bevor sie in der Menge verschwand.

Zoe starrte ihr nach. Sie hatte keine Ahnung, was Lizzy Carmichael ihr geben wollte, aber es musste etwas mit Chris zu tun haben. Und das war zumindest ein Anfang. Sicher gab es noch andere Leute im Ort, die sich an ihn erinnerten und mit denen sie sprechen konnte.

Der Gedanke stimmte sie optimistisch, und sie wollte gerade weitergehen, als ihr in der Auslage der Boutique, vor der sie stand, ein paar bunte Stofftaschen auffielen. Sie hatte schon immer eine Schwäche für Taschen gehabt, und diese offenbar handgenähten Einzelstücke waren einfach nur entzückend – mehrfarbig, aber nicht schrill oder kindlich, sondern ausgefallen und dennoch alltagstauglich.

Spontan betrat Zoe den Laden. Es war eine kleine Boutique, die nicht nur allerlei maritime Wohnaccessoires, sondern auch recht ausgefallene Mode und weitere Taschen anbot.

Die Verkäuferin mit den langen rotbraunen Haaren, die hinter der Ladentheke stand und sich gerade mit einer älteren Frau unterhielt, blickte auf, als die Glocke über der Tür erklang.

»Kann ich Ihnen helfen?«, fragte sie freundlich, doch noch bevor Zoe antworten und nach den Taschen fragen konnte, stieß sie einen erfreuten Schrei aus. »Zoe? Das ist ja schön, dass du hergefunden hast! Ich bin's, Iris, die kleine Schwester von Rose. Erinnerst du dich?«

»Ja, natürlich«, meinte Zoe erstaunt. Es fiel ihr schwer zu glauben, dass diese schöne groß gewachsene Frau das Mädchen mit der Zahnspange von damals war, aber es war eindeutig Iris. Und sie war auch noch genauso offen und fröhlich wie früher, denn sie ging sofort um den Tresen herum und umarmte Zoe herzlich. »Hast du dich im Strandhaus schon ein bisschen eingelebt?«

»Ja, danke.« Zoe blickte auf die Taschen und die Blusen, die auf Bügeln überall im Laden verteilt hingen, und ihr fiel wieder ein, was ihre Freundin über ihre Näharbeiten erzählt hatte. »Dann sind das die Sachen, die Rose entwirft?«, fragte sie, ehrlich beeindruckt. »Ich wette, die verkaufen sich gut.«

»Allerdings«, bestätigte Iris. »Es sind unsere Renner. Rose muss ständig neue nähen. Nicht wahr, Mum?« Sie blickte zu der älteren Frau hinüber, die noch am Tresen stand und die Zoe erst jetzt erkannte.

»Mrs Gallagher!«, sagte sie und streckte ihr lächelnd die Hand hin. »Freut mich, Sie wiederzusehen.«

Jacks Mutter erwiderte das Lächeln eher verhalten, während sie sich die Hände schüttelten.

»Freut mich auch, Zoe«, sagte sie, doch der Ausdruck in ihren Augen blieb bedacht. »Es ist lange her.«

»Ja, das ist es«, bestätigte Zoe und senkte kurz den Blick. Sie bereute plötzlich, diese Leute einfach aus ihrem Leben gestrichen zu haben. Das war ein Fehler gewesen, aber es war nicht mehr zu ändern.

»Jack hat uns erzählt, was dir gestern bei den Klippen passiert ist. Er hat sich Sorgen gemacht.« Daisy betrachtete Zoe eingehender. »Geht es dir wieder besser?«

»Ja, viel besser«, bestätigte Zoe und spürte, wie ihr Herz schneller schlug, als sie an Jack dachte. Hatte er sich wirklich Sorgen gemacht? »Die lange Anreise hat mich wohl stärker mitgenommen, als ich dachte, deshalb habe ich heute Morgen lange geschlafen.«

Sehr lange sogar, korrigierte sie sich innerlich, denn sie war erst gegen Mittag aufgewacht – einer Zeit, zu der sie sonst im Büro schon den ersten Aktenberg abgearbeitet hatte. In Penderak dagegen tat sie nichts und war trotzdem total erschöpft. Aber es wurde langsam wieder besser. Das ausgiebige Frühstück hatte ihr gutgetan, und die schöne Landschaft, die sie auf dem Fußweg in den Ort noch einmal richtig hatte genießen können, wirkte beruhigend auf sie, ließ den Stress der vergangenen zwei Tage langsam von ihr abfallen. Ich hatte es vergessen, dachte sie. Ich hatte vergessen, wie es sich anfühlt, hier in Cornwall zu sein.

Daisy Gallagher musterte sie immer noch skeptisch.

»Du siehst blass aus«, stellte sie fest. »Isst du auch genug?«

Wehmütig dachte Zoe daran, dass das auch früher schon Daisy Gallaghers größte Sorge gewesen war. Sie hatte Zoe immer zu schlank gefunden und ihr oft frisch gebackene Pasteten und andere Köstlichkeiten aus ihrer Küche angeboten. Und auch jetzt schien sie sich wieder für Zoes leibliches Wohl zuständig zu fühlen, denn sie fügte nach kurzer Überlegung hinzu: »Du kannst zum Essen rüber in die Pension kommen, wenn du willst. Wir haben immer genug, und du bist schließlich auch unser Gast.«

Zoe nickte zaghaft. »Danke. Das ist sehr nett«, sagte sie, ein bisschen überwältigt von dem unerwarteten Angebot, und blickte von Daisy zu Iris, die immer noch strahlend lächelte. Auch wenn Jacks Mutter ihr gegenüber etwas reservierter war als früher, hatte sich offenbar nichts an der Gastfreundlichkeit der Gallaghers geändert. Was Zoes schlechtes Gewissen ihnen gegenüber nur noch verstärkte. Deshalb griff sie hastig nach einer Tasche in verschiedenen Blautönen, die an einem Ständer hing und die ihr besonders gut gefiel.

»Die würde ich gerne nehmen.«

Sie gab Iris das Geld und wartete, bis diese ihr die Tasche in eine große Papiertüte verpackt über die Theke reichte. Dann lächelte sie den beiden Frauen noch einmal zu.

»Ich muss weiter. Es war schön, euch wiederzusehen.«

Mit gesenktem Kopf und tief in Gedanken versunken verließ sie die Boutique – und prallte nach wenigen Schritten mit jemandem zusammen.

»Tut mir leid«, sagte sie erschrocken. »Ich hab Sie nicht …«

Die Worte erstarben auf ihren Lippen, als sie sah, dass es Jack war, den sie angerempelt hatte.

15

Für einen Moment sprachlos starrte Zoe ihn an – und Jack, der eine Kiste unter dem Arm trug, starrte zurück.

»Was machst du denn hier?«, fragte er misstrauisch und sah zum Eingang der Boutique.

Zoe schluckte. »Ich ... bin nur zufällig hier vorbeigekommen. Eigentlich war ich auf der Polizeistation. Aber dann habe ich die hübschen Taschen gesehen und bin reingegangen. Ich wusste nicht, dass der Laden deiner Familie gehört.«

»Er gehört Iris«, meinte Jack, und Zoe konnte spüren, wie ihre Wangen heiß wurden, während sie seinem Blick standhielt.

»Sind das Sachen für den Laden?«, fragte sie, um das Schweigen zwischen ihnen zu brechen, und deutete auf die Kiste.

Er nickte, war aber offenbar gedanklich mit etwas anderem beschäftigt.

»Wie ist es denn gelaufen bei der Polizei?«, wollte er wissen.

Zoe seufzte. »Gar nicht. Ich habe mir eine Abfuhr geholt. Harry Owen will mir die Ermittlungsakte nicht geben. Es ist gegen die Vorschriften, sagt er. Die einzige Möglichkeit wäre, einen Anwalt zu beauftragen. Aber das schaffe ich wahrscheinlich nicht mehr ...«

Sie brach ab, als sie merkte, dass sie Jack fast ihr Geheimnis verraten hätte, und sah ihn erschrocken an.

»Wieso schaffst du das nicht mehr?«, fragte er mit gerunzelter Stirn.

»Weil ... ich nur ein paar Tage bleiben kann, bevor ich wieder nach London muss«, erklärte sie hastig. »Deshalb hatte ich gehofft, es klappt schneller mit der Akteneinsicht. Aber offensichtlich kann der Chief Constable in dieser Sache nicht einfach mal ein Auge zudrücken.«

»Klingt nach Harry«, murmelte Jack und zuckte mit den Schultern, als Zoe ihn überrascht ansah. »Mein Schwager Gordon ist Polizist. Er arbeitet auf der Wache und hat sich schon oft darüber beschwert, wie genau Harry es mit den Vorschriften nimmt.«

Zoe seufzte. »Was mache ich denn jetzt bloß?«, meinte sie traurig und blickte zu Jack auf. »Gibt es hier im Ort einen Anwalt, an den ich mich wenden kann?«

»Die nächste Kanzlei, die ich kenne, ist in Newquay«, meinte er und betrachtete sie skeptisch. »Aber was soll ein Anwalt denn für dich erreichen, wenn du nur ein paar Tage Zeit hast?«

Er hat recht, dachte Zoe und biss sich auf die Lippe, weil ihr plötzlich klar wurde, wie aussichtslos ihr Vorhaben war. Selbst wenn sie auf die Schnelle einen Anwalt auftrieb, der für sie Akteneinsicht nahm, würde er nicht wissen, wonach er suchen sollte.

»Ich werde es trotzdem versuchen«, sagte sie niedergeschlagen.

Jack brummte etwas, das sie nicht verstand, doch als sie nachfragte, winkte er ab.

»Ich muss weiter«, sagte er und schien es plötzlich sehr eilig zu haben, denn er nickte ihr nur noch kurz zu und verschwand dann in der Boutique.

Zoe starrte ihm nach. Hätte er nicht wenigstens lächeln und

ihr Glück wünschen können? Aber wahrscheinlich erwartete sie zu viel. Nach allem, was passiert war, würde ihr Verhältnis nie wieder so sein wie früher. Und sie wollte lieber nicht über die Gründe nachdenken, warum ihr das so viel ausmachte, deshalb wandte sie sich ab und machte sich auf den Weg zurück zum Strandhaus.

* * *

Jack stellte die Kiste neben den Kassentresen und richtete sich wieder auf.

»Hier sind die Sachen, die ich für Iris holen sollte«, sagte er zu seiner Mutter, doch sie betrachtete ihn nur mit einem sorgenvollen Ausdruck in den Augen. »Was ist?«

»Ich habe gesehen, dass du draußen mit Zoe geredet hast.« Daisy sah zu Iris hinüber, die gerade eine Kundin bediente. »Worüber habt ihr gesprochen?«

»Nichts Wichtiges«, erwiderte Jack unwillig. »Sie versucht herauszufinden, was damals mit ihrem Bruder passiert ist. Das habe ich dir doch schon gesagt.« Zoe war gestern das Thema beim Essen in der Pension gewesen, und wie es schien, ließ es Daisy keine Ruhe.

»Und sie ist wirklich nur deshalb hier?« Sie schüttelte den Kopf. »Warum ist sie denn nicht schon viel früher gekommen?«

»Keine Ahnung.« Er stützte sich mit dem Arm auf dem Verkaufstresen ab und sah seine Mutter nachdenklich an. »Aber vielleicht sollte ich ihr helfen.«

»Was? Wieso das denn?« Daisy schien diese Idee gar nicht zu gefallen, doch Jack blieb dabei.

»Je schneller sie erfährt, was sie wissen will, desto eher verschwindet sie wieder.«

Daisy betrachtete ihn skeptisch. »Dann willst du, dass sie wieder geht?«

Er schnaubte. »Sie geht sowieso«, meinte er und versuchte, den Stich in seiner Brust zu ignorieren, als er daran dachte, wie Zoe ihn gerade angesehen hatte.

Irgendetwas stimmte nicht mit ihr. Sie wirkte so bedrückt, als würde etwas sehr schwer auf ihren Schultern lasten. Und in ihrem Blick lag eine Traurigkeit, die ihn bis ins Mark traf. Verdammt, er wollte ihr nicht helfen, weil er sie dann schneller wieder los war. Er wollte ihr helfen. Punkt. Und er wusste auch schon, wie.

»Ist Gordon auf der Wache?«, fragte er Iris, deren Kundin gerade wieder gegangen war. Sie nickte.

»Wenn er keinen Einsatz hat? Warum?«

»Ich muss ihn was fragen«, erklärte Jack und verließ mit entschlossenen Schritten die Boutique.

16

»Und hier ist das Badezimmer«, erklärte Rose und trat einen Schritt zur Seite, um Darios Pandakis und dem Gutachter, den er mitgebracht hatte, Platz zu machen. Sie kam sich ein bisschen komisch dabei vor, die Männer durch ein Haus zu führen, dass ihr selbst auch noch fremd war. Aber sie hatte Zoe versprochen, dass sie das übernehmen und die ganze Zeit dabeibleiben würde.

Die beiden Männer unterzogen den Raum, genau wie die Zimmer, die sie zuvor schon besichtigt hatten, einer gründlichen Prüfung. Der Gesichtsausdruck von Darios Pandakis blieb dabei unbewegt, und auch, als er sich leise mit dem Gutachter unterhielt, zeigte er keine Regung. So verhielt er sich schon, seit sie vor einer halben Stunde mit der Hausbesichtigung begonnen hatten, und langsam wurde Rose nervös. Simon Fielding hatte zwar erwähnt, dass sein Klient ein schwieriger Mensch war, aber dass sich der Mittfünfziger so unfreundlich verhalten würde, hatte sie nicht erwartet. Er lächelte kaum, war kurz angebunden und zeigte extrem wenig Enthusiasmus für ein Objekt, das er angeblich unbedingt kaufen wollte.

»Gefällt es ihm nicht?«, fragte sie im Flüsterton und sah hilfesuchend zu Simon Fielding auf, der mit ihr vor der Tür wartete.

Lächelnd beugte er sich zu ihr herunter.

»Keine Sorge. So guckt er immer«, flüsterte er zurück, und Rose lief ein prickelnder Schauer über den Rücken, als sein Atem ihre Wange streifte. Für einen Moment verlor sie sich in seinen blauen Augen, die ihren plötzlich so nah waren, und das Atmen fiel ihr schwer.

Er ist beruflich hier, erinnerte sie sich. Also sollte sie ihn besser nicht anstarren wie ein verliebter Teenager. Aber genauso fühlte sie sich seit gestern Abend. Sie hatte von ihm geträumt und den ganzen Tag damit verbracht, sich voller Vorfreude auf das erneute Treffen mit ihm vorzubereiten. Stundenlang hatte sie vor dem Spiegel gestanden und verschiedene Outfits anprobiert, bis sie sich endlich für eines ihrer schönsten Sommerkleider, einen Traum aus fliederfarbenem Jersey, entschieden hatte. Und je näher der Zeiger auf halb sechs gerückt war, desto aufgeregter war sie gewesen. Richtiges Herzklopfen hatte sie gehabt, als sie ihm und den anderen beiden Männern die Tür geöffnet hatte, und sein bewundernder Blick war die Belohnung für ihre Mühen gewesen.

Ja, sie wollte ihm gefallen. Aber es machte sie auch unsicher, dass er diese vielen ungewohnten Gefühle in ihr auslöste. Sie war es einfach nicht mehr gewohnt zu flirten und konnte nicht einschätzen, ob er aufrichtiges Interesse an ihr hatte oder ob das einfach seine Masche war. Wenn, dann hatte er das wirklich drauf, das musste sie ihm lassen …

»Gibt es hier unten noch weitere Räume?«, fragte Darios Pandakis, der eben zurück in den Flur gekommen war, und riss Rose damit aus ihren Gedanken.

»Nein, das waren alle.«

»Gut. Dann gehen wir jetzt rauf«, erklärte er, und Rose biss die Zähne aufeinander, weil sie seinen Befehlston unangenehm fand. Doch sie erwiderte nichts, sondern ging über die breite Treppe in der Halle voran in den ersten Stock.

In diesem Teil des Hauses war sie bis jetzt nur einmal ganz kurz gewesen. Zoe hatte ihr erklärt, dass es früher der private Bereich ihrer Mutter gewesen war und dass sie selbst diesen Teil des Hauses nicht mehr nutzte. Ihr Schlafzimmer lag unten, direkt neben dem Bad, und Rose schlief dort, weil es einfach am meisten Sinn ergab. Das Haus war viel zu groß für eine Person, und im Erdgeschoss hatte sie alles, was sie brauchte. Deshalb war sie nur einmal, ganz am Anfang, hinaufgegangen, um sich zu orientieren. Die Türen, die vom Flur im ersten Stock abgingen, waren geschlossen gewesen, und sie hatte nur die zu dem Zimmer ganz vorn am Treppenabsatz kurz geöffnet und einen Blick hineingeworfen. Es war vermutlich früher das Schlafzimmer von Zoes Mutter gewesen, und Rose hatte sich erschrocken, weil es abgesehen von den wuchtigen antiken Möbeln noch sehr viele persönliche Gegenstände enthielt. Auf dem kleinen Schminktisch in der Ecke standen diverse Tiegel und Flaschen, über der Kommode hing ein Sammelsurium von gerahmten Familienbildern, und auf dem Nachttisch stapelten sich Zeitschriften. Es wirkte, als würde Zoes Mutter jede Sekunde zurückkommen, und Rose hatte sich gefühlt wie ein Eindringling, deshalb war sie rasch wieder hinunter ins Erdgeschoss gegangen.

Jetzt jedoch musste sie nacheinander alle Türen in diesem Stockwerk öffnen, um die Männer hineinzulassen. Außer dem Schlafzimmer von Zoes Mutter gab es noch einen kleinen Salon, der ähnlich eingerichtet war wie der im Erdgeschoss und ebenfalls wirkte, als wäre er noch bewohnt, außerdem zwei Schlafzimmer, die offenbar früher als Gästezimmer gedient hatten, und ein weiteres großes Badezimmer. Alles war aufgeräumt und geputzt, aber das wunderte Rose nicht, denn Zoe hatte erwähnt, dass einmal in der Woche eine Zugehfrau kam, die sich um diese Dinge kümmerte.

Rose konnte nicht wirklich erklären, was sie an dieser ganzen Etage unheimlich fand. Vielleicht die Tatsache, dass sie wusste, dass hier niemand mehr lebte. Es wirkte alles wie konserviert, und dieser Eindruck bestätigte sich, als sie das letzte Zimmer ganz am Ende des Flurs betraten.

Es war ein lichtdurchfluteter Raum, der von einem zugeklappten schwarzen Flügel dominiert wurde. Außer den beiden Sesseln und dem kleinen Tisch vor dem Fenster gab es mehrere Regale und Vitrinen, und jeder freie Platz darin war mit gerahmten Fotos und Erinnerungsstücken vollgestellt. Auch die Wände waren von Zeichnungen und großformatigen Fotos bedeckt, und die meisten zeigten das gleiche Motiv: Chris Bevan. Er lächelte von den Bildern herab, manchmal allein, manchmal im Kreis seiner Familie oder mit Freunden. Alle Stationen seines Lebens waren festgehalten: seine Kindheit, seine Schulzeit, seine Ausbildung und seine sportlichen Aktivitäten – offenbar war er ein sehr begabter Cricket-Spieler gewesen, davon zeugten auch mehrere goldene Pokale in einem der Regale. Ein großes Foto an der Wand zeigte ihn selbstvergessen am Klavier, und die Zeichnungen, die danebenhingen, stammten der Signatur nach zu urteilen ebenfalls von ihm.

Fassungslos schritt Rose durch das Zimmer. Es nahm ihr fast den Atem, wie präsent Zoes Bruder hier war, und plötzlich standen ihr die Erinnerungen an ihn wieder lebhaft vor Augen. Humorvoll, höflich, immer ein strahlendes Lächeln auf den Lippen – so war Chris gewesen. Sie hatte ihn von Anfang an gemocht und war sogar eine Zeit lang heimlich in ihn verliebt gewesen. Aber er hatte sie immer behandelt wie eine kleine Schwester und irgendwann war er wirklich wie ein zweiter Bruder für sie geworden. Es war unfassbar für sie gewesen, dass er tot sein sollte, und jetzt, wo sie selbst Kinder hatte, ahnte sie, wie schlimm der Verlust seine Familie getroffen haben musste. Sie konnte sich nicht vorstellen, eines ihrer eigenen Kinder zu verlieren, allein der Gedanke daran war unerträglich.

Würde sie dann vielleicht auch so einen Schrein errichten, wie Brenda Bevan es getan hatte? Plötzlich wunderte es Rose nicht mehr, dass Zoe diese gesamte Etage aus ihrem Alltag ausblendete und sich entschieden hatte, unten zu schlafen. So viel geballte Erinnerung war sicher nicht leicht zu ertragen.

»Die Bilder zeigen Miss Bevans verstorbenen Bruder«, sagte sie in die Stille, weil sie das Gefühl hatte, den drei Männern erklären zu müssen, wieso es so viele waren. Aber nur in Simon Fieldings Blick spiegelten sich die Gedanken, die ihr durch den Kopf gingen. Die beiden anderen nickten nur und widmeten sich weiter der Bewertung des Hauses.

Nach weiteren dreißig Minuten und einer Besichtigung des Dachbodens und des Kellers verabschiedeten sich die Herren endlich.

»Sie hören von uns«, erklärte Darios Pandakis und stieg zusammen mit dem Gutachter in seine wartende Limousine, die der Chauffeur einen Augenblick später aus der Auffahrt fuhr.

»Zufrieden?« Rose sah Simon Fielding an, der neben ihr in der Tür stand und der Limousine nachsah. Er war mit seinem eigenen Wagen gekommen und schien es nicht so eilig zu haben wie die beiden anderen.

»Sehr«, meinte er lächelnd.

»Wieso?«, fragte Rose verwundert. »So gelangweilt wie Ihr Klient wirkte, denke ich nicht, dass er noch Interesse am Kauf hat.«

»Hat er, glauben Sie mir. Er ist einfach nicht der überschäumende Typ. Allein die Tatsache, dass er das Haus unbedingt selbst besichtigen wollte, zeigt, wie wichtig ihm das Objekt ist. Soweit ich weiß, hat er sogar schon konkrete Renovierungspläne.«

»Wie ist er denn eigentlich auf die Villa gekommen?«, fragte Rose. »Sie stand doch gar nicht zum Verkauf, oder?«

»Das stimmt. Aber offenbar hat Mr Pandakis vor Jahren mal eine Veranstaltung der Bevans besucht, die hier stattfand. Das Haus gefiel ihm damals schon, und da er gerade ein neues Domizil in London sucht, wollte er es unbedingt noch einmal sehen. Deshalb hat er ein Kaufangebot gemacht.«

»Für ein Haus, das gar nicht auf dem Markt ist?«

Simon Fielding grinste. »Ich sagte doch, dass er sehr exzentrisch ist. Für Mr Pandakis geht es vor allem darum, was er haben möchte, und nicht darum, was er bekommen kann.«

Nachdenklich runzelte Rose die Stirn. »Vielleicht bekommt er das Haus aber nicht. Als ich mit meiner Freundin gesprochen habe, klang sie sehr skeptisch. Ich musste sehr lange reden, bis sie mit dem Besichtigungstermin einverstanden war.«

»Ihre Hilfe war wirklich unbezahlbar«, meinte Simon Fielding. »Und deshalb möchte ich mich noch mal erkenntlich zeigen.«

»Das müssen Sie nicht«, widersprach Rose und grinste. »Das mit dem Kochen kriege ich wirklich hin.«

»Ich möchte aber«, beharrte er. »Wie wäre Ihr Nachmittag verlaufen, wenn Sie nicht drei fremden Männern dieses Haus hätten zeigen müssen?«

Rose zuckte mit den Schultern. »Ich wäre vermutlich ins East End gefahren«, gestand sie, weil sie über diesen Teil der Stadt gestern Abend noch im Internet recherchiert hatte. Dort befanden sich laut übereinstimmender Berichte die neuen Szene-Viertel, und sie wollte sich dieses alternative Gesicht von London sehr gerne ansehen.

»Ins East End?« Simon Fielding schüttelte ungläubig den Kopf, so als hätte er etwas anderes erwartet. »Und wohin genau?«

»Ich weiß nicht, nach Shoreditch oder Whitechapel vielleicht. Auf der Brick Lane sollen einige tolle Läden sein. Kennen Sie sich dort aus?«

Er lächelte. »Ich bin Londoner, ich kenne mich hier überall aus. Es ist allerdings nicht unbedingt meine Gegend, das muss ich gestehen. Aber wenn Sie daran interessiert sind, dann hole ich Sie morgen ab und begleite Sie dorthin. Vielleicht so gegen zwei? Dann haben wir den ganzen Nachmittag Zeit.«

Rose runzelte die Stirn. »Müssen Sie denn nicht arbeiten?«

»Morgen ist Freitag, da kann ich etwas früher Schluss machen. Außerdem sind Sie ein wichtiger Kontakt für mich, also ist es quasi ein beruflicher Termin.«

»Dann sind Sie also nur deshalb so nett zu mir?«

Ein Funkeln trat in seine Augen, und Rose hielt den Atem an, als er sich zu ihr herunterbeugte.

»Nein. Ich möchte Sie auch besser kennenlernen«, sagte er und gab ihr einen Kuss auf die Wange. »Bis morgen, Rose.«

Mit wild klopfendem Herzen sah Rose ihm nach. Sie spürte noch die Stelle, wo seine Lippen ihre Haut berührt hatten, und ihre Knie wurden weich bei dem Gedanken, was passiert wäre, wenn er sie richtig geküsst hätte. Aufgehalten hätte sie ihn jedenfalls nicht, da war sie ziemlich sicher.

Aber konnte sie sich auf diesen Flirt wirklich einlassen, so gut er sich auch anfühlte? Musste sie ihm vorher nicht die Wahrheit über sich sagen?

Denk doch nicht immer gleich so weit, beruhigte sie sich und lächelte bei dem Gedanken daran, was ihre Schwester wohl zu diesem Abend sagen würde. Letztlich war es genau das, was sie sich für Rose gewünscht hatte: eine Auszeit vom Alltag, ein bisschen Spaß.

Und dafür ist Simon Fielding genau der Richtige, dachte Rose und schloss mit einem glücklichen Lächeln die Haustür.

17

Zoe schreckte aus dem Schlaf hoch und stellte erstaunt fest, dass sie im Strandhaus auf dem Sofa lag. Sie konnte sich noch erinnern, dass sie nach dem langen Fußmarsch aus dem Ort sehr erschöpft gewesen war und sich kurz hatte ausruhen wollen. Dabei musste sie eingenickt sein, und das für eine ganze Weile, denn draußen stand die Sonne inzwischen schon tief und im Haus war es so dämmrig, dass sie die kleine Lampe auf dem Beistelltisch neben dem Sofa anknipste.

Verwundert blinzelte sie in das helle Licht. Wie konnte es sein, dass sie wieder so müde gewesen war, obwohl sie doch schon fast den halben Vormittag verschlafen hatte? Es musste an der Seeluft liegen und an der ungewohnten Bewegung.

Mit einem Seufzen schob sie die Decke zur Seite, die sie über ihre Beine gelegt hatte, richtete sich auf und streckte sich. Dann ging sie in die Küche und machte sich einen Tee. Während das Wasser kochte, sah Zoe aus dem Fenster auf den Weg hinaus, der am Haus vorbei zu den Klippen führte, und ihr kam plötzlich der Gedanke, dass Chris ihn an jenem Abend wahrscheinlich genommen hatte. Für einen Moment bildete sie sich sogar ein, im Dämmerlicht draußen seine schlanke, große Gestalt zu sehen, die sich von ihr entfernte.

Was hatte er an diesem Abend auf den Klippen gewollt? Und war er dort allein gewesen?

Sie hätte so gerne die Aussagen in der Polizeiakte durchgelesen. Vielleicht hätte sie dann …

Ein schepperndes Geräusch riss Zoe aus ihren Gedanken.

Es klang, als hätte jemand hinter dem Haus etwas umgerissen. So schnell sie konnte, durchquerte sie das Wohnzimmer, stieß die Terrassentür auf und hielt dann überrascht inne.

»William!« Sie erkannte den Jungen sofort, der sie erschrocken ansah. Er musste ums Haus geschlichen sein und war dabei versehentlich gegen die Schläger eines Cricketspiels gestoßen, die an der Wand lehnten. Im Fallen hatten sie die Zinngießkanne getroffen, die dort ebenfalls stand, und William damit verraten – eine Tatsache, die ihm sichtlich unangenehm war.

»Wolltest du zu mir?«

Er nickte, bot ihr jedoch keine Erklärung dafür an, wieso er dann nicht einfach geklingelt hatte. Aber Zoe hakte nicht nach, weil sie genau wusste, was ihn hergeführt hatte. Er war neugierig auf sie und ihre Geschichte, und das beruhte auf Gegenseitigkeit. Sie wollte auch gerne mehr über ihn erfahren, deshalb trat sie einen Schritt zur Seite und deutete einladend ins Haus. »Ich mache mir gerade Tee. Möchtest du auch einen?«

William folgte ihr in die Küche, und ein paar Minuten später saßen sie sich mit dampfenden Bechern am Küchentisch gegenüber.

»Tut mir leid wegen gestern Abend«, meinte Zoe, um das Schweigen zwischen ihnen zu brechen. »Ich habe dich bestimmt erschreckt.«

Der Junge zuckte mit den Schultern, und Zoe war nicht sicher, ob das zustimmend oder ablehnend gemeint war. In seinen Augen, die Jacks so ähnlich waren, stand jedoch eindeutig Sorge, während er sie aufmerksam betrachtete.

»Geht es Ihnen besser?«

Zoe setzte zu einer beschwichtigenden Bemerkung an, wollte ihm versichern, dass alles in bester Ordnung war. Aber etwas in seinem Blick machte ihr klar, dass sie ehrlich zu ihm sein konnte.

»Es geht so.« Sie verzog den Mund zu einem schiefen Lächeln. »Wieder hier zu sein, fällt mir schwer.«

»Wegen Ihrem Bruder?«

Sie nickte. »Ich muss viel an ihn denken.«

Nachdenklich kaute William auf seiner Unterlippe.

»Ich muss auch viel an meine Mum denken«, gestand er. »Ich vermisse sie.«

»Ich vermisse Chris auch«, bestätigte Zoe. »Aber es wird leichter mit der Zeit.«

Vehement schüttelte William den Kopf. »Ich will aber nicht, dass es leichter wird«, sagte er mit einer Mischung aus Trotz und Verzweiflung. »Wenn es leichter wird, vergesse ich sie vielleicht. Und das will ich nicht.«

Zoe schluckte, weil sie dieses Gefühl nur zu gut kannte. Sie hatte sich schuldig gefühlt an dem Tag, als sie gemerkt hatte, dass sie nicht mehr ständig an Chris hatte denken müssen. An dem Tag, an dem er ein kleines bisschen weiter in ihr Unterbewusstsein gerutscht und ihr Alltag wieder normaler geworden war. Inzwischen hatte sie begriffen, dass es ein normaler Schritt bei der Trauerarbeit war. Aber sie erinnerte sich noch ganz genau daran, wie weh dieses Loslassen getan hatte.

»Du wirst sie nie vergessen«, beruhigte sie ihn und zögerte kurz, bevor sie die Frage stellte, die ihr schon die ganze Zeit im Kopf herumging. »Wie ist es eigentlich passiert?«

William drehte die Teetasse in seiner Hand. »Ihr Wagen kam von der Straße ab und stürzte eine Böschung herunter. Sie konnte noch lebend geborgen werden, aber sie starb kurze Zeit später im Krankenhaus.«

Für einen Moment schwiegen sie, und Zoe sah, wie es in seinem Gesicht arbeitete.

»Und wissen Sie, was das Schlimmste ist?« Er hatte die Hände zu Fäusten geballt, und die Worte brachen plötzlich regelrecht aus ihm heraus. »Sie war vorher eine Zeit lang weg gewesen und gerade auf dem Weg zurück zu mir. Um mich abzuholen. Dad und sie wollten sich trennen, und sie wollte mich mitnehmen, nach New York. Dad hat deswegen wochenlang mit ihr gestritten. Er wollte, dass ich bei ihm bleibe, aber ich wäre mit ihr gegangen. Sie war meine Mum.« Die Wut in seiner Stimme war nicht zu überhören, doch er klang eher verzweifelt, als er leise fortfuhr. »Ich konnte ihr nicht mehr sagen, wie lieb ich sie habe. Und dass sie mir schrecklich gefehlt hat, als sie nicht da war.«

Zoes Herz zog sich zusammen.

»Ich habe mich mit meinem Bruder gestritten an dem Abend, an dem er starb, und ihm schreckliche Dinge an den Kopf geworfen«, gestand sie. »Du kannst dir gar nicht vorstellen, wie oft ich mir gewünscht habe, ich könnte meine Worte wieder zurücknehmen und ihm stattdessen sagen, was er mir bedeutet hat.«

Sie musste nicht aussprechen, wie weh es tat, dazu nie mehr die Gelegenheit zu bekommen, denn sie konnte in Williams Augen sehen, dass der Junge es verstand. Deshalb war es ihr auch nicht peinlich, dass ihr plötzlich Tränen in den Augen standen.

Sie trank noch einen Schluck von ihrem Tee und räusperte sich.

»Wo war deine Mutter denn vor ihrem Unfall?«, fragte sie, eigentlich sicher, dass es angenehm für William sein würde, ein bisschen mehr von ihr zu erzählen. Doch sein Gesicht verschloss sich.

»Ich muss nach Hause«, sagte er und sah auf seine Armbanduhr.

»Okay«, erwiderte Zoe verwundert und wollte ihn zur Haustür bringen. Doch er hielt zielstrebig auf die Terrassentür zu, durch die er auch hereingekommen war.

»Ich laufe hinten über die Wiese, das geht schneller«, erklärte er und winkte ihr noch kurz, bevor er eilig losging.

Er geht genauso zielstrebig wie Jack, dachte Zoe, während sie ihm nachsah. Und er hatte offenbar auch die Neigung seines Vaters geerbt, Gespräche abrupt abzubrechen, wenn es um Themen ging, über die er nicht sprechen wollte.

Mit einem Seufzen wandte sie sich ab und kehrte ins Haus zurück, um sich mit dem Rest ihres Tees ins Wohnzimmer zu setzen. Doch bevor sie sich niederlassen konnte, hörte sie, dass sich über den Weg ein Auto näherte. Es hielt neben dem Haus, und ein paar Augenblicke später, als Zoe schon auf dem Weg zur Tür war, klopfte es.

Zoe öffnete die Tür und starrte ihren Besucher an wie eine Erscheinung. »Jack!«

Er sah ernst aus. »Kann ich reinkommen?«

Sie trat zur Seite, um ihn an sich vorbeizulassen, und folgte ihm ins Wohnzimmer. Vor der großen Fensterfront am anderen Ende des Raumes blieb er stehen, fast so, als wollte er ihr nicht zu nahe kommen.

»Ich habe hier was für dich.« Er hielt ihr die Mappe hin, die er dabeihatte.

Zoe nahm sie ihm ab und spürte, wie ihr Herz schneller schlug, als sie erkannte, worum es sich handelte. Überrascht sah sie zu ihm auf.

»Das ist die Ermittlungsakte über meinen Bruder!«

»Nein, es ist eine Kopie«, korrigierte Jack sie. »Und es ist auch nicht die komplette Akte. Nur die Zeugenaussagen und alles, was schriftlich zum Stand der Ermittlungen festgehalten wurde. Die Fotos sind nicht dabei.«

Immer noch verblüfft blätterte Zoe die Seiten durch.

»Woher hast du das?«

»Von meinen Schwager. Ich habe dir doch erzählt, dass er hier in Penderak Polizist ist. Du bist ihm heute auf der Wache begegnet. Jedenfalls hat er mir gesagt, dass er dich gesehen hat.«

Zoe dachte an den jungen Polizisten, der sie dort empfangen hatte.

»Aber ich dachte, die Polizei darf ihre Ermittlungsakten nicht rausgeben.«

»Darf sie auch nicht. Ich musste sehr lange reden und ihm versprechen, dass du die Aussagen nur liest und die Akte dann vollständig wieder zurückgibst, ohne irgendjemandem zu erzählen, dass du sie einsehen durftest. Das gilt auch für alles, was du aus den Unterlagen erfährst. Darüber darfst du nicht reden. Es hätte Konsequenzen für Gordon, wenn das herauskommt.«

Sprachlos starrte Zoe zwischen der Akte und Jack hin und her und versuchte, sich das Gespräch der beiden Männer vorzustellen. Wenn dieser Gordon bereit war, so ein Risiko einzugehen, dann war er entweder ein sehr gutmütiger Mensch oder Jack musste viel in die Waagschale geworfen haben, um ihr diesen Wunsch zu erfüllen.

»Niemand erfährt davon, das verspreche ich.«

»Gut.« Der Ausdruck in Jacks Augen wechselte, und er schien sich etwas zu entspannen. »Ich hoffe, du findest darin, was du suchst.«

Er wollte wieder gehen, aber als er auf dem Weg zur Tür an ihr vorbeikam, hielt Zoe ihn am Arm fest.

»Warte!« Sie holte tief Luft. »Danke. Ich weiß gar nicht, was ich sagen soll. Das ... bedeutet mir sehr viel.«

Ihre Hand lag noch auf seinem Arm, und als ihre Blicke sich trafen, fühlte Zoe sich plötzlich wieder so atemlos wie damals,

als sie sich zum ersten Mal in seinen grünen Augen verloren und plötzlich gewusst hatte, dass sie in ihn verliebt war …

»Möchtest du vielleicht noch einen Tee?«

Sie konnte sein Zögern sehen – und den Moment, in dem er nachgab.

»Okay.« Er löste sich von ihr, und sein Ausatmen klang wie ein Seufzen. »Aber ich habe nicht viel Zeit.«

»Ich beeile mich«, sagte sie und lief erleichtert und mit klopfendem Herzen in die Küche. Es machte sie zwar nervös, in seiner Nähe zu sein, aber sie wollte trotzdem nicht, dass er schon ging.

Hastig stellte sie den Wasserkocher an und holte Becher aus dem Schrank, hängte Teebeutel hinein und wartete ungeduldig darauf, dass das Wasser kochte. Als es so weit war, riss sie den Kocher mit etwas zu viel Schwung von seinem Sockel. Heißes Wasser schwappte durch die heftige Bewegung vorne aus dem Ausguss – und einige Tropfen trafen Zoes freie Hand.

Sie stieß einen Schmerzenslaut aus und ließ den Kocher los, der scheppernd zu Boden fiel und einen weiteren Schwall kochendes Wasser über den Dielenboden verteilte. Sekunden später erschien Jack in der Tür.

Er begriff sofort, was passiert war.

»Halt die Hand unter Wasser«, wies er Zoe an, und als sie sich nicht rührte, schob er sie zur Spüle, stellte das kalte Wasser an und zwang sie, den Handrücken so darunter zu halten, dass die verbrannte Stelle gekühlt wurde. »Nicht wegziehen!«

»Der Boden!«, jammerte Zoe, aber auch darum kümmerte Jack sich schon, indem er alle verfügbaren Küchenhandtücher auf die Lache warf und das Wasser aufnahm. Einen Moment später war das Chaos beseitigt und der Kocher stand wieder auf seinem Sockel. Nur Zoe hielt immer noch die Hand unter das fließende Wasser – und kam sich schrecklich dumm vor.

»Es tut mir leid«, murmelte sie und spürte zu ihrem Entsetzen, wie ihre Augen sich mit Tränen füllten. »Ich bin so ungeschickt.«

»Lass mal sehen.« Jack griff nach ihrer Hand und zog sie kurz zu sich heran, um sie zu untersuchen, dann hielt er sie wieder unter das Wasser. »Ist nicht schlimm. Aber du musst es noch einen Moment kühlen.«

Er stand hinter ihr und hielt Zoes Hand weiter fest, während das kalte Wasser unablässig über die leicht verbrühte Haut strömte. Sein warmer, muskulöser Körper war ihrem ganz nah, und als sie zu ihm aufsah und ihre Blicke sich ineinander verhakten, wusste Zoe plötzlich wieder, wie es sich angefühlt hatte, ihn zu küssen. Seine weichen Lippen auf ihren zu spüren, die sanft sein konnten und auf erregende Weise fordernd. Wie es gewesen war, sich an ihn zu schmiegen, während seine Zunge ihren Mund erforschte. Wie seine Hände sich unter ihr Shirt und weiter nach oben geschoben hatten, bis ...

»Ich glaube, es geht wieder.« Sie zog ihre Hand unter dem Kran weg und löste sich von Jack, trat einen Schritt zur Seite. »Ich ... koche dir einen neuen Tee.«

Er strich sich mit der Hand durchs Haar.

»Ich brauche was Stärkeres«, murmelte er und verließ mit schnellen Schritten den Raum.

Als Zoe ihm folgte, stand er im Wohnzimmer vor dem Schrank, in dem sich Rose' Bar befand, und füllte eines der bereitstehenden Gläser fingerbreit mit Whisky. Er nahm einen großen Schluck von der goldgelben Flüssigkeit, dann drehte er sich wieder zu ihr um.

Zoes Herz schlug wild, während sie seinem Blick standhielt. Sie wollte ihn fragen, warum er ihr plötzlich half, aber sie hatte Angst vor seiner Antwort.

Immer noch zittrig ließ sie sich auf das Sofa sinken.

»Setz dich doch«, forderte sie ihn auf und war froh, als er es tat. Für einen Moment schwiegen sie, und Zoe suchte verzweifelt nach etwas, worüber sie mit ihm reden konnte. Schließlich stellte sie ihm die Frage, die ihr schon die ganze Zeit durch den Kopf ging.

»Wieso bist du aus Kanada zurückgekommen?«

Er starrte in sein Glas, dann zuckte er mit den Schultern.

»Es ist nicht so gelaufen, wie ich es mir vorgestellt hatte.«

»Wieso nicht?«

Er hob den Blick und schien zu überlegen, ob er ihr darauf antworten wollte. Doch er tat es.

»Ich wollte mir dort etwas aufbauen, eine Firma, irgendetwas Eigenes. Aber ich musste zuerst Geld verdienen, also habe ich in der Holzindustrie gejobbt. Ich war in den Logging Camps in British Columbia und habe Bäume gefällt. Das ist ein ziemlicher Knochenjob. Am Anfang war ich einfach viel zu müde, um überhaupt darüber nachzudenken, was ich hätte anderes tun können. Dann wurde William geboren, und ich musste mich um ihn kümmern und gleichzeitig arbeiten. Ich hatte einfach nie genug Zeit und Kraft, um meine Pläne zu verwirklichen.«

Zoe runzelte die Stirn, weil das alles gar nicht nach dem Jack klang, den sie kannte. Und weil etwas an der Geschichte keinen Sinn ergab.

»Aber deine Frau war doch auch noch da. William hat gesagt, sie wäre erst vor einem Jahr gestorben.«

Jack starrte sie an. »William hat mit dir über Karen gesprochen?«

Sie nickte. »Er war vorhin hier, kurz bevor du gekommen bist.«

Diese Information schien Jack kaum fassen zu können, denn er schüttelte den Kopf.

»Was hat er gesagt?«

»Dass sie bei einem Autounfall gestorben ist«, erwiderte Zoe. »Und dass er sie vermisst.«

Jack starrte sie immer noch an.

»Hat er auch erwähnt, dass er mich hasst, weil er glaubt, ich hätte verhindert, dass er bei seiner Mutter leben kann?«

»Er hat gesagt, dass ihr euch scheiden lassen wolltet und dass ihr darüber gestritten habt, wo er leben soll«, antwortete sie vorsichtig, weil sie nicht wollte, dass er wieder böse auf sie war.

»Ja, gestritten haben wir viel«, meinte er mit einem tiefen Seufzen und schwieg danach so lange, dass Zoe schon glaubte, er würde nichts weiter dazu sagen. Doch dann seufzte er erneut und sprach weiter. »Wir haben nicht wirklich zueinander gepasst. Eigentlich hatten wir nur eine kurze Affäre, und es war ein ziemlicher Schock für mich, als ich erfuhr, dass sie schwanger war. Ich hatte gerade ein bisschen Fuß gefasst, und das Letzte, was ich gebrauchen konnte, war ein Kind – und eine Frau, die von mir erwartet, dass ich sie versorge. Trotzdem haben wir geheiratet, aber ein Dreamteam waren wir nicht. Das waren wir nie, von Anfang an nicht. Ich habe es lange versucht, für den Jungen. Aber irgendwann ging es nicht mehr.« Er sah Zoe an und schüttelte den Kopf. »William redet sonst nie über Karen, jedenfalls nicht mit Fremden«, meinte er, so als könnte er immer noch nicht glauben, dass sein Sohn ausgerechnet Zoe sein Herz geöffnet hatte. Und als wäre er auch nicht sicher, ob ihm das gefiel.

Für einen Moment schwiegen sie beide, und Jack starrte gedankenverloren in sein Glas.

»Und wieso musstest du dich allein um William kümmern?«, fragte Zoe in die Stille.

Er sah auf und wirkte plötzlich erschrocken, so als wäre

ihm jetzt erst klar geworden, dass er viel zu viel erzählt hatte. Und das hatte er auch. Seine Schilderung verriet Zoe eine Menge über ihn und rückte das vermeintliche Scheitern seiner Auswanderung in ein völlig neues Licht. Er hatte seine Pläne nur aufgegeben, weil sein Sohn ihm wichtiger gewesen war. Aber eins verstand sie nach wie vor noch nicht.

»Warum hat Karen dir nicht geholfen?«

* * *

Jack rang mit sich, während er in Zoes blaue Augen blickte. Er hatte keine Ahnung, wieso er hier saß, Whisky trank und über Dinge redete, die sie nichts angingen. Das alles betraf nur ihn und William, aber wenn der Junge mit ihr gesprochen hatte, dann war es vielleicht gut, wenn sie die Geschichte kannte. Zumindest den Teil, den er ihr erzählen konnte.

»Karen war ein extrem wankelmütiger Mensch«, begann er. »Mal himmelhochjauchzend, dann wieder zu Tode betrübt. Bipolare Störung nennt man das. Oder manisch-depressiv. Wenn sie in einer Hochphase war, hatte sie tausend Pläne – und tat, was ihr gerade in den Kopf kam. Sie fuhr spontan mehrere Stunden, um mit William in einen Vergnügungspark zu gehen, oder kaufte ihm teure Spielsachen, überhäufte ihn mit Liebe und Aufmerksamkeit. Aber genauso gut konnte es passieren, dass sie einfach ohne ihn wegfuhr. ›Auszeit‹ nannte sie das. Tagelang war sie dann verschwunden, ohne sich zu melden, und ich musste unbezahlten Urlaub nehmen, um mich um William zu kümmern. Und während ihrer depressiven Phasen ging es ihr teilweise so schlecht, dass sie tagelang das Bett nicht verlassen konnte, sodass ich in der Zeit auch für den Jungen da sein musste.« Er seufzte. »Es war ein ewiges Auf und Ab.«

Zoe sah ihn erschrocken an. »Kann man das denn nicht therapieren?«

»Doch, kann man«, bestätigte Jack. »Aber davon wollte Karen nichts wissen, jedenfalls nicht in ihren Hochphasen. Sie fühlte sich nicht krank und hat mir immer wieder vorgeworfen, dass ich ihr das nur einrede. Ich glaube, sie wollte es nicht sehen. Nur einmal, während einer schlimmen depressiven Phase, habe ich sie dazu überreden können, eine Therapie zu machen, und danach war es auch für eine Zeit lang besser. Damals war William gerade in die Schule gekommen, und wir hatten fast zwei Jahre lang Ruhe. Aber irgendwann ging es wieder los, noch schlimmer als vorher. Und dann ...«

Er hielt inne.

»Was war dann?«, fragte Zoe, und er war kurz versucht, ihr auch den Rest zu erzählen. Aber er hatte sich geschworen, zu schweigen – um Williams willen. Deshalb schüttelte er den Kopf.

»Nichts«, sagte er und spürte einen Stich, als er den enttäuschten Ausdruck in ihren Augen sah.

Abrupt hob er das Glas an die Lippen und stürzte den letzten Schluck Whisky hinunter, dann erhob er sich.

»Ich muss jetzt los.«

Das musste er sogar dringend, denn wenn er noch lange blieb, würde er sie vielleicht doch noch küssen. Er hätte es vorhin in der Küche fast getan, als sie vor der Spüle gestanden und ihre Blicke sich getroffen hatten. Und auch jetzt, als sie zusammen an der Haustür standen, musste er wieder gegen das Bedürfnis ankämpfen, sie an sich zu ziehen. Deshalb gab er ihr nicht die Hand, sondern trat hastig durch die Tür und drehte sich erst wieder zu ihr um, als er einen Schritt entfernt stand.

»Gute Nacht, Zoe.«

Sie schloss ihre Strickjacke vor der Brust, so als wäre ihr plötzlich kalt.

»Gute Nacht, Jack.«

Er ging zu seinem Wagen, aber als er die Fahrertür schon geöffnet hatte, drehte er sich noch einmal zu ihr um. Sie wirkte so verloren, und er konnte einfach nicht anders.

»Falls du etwas herausfindest oder reden willst – du weißt ja, wo du mich findest«, sagte er und spürte, wie sein Herz sich zusammenzog, als sie lächelte.

Er hasste sich dafür, aber als er das erleuchtete Strandhaus hinter sich ließ und zur Farm hinüberfuhr, hoffte er, dass sie sein Angebot annehmen würde.

18

Zoe hatte das Farmhaus fast erreicht, als plötzlich ein schwarz-weißer Hund um die Ecke des Gebäudes schoss und auf sie zurannte. Er bellte sie an, als er sie erreichte, und für einen Moment blieb sie erschrocken stehen. Doch als sie ihn näher betrachtete, entspannte sie sich wieder. Er wirkte nicht aggressiv, eher aufgeregt, deshalb streckte sie nach kurzem Zögern die Hand aus und ließ ihn daran schnuppern.

Sie hatte zwar selbst nie einen Hund besessen, aber sie erinnerte sich noch gut an die Hunde von Jacks Vater, mit denen sie während ihrer Sommer in Cornwall viel gespielt hatte. Es waren Border Collies gewesen, genau wie dieser hier, und sie hatten Zoe geholfen, ihre Scheu vor Hunden zu überwinden und zu verstehen, was die Körpersprache der Tiere bedeutete. Dieses lange verschüttete Wissen sagte ihr jetzt, dass sie es mit einem grundsätzlich freundlichen Hund zu tun hatte, der ihr eher mit Neugier als mit Misstrauen begegnete. Sie durfte ihm nur keinen Grund geben, sie als Eindringling wahrzunehmen, und das tat er offenbar auch nicht, denn schon kurze Zeit später ließ er sich von ihr streicheln und leckte ihr sogar die Hand.

»Du bist ja ein Hübscher«, sagte sie und blickte zum Farmhaus hinüber. »Und wenn du hier bist, dann ist dein Herrchen doch bestimmt auch da, oder?«

Wie zur Bestätigung drehte sich der Hund um und lief zum Haus zurück. An der Ecke des Gebäudes blieb er stehen und blickte noch einmal zu Zoe, dann verschwand er.

Zögernd folgte sie ihm und kämpfte gegen ihre Nervosität an, die mit jedem Schritt, der sie näher zu Jack brachte, ein bisschen schlimmer wurde.

Noch gestern Nachmittag hätte sie geschworen, dass er sie hasste. Aber jetzt wusste sie nicht mehr, was sie glauben sollte. Sie konnte immer noch nicht fassen, was er für sie getan hatte. Seine Gründe dafür waren ihr schleierhaft, aber er war ihr ein Stück entgegengekommen – und sie durfte die Chance, mit ihm über ihren Bruder zu reden, nicht ein weiteres Mal verstreichen lassen. Vielleicht bestand doch noch ein Funken Hoffnung, dass sie wieder normal miteinander umgehen konnten. Natürlich nur als Freunde, dachte sie, während sie den Hof betrat. Mehr würde aus ihnen nicht mehr werden, schließlich war sie keine Frau, die noch Pläne machen durfte …

»Kann ich Ihnen helfen?«, fragte eine Frauenstimme so unvermittelt, dass Zoe zusammenzuckte und sich überrascht umblickte. Doch auf dem Hof war niemand. Erst, als sie den Blick hob, sah sie, dass eine Frau, die ihre dunklen Haare zu einem Pferdeschwanz zusammengefasst hatte, am geöffneten Küchenfenster stand und sie mit einer Mischung aus Neugier und Misstrauen musterte.

»Ich suche Jack«, erklärte Zoe und ignorierte den Stich, den der Anblick der Frau ihr versetzte. Sie war davon ausgegangen, dass er mit William allein lebte. Das war jedoch offenbar nicht der Fall, und für einen Moment ärgerte sie sich darüber, dass er seine neue Freundin nicht erwähnt hatte. »Ist er da?«

»Im Moment nicht«, erwiderte die Frau. »Kann ich ihm was ausrichten?«

»Nein, ich müsste selbst mit ihm sprechen. Wissen Sie, wann er …«

Sie beendete ihren Satz nicht, weil plötzlich ein lautes Motorengeräusch zu hören war, das rasch näher kam. Einen Augenblick später bog Jack mit einem großen Trecker in den Hof ein und brachte ihn vor der Scheune zum Stehen. Mit einer fließenden Bewegung stieg er vom Fahrersitz herunter und kam auf sie zu.

Wenn es mit der Landwirtschaft mal nicht mehr laufen sollte, dann konnte er sein Geld auch gut als Model für irgendwelche Outdoor-Magazine verdienen, dachte Zoe und schluckte den Kloß herunter, den sie plötzlich im Hals hatte.

»Jack! Gut, dass du kommst!«, rief die Frau am Fenster und strahlte ihn an. »Ich habe euch ein paar Gläser selbstgemachte Marmelade vorbeigebracht. Und frische Himbeeren auch. Ich habe so viele dieses Jahr, ich weiß gar nicht, wohin damit. William hat mich reingelassen, damit ich die Sachen schon mal abstellen kann.«

Jacks Lächeln war verhalten. Tatsächlich wirkte er sogar irritiert, und Zoe wurde schlagartig klar, dass sie sich getäuscht hatte. Die Frau war hier nur zu Besuch. Jack führte keine Beziehung mit ihr, auch wenn ihre geröteten Wangen und ihre ganze Körpersprache verrieten, dass sie an ihm interessiert war. Nicht dass es einen Unterschied macht, erinnerte sich Zoe und dachte lieber nicht über die Gründe nach, warum sie trotzdem sehr erleichtert war.

»Das war nett von William«, meine Jack, doch er klang erstaunt, so als würde ihn dieser Umstand sehr wundern. Dann sah er Zoe an. »Und was machst du hier?«

Sie schluckte, weil sie plötzlich befürchtete, dass er sein Angebot vielleicht nicht ernst gemeint hatte.

»Ich … wollte mit dir reden. Du weißt schon.« Sie deutete mit dem Kinn auf die Kopie der Ermittlungsakte, die oben aus ihrer großen Ledertasche herausragte. »Aber ich möchte nicht stören. Ich kann auch ein anderes Mal wiederkommen.«

Sie wollte an ihm vorbeigehen, doch er griff nach ihrem Arm und hielt sie fest.

»Nein, bleib.« Er blickte zu der Frau am Fenster. »Megan ist nur auf einen Sprung hier. Nicht wahr, Megan?«

»Genau. Ich muss wieder los«, meinte die Frau und lächelte ein bisschen gezwungen, während sie das Fenster schloss und im Innern des Hauses verschwand. Sie tauchte jedoch kurze Zeit später an der Haustür wieder auf, als Jack und Zoe gerade hineingehen wollten. Neugierig musterte sie Zoe, und Jack nutzte den Moment, um sie einander vorzustellen.

»Zoe, das ist Megan Turner, eine alte Schulfreundin von mir. Und das ist Zoe Bevan. Sie ist ...«

Er zögerte.

»Ich bin eine Freundin von Rose«, sagte Zoe an seiner Stelle.

»Zoe Bevan«, wiederholte Megan Turner mit gerunzelter Stirn, während sie sich die Hand gaben. Dann veränderte sich ihr Gesichtsausdruck, wahrscheinlich, weil sie in diesem Moment die Verbindung zu Chris hergestellt hatte.

Sein Klippensturz hatte damals für großes Aufsehen gesorgt, und wenn Megan eine Mitschülerin von Jack gewesen war, dann musste sie das alles mitbekommen haben. Aber wusste sie auch, dass Jack und Zoe mal ein Paar gewesen waren? Ihr Blick, der nun eine Spur eisiger war, schien das zu bestätigen. Dann gab sie sich einen Ruck und wandte sich wieder Jack zu.

»Ich habe die Marmeladengläser in die Vorratskammer gestellt. Und die Himbeeren sind gewaschen, die könnt ihr direkt essen, wenn ihr wollt.«

Sie lächelte, als Jack sich bedankte, und warf Zoe noch einen letzten skeptischen Blick zu. Dann verabschiedete sie sich und ging.

»Buddy, hierher!«, rief Jack, und der Border Collie, der in der offenen Scheune verschwunden war, folgte sofort und schlüpfte mit ins Haus, als sie hineingingen.

Jack führte Zoe ins Wohnzimmer, das ihr noch sehr vertraut war. Sie war früher oft hier gewesen und erinnerte sich plötzlich wieder an den Abend, an dem Chris und sie – erschöpft von der Heuernte, bei der sie Jacks Vater geholfen hatten – auf dem Sofa eingeschlafen waren. Jack und Rose hatten sie immer wieder damit aufgezogen, dass sie einfach nichts gewohnt waren, und sie hatten noch lange darüber gelacht.

Zoe sah Jack an, und als ihre Blicke sich trafen, lächelte er, so als hätte er gerade dasselbe gedacht.

»Setz dich doch«, forderte er sie auf. »Möchtest du Tee oder etwas anderes?«

»Nein, danke.« Sie schüttelte den Kopf und wartete, bis er ihr gegenüber in einem der Ohrensessel Platz genommen hatte. Dann zog sie die Kopie der Ermittlungsakte aus ihrer Handtasche und reichte sie ihm. »Hier. Ich sollte sie dir doch zurückgeben.«

Mit gerunzelter Stirn nahm er sie entgegen. »Hast du schon alles gelesen?«

Sie nickte. »Sehr gründlich sogar.«

Fast die ganze Nacht und den gesamten Vormittag hatte sie über den Blättern gebrütet, war alles noch mal genau durchgegangen, obwohl es ihr teilweise sehr schwergefallen war. Den Autopsiebericht hatte sie nur ganz kurz überflogen, genau wie den Bericht über den Fund der Leiche, und sie war immer noch erleichtert, dass die Mappe keine Fotos enthielt.

Es hatte schlimmer als erwartet geschmerzt, noch einmal in die Situation von damals einzutauchen, aber soweit sie das als Laie beurteilen konnte, war die Polizei bei ihren Ermittlungen wirklich sehr gründlich gewesen. Es gab Dutzende von Aussagen, darunter ihre eigene und die von Jack, und auch alle Spuren an der Klippe und unten am Strand waren akribisch gesichert worden. Das Problem war nur, dass es kaum welche gab, und auch Chris' Handy, das vielleicht Aufschluss über seine letzten Stunden hätte geben können, war nie gefunden worden. Das alles ergab einfach kein schlüssiges Bild über den Ablauf der Unglücksnacht.

»Du hattest recht.« Zoe zuckte mit den Schultern und konnte ihre Enttäuschung nicht verbergen. »Es gibt keinen Hinweis, der übersehen wurde, es gibt gar nichts, was irgendwie erklären könnte, wieso er von der Klippe gestürzt ist oder warum er überhaupt dort war.«

»Was hast du erwartet?«, fragte Jack. »Wenn es solche Hinweise gäbe, hätte die Polizei doch längst etwas herausgefunden.«

Zoe seufzte. »Ich weiß. Aber ich kann das nicht akzeptieren. Es muss doch möglich sein zu erfahren, was ihm passiert ist.« Sie dachte an Jacks Aussageprotokoll und daran, was ihr durch den Kopf gegangen war, als sie es gelesen hatte. »Habt ihr wirklich nicht gestritten an dem Abend?«

Überrascht sah Jack sie an. »Nein. Wir haben uns eine Weile unterhalten, dann hat er mich gefragt, ob er sich meine Lederjacke leihen kann, und ist wieder gegangen.« Er schob die Brauen zusammen. »Denkst du, ich lüge? So wie dein Vater?«

»Nein, es ist nur …« Zoe zögerte. »Bei meinem letzten Gespräch mit Chris an dem Abend habe ich ihm erzählt, dass ich mit dir nach Kanada gehen wollte. Er war nicht begeistert und hat versucht, es mir auszureden. Wir haben uns deswegen gestritten, also dachte ich, er wäre danach bei dir gewesen, um es dir auszureden.«

Jack starrte sie an. »Du wolltest mitkommen?«

Erst in diesem Moment wurde Zoe klar, dass sie nie dazu gekommen war, es ihm mitzuteilen.

»Ich wollte es dir an dem Morgen sagen. Aber dann …« Sie zuckte hilflos mit den Schultern und kehrte lieber wieder zu dem Punkt zurück, um den es eigentlich ging. »Hat Chris das wirklich nicht erwähnt bei eurem Gespräch? War er nicht wütend?«

Jack schwieg lange, und in seinen Augen lag ein merkwürdiger Ausdruck, während er sie unverwandt ansah.

Dann zuckte er mit den Schultern.

»Nein, im Gegenteil. Er war gut gelaunt und hat mich über Kanada ausgefragt. Von einem Streit mit dir hat er nichts erwähnt. Allerdings …«

»Was?«, drängte Zoe.

»Ich weiß auch nicht.« Jack schüttelte den Kopf. »Er benahm sich schon ein bisschen komisch. Als ich ihm das erste Mal von meinen Kanada-Plänen erzählt habe, war er sehr skeptisch. Er hatte alle möglichen Bedenken und fand, dass ich die Sache überstürze. Aber an jenem Abend war er wie ausgewechselt. Auf einmal wirkte er begeistert und hat mir zugeraten, meine Pläne in die Tat umzusetzen. Richtig aufgedreht war er, und ich dachte zuerst, er hätte vielleicht was getrunken. Aber er hatte keine Fahne, und er war ganz klar. Er wirkte einfach nur zufrieden und strahlte wie jemand, der gerade etwas Tolles erfahren hat. Ich habe ihn gefragt, ob etwas passiert wäre, aber er ist mir ausgewichen. Dann meinte er, er müsste los, und ist gegangen.«

Zoes Kopfhaut kribbelte, weil sie plötzlich das Gefühl hatte, auf etwas gestoßen zu sein.

»Warum hast du das nicht der Polizei erzählt?«

Jack seufzte. »Weil sie das nicht wissen wollten. Sie haben mich nur gefragt, ob er bedrückt wirkte oder irgendwelche

Selbstmordgedanken geäußert hätte. Aber das hat er nicht, im Gegenteil. Er schien glücklich zu sein.«

»Wirklich?« Der Gedanke, dass Chris nicht wütend oder verzweifelt wegen der Dinge gewesen war, die sie zu ihm gesagt hatte, war tröstlich, und Zoe spürte, wie ihr Herz ein bisschen leichter wurde. »Und er hat nicht gesagt, wo er hinwollte?«

Jack schüttelte den Kopf. »Du hast meine Aussage doch gelesen. Es ist alles genauso passiert, wie ich es der Polizei geschildert habe: Er hat mich gefragt, ob er sich meine Jacke leihen kann, hat sich verabschiedet und ist gegangen. Danach habe ich ihn nicht mehr gesehen.«

Zoe dachte an ihren Streit mit Chris.

»Das passt nicht«, sagte sie. »Bei mir war er ganz anders. Ernst und fast wütend. Er hat gesagt, dass man im Leben nicht immer bekommt, was man sich wünscht. Und er wollte auf keinen Fall, dass ich mit dir nach Kanada gehe. Er fand es egoistisch von mir.«

Sie sah Jack an und erkannte in seinem Blick, dass er das Gleiche dachte wie sie: Irgendetwas musste in der Zeit zwischen ihren beiden Gesprächen mit Chris passiert sein, das seine Meinung geändert hatte. Und wenn sie früher darüber gesprochen hätten, dann wäre ihnen das auch schon früher aufgefallen.

In Gedanken rechnete Zoe hastig nach. Sie hatte gegen neun Uhr mit Chris gesprochen und Jack laut seiner Aussage um Viertel nach elf. Wo Chris in der Zwischenzeit gewesen war, wusste niemand, und auch nicht, was er den Rest der Nacht über getan hatte, bevor er, vermutlich gegen ein Uhr morgens, von der Klippe gestürzt war.

»Er kann sich nicht umgebracht haben«, sagte Zoe, wie um es sich selbst noch einmal zu bestätigen, und sah Jack verzweifelt an. »Wenn du sagst, dass er gut drauf war, als er ging, dann kann er nicht gesprungen sein. Oder? So war er doch nicht. Er wäre nicht gegangen, einfach so, ohne wenigstens einen Abschiedsbrief zu hinterlassen.«

»Nein, das hätte er nicht gemacht«, bestätigte Jack.

»Aber was ist dann passiert?« Zoe hob hilflos die Arme und spürte, wie ihr Tränen in die Augen schossen. »Ich habe heute Nacht von ihm geträumt, Jack. Er stand am Rand der Klippen und hat mich angesehen. Er hat nicht gelächelt, und da war etwas in seinem Blick, etwas Anklagendes. Weil ich schuld bin. Ich habe doch gemerkt, dass an jenem Abend etwas mit ihm nicht stimmte. Ich hätte nachhaken müssen, anstatt ihn anzuschreien. Vielleicht hätte ich es verhindern können, wenn ich aufmerksamer gewesen wäre.«

Sie schloss die Augen, und die Tränen liefen ihr heiß über die Wangen, während sie noch einmal ihren letzten Streit mit Chris durchlebte.

»Ich habe ihn einen Feigling genannt. Und ich habe ihm gesagt, dass ich es erbärmlich von ihm finde, dass er sich nicht gegen unseren Vater durchsetzen konnte. Chris wollte Pianist werden, das war sein Traum. Aber er hätte die Firma übernommen, nur weil es ›vernünftig‹ war. Er wollte, dass ich das auch bin, und das hat mich fast verrückt gemacht. Ich habe ihn immer bewundert, er war mein Vorbild, doch an dem Abend sagte ich ihm, dass ich ihn hasse und nie wiedersehen will. Und das habe ich auch nicht.« Sie schluchzte auf. »Es war das Letzte, was er von mir gehört hat, verstehst du? Deshalb wollte ich nicht darüber reden. Ich wollte nicht herausfinden müssen, dass es meinetwegen passiert ist.«

Die Angst, die sie jedes Mal ergriff, wenn sie über diese Möglichkeit nachdachte, schnürte ihr auch in diesem Moment die Kehle zu. Tränenblind blickte sie zu Jack auf, der sich neben sie auf das Sofa gesetzt hatte.

»Es war nicht deine Schuld, Zoe. Und du hättest es auch nicht verhindern können.«

Sie wollte ihm antworten und ihm sagen, dass er sie nicht zu trösten brauchte. Dass sie sich wieder im Griff hatte. Aber sie konnte nicht mehr eindämmen, was plötzlich aus ihr herausbrach. Die Trauer um Chris, die das Lesen der Ermittlungsakte so akut zurückgebracht hatte, und die Angst vor der Operation und dem, was sie danach erwartete – das alles zehrte an ihr, nahm ihr jede Kraft. Schluchzer schüttelten sie, ließen ihre Schultern beben, und die Tränen strömten jetzt über ihre Wangen.

»Hey, schon gut.« Jack legte den Arm um sie und zog sie an sich, hielt sie, während sie weinte. Sie schämte sich schrecklich, dass sie nicht stärker war und ausgerechnet vor ihm zusammenbrach. Aber sie konnte sich trotzdem nicht zusammenreißen, ließ den Schmerz raus, der sie schon so lange innerlich auffraß.

Jack flüsterte beruhigende Worte und strich über ihr Haar und ihren Rücken, bis ihr Schluchzen schließlich verebbte und sie wieder ruhiger atmete. Doch er hörte auch dann nicht auf sie zu streicheln, und Zoe blieb noch einen Moment an ihn gelehnt sitzen, zu erschöpft, um dieses angenehme Gefühl aufzugeben. Als sie sich schließlich von ihm löste, fehlte ihr sofort seine Wärme.

»Tut mir leid.« Sie wischte sich über die Wangen und hoffte, dass ihre Wimperntusche nicht allzu verschmiert war. Wahrscheinlich sehe ich aus wie ein Waschbär, dachte sie unglücklich und betrachtete den nassen Fleck auf seiner Brust. »Ich habe dein Hemd ruiniert.«

Doch Jack schien ihr gar nicht zuzuhören, sah sie nur an.

»Ich wünschte, du hättest es mir damals schon gesagt«, meinte er, und für einen kurzen, verzweifelten Moment wünschte Zoe das auch. Dann würden sie sich jetzt vielleicht nicht wie Fremde gegenübersitzen. Und dann hätte sie die Hand ausstrecken und mit dem Finger die feinen Linien um seine Augen nachfahren können, die seinen Blick so müde machten, dass es ihr ins Herz schnitt. Dann hätte sie sich wieder in seine Arme schmiegen und vergessen können, dass sie allein mit ihren Problemen fertig werden musste.

»Kann ich mal das Bad benutzen?«

Er nickte, und sie fand den Weg dorthin allein, weil sie noch wusste, wo es lag. Rasch wusch sie sich das Gesicht, bis die Tränenspuren verschwunden waren, und richtete ihre Haare, dann ging sie zurück ins Wohnzimmer. Doch da war Jack nicht mehr, deshalb ging sie weiter in die Küche.

Buddy, der dort auf einer Decke gelegen hatte, kam zu ihr, und sie bückte sich, um ihn zu streicheln. Dann richtete sie sich wieder auf und sah Jack an, der an der Arbeitsplatte stand und darauf wartete, dass der Wasserkocher fertig war. Als ihre Blicke sich trafen, konnte sie den Ausdruck in seinen Augen nicht deuten, aber sein Lächeln wirkte kühler.

»Willst du jetzt einen Tee?«, fragte er, und das erinnerte Zoe plötzlich an etwas, das sie über ihrem Gespräch beinahe vergessen hätte.

»Nein, ich kann nicht, ich muss zu Mrs Carmichael.« Hastig sah sie auf ihre Armbanduhr und atmete auf, weil es erst halb vier war. »Sie erwartet mich zum Tee.«

Jack runzelte die Stirn. »Chris' alte Klavierlehrerin?«

Zoe nickte. »Ich bin ihr gestern zufällig begegnet, und sie hat mich zu sich eingeladen, weil sie mir etwas geben will.« Sie verzog das Gesicht zu einem schiefen Lächeln. »Ich glaube, es hat etwas mit Chris zu tun. Vielleicht hilft es mir weiter.«

Jack nickte. »Soll ich dich hinfahren?«

Ein bisschen zu heftig schüttelte Zoe den Kopf.

»Nein. Ich laufe lieber.«

Jack begleitete sie nach draußen und blieb in der Tür stehen, als sie auf den Hof trat. Mit seinen breiten Schultern füllte er den Türrahmen, der für kleinere Menschen gezimmert war, fast völlig aus. Aber er gehört hier trotzdem her, überlegte Zoe, als sie zu ihm aufsah.

»Danke«, sagte sie. »Für alles.«

Er öffnete den Mund, aber sie erfuhr nicht, was er darauf erwidern wollte, weil William in diesem Augenblick um die Ecke in den Hof einbog. Als er Zoe sah, blieb er stehen.

»Hallo William«, rief sie und wartete, bis er ihren Gruß mit einer lässigen Geste und einem Lächeln erwiderte.

Dann verließ sie den Hof, ohne sich noch einmal umzudrehen.

* * *

Jack blieb noch einen Moment in der Tür stehen, bevor er William folgte, der schon hineingegangen war und sich in der Küche gerade über die Schüssel mit den Himbeeren hermachte.

»Wieso war sie hier?«, wollte er wissen, als Jack sich zu ihm an den Tisch setzte.

»Wer? Zoe?« Jack zuckte mit den Schultern. »Sie wollte mir was zurückgeben.«

William hob eine Augenbraue. »Ich dachte, du willst nichts mit ihr zu tun haben.«

Das wollte ich auch nicht, dachte Jack und versuchte, das Gefühl zu vertreiben, das ihn erfüllte, seit er Zoe im Arm gehalten hatte. Ihr Haar roch wie damals, und es hatte ihn alle

Mühe gekostet, sie nicht noch enger an sich zu ziehen. Er begehrte sie immer noch, aber das war es nicht, was seine Brust eng gemacht hatte, als sie ihm so nah gewesen war. Ihre Worte hatten ihn bis ins Mark getroffen, genau wie ihre Tränen. Es war, als hätte er die Last selbst gespürt, die sie offenbar schon so lange mit sich herumtrug, und für einen kurzen Moment hatte er ihr verziehen und sich ausgemalt, was passiert wäre, wenn sie ihn wirklich nach Kanada begleitet hätte.

Aber dann war ihm eingefallen, dass sie das hätte tun können, wenn sie es wirklich gewollt hätte. Er hatte es ihr noch einmal vorgeschlagen in dem Brief, den er ihr nach ihrer Abreise aus Penderak geschrieben hatte. Fast schon gebettelt hatte er, dass sie ihrer Beziehung noch eine Chance geben sollte. Weil er sie so schrecklich vermisst hatte und nicht glauben wollte, dass plötzlich alles vorbei war zwischen ihnen. Aber sie hatte ihm nicht geantwortet. Was auch eine Antwort gewesen war.

»Und ich dachte, du wolltest mit Megan nichts zu tun haben«, meinte er zu William, der immer noch Himbeeren aß. »Warum hast du sie reingelassen, als ich nicht da war?«

»Ich wollte das nicht«, protestierte William. »Ich war auf dem Hof, als sie kam, und ich habe ihr gesagt, dass du nicht da bist. Aber sie meinte, du hättest bestimmt nichts dagegen, wenn sie die Sachen schon mal reinbringt – und drin war sie.«

»Und wieso bist du nicht bei ihr geblieben?«, wollte Jack wissen.

William schnaubte. »Weil ich keinen Bock darauf hatte, dass sie mich volltextet. Ständig steht die hier auf der Matte und bringt irgendwas vorbei, das nervt langsam, ehrlich.«

Jack verkniff sich einen Kommentar dazu, dass Megans Himbeeren ihm anscheinend dennoch ganz gut schmecken.

Und ihren Kuchen aßen sie beide gern. Aber er wusste, was der Junge meinte.

Es hatte ihn auch gestört, dass Megan in seiner Abwesenheit einfach in die Küche gegangen war. Sie war nicht zuständig dafür, ihn und William zu versorgen, aber sie schien das zu glauben. Oder es war ihr Versuch, sich unentbehrlich zu machen, und das ging ihm langsam zu weit. Ich muss mit ihr darüber reden und Grenzen ziehen, dachte er und seufzte bei der Aussicht auf dieses vermutlich sehr unangenehme Gespräch.

William schien satt zu sein, denn er schob seinen Stuhl mit einem schabenden Geräusch über den Holzboden nach hinten und stand auf.

»Hilfst du mir mit den Schafen?«, fragte Jack, erntete jedoch nur einen unwilligen Blick. Er hätte darauf bestehen können, das wusste er. Aber er war zu sehr mit seinen eigenen Gedanken beschäftigt, um sich auf ein Kräftemessen mit seinem bockigen Sohn einzulassen, der schon auf dem Weg zur Tür war.

Kurz bevor er die Küche verließ, blieb William noch einmal stehen und blickte über die Schulter zurück.

»Diese Zoe finde ich netter«, meinte er und war verschwunden, bevor Jack etwas dazu sagen konnte. Überrascht und auch ein bisschen verwundert blieb er am Küchentisch sitzen und starrte aus dem Fenster.

Ich auch, dachte er und legte stöhnend den Kopf in den Nacken.

19

»Hier ist es.« Lizzy Carmichael reichte Zoe lächelnd ein schmales, in Leder eingebundenes Büchlein und setzte sich wieder zurück an den kleinen runden Kirschholztisch, auf dem sie den Tee für sie beide serviert hatte. Es war ein sehr gemütlicher Platz im Wintergarten ihres Hauses, von dem aus man einen schönen Blick über die Bucht von Penderak hatte.

Zoe war jedoch viel zu beschäftigt mit dem Büchlein, um auf die Aussicht zu achten.

»Hat das hier etwas mit Chris zu tun?«

Lizzy Carmichael nickte. »Schlagen Sie es auf.«

Zögernd folgte Zoe der Aufforderung und stellte fest, dass es sich um einen Gedichtband handelte. Er enthielt Werke der englischen Romantik, vor allem von Keats und Byron, und hatte zahlreiche Gebrauchsspuren, so als sei er wieder und wieder gelesen worden. An einigen Stellen waren außerdem Zeilen oder Wörter mit Bleistift unterstrichen, und am Rand fanden sich immer wieder Notizen in einer Handschrift, die Zoe sofort erkannte.

»Das hat Chris geschrieben!«, rief sie aufgeregt und sah die Klavierlehrerin an, die sich gerade etwas Milch in ihren Tee goss. »Wo haben Sie das her?«

Lizzy Carmichael rührte in ihrer Tasse.

»Das Buch gehört mir. Oder eigentlich meinem verstorbenen Mann. Chris hatte es sich für eine Weile geliehen, damals, in dem Sommer, als er …« Sie schüttelte den Kopf und ein Schatten huschte über ihr Gesicht. »Ach, so eine Tragödie.«

Zoe war in Gedanken immer noch bei dem Buch. »Waren Sie nicht böse, dass er etwas hineingeschrieben hat?«

»Im Gegenteil. Ich habe ihn sogar dazu ermutigt. Mit Lyrik muss man sich auseinandersetzen, um sie zu verstehen und aus den Zeilen etwas für sich herauszuholen. Deshalb sollte er sich Stellen anstreichen, die ihm gefielen oder die ihn bewegten, und seine Gedanken dazu aufschreiben.« Lizzy Carmichael lächelte, als sie Zoes erstauntes Gesicht sah. »Für mich müssen Bücher nicht makellos sein. Ich finde es viel schöner, wenn man ihnen ansieht, dass sich jemand mit ihnen beschäftigt hat.«

Diese Einstellung scheint auch für ihr Haus zu gelten, überlegte Zoe. Denn makellos war hier nichts. Die bunt zusammengewürfelten Möbel wirkten alle schon etwas abgewohnt, von den Büchern in den Regalen waren viele in einem ähnlichen Zustand wie das Gedichtbändchen, und überall stand Nippes herum, der nicht recht zusammenpasste: kleine Porzellanfiguren, Steine, Karten, Flaschen, Döschen. Es schienen Erinnerungsstücke zu sein, Dinge, die Mrs Carmichael gesammelt hatte oder die ihr von anderen mitgebracht worden waren, und obwohl die Mischung unausgegoren war, entstand gerade dadurch eine Atmosphäre der Behaglichkeit. Nichts wirkte hier steif und nichts, absolut gar nichts, schien sich irgendwelchen Regeln zu beugen, genauso wenig wie Lizzy Carmichael selbst, die schon in der Wahl ihrer Kleidung deutlich ausdrückte, wie egal ihr irgendwelche Modetrends waren.

Heute zum Beispiel hatte sie einen graugrünen langen Tweedrock mit einer pinkfarbenen Seidenbluse und einer weißen Kunstfellweste kombiniert. Aber gerade dieses Schrille, Ungewöhnliche passte zu ihr, und Zoe konnte sich plötzlich vorstellen, wieso Chris so gerne bei ihr gewesen war. Bei

Lizzy Carmichael war alles anders als in ihrem konservativen Elternhaus, und es musste wie eine Offenbarung für ihren Bruder gewesen sein, an diesem Ort seine musische Seite ausleben zu dürfen, die ihr Vater immer eher kritisch gesehen hatte. Wenn es nach George Bevan gegangen wäre, dann hätte Chris sich lieber auf vermeintlich männlichere Dinge konzentrieren sollen als ausgerechnet auf das Klavierspiel. Und von seiner Vorliebe für Lyrik hatte nicht einmal Zoe etwas geahnt.

»Sie können das Buch behalten, wenn Sie wollen«, meinte Lizzy Carmichael. »Ich hätte es Ihnen damals schon geben sollen, aber ich konnte mich nicht davon trennen, weil es auch für mich eine wertvolle Erinnerung war. Erst als ich Sie gestern in der Stadt traf, wurde mir klar, dass ich es Ihnen nicht mehr vorenthalten darf. Schließlich war er Ihr Bruder.«

Den ich nicht so gut kannte, wie ich dachte, fuhr es Zoe durch den Kopf, während sie über den ledernen Buchrücken strich.

»Ich wusste nicht, dass er sich für Gedichte interessierte«, gestand sie leise.

»Oh doch, sehr sogar«, bestätigte Lizzy Carmichael und lehnte sich lächelnd in ihrem Korbsessel zurück. »Manchmal haben wir nicht nur Klavier gespielt, sondern gemeinsam gelesen. Chris war so unglaublich begeisterungsfähig. Deshalb hat es mir so viel Spaß gemacht, ihn am Klavier zu unterrichten, und deshalb war er auch so gut. Weil er mit dem Herzen dabei war. Er liebte die Musik, darin ging er auf. Aber er hatte auch ein großes Interesse am geschriebenen Wort. Ich bin sehr dankbar dafür, dass ich ihm helfen durfte, beides zu entdecken.«

Zoe rang das Gefühl der Eifersucht nieder, das sie kurz überkam, als ihr klar wurde, dass diese Frau ihren Bruder vielleicht besser gekannt hatte als sie selbst. Oder zumindest diese Seite von ihm, die er in ihrer Familie nie wirklich gezeigt hatte.

»Mein Vater fand es nicht gut, dass Chris so gerne Klavier gespielt hat. Für ihn war es nur ein unwichtiges Hobby. Dass es Chris so viel bedeutet hat, wollte er nie sehen.«

»Ich weiß.« Lizzy Carmichaels Lächeln wurde traurig. »Ich hätte es gut gefunden, wenn er etwas mehr auf Chris eingegangen wäre. Schließlich hatte Chris die Leidenschaft, mit der er alles angegangen ist, von ihm.«

»Von Dad?« Zoe dachte an ihren Vater, über den man vieles sagen konnte, aber ganz sicher nicht, dass er leidenschaftlich war. Beruflich war er sicher ein Getriebener, aber die Art, wie er sein Leben anging, hatte eher etwas Analytisches und Kühles.

Lizzy Carmichael nickte vehement. »Oh ja. Denken Sie doch nur an daran, wie er um Ihre Mutter gekämpft hat. Sie hat es mir selbst mal erzählt, als sie hier war.«

Zoe wandte den Kopf ab und starrte nachdenklich aus dem Fenster. Natürlich kannte sie die Geschichte, wie ihre Eltern sich kennengelernt hatten. Beide waren unabhängig voneinander in Penderak gewesen, um Urlaub zu machen. Schon bei ihrer ersten Begegnung hatten sie sich ineinander verliebt, obwohl Brenda zu dem Zeitpunkt kurz vor der Verlobung mit dem Sohn eines Earls stand. Brendas Eltern, die aus reichen Londoner Bankierskreisen stammten, hatten sehr auf diese Verbindung gehofft und waren entsetzt gewesen, als Brenda ihnen mitteilte, dass sie stattdessen den ehrgeizigen Bauunternehmer George Bevan heiraten wollte, der alles, was er besaß, gerade in die Gründung seiner Firma gesteckt hatte. Sie waren gegen die Verbindung gewesen und hatten alle Hebel in Bewegung gesetzt, um die beiden auseinanderzubringen. George war jedoch hartnäckig geblieben und schließlich in eine Feier im Haus von Brendas Eltern geplatzt, um klarzustellen, dass er nicht vorhatte, sie aufzugeben. Der Auftritt musste es in sich gehabt haben, denn Brenda ging mit ihm, und kurze Zeit später wurden sie in der kleinen Kirche von Penderak getraut – auch um Brendas Eltern zu trotzen, die immer von einer prunkvollen Hochzeit in London geträumt hatten.

Der kleine Ort in Cornwall hatte dadurch eine ganz besondere Bedeutung für Zoes Eltern gehabt, und das war einer der Gründe dafür gewesen, dass sie so viele Urlaube hier verbracht hatten. Erst Chris' gewaltsamer Tod hatte diese guten Erinnerungen für immer ausgelöscht, und mit ihnen war auch die Liebe zwischen Brenda und George langsam gestorben. Mit dem Herzen war George Bevan seitdem nur noch dabei, wenn es um seine Firma ging.

Da Zoe vor einer Frau, die sie kaum kannte, nicht schlecht über ihn reden wollte, blätterte sie erneut den Gedichtband durch und überflog die Stellen, die Chris angestrichen hatte.

Ihm schienen vor allem die Passagen wichtig gewesen zu sein, in denen es um die Schmerzen der unerfüllten Liebe ging. Die Zitate, die er herausgesucht hatte, waren fast alle düster und erzählten von der Verzweiflung des Dichters. Die Erkenntnis, was das bedeutete, traf Zoe wie ein Blitz.

»War Chris unglücklich verliebt?«

Lizzy Carmichael nickte. »Ja, ich glaube, das war er.«

»In wen?«, wollte Zoe sofort wissen, doch die Klavierlehrerin zuckte mit den Schultern.

»Offiziell wusste ich nicht mal, dass er es war. Er hat es mir nie gesagt, jedenfalls nicht direkt. Aber es gab da jemanden. Ich habe es ihm angemerkt, an seinen Fragen und an der Art der Gedichte, die er plötzlich bevorzugte.« Sie schüttelte den Kopf. »Es hat ihn sehr beschäftigt, doch er wollte nicht darüber reden und ich bin nicht weiter in ihn gedrungen. Ich dachte, er wird es mir schon erzählen, wenn die Zeit reif ist.« Sie seufzte tief. »Dazu ist es leider nicht mehr gekommen.«

Zoe schluckte schwer. Hatte ihre Liebe zu Jack sie wirklich so abgelenkt, dass sie nicht gemerkt hatte, wie schlecht es ihrem Bruder ging?

»Denken Sie ...« Sie zögerte. »Denken Sie, dass er so unglücklich war, dass er ...«

»Dass er sich umgebracht hat?« Lizzy Carmichael schüttelte energisch den Kopf. »Nein, auf keinen Fall. Chris war ein sensibler Junge, aber er hätte sich nicht die Klippen hinuntergestürzt, nur weil es ein Problem gab. Er wäre es angegangen, da bin ich mir sicher.«

Frustriert starrte Zoe auf den Gedichtband, weil sie das Gefühl hatte, schon wieder vor einer Wand zu stehen.

»Ich wünschte, ich wüsste, was damals in ihm vorgegangen ist«, sagte sie voller Inbrunst.

Die Klavierlehrerin räusperte sich.

»Ich weiß nicht, ob ich das fragen sollte, schließlich ist das etwas sehr Privates«, sagte sie zögernd, »aber ... steht denn darüber nichts in seinem Tagebuch?«

Zoe blickte sie verständnislos an. »Ich glaube nicht, dass er eins geführt hat.«

»Doch«, beharrte Lizzy Carmichael. »Ich habe ihm in dem Sommer eines dieser edlen, auf alt gemachten Notizbücher geschenkt. Ich dachte, dass es ihm vielleicht hilft, seine Sorgen aufzuschreiben, wenn er schon nicht darüber sprechen will. Und er hat mir erzählt, dass er es benutzt.«

Zoes Gedanken rasten zurück zu den Tagen, in denen sie Chris' Sachen durchgegangen war. Ihre Mutter hatte dafür nicht die Kraft gehabt. Wenn es nach Brenda gegangen wäre, dann hätte überhaupt nichts in Chris' Zimmer jemals verändert werden dürfen. Doch irgendwann hatten Zoe und ihr Vater sie überredet, sich wenigstens von einem Großteil seiner Kleidung und von den Büchern zu trennen, die keine persönliche Bedeutung für ihn gehabt hatten. Im Zuge dessen hatte Zoe alles aus Chris' Besitz einmal in der Hand gehabt, auch die Dinge, die er in Cornwall dabeigehabt hatte. Und ein Tagebuch war definitiv nicht dabei gewesen.

Aber jetzt, wo Lizzy Carmichael es erwähnt hatte, fiel ihr wieder ein, dass sie Chris ein paar Tage vor seinem Tod im Strandhaus mit so einem auf alt gemachten Notizbuch gesehen hatte.

»War der Einband grün?«

Lizzy Carmichael nickte, und Zoe spürte, wie Hoffnung in ihr aufkeimte. Wenn das Buch nicht bei seinen Sachen gewesen war, dann musste es noch in Penderak sein. Vielleicht hatte Chris es ja irgendwo versteckt, und es war deshalb nie gefunden worden?

Hektisch sprang sie auf.

»Ich muss gehen!«, sagte sie und umarmte die überraschte Lizzy Carmichael, die sich ebenfalls aus ihrem Korbsessel erhoben hatte. »Vielen Dank für alles. Ich hoffe, wir …«

Sie stutzte, weil sie die Klavierlehrerin plötzlich doppelt sah.

»Was ist mit Ihnen? Ist Ihnen nicht gut?«

Verzweifelt versuchte Zoe, den Blick wieder scharf zu stellen, doch es gelang ihr nicht. Eine Welle der Übelkeit erfasste sie, und sie taumelte durch die geöffnete Glastür des Wintergartens ins Freie, machte zwei Schritte auf die Buchsbaumhecke zu. Dann knickten die Beine unter ihr weg und sie hörte noch Lizzy Carmichaels entsetzten Schrei, bevor alles um sie herum schwarz wurde.

20

»Und was machen wir jetzt?«, fragte Rose und blickte lächelnd zu Simon auf, der neben ihr über den Bürgersteig ging.

»Kommt darauf an, was Sie noch brauchen«, meinte er und hob die drei gut gefüllten Tüten an, die er in der Hand trug. Es war die Ausbeute ihres ausgiebigen Einkaufsbummels durch das East End, und Rose war immer noch ganz selig über die vielen hübschen Kleinigkeiten, auf die sie in den zahlreichen Boutiquen und Läden gestoßen war. Für jedes der Kinder hatte sie etwas gefunden – einen hübschen Haarschmuck für Sarah und zwei verschiedenfarbige Waggons für die Jungs, die zu der Holzeisenbahn passten, mit der sie so gerne spielten. Simon war natürlich verwundert gewesen, hatte jedoch ihre Erklärung geschluckt, dass es Geschenke für die Kinder ihrer Freundinnen waren. Und ihre anderen Einkäufe waren allesamt Dinge, die sie für ihre Arbeit brauchte: Stoffproben, Seidenbänder und zwei Bücher über Modedesign, auf die sie in einem kleinen, aber sehr gut sortierten Antiquariat gestoßen war. Sie hatte vergessen, wie viel Auswahl London in dieser Hinsicht bot, und schwelgte immer noch in den ganzen Eindrücken. Es war ein perfekter Nachmittag gewesen, auch weil Simon sich als galanter und großzügiger Begleiter erwiesen hatte.

»Ich bin wunschlos glücklich«, erklärte sie und strahlte ihn an, nur um einen Augenblick später wieder ernst zu werden. »Aber selbst, wenn ich es nicht wäre, würde ich es Ihnen nicht verraten, damit Sie nicht noch einmal so etwas absolut Unvernünftiges tun.«

Er grinste. »Ich kann mit meinem Geld machen, was ich möchte. Und ich finde es extrem gut angelegt.«

»Der Stoff war völlig überteuert«, widersprach Rose, der immer noch ganz schlecht wurde, wenn sie an das Preisschild an dem Ballen mit der herrlichen Seide dachte, die sie in einem kleinen Handarbeitsladen entdeckt hatte. An der Qualität gab es nichts auszusetzen, und das strahlende Aquamarin war genau der Farbton, nach dem sie schon lange gesucht hatte. Aber das, was der Meter kosten sollte, überstieg ihr Budget um ein Vielfaches. Deshalb hatte sie den Ballen schweren Herzens wieder zurückgelegt. »Ich hätte ihn nicht gekauft.«

»Aber er hat Ihnen gefallen, das habe ich Ihnen angesehen«, meinte Simon. »Und ich wollte, dass Sie ihn haben.«

Deswegen hatte er versucht, sie zu dem Kauf zu überreden, und als sie sich weigerte, hatte er kurzerhand selbst fünf Meter erstanden und ihr geschenkt – eine Tatsache, die Rose immer noch nicht wirklich fassen konnte.

»Das hätten Sie nicht tun müssen.«

»Ja, ich weiß. Aber ich wollte es gerne.« Er blieb stehen und musterte sie mit einem amüsierten Lächeln. »Wissen Sie, dass Sie die einzige Frau sind, die ich kenne, die sich ungern beschenken lässt? Wieso fällt Ihnen das so schwer?«

Rose starrte ihn an. Weil ich es nicht gewohnt bin, dachte sie unglücklich. Wenn Matt ihr spontan etwas geschenkt hatte, dann meistens nur, um sich für einen seiner Seitensprünge zu entschuldigen. Er hatte ihr nie etwas gekauft, nur weil es ihr gefiel, auch nicht, als sie noch frisch verliebt gewesen waren. Aber sie hatten ja auch von Anfang an sparen müssen, weil Rose so schnell und völlig ungeplant schwanger geworden war. Das Haus, die Kinder – es gab immer etwas, für das sie das Geld dringender gebraucht hatten als für ihre Wünsche. Und seit der Scheidung drehte sie ohnehin jeden Cent um, bevor sie ihn ausgab. Außer der Reihe hatte sie sich schon lange nichts mehr kaufen können, deshalb überforderte es sie tatsächlich, dass Simon, den sie kaum kannte, ihr so ein teures Geschenk machte. Aber all das konnte sie ihm nicht sagen, deshalb zuckte sie lächelnd mit den Schultern.

»Tut mir leid. Ich ... war nur so überrascht«, meinte sie. »Es ist ein großartiger Stoff, und ich weiß auch schon, was ich daraus mache: ein Abendkleid mit einem weiten Rock. Und eine Bluse, wenn es dafür noch reicht. Das wird wundervoll aussehen.«

Er lächelte. »Da bin ich sicher. Ich hoffe, ich habe Gelegenheit, Sie darin zu bewundern.«

Rose wusste nicht recht, was sie darauf sagen sollte. Sie hatte hier in London keine Nähmaschine, also würde sie den Stoff erst zu Hause verarbeiten können. Die Wahrscheinlichkeit, dass er sie darin sah, tendierte also gegen Null, und das musste ihm bewusst sein, denn sie hatte im Laufe des Nachmittags erwähnt, dass sie nächsten Donnerstag wieder abreisen würde. Sollte das heißen, er ging davon aus, dass sie sich auch danach noch treffen würden? Oder wollte er einfach nur höflich sein?

Simon schien keine Antwort auf seine Bemerkung zu erwarten, denn er ging weiter.

»Haben Sie Hunger?«

»Ich sterbe vor Hunger«, erklärte Rose, obwohl das gar nicht stimmte. Aber sie wollte gerne noch mehr Zeit mit ihm verbringen, deshalb klang ein gemeinsames Essen verlockend.

»Sehr gut. Ich nämlich auch.« Er hob den Arm, um eines der vorbeifahrenden Taxis anzuhalten. »Bei mir in der Nähe gibt es ein sehr schönes italienisches Restaurant. Das wird Ihnen …«

Rose griff nach Simons Hand und zwang ihn innezuhalten. Überrascht sah er sie an.

»Können wir nicht hier irgendwo in ein Restaurant gehen?«, fragte sie, weil sie plötzlich Angst hatte, dass er sie in ein Nobel-Restaurant führen würde. Er hatte erwähnt, dass seine Wohnung in Belgravia lag, dort, wo sich auch seine Kanzlei befand und wo es vor Designer-Boutiquen nur so wimmelte. Dort essen zu gehen war bestimmt sehr teuer, und sie wollte nicht, dass er noch einmal so viel Geld für sie ausgab. Außerdem würde es ihr vor Augen führen, wie weit entfernt ihre Welten voneinander waren. Es würde den Moment der Nähe zerstören, der sich gerade so gut anfühlte, und das wollte sie nicht, deshalb deutete sie die Straße hinunter. »Wir sind gerade an einem indischen Lokal vorbeigekommen, das sehr nett aussah. Das da hinten mit der antiken Laterne über der Tür, sehen Sie? Wieso gehen wir nicht da rein?«

Mit einem Stirnrunzeln blickte Simon zurück.

»Mein Italiener ist wirklich gut«, meinte er skeptisch. »Da würde es Ihnen sicher gefallen.«

»Aber ich glaube, hier gefällt es mir besser. Und Sie essen doch gerne Indisch, oder nicht?« Sie lächelte ihn herausfordernd an, weil er immer noch zögerte. »Ach, kommen Sie. Es ist doch öde, immer nur dahin zu gehen, wo man schon war. Wollen Sie denn nicht mal was Neues ausprobieren?«

Für einen langen Moment sah er sie an, dann verschwand die Falte auf seiner Stirn, und er hob schmunzelnd einen Mundwinkel.

»Unbedingt. Schließlich will ich ja nicht, dass Sie mich für langweilig halten.«

Kopfschüttelnd erwiderte Rose sein Lächeln. Er war ungefähr so langweilig wie eine Achterbahnfahrt, und ihr Magen fühlte sich auch so an, als würde sie gerade eine machen, nur weil er immer noch ihre Hand hielt, während sie zurück zu dem Lokal gingen.

Das Sangam war innen eine eigenwillige Mischung aus indischem Kitsch und modernem Vintage-Look, mit bunt zusammengewürfelten Stühlen und Tischen, auf denen hübsche, goldverzierte Teelichter standen, Schnitzereien an den Säulen, die den Raum unterteilten, und bunten Götterbildern neben Schwarz-Weiß-Fotografien des Tadsch Mahal und anderen indischen Motiven an den Wänden. Anders als Rose gedacht hatte, war es kein reines Restaurant, sondern auch eine Bar, und in einer Ecke befand sich sogar eine kleine Tanzfläche. Diese ungewöhnliche Zusammenstellung schien bei den Gästen jedoch gut anzukommen, denn sie bekamen nur mit Mühe einen Tisch.

Kein Wunder, wie Rose kurze Zeit später feststellte, denn das Curry, das man ihnen servierte, schmeckte köstlich, genau wie der Wein, den Simon dazu bestellt hatte. Bestens gelaunt und nach einer Weile auch ein bisschen beschwipst lauschte Rose den Geschichten, die Simon über seine Erlebnisse in der Kanzlei erzählte.

Er war ein sehr amüsanter Unterhalter, und je länger sie mit ihm zusammen war, desto mehr wunderte sie sich darüber, dass er seine Zeit ausgerechnet mit ihr verbrachte. Jemand wie er konnte sicher jede Frau haben, die er wollte, deshalb schmeichelte ihr seine Aufmerksamkeit umso mehr – und das war auch der Grund, warum sie ihm weiterhin eher vage Antworten gab, wenn das Thema auf sie selbst kam. Es ist nur ein Flirt, erinnerte sie sich. Ein netter Abend, den sie genießen konnte, bevor in ein paar Tagen ihr Alltag wieder losging …

»Sie können es ruhig zugeben«, meinte Simon, als die Kellnerin die Teller wieder abgeräumt hatte, und Rose erschrak kurz, weil sie befürchtete, sich verraten zu haben.

»Was?«

Er grinste. »Dass Sie wussten, dass das Essen hier so ausgezeichnet ist. Das kann doch kein Zufall sein.«

Erleichtert atmete Rose aus.

»Es war einfach ein Glückstreffer«, meinte sie und erwiderte sein Lächeln, wurde jedoch wieder ernst, als Simon die Hand über den Tisch streckte und um ihre schloss. Mit dem Daumen strich er sanft über ihre Finger, was einen prickelnden Schauer über ihren Rücken schickte.

»Bei näherer Betrachtung muss ich da uneingeschränkt zustimmen«, sagte er, und sie sah an dem Ausdruck in seinen blauen Augen, dass er nicht mehr vom Essen sprach. Für einen langen Moment vergaß sie zu atmen, während sie seinen Blick erwiderte. »Wollen wir tanzen?«

Er wartete ihre Antwort nicht ab, sondern stand auf und zog sie mit sich hinüber zu der kleinen Tanzfläche in der Ecke. Mit klopfendem Herzen folgte Rose ihm und ließ es zu, dass er sie dort dicht an sich zog. Der Song, der gerade lief, war langsam, und neben ihnen drehten sich noch zwei andere Paare auf dem niedrigen Podest aus Holzdielen, das vermutlich bei anderen Gelegenheiten einer Live-Band als Bühne diente.

Aber Rose achtete gar nicht auf die anderen Paare. Es war, als gäbe es plötzlich nur noch Simon und sie. Seine Nähe war überwältigend, und ihr Körper reagierte instinktiv auf ihn, schmolz ihm entgegen, so als hätte er die ganze Zeit nur auf diesen Moment gewartet. Simons markanter Duft, den sie schon die ganze Zeit vage wahrgenommen hatte, wenn er sich auf der Einkaufstour zu ihr heruntergebeugt hatte, um ihr etwas zu sagen, hüllte sie jetzt ein, und sie genoss das Gefühl, von ihm gehalten zu werden. Das war auch nötig, denn ihre Knie fühlten sich ganz weich an. Deshalb schlang sie zur Sicherheit die Arme um seinen Hals, während sie sich langsam und sinnlich zur Musik bewegten.

»Tanzt du immer so eng mit den Frauen, die geschäftlich wichtig für dich sind?«, flüsterte sie atemlos.

Er zog sie noch ein bisschen näher an sich.

»Nur, wenn mir die Frau einfach nicht mehr aus dem Kopf geht«, sagte er, dicht an ihrem Ohr, und Rose erschauerte, als er sich noch ein bisschen weiter zu ihr herabbeugte und mit den Lippen über die empfindliche Haut an ihrem Hals strich. Wenn sie noch aufhalten wollte, was zwischen ihnen passierte, dann war das ihre letzte Chance, das wusste sie. Und plötzlich kamen ihr wieder Zweifel.

Konnte sie das wirklich – sich einfach so fallen lassen ohne an Morgen zu denken? Alles in ihr sträubte sich dagegen, das, was sie gerade empfand, als etwas Vorübergehendes zu sehen. Etwas, dass nach einer Nacht wieder vergessen war. Aber funktionierte es nicht so? War ein bisschen Spaß nicht das, worum es bei ihrem Aufenthalt in London ging?

Simon hob den Kopf. Seine blauen Augen wirkten dunkler, und sie konnte sich nicht erinnern, wann sie zuletzt so viele Schmetterlinge im Bauch gehabt hatte. Plötzlich spielte es keine Rolle mehr, dass sie diesen Mann kaum kannte. Es fühlte sich richtig an. Unglaublich richtig sogar. Deshalb hielt sie ihn nicht auf, als sein Mund sich ihrem näherte, sondern kam ihm entgegen, erwiderte seinen Kuss, der ihre Sinne auf eine Weise entflammte, die ihr schon fast fremd geworden war. Er konnte gut küssen, verdammt gut sogar, deshalb wusste Rose nicht, wie viel Zeit vergangen war, als er sich von ihr löste und seine Stirn an ihre legte. Sein Atem ging schneller.

»Ich rufe uns ein Taxi«, sagte er rau.

Rose nickte, noch ganz erschüttert, und wartete, während er ihre Sachen holte und bezahlte. Draußen auf dem Bürgersteig lagen sie sich sofort wieder in den Armen und küssten sich so selbstvergessen und leidenschaftlich, dass es noch eine ganze Weile dauerte, bis es Simon schließlich gelang, ein vorbeifahrendes Taxi heranzuwinken. Er nannte dem Fahrer die Adresse seiner Wohnung in Belgravia und zog Rose auf seinen Schoß, wollte weitermachen, wo sie gerade erst aufgehört hatten. Doch sie legte eine Hand auf seine Brust und hielt ihn zurück.

»Ich … bin nur noch ein paar Tage hier«, flüsterte sie, nicht sicher, ob sie sich selbst daran erinnern oder ihn warnen wollte.

»Dann lass uns das Beste daraus machen«, erwiderte er, und als seine Lippen ihre berührten, schlang Rose die Arme um seinen Hals und vergaß, warum sie es überhaupt erwähnt hatte.

21

»Sind Sie sicher, dass ich Sie nicht doch zu Dr. Corby bringen soll?« Lizzy Carmichael warf Zoe einen Seitenblick zu, bevor sie ihre Aufmerksamkeit wieder auf die Straße richtete. »Ihre Praxis ist gleich dort vorn, und um diese Zeit müsste sie auch noch da …«

»Nein«, unterbrach Zoe sie. »Das ist wirklich nicht nötig.«

»Aber Sie haben plötzlich die Augen ganz komisch verdreht«, beharrte die ältere Frau. »Ich habe mir wirklich Sorgen gemacht. Und dann der Sturz! Sind Sie sicher, dass Sie sich nichts getan haben?«

»Nein, ich hatte Glück.« Zoe lächelte schwach und unterdrückte den Impuls, an das Pflaster zu fassen, das die Schürfwunde auf ihrer Stirn überdeckte. Die Buchsbaumhecke hatte ihren Fall zum Glück abgemildert und Schlimmeres verhindert. Aber der Schock saß tief, auch wenn sie versuchte, sich das nicht anmerken zu lassen. »Ich bin einfach zu schnell aufgestanden. Dann habe ich manchmal Probleme mit dem Kreislauf. Zu niedriger Blutdruck. Das ist alles.«

Lizzy Carmichael schien das nicht wirklich zu überzeugen, auch wenn sie ihren alten Austin Mini an der Abzweigung vorbeilenkte, die sie zur Arztpraxis geführt hätte, und langsam weiter durch den Ort fuhr.

»Ich sollte Sie in die Pension bringen«, sagte sie, mehr zu sich selbst. »Da kann sich jemand um Sie kümmern. In Ihrem Zustand sollten Sie nicht draußen im Strandhaus alleine sein.«

»Ich komme schon zurecht, wirklich«, versicherte Zoe ihr und lehnte sich auf dem Beifahrersitz zurück. »Aber es ist sehr nett, dass Sie mich fahren.«

Dafür war sie wirklich sehr dankbar. Sie brauchte keinen Arzt, sie brauchte nur ein bisschen Ruhe, deshalb atmete sie auf, als sie kurze Zeit später das Strandhaus erreichten.

»Ich werde den Gallaghers sofort Bescheid sagen, falls es mir schlechter geht«, versprach sie Lizzy Carmichael und winkte ihr nach, als sie wieder abfuhr. Dann schleppte sie sich ins Haus, froh, den prüfenden Blicken der anderen Frau entkommen zu sein.

Erschöpft legte sie sich auf das Sofa im Wohnzimmer, doch als sie die Augen schloss, erfasste sie plötzlich Panik und sie setzte sich rasch wieder auf.

Denn Lizzy Carmichael hatte recht – es war gefährlich für sie, hier draußen allein zu sein. Wenn das Aneurysma platzte, musste sie sofort in eine Klinik, um eine Chance zu haben, das hatte Dr. Kashrani ihr immer wieder eingeschärft. In London war das möglich. Aber hier lag das nächste Krankenhaus, in dem man sie behandeln konnte, weit entfernt, und für einen Moment wollte Zoe nach oben gehen und packen.

Doch dann fiel ihr Blick auf den Gedichtband, der auf dem Couchtisch lag. Mit einem Seufzen griff sie danach und strich mit den Fingern über den Einband. Sie war der Wahrheit an diesem Tag ein Stück nähergekommen, das spürte sie. Und deshalb konnte sie nicht abreisen. Erst musste sie dieses Tagebuch finden. Nur, wo konnte es sein?

Denk nach, forderte sie sich selbst auf. Wenn es hier irgendwo im Haus war – wo konnte Chris es dann versteckt haben? Das Naheliegendste war, dass er es unter die Matratze seines Bettes geschoben hatte, aber dann hätten die Gallaghers es sicher längst gefunden. Ihnen wäre bestimmt klar gewesen, was für ein wichtiges Dokument das war, deshalb hätten sie es nach London geschickt oder der Polizei übergeben – und Zoe wüsste davon. Wenn es also im Laufe der Jahre nicht aufgetaucht war, dann musste es sich in einem Versteck befinden, das nicht so leicht zu finden war.

Zoe sah sich im Raum um, und ihr Blick blieb an dem Sideboard neben der Tür hängen. Es gehörte zu den Möbelstücken, die sie noch von früher kannte, auch wenn es damals an einer anderen Stelle gestanden hatte. Es gab auch noch zwei Kommoden aus jener Zeit oben in den Zimmern, und die Küchenschränke waren ihr ebenfalls vertraut. Und hatte Rose nicht erwähnt, dass sie im Schuppen auch noch alte Möbel aufbewahrte?

Ein Kribbeln durchlief Zoe. Vielleicht befand sich dort auch noch der Schrank, der damals in Chris' Zimmer gestanden hatte. Aus dunklem, massivem Holz war er gewesen, mit zwei Schubladen unten und hohen Zierleisten oben – ideal, um darin etwas verschwinden zu lassen, das niemand sehen sollte.

Aufgeregt erhob sie sich, und als sie ein paar Minuten später im Schuppen stand, entdeckte sie den alten Schrank tatsächlich ganz hinten in einer Ecke. Um ihn zu erreichen musste sie erst einige Kisten wegräumen und den Sekretär, der davorstand, zur Seite schieben.

Sie holte eine Taschenlampe aus der Küche, weil sie im Dämmerlicht des Schuppens sonst zu wenig erkennen konnte. Dann begann sie, den Schrank zu untersuchen, tastete alle Böden ab, sah in den Schubladen nach und kletterte auf eine Leiter, um die Zierleisten genau zu untersuchen. Aber sie fand nichts.

Enttäuscht wollte sie den Sekretär wieder vor den Schrank

schieben, hielt jedoch inne. Ein alter Schreibtisch wie dieser enthielt oft Geheimfächer, oder? Erneut machte sie sich auf die Suche, drehte jede Schublade um und tastete das Holz ab. Doch sie blieb erfolglos. Dann eben die Kommode, dachte sie, beinahe trotzig, und nahm sich auch die übrigen Möbelstücke in der Scheune und danach die im Haus vor. Nach einer Stunde intensiver Suche, bei der sie auch die Küche genau untersucht hatte, sank sie schließlich im Wohnzimmer auf das Sofa und kaute frustriert auf ihrer Unterlippe.

Wenn das Buch hier gewesen war, dann musste es im Laufe der Jahre verloren gegangen sein. Vielleicht befand es sich in einem anderen Möbelstück, das die Gallaghers weggegeben hatten. Oder Chris hatte es gar nicht hier, sondern an einem ganz anderen Ort versteckt.

Nein, dachte Zoe. Sie hatte ihn oben in seinem Zimmer mit dem Buch gesehen, also musste es dort sein. Alles andere ergab keinen Sinn. Aber wenn er es nicht in einem der Möbelstücke verborgen hatte, dann …

Wie elektrisiert sprang sie auf, als ihr plötzlich ein Gedanke kam, und lief die Treppe nach oben in das Zimmer, in dem Chris bei ihren Aufenthalten geschlafen hatte und das sie sich, als sie jünger gewesen waren, für eine Weile geteilt hatten.

In diesem Raum wohnten inzwischen Rose' Söhne, und es war ein typisches Kinderzimmer mit einem Stockbett und Regalen voller Spielsachen. Nichts erinnerte noch an früher, außer den alten Holzdielen auf dem Boden.

Und eine davon war locker gewesen.

Zoe musste lächeln, als sie daran dachte, dass sie als Kinder gerne mit einem Bein darauf herumgehüpft waren und über das laute Knarren gelacht hatten. Irgendwann war das Brett so locker geworden, dass sie es hochheben konnten und einen kleinen Hohlraum darunter entdeckt hatten. Das »Piratenversteck« hatte Chris es getauft, und sie hatten Murmeln hineingetan. Dann war Zoe in das Zimmer gegenüber gezogen und hatte die lose Diele mit der Zeit vergessen. Aber vielleicht war sie Chris wieder eingefallen, als er einen sicheren Platz für sein Tagebuch suchte?

Vorsichtig stieg Zoe über die Schienen der Holzeisenbahn hinweg, die auf dem Boden aufgebaut war und sich fast durch das ganze Zimmer zog, und lauschte bei jedem Schritt.

Da! Eine der Dielen gab mit einem deutlich vernehmbaren Knarren unter ihrem Fuß nach, und sie bückte sich hastig, tastete an den Holzkanten entlang. Tatsächlich bewegte sich dieses Brett stärker als die anderen, aber um es näher zu untersuchen, musste sie erst einige Schienenteile abbauen und zur Seite zu legen. Doch das Holz musste gearbeitet haben oder jemand hatte nachgeholfen, denn die Diele saß fester als früher. Zoe brauchte ihre ganze Kraft und eine der Holzschienen als Hebel, um das Brett so weit hochzustemmen, dass ihre Hand in den Spalt passte.

Aufgeregt tastete sie den kleinen Hohlraum ab – und hielt inne, als ihre Finger einen Gegenstand berührten. Es dauerte eine Weile, bis es ihr gelang, ihren Fund durch den Spalt zu ziehen, doch dann hielt sie ein völlig verstaubtes Buch in den Händen, das aussah wie das, was Lizzy Carmichael ihr beschrieben hatte.

Mit wild klopfendem Herzen steckte sie die Eisenbahnschienen wieder so zusammen, wie sie gewesen waren, trug das Buch in die Küche und säuberte es vorsichtig mit einem Tuch. Dann setzte sie sich damit auf das Sofa im Wohnzimmer und starrte es an, ohne es zu öffnen.

Sie hatte sich Chris seit seinem Tod nicht mehr so nah gefühlt wie in diesem Augenblick. Es war, als wäre er mit ihr in diesem Raum und wüsste genau, dass sie gleich das lesen würde, was er so gut vor aller Augen verborgen hatte. Und genau das ließ sie zögern, weil sich das, was sie vorhatte, trotz allem wie ein Vertrauensbruch anfühlte.

Aber sie brauchte endlich Gewissheit. Deshalb schlug sie mit zitternden Fingern die erste Seite auf und begann zu lesen.

22

Rose öffnete die Augen und blinzelte in das helle Licht, das durch das Fenster hereinfiel. Es war bestimmt schon weit nach Mittag, was ein Blick auf den eleganten Radiowecker auf dem Nachttisch bestätigte. Sie musste noch einmal eingeschlafen sein, aber es wunderte sie nicht. Ihr ganzer Körper war auf eine angenehme Weise erschöpft, und sie spürte ein Ziehen in ihren Muskeln, als sie sich zu Simon umdrehte.

Er schlief noch, und Rose hob lächelnd die Hand, um über sein zerzaustes Haar zu streicheln. Doch kurz bevor sie ihn berührte, hielt sie inne und ließ den Arm wieder sinken. Sie wollte ihn nicht wecken, sondern es lieber noch genießen, ihn in Ruhe zu betrachten und sich jedes Detail an ihm einzuprägen: seine schön geschwungenen Lippen und seine Hände, mit denen er ihren Körper in der letzten Nacht und heute Morgen immer wieder lichterloh in Flammen gesetzt hatte, die hellen Bartstoppeln auf seinen Wangen, die ein bisschen kratzten, wenn er damit über ihre Haut strich und die sie trotzdem unglaublich sexy fand, genau wie seine muskulöse Brust und die sehnigen Arme, in denen sie erschreckend gerne lag. Überhaupt fühlte sie sich nach dieser Nacht verändert. Simon hatte sie verändert. Er war ein großartiger Liebhaber und hatte Seiten an ihr geweckt, die sie gar nicht an sich kannte.

Nicht dass sie viele Vergleichsmöglichkeiten hatte. Matt war ihr erster Freund gewesen, und sie war nur direkt nach ihrer Scheidung ein paar Mal mit anderen Männern zusammen gewesen. Diese kurzen Affären waren schnell gescheitert und hatten ein schales Gefühl bei ihr hinterlassen – und die Überzeugung, dass sie nicht besonders begehrenswert war.

Doch Simon hatte ihr heute Nacht das Gegenteil bewiesen, und Rose konnte noch gar nicht fassen, was das in ihr ausgelöst hatte. Bei ihm fühlte sie sich frei und so sicher, dass sie sich wirklich fallen lassen konnte. Sie hatte Dinge mit ihm getan, die sie noch nie getan hatte, und sie bekam gar nicht genug davon. Eine Berührung und ein Kuss von ihm reichten, um die Leidenschaft in ihr erneut zu entfachen. Und Simon schien es mit ihr genauso zu gehen, deshalb hatten sie es bis jetzt auch noch nicht aus dem Bett geschafft.

Apropos, dachte Rose und stand leise auf. Auf dem Boden vor dem Bett lagen ihre Sachen, die sie sich gestern Abend gegenseitig ausgezogen und achtlos beiseitegeworfen hatten. Simons Hemd war auch dabei, und Rose hob es auf und schlüpfte hinein. Es reichte ihr bis zum Oberschenkel und duftete nach ihm, was ihr ein Lächeln aufs Gesicht zauberte, während sie in die Küche ging.

Das Bild, das sich ihr bot, als sie den Kühlschrank öffnete, dämpfte ihre euphorische Stimmung ein bisschen. Eine Butterschale, zwei Gläser Marmelade, vier Eier in dem dafür vorgesehenen Fach, ein halbleerer Kanister mit Vollmilch in der Tür neben einer Flasche Champagner und zwei Weißweinflaschen. Mehr enthielt er nicht. Oder doch, Rose entdeckte noch einen Karton im Gemüsefach, der laut Aufdruck von dem Inder stammte, von dem Simon ihr an ihrem ersten Abend in London etwas vorbeigebracht hatte. Die darin enthaltenen Curryreste sahen allerdings nicht mehr appetitlich aus, deshalb entsorgte sie den Karton im Mülleimer. Sie wollte sich gerade dem Eisfach unter dem Kühlschrank zuwenden, um auch dort nach etwas Essbarem zu suchen, als sie spürte, wie Simons Arme sich von hinten um sie schlossen.

»Hey.« Er küsste sie aufs Haar. »Was machst du denn da?«

Sie drehte sich zu ihm um und schlang die Arme um seinen Hals.

»Ich wollte … uns was kochen«, sagte sie zwischen zwei Küssen von ihm. »Ich habe nämlich Hunger.«

»Ich auch. Nach dir.« Er grinste, und Rose sog scharf die Luft ein, als sie spürte, wie seine Hand unter ihr Hemd glitt. Er wollte sie noch mal küssen, hielt jedoch inne, als plötzlich ihr Magen knurrte.

»Ich fürchte, wenn ich nicht bald was esse, bin ich zu schwach für das, was Sie mit mir vorhaben, Mr Fielding«, neckte sie ihn. »Wir können schließlich nicht den ganzen Tag von Luft und Liebe leben.«

»Das tun wir doch auch nicht. Was ist mit dem Toast und den Eiern, die ich dir gemacht habe?«

Tatsächlich hatte er ihr heute Morgen Frühstück auf einem Tablett ans Bett gebracht, womit er ihr Herz noch ein kleines bisschen mehr erobert hatte.

»Das war alles lecker, wirklich«, sagte sie. »Aber das ist schon ziemlich lange her. Und Toast und Eier scheinen leider das einzig Essbare zu sein, das du im Haus hast.«

Nur zögernd ließ Simon seine Hand sinken.

»Das stimmt leider. Meine Zugehfrau hat Urlaub. Sie kauft sonst für mich ein und füllt meinen Kühlschrank. Aber zum Glück gibt es …« Er griff an ihr vorbei und nahm einen Stapel Flyer in die Hand, die neben dem Kühlschrank auf der Arbeitsplatte gelegen hatten. »… Restaurants mit Lieferservice«, beendete er seinen Satz grinsend und küsste sie. »Soll ich dir was empfehlen?«

Rose runzelte die Stirn, während sie die zahlreichen und teilweise recht zerlesenen Flyer betrachtete. »Du machst das oft, oder? Dir das Essen liefern lassen?«

»Nein. Meistens gehe ich essen. Und wenn ich bei meinen Eltern war, gibt mir die Köchin meiner Mutter meistens etwas mit. Sie arbeitet schon bei uns, seit ich klein war, und hat immer noch das Bedürfnis, mich zu umsorgen.«

Rose sah ihn mit großen Augen an. »Ihr habt eine Köchin?«

Er nickte. »Und einen Butler. Aber Harold steht kurz vor der Rente, und ich glaube nicht, dass Mum ihn ersetzen wird, wenn er uns verlässt. Sie hat letztens erwähnt, dass sie lieber wieder eine Haushälterin einstellen würde. Oh … entschuldige mich kurz.« Simon ließ sie los und verließ die Küche, um ans Telefon zu gehen, das irgendwo anders in der Wohnung klingelte.

Rose blickte ihm nach, dann sah sie sich in der hochmodernen Designerküche um, in der jedes Regalbrett vermutlich das Doppelte von dem gekostet hatte, was ihre gesamte Kücheneinrichtung zu Hause noch wert war. Die Fronten schimmerten in einem edlen Grauton und die schlanken, geraden Edelstahlgriffe sahen aus, als wären sie sehr teuer gewesen. Diese ganze Wohnung war luxuriös eingerichtet, aber sie passte zu einem ehrgeizigen Londoner Anwalt mit Eltern, die sich Personal leisten konnten. Eine Köchin, dachte Rose und musste unwillkürlich an ihre Mutter denken, die jeden Tag in der Küche stand und für die Pensionsgäste und ihre Familie das Essen machte. Simons Welt war von ihrer nicht nur meilenweit entfernt, es waren ganze Lichtjahre, die sie trennten.

»Das war meine Mutter.« Simon kehrte in die Küche zurück und riss Rose aus ihren Gedanken. Er trug jetzt eine Boxershorts und ein T-Shirt und hatte das Telefon dabei, das er achtlos auf die Arbeitsfläche legte. »Sie wollte mich daran erinnern, dass ich heute um fünf Uhr bei einer Ausstellungseröffnung sein muss.« Er schüttelte konsterniert den Kopf. »Ich bin vierunddreißig und erfolgreicher Anwalt, aber offenbar traut sie mir trotzdem nicht zu, dass ich alleine an meine Termine denken kann.«

Rose grinste. »Wahrscheinlich ist sie jetzt misstrauisch. Immerhin hast du neulich ihr Charity-Dinner vergessen, als du bei mir warst«, erinnerte sie ihn.

»Nur, weil ich so unglaublich abgelenkt war.« Er zog sie wieder in seine Arme. »In diesem Fall hätte ich allerdings dran gedacht, weil es eine Veranstaltung ist, die dich auch interessieren wird. Es ist nämlich eine Ausstellung über Modetrends der letzten fünfzig Jahre. Das wäre doch was für dich, oder?«

»Du willst mich mitnehmen?«, fragte Rose überrascht. »Aber ich bin doch gar nicht eingeladen.«

»Als meine Begleitung schon.« Er lächelte. »Clive Wentworth kommt übrigens auch.«

Mit großen Augen starrte Rose ihn an. »Clive Wentworth? Der Designer?«

Er nickte. »Und sicher noch mehr Leute aus der Branche, die du wahrscheinlich viel besser kennst als ich.«

Rose' Gedanken überschlugen sich, schwankten zwischen riesiger Freude und totalem Entsetzen. Clive Wentworth. Der Name war jedem ein Begriff, der sich für Mode interessierte, denn er gehörte zu den Top-Designern Großbritanniens. Models und Schauspielerinnen trugen seine Kleider, und bei der letzten royalen Hochzeit hatte er das Brautkleid entworfen. Ihn persönlich zu treffen, wäre natürlich ein Traum gewesen – aber Rose hatte plötzlich Angst, sich in ihrer eigenen Lüge zu verstricken.

Hätte ich Simon doch bloß von Anfang an die Wahrheit gesagt und nicht behauptet, dass ich eine aufstrebende Designerin bin, dachte sie. Denn so würde er sie sicher den Leuten vorstellen. Und es konnte sehr peinlich für sie enden, wenn ihr jemand aus der Branche genauer auf den Zahn fühlte und herauskam, dass sie von einer Karriere auf diesem Gebiet weit entfernt war.

»Ich glaube nicht, dass ich dort viele Leute kenne. Ich stehe wirklich noch ganz am Anfang.«

Bei Null, fügte sie in Gedanken zerknirscht hinzu.

»Umso wichtiger, dass du hingehst«, erklärte Simon. »Du willst doch weiterkommen, oder nicht?«

»Ja, schon …« Sie seufzte. »Aber ich will mich nicht aufdrängen.«

»Aufdrängen?« Simon schüttelte den Kopf. »Ehrlich, Rose, manchmal bist du mir wirklich ein Rätsel. Ich dachte, du freust dich. Das ist doch eine tolle Gelegenheit, Kontakte zu knüpfen.«

Rose sah das Unverständnis in seinen Augen, das sicher in Misstrauen umschlagen würde, wenn sie nicht bald eine Entscheidung traf. Sag es ihm, drängte eine Stimme in ihr. Doch die Angst, dass ihre Zeit mit ihm dann schlagartig vorbei sein könnte, hielt sie zurück. Außerdem klang diese Ausstellung wirklich interessant. Und was konnte schon Schlimmes passieren, wenn sie Leute traf, die sie nicht kannte und auch niemals wiedersehen würde?

»Ich freue mich auch, sehr sogar«, versicherte sie ihm deshalb und legte die Hände auf seine Brust, strich gedankenverloren über den Stoff des T-Shirts. »Und es ist wirklich in Ordnung, wenn du mich einfach mitbringst?«

***

Simons Lächeln schwand für einen kurzen Augenblick, als er daran dachte, was seine Mutter wohl zu Rose sagen würde. Aber eine Sekunde später wurde ihm klar, dass es ihm egal war. Er würde sie nachher mitnehmen, ob es seiner Mutter passte oder nicht. Weil er sich im Moment überhaupt nicht vorstellen konnte, irgendetwas ohne sie zu unternehmen.

Er kannte viele Frauen, aber keine war ihm jemals so unter die Haut gegangen wie Rose Riley. Sie war etwas Besonderes und hatte wenig mit den Society-Schönheiten gemein, die ihn sonst umschwirrten. Bei denen wusste er, was er sagen und tun musste, um sie zu beeindrucken, aber nicht bei Rose. Sie überraschte ihn immer wieder mit ihrer sympathischen Bodenständigkeit und tat nie das, was er erwartete. Und sie war auf eine entwaffnende Weise uneitel. Sie kokettierte nicht mit ihrem Aussehen wie so viele andere und ahnte offenbar gar nicht, wie attraktiv sie war mit ihrer porzellanfarbenen Haut und ihren schlanken, aber dennoch ausgeprägten Kurven, die er schon bei ihrer ersten Begegnung dank des klatschnassen Kleides hatte bewundern können.

Seitdem ging sie ihm nicht mehr aus dem Kopf. Mit jeder Begegnung fühlte er sich mehr zu ihr hingezogen, aber er hatte nicht geahnt, wie stark diese Anziehungskraft tatsächlich war, bis er sie gestern Abend in diesem kitschig-schummrigen indischen Lokal zum ersten Mal geküsst hatte. Es konnte sich nicht erinnern, wann er zuletzt eine Frau so begehrt hatte, dass es ihm fast nicht gelungen wäre, ein Taxi anzuhalten. Wie im Rausch hatten sie sich geliebt, so als wäre jeder Augenblick kostbar. Und das war ja auch so, denn Rose würde nicht mehr lange in London bleiben. Deswegen hätte er nichts dagegen gehabt, das gesamte Wochenende mit ihr im Bett zu verbringen.

Aber er würde sie auch gerne mit auf die Ausstellungseröffnung nehmen. Wer weiß, dachte er, vielleicht hilft es ihrer Karriere, wenn sie den richtigen Leuten begegnet. Dann würde sie bald nicht mehr in Cornwall arbeiten, sondern in London, und dann …

Er stutzte, als er sich bei diesem Gedanken erwischte. Nur eine kurze Affäre, das war bis jetzt der Deal zwischen ihnen, und darüber hinaus schien Rose auch nichts zu planen. Sie verlangte keine Versprechen und keine Liebeserklärung, was sie ebenfalls von seinen früheren Freundinnen unterschied. Und was ihn zu seinem Erstaunen tatsächlich ein bisschen störte.

Ich muss mehr über diese Frau herausfinden, dachte er und zog sie noch näher an sich.

»Natürlich ist es in Ordnung. Du wirst allen dort die Schau stehlen, und wir werden uns ganz großartig amüsieren«, versicherte er ihr und küsste sie, weil er das schon viel zu lange nicht mehr gemacht hatte.

Ihr warmer Körper drängte sich gegen seinen, und er seufzte, als er spürte, wie sein Verlangen erneut erwachte. Gott, er war süchtig nach dieser Frau, deshalb lächelte er triumphierend an ihren Lippen, als sie sein T-Shirt hochschob und mit den Händen über seine Brust strich.

Das Essen wird noch eine Weile warten müssen, dachte er und vertiefte seinen Kuss.

23

Jack parkte den Defender neben dem Strandhaus und stieg aus. Obwohl es schon nach Mittag war, brach die Sonne gerade erst durch die dichte Wolkendecke und tauchte das kleine Cottage mit seinem gepflegten, blühenden Garten in goldenes Licht. Doch er achtete nicht auf das idyllische Bild, sondern war mit wenigen Schritten an der Haustür und klopfte.

»Komm schon«, murmelte er, während er darauf wartete, dass Zoe ihm aufmachte, und ärgerte sich darüber, dass er so unruhig war. Lizzy Carmichael irrte sich bestimmt, und es war alles in Ordnung. Aber seit er der Klavierlehrerin vorhin unten im Ort begegnet war, hatte er ein ungutes Gefühl, das ihn einfach nicht losließ.

Mit Zoe stimmt etwas nicht, Jack. Ich glaube, sie ist krank.

Es war genau das, was er auch gedacht hatte, als sie auf den Klippen zusammengebrochen war, und er hatte diese Szene die ganze Zeit vor sich gesehen, während Lizzy Carmichael ihm geschildert hatte, was in ihrem Haus passiert war. Er hatte der alten Dame versprechen müssen, seiner Mutter auszurichten, dass sie beim Strandhaus vorbeischauen und nach Zoe sehen sollte. Stattdessen war er selbst hergefahren, sobald er mit seinen Besorgungen fertig war.

Er klopfte noch einmal, und als sich wieder nichts rührte, verwandelte sich seine Unruhe in Sorge.

»Zoe?« Er rief laut nach ihr und lauschte, aber es kam keine Antwort.

Dann ist sie eben nicht da, versuchte er sich zu beruhigen. Wahrscheinlich war sie rüber zu den Klippen gegangen – und er machte sich hier lächerlich, weil er plötzlich glaubte, sie bräuchte seine Hilfe.

Missmutig drehte er sich um und ging zurück zum Auto, doch kurz bevor er es erreichte, blieb er stehen und ballte die Hände zu Fäusten.

Ich sehe nur noch mal durch die Fenster und dann fahre ich, beschloss er und umrundete das Haus. Das kleine Nähzimmer seiner Schwester war leer, und er wollte mit dem Wohnzimmer weitermachen. Doch als er die Rückfront erreichte, stellte er erstaunt fest, dass die Terrassentür nicht abgeschlossen war. Eine Sekunde lang zögerte er, dann drückte er sie auf und trat ins Wohnzimmer.

»Zoe?«, rief er noch einmal, weil ihm bewusst war, was er da gerade tat. Wenn es ihr gut ging und sie einfach nur unterwegs war, dann würde sie nicht begeistert darüber sein, dass er einfach ins Haus eingedrungen war. Aber die Unruhe, die er immer noch verspürte, ließ ihn weitergehen. Er würde nichts anrühren, er würde nur kurz nachsehen, ob sie …

Abrupt blieb er stehen und starrte auf das Sofa.

Zoe lag darauf und hatte sich unter einer dünnen Wolldecke zusammengerollt. Ihr langes blondes Haar verdeckte einen Teil ihres Gesichts, aber Jack sah trotzdem die Tränenspuren auf ihrer Wange. Außerdem war sie erschreckend blass, und die Tatsache, dass sie offenbar so tief schlief, dass sie sein Klopfen nicht gehört hatte, ließ die Sorge in ihm wieder aufflammen. Er ging neben dem Sofa in die Hocke und umfasste ihre Schulter, rüttelte sanft daran.

»Zoe? Hey! Wach auf!«

Ganz langsam öffnete sie die Augen und schien einen langen Moment zu brauchen, bis sie wirklich wach war. Dann erkannte sie ihn und schob sich mit einem Stöhnen hoch, setzte sich auf.

»Jack?« Irritiert sah sie ihn an und griff mit der Hand nach ihrer Stirn, auf der ein großes Pflaster klebte. »Wie ... wie bist du hier reingekommen?«

»Durch die Terrassentür«, erklärte er und spürte, wie die Erleichterung wich, die er gerade noch empfunden hatte. Stattdessen kam er sich plötzlich vor wie ein Idiot.

Zoe war auf dem Sofa eingeschlafen, wahrscheinlich über dem Buch, das aufgeschlagen und mit dem Rücken nach oben auf der Sofalehne lag. Das war alles. Doch woher hätte er das wissen sollen?

»Ich habe Lizzy Carmichael getroffen, und sie meinte, dir wäre es gestern Nachmittag nicht gut gegangen. Ich wollte nach dir sehen, aber du hast nicht aufgemacht.« Er zuckte mit den Schultern. »Ich hatte Angst, dir wäre was passiert.«

Das schien zwar nicht der Fall zu sein, aber ihr blasses, verweintes Gesicht sagte mehr als deutlich, dass etwas trotzdem nicht in Ordnung war.

»Was ist los, Zoe? Warum hast du geweint?«

***

Erschrocken berührte Zoe ihre Wangen. Hatte sie wirklich im Schlaf geweint? Sie wusste es nicht, nur noch, dass sie wild geträumt hatte. Tatsächlich erinnerte sie sich sogar daran, ein Klopfen gehört zu haben. Sie hatte das Geräusch in ihren Traum eingebaut und gar nicht darauf geachtet, war zu gefangen gewesen von den Bildern, die ihr Hirn ihr vorgegaukelt hatte. Von Chris, der am Rand der Klippe stand, aber diesmal nicht allein. Jemand war bei ihm gewesen, eine schattenhafte Gestalt, die Zoe nicht richtig erkennen konnte. Sie hatte versucht hinzugehen, doch je näher sie kam, desto blasser war die Gestalt geworden. Und auch ihr Bruder war immer weiter weggeglitten, so wie immer in ihren Träumen.

Doch etwas war anders.

»Ich weiß jetzt, was mit meinem Bruder los war«, sagte sie und griff nach dem Tagebuch, das noch aufgeschlagen auf der Armlehne lag. »Es steht alles hier drin.«

Jack nahm das Buch, das sie ihm hinhielt, und während er es durchblätterte, wurde Zoe plötzlich klar, dass sie ihm gerade ein sehr intimes Dokument anvertraut hatte. Es fühlte sich jedoch nicht falsch an. Jack und Chris waren Freunde gewesen. Und wenn er nicht schon hier wäre, dann hätte sie es ihm vermutlich ohnehin vorbeigebracht und gezeigt, weil er der Einzige war, mit dem sie über das reden konnte, was sie herausgefunden hatte.

Jack merkte schnell, worum es sich bei dem Buch handelte.

»Wo hast du das her?«

Zoe berichtete ihm von ihrem Gespräch mit Lizzy Carmichael und ihrer Suche nach dem Tagebuch, während Jack die ersten Seiten überflog.

»Sind das Briefe?«, fragte er überrascht.

Darüber war Zoe im ersten Moment auch erstaunt gewesen. Sie hatte mit klassischen Tagebucheinträgen gerechnet, doch auch so bestätigten die Zeilen, was sie schon vermutet hatte. »Es sind Liebesbriefe. Er war verliebt, Jack. Sehr sogar.«

Jack hob den Kopf, und als ihre Blicke sich trafen, sah sie Erstaunen in seinen Augen.

»Du hast es auch nicht gewusst, oder?«

Er schüttelte den Kopf, und das beruhigte Zoe ein bisschen. Offenbar war sie also nicht die Einzige, vor der Chris seine Gefühle verborgen hatte.

»Wieso hat er denn nichts gesagt?«

»Weil diese Liebe ein Geheimnis war. Ein gut gehütetes sogar. Chris hat immer wieder geschrieben, dass niemand davon wissen durfte.«

»Und in wen war er verliebt?« Jack deutete auf die Anrede ganz oben auf den Seiten. »Hier steht nur ›Mein lieber Schatz‹ und hier ›Mein Herz‹.«

»So beginnt jeder neue Eintrag – immer nur mit Kosenamen«, bestätigte Zoe. »Ich glaube, Chris hat den Namen absichtlich nirgendwo erwähnt. Vielleicht hatte er Angst, jemand könnte das Tagebuch finden.«

Jack runzelte die Stirn. »Und wozu dieses Versteckspiel?«

»Ich weiß auch nicht«, meinte Zoe. »Es scheint zwischen den beiden einige Schwierigkeiten gegeben zu haben. Offenbar war der Altersunterschied recht groß, das erwähnt Chris an einer Stelle. Ansonsten ist das alles ziemlich kryptisch, mit lyrischen Bildern, wie in den Gedichten, die er so mochte. Aber ich habe es mir in etwa zusammengereimt.« Sie lehnte sich zurück. »Die Einträge stammen alle aus den Wochen, bevor er starb, aber es muss schon im Sommer davor angefangen haben. Ich glaube, deshalb wollte Chris damals auch unbedingt wieder mit nach Penderak, obwohl er schon mit dem Studium begonnen hatte. Dad wollte ihm eigentlich einen Aufenthalt in New York finanzieren. Er sollte dort bei einem Geschäftspartner ein Praktikum machen, aber er hat darauf bestanden, es auf einen anderen Zeitpunkt zu verschieben, weil er mit nach Cornwall fahren wollte. Es war ihm wichtiger als die berufliche Chance.« Sie schwieg einen Moment, während sie nachdachte. »Mit wem könnte er zusammen gewesen sein? Hat er mal etwas erwähnt?«

»Nein. Ich meine, er kam gut an bei Frauen, das weißt du selbst. Aber gesagt hat er nichts.« Jack zog einen Mundwinkel hoch. »Allerdings war ich in dem Sommer auch mit anderen Dingen beschäftigt«, schränkte er ein, und Zoe schluckte, als ihr klar wurde, dass er sie damit meinte.

Und es stimmte. Jede freie Minute hatten sie damals miteinander verbracht und deshalb vermutlich beide nichts von Chris' Nöten bemerkt. Doch auch sonst schien niemandem etwas aufgefallen zu sein, denn sonst hätte es sicher in der Polizeiakte gestanden. Und das machte Zoe stutzig.

»Wie konnte er das geheim halten? Irgendjemand muss die beiden doch zusammen gesehen haben.«

»Wenn es überhaupt um jemanden ging, der hier lebt«, gab Jack zu bedenken. »Vielleicht hatte Chris im Studium jemanden kennengelernt.«

»Nein«, widersprach Zoe. »Die Briefe verraten nicht viel, aber ich bin mir ganz sicher, dass es jemand von hier war.«

Jack schüttelte den Kopf. »Und wie soll uns das helfen? Es ist natürlich interessant, muss aber nicht mit der Nacht zusammenhängen, in der er umgekommen ist.«

»Aber jetzt wissen wir, dass es da jemanden gab«, meinte Zoe. »Jemand, der Chris wichtig war. Was, wenn die beiden in der Nacht an den Klippen verabredet waren? Es könnte ihr geheimer Treffpunkt gewesen sein. Wir waren doch auch oft dort.«

»Ich weiß«, meinte Jack, und als ihre Blicke sich trafen, wurde Zoe erneut von Erinnerungen überwältigt. Die wunderschönen Sonnenuntergänge oben am alten Turm, die Wärme seiner Umarmung, die tausend Küsse, von denen jeder wie ein Versprechen geschmeckt hatte. Damals war sie zum letzten Mal unbeschwert gewesen. Zum letzten Mal wirklich glücklich …

Hastig konzentrierte sie sich wieder auf das Thema, das gerade viel wichtiger war.

»Ich muss herausfinden, von wem Chris in diesem Buch spricht. Dann kann ich das Rätsel endlich lösen, das spüre ich«, sagte sie, doch schon, als sie es aussprach, verließ die Zuversicht sie wieder. »Nur wie? Ich kann doch nicht von Haus zu Haus gehen und fragen, wer damals mit meinem Bruder zusammen war. Und selbst wenn ich es täte, wäre es vermutlich sinnlos. Warum sollte jemand, der so lange geschwiegen hat, plötzlich reden? Und vielleicht suche ich ja auch an der falschen Stelle – vielleicht lebt die Frau längst ganz woanders.«

Resigniert sah sie Jack an.

»Vielleicht, aber vielleicht auch nicht«, meinte er und stand auf. Mit ernster Miene ging er im Raum auf und ab, etwas, das er früher schon gemacht hatte, wenn er nachdachte. Offenbar ließ ihm die Sache jetzt auch keine Ruhe mehr.

Irgendwann blieb er fast abrupt stehen und sah sie an.

»Heute Abend findet der Summer Dance statt.«

»Ich weiß.« Sie hatte die Plakate unten im Ort gesehen, die darauf hinwiesen. »Und?«

»Du könntest hingehen«, meinte er.

Überrascht sah sie ihn an. »Warum?«

»Weil es eine beliebte Veranstaltung ist. Es werden viele Leute kommen, vor allem die Einheimischen, also hättest du sie dort alle auf einem Haufen, sozusagen. Du könntest mit ihnen reden und sie an damals erinnern. Vielleicht fällt jemandem etwas ein.«

Zoe starrte ihn an. Die Idee war genial, denn der Summer Dance war tatsächlich einer der Höhepunkte des Dorflebens – und ein zwangloser Rahmen, um Fragen zu stellen. Das Problem war nur, dass man dort als Paar hinging. Das wusste sie, weil sie schon mehrfach dort gewesen war. Und immer mit Jack.

Am Anfang, als sie noch jünger gewesen waren, hatte er sie anstelle von Chris begleitet, weil Rose und sie es lustig gefunden hatten, die Brüder zu »tauschen«. Und natürlich waren sie auch in dem Sommer, in dem sie zusammengekommen waren, gemeinsam dort gewesen. Die Erinnerung daran versetzte ihr einen schmerzhaften Stich.

Sie räusperte sich. »Ja, vielleicht«, sagte sie. »Gehst du auch hin?«

Er nickte. »Ich habe Megan versprochen, sie zu begleiten.«

Natürlich, dachte Zoe und kam sich dumm vor, weil sie für einen kurzen Moment gehofft hatte, er würde ihr vielleicht auch in dieser Sache seine Unterstützung anbieten. Er hatte zwar gerade mehrfach »wir« gesagt, aber sie waren kein Paar mehr, und deshalb würde er den Tanzabend mit der Frau verbringen, die ihm etwas bedeutete. Denn auch, wenn er noch nicht offiziell mit dieser Megan zusammen war, entwickelte sich da wahrscheinlich gerade etwas. Da war kein Platz für sie.

Zoe schluckte. »Wann fängt es denn an?«

»Um halb acht, wie immer«, erwiderte er und sah auf die Uhr. »Ich muss jetzt los.«

Sie nickte und brachte ihn noch zur Tür, sah ihm nach, als er mit großen Schritten zu seinem Wagen ging, so als hätte er es plötzlich eilig, von ihr wegzukommen.

Sobald sie allein war, ging sie zurück ins Wohnzimmer und kuschelte sich wieder auf das Sofa. Sie fühlte sich immer noch müde und zerschlagen, weil sie die halbe Nacht wach gelegen hatte.

Ich schlafe noch ein bisschen, dachte sie und schloss die Augen. Schließlich würde sie all ihre Kraft brauchen, um den Summer Dance allein zu überstehen. Und so furchtbar viel hatte sie davon nicht mehr übrig.

24

»Ist es noch weit?«, fragte Rose und versuchte, hinter den Bäumen, die den Weg säumten, etwas zu erkennen. Da gab es jedoch nichts außer dem weitläufigen Park, durch den sie jetzt schon eine Weile fuhren.

»Du siehst es gleich«, erwiderte Simon, und als er um die nächste Kurve bog und Marlton House am Ende der Allee in Sicht kam, vergaß Rose für einen Moment zu atmen.

»Wow, das ist ... groß«, sagte sie und starrte auf die graue Fassade des Herrenhauses mit seinen zahlreichen Türmen. Der größte von ihnen war ein hoher Wehrturm mit Erkern an jeder Ecke, aber es gab noch zahlreiche weitere Zinnen, die über das Dach des langgezogenen Gebäudes hinausragten und für ein beeindruckendes und auch etwas einschüchterndes Gesamtbild sorgten. »Und das erbst du mal?«

»Gott bewahre, nein!« Simon lachte. »Mein Großvater hat es schon vor Jahren dem National Trust übergeben. Der alte Kasten verschlingt Unsummen an Unterhalt, das wäre für die Familie meiner Mutter auf Dauer nicht zu stemmen gewesen. Deshalb ist das Haus jetzt nur noch auf dem Papier der Sitz des Earl of Chiswick, und die Einzigen, die sich darin aufhalten, sind Touristen, die sich alles ansehen. Aber meine Mutter nutzt das Haus gern als Rahmen für ihre Wohltätigkeitsveranstaltungen. Sie behauptet, das Geld säße den Leuten lockerer in so einer Umgebung.«

Wenn man Geld hat, das einem locker sitzen kann, dachte Rose ein bisschen beklommen, während Simon auf den Hof vor dem Haus fuhr. Sofort waren zwei junge Männer in Livree bei ihnen, und Simon übergab den Autoschlüssel an einen von ihnen. Dann kam er um den Wagen herum, um Rose beim Aussteigen zu helfen.

Aufgeregt strich sie das Etuikleid glatt, das sie für diesen Anlass ausgesucht hatte. Es war aus einem fein schimmernden roten Chiffonstoff, den sie in breite Streifen geschnitten und dann asymmetrisch angeordnet wieder zusammengenäht hatte, was dem Kleid eine sehr interessante Optik verlieh, ohne dass es etwas von seiner Eleganz einbüßte. Es war keines ihrer typischen Stücke und so fein, dass sie bis jetzt noch keine Gelegenheit gehabt hatte, es zu tragen. Sie wusste nicht mal, warum sie es überhaupt eingepackt hatte, aber sie war sehr froh darüber, als sie Simons bewundernden Blick auffing.

»Du siehst bezaubernd aus, hatte ich das schon erwähnt?«

»Ein paar Mal«, erwiderte sie lächelnd und hakte sich bei ihm ein, während sie auf die breite Treppe vor dem Eingang zugingen. »Aber du kannst es gerne noch öfter sagen, dann bin ich vielleicht nicht ganz so nervös.«

Simon beugte sich zu ihr herunter und gab ihr einen Kuss auf den Mund. »Wenn hier einer nervös ist, dann ich«, erklärte er. »Ich hatte nämlich noch nie eine schönere Begleitung und werde gut aufpassen müssen, dass dich mir niemand abspenstig macht.«

Geht mir genauso, dachte Rose und spürte, wie ihr Herz eng wurde, während sie ihn betrachtete. Sie fand ihn unglaublich attraktiv, und das lag nicht nur an dem perfekt sitzenden Anzug, den er trug, oder der Tatsache, dass er zu den Männern gehörte, die darin lässig aussahen. Es war seine ganze Art, die sie faszinierte. Sein Lächeln, seine Höflichkeit und die Selbstsicherheit, die er ausstrahlte. Sie kannte ihn erst seit ein paar Tagen, aber sie war jetzt schon sicher, dass sie nie wieder einem Mann wie ihm begegnen würde. Er war überwältigend, in jeder Hinsicht, und sie konnte sich gar nicht vorstellen, dass sie ihn bald wieder verlassen musste. Aber darüber wollte sie jetzt noch nicht nachdenken, deshalb erwiderte sie einfach sein Lächeln.

Erst, als sie den Eingang erreichten und Simon der adrett gekleideten Dame, die sie dort erwartete, seine Einladung zeigte, kehrte Rose' Nervosität wieder zurück.

Die Frau nickte und bedeutete ihnen, dem roten Teppich zu folgen, der über die Stufen ins Innere führte und in einer riesigen, von Marmorsäulen getragenen Eingangshalle endete. Zahlreiche Gäste bestaunten dort bereits die auf lebensgroßen Puppenständern drapierten Kleider und die Schaukästen, die am Rand der Halle aufgestellt waren. Zwischen ihnen eilten die Mitarbeiter einer Catering-Firma mit Tabletts herum und boten Getränke und Kanapees an.

»Simon, wie schön!«, rief eine ältere Frau in einem eleganten fliederfarbenen Kostüm und begrüßte ihn mit einer Umarmung und einem Kuss auf die Wange. Dann fiel ihr Blick auf Rose, und ihr Lächeln wurde ein kleines bisschen schmaler.

»Oh, du hast jemanden mitgebracht?«

Es war eher eine Frage als eine Feststellung, und Rose sah Simon scharf an. Doch der ignorierte ihren Blick und stellte sie einander seelenruhig vor.

»Rose, darf ich dir meine Mutter Elaine Fielding vorstellen. Und das ist Rose Riley, Mum. Ich habe dir schon von ihr erzählt.«

»Ja, richtig. Ich erinnere mich«, sagte Elaine Fielding und gab Rose die Hand. Dann wandte sie sich wieder an ihren Sohn. »Lydia Edgars hat sich schon nach dir erkundigt. Sie ist mit einer Freundin hier. Die beiden müssen irgendwo da drüben sein, glaube ich.« Sie deutete mit der Hand in den Raum.

»Wir treffen sie sicher noch. Aber jetzt sehen Rose und ich uns erst mal die Ausstellung an. Deswegen sind wir schließlich hier«, erklärte Simon, fast ein bisschen genervt, und hielt dem strengen Blick stand, den seine Mutter ihm zuwarf. Dann zog er Rose weiter. »Bis später, Mum.«

»Du hast gesagt, es wäre in Ordnung, wenn ich mitkomme«, beschwerte sich Rose, sobald sie außer Hörweite waren.

»Das ist es auch«, sagte Simon und nahm von einem der Kellner zwei Champagnerflöten entgegen, von denen er ihr eine reichte. »Auf der Einladung stand ausdrücklich, dass ich eine Begleitung mitbringen kann.«

»Und warum hat deine Mutter mich dann so entsetzt angesehen?«

Simon hob den Mundwinkel zu einem ironischen Lächeln. »Ich fürchte, weil du nicht ganz dem Bild entsprichst, das sie sich von meiner zukünftigen Frau gemacht hat.«

Irritiert sah Rose ihn an. »Aber ich heirate dich doch gar nicht.«

Ein Ausdruck, den sie nicht deuten konnte, huschte über sein Gesicht, während er sie betrachtete. Dann zuckte er mit den Schultern. »Das möchte meine Mutter aber. Mich verheiraten, meine ich. Vorzugsweise mit der Tochter oder Enkelin einer ihrer diversen Charity-Freundinnen.«

Schlagartig dämmerte Rose, was das Problem war.

»Und diese Lydia ist eine davon?«

»Genau«, erwiderte er seufzend. »Mum findet, dass ich mit Mitte dreißig endlich darüber nachdenken sollte, sesshaft zu werden und eine Familie zu gründen. Deshalb fängt sie immer wieder davon an und versucht mich zu verkuppeln. Aber in diesem Punkt werde ich mir definitiv nichts von ihr vorschreiben lassen.«

Das ist also der Grund, dachte Rose und trank von ihrem Champagner. Er will sich nicht binden. Sie hatte sich schon gefragt, wieso ein Mann wie er immer noch unverheiratet war. An Angeboten hatte es ihm nämlich bestimmt nicht gemangelt, und auch jetzt bemerkte sie einige Blicke von anderen Frauen, die ihm galten.

»Und was ist mit Kindern?« Sie konnte diese Frage einfach nicht zurückhalten.

Er zuckte mit den Schultern. »Ich mag Kinder. Aber ich glaube nicht, dass ich ein guter Vater wäre.«

»Du wärst sogar bestimmt einer«, versicherte Rose ihm, ohne nachzudenken, und bereute ihre Bemerkung sofort, als er stehen blieb und sie ansah. »Denke ich jedenfalls«, schränkte sie ein. »Du bist freundlich und offen. Kinder mögen so etwas.«

Simon runzelte die Stirn, offenbar nicht sicher, ob das ein Kompliment war.

»Ehrlich gesagt habe ich mich mit diesem Thema noch gar nicht befasst«, gestand er und lächelte schief. »Scheint so, als wäre ich ziemlich oberflächlich, wenn ich so wenig über mein Leben nachdenke, oder?«

»Über manche Dinge denkt man eben erst nach, wenn sie einem passieren«, meinte sie.

Simon sah sie erstaunt an und schwieg einen Moment.

»Und was ist mit dir?«, fragte er. »Kannst du dir vorstellen, Kinder zu haben?«

Rose schluckte hart. Warum habe ich das Thema bloß angeschnitten?, dachte sie verzweifelt, während sie seinem forschenden Blick auswich. Doch sie musste ihm nicht antworten, weil plötzlich ein entzückter Aufschrei erklang.

»Da bist du ja, Simon!«

Eine junge Frau mit hochgesteckten blonden Locken eilte

auf sie zu, gefolgt von einer weiteren mit langen braunen Haaren. Beide waren gertenschlank, trugen kurze Kleider und teuren Schmuck.

»Heather und ich haben dich schon gesucht«, meinte die Blonde und begrüßte Simon mit einem Kuss auf die Wange. »Du erinnerst dich doch noch an meine Freundin Heather?«, sagte sie dann und deutete auf die Brünette, die ihm mit einem strahlenden Lächeln die Hand gab. »Deine Mutter ist wirklich ein Genie – diese Ausstellung ist einfach fantastisch.«

»Rose und ich sind gerade erst gekommen. Wir hatten leider noch keine Gelegenheit, sie uns anzusehen«, erklärte Simon und zog Rose zu sich heran. »Ich glaube, ich sollte euch vorstellen. Rose, das sind Lydia Edgars und Heather Farrington. Und das ist Rose Riley.«

Sie gaben sich die Hand, und Rose konnte sehen, wie es in Lydia Edgars Gesicht arbeitete, während sie versuchte, Rose einzuschätzen. Aber dann beschloss sie offensichtlich, ihre Taktik fortzusetzen und Rose zu ignorieren, während sie Simon weiter hemmungslos anflirtete.

Er antwortete freundlich auf ihre Fragen und lächelte, legte jedoch demonstrativ den Arm um Rose und zog sie an sich. Trotzdem quälte Rose ein nagendes Gefühl der Eifersucht, während sie dem Gespräch folgte.

Denn eines Tages würde eine andere Frau Simon bekommen. Vielleicht keine von diesen beiden, die so offensichtlich an ihm interessiert waren. Aber irgendeine würde es schaffen, sein Herz zu erobern und durfte sich dann in seinem Arm sicher fühlen. Eine, die keine Kinder hatte, die sie ihm verschwieg. Und die weltgewandt war wie er und nicht aus einem kleinen Kaff in Cornwall stammte …

»Entschuldigt uns, wir müssen uns jetzt wirklich die Ausstellung ansehen. Meine Mutter würde es mir nicht verzeihen, wenn ich ihre Arbeit nicht würdige.«

Simon lächelte den beiden Frauen noch einmal zu und steuerte dann mit Rose im Arm auf das nächstgelegene Exponat zu.

»Ich dachte, sie hört nie mehr auf zu reden«, meinte er leise und verdrehte die Augen, was Rose ein erleichtertes Lachen entlockte. Vielleicht bekommt ihn tatsächlich eines Tages eine andere, dachte sie. Aber jetzt im Moment gehörte er ihr, und das würde sie genießen, so lange es dauerte.

Sie erreichten eine der lebensgroßen Kleiderpuppen, die das Herzstück der Ausstellung bildeten und die von Glaskästen mit weiteren Exponaten und Informationstafeln flankiert wurden. Dort gab es jeweils noch mehr zu der Dekade zu entdecken, aus der das jeweilige Kleid stammte.

Das Modell an dieser Puppe schien das Aktuellste zu sein, wie Zoe feststellte, als sie näherkamen.

Es war ein blassblaues langes Abendkleid aus edel schimmernder Seide. Das locker fallende Oberteil in Wickeloptik war nur im vorderen Teil doppellagig gearbeitet. Am Rücken gewährte der hauchdünne Stoff dagegen viel Einblick auf das, was darunter lag. Oder was nicht, dachte Rose und wusste plötzlich, wo sie dieses Kleid schon mal gesehen hatte.

»Das hat Catherine getragen«, sagte sie aufgeregt. »Ich meine, die Duchess von Cambridge. Als sie mit Prinz William bei einer Filmpremiere war.« Sie blickte auf das Schild, das neben dem Kleid an der Wand angebracht war, und fand ihre Behauptung dort bestätigt. »Es hat für viel Wirbel in der Presse gesorgt, ob sie darunter einen BH anhatte oder nicht.«

Rose las sonst nur selten Klatschmeldungen in der Zeitung, aber in diesem Fall war sie aufmerksam geworden, weil es etwas mit Mode zu tun gehabt hatte.

»Na, dann kann Mutter ja auf einen guten Preis hoffen«, meinte Simon. »Die Kleider werden am Ende der Ausstellung versteigert.«

Rose starrte ihn fassungslos an, weil er das so gleichmütig sagte. Aber für ihn war es vermutlich nichts Besonderes, dass die zukünftige Königin von England für seine Mutter ihren Kleiderschrank öffnete.

»… und das hier ist das Modell, das die Duchess of Cambridge uns zur Verfügung gestellt hat«, sagte eine Stimme hinter ihnen, und als Rose sich umdrehte, sah sie, wie Elaine Fielding mit einer ganzen Gruppe von Leuten auf sie zukam, die ihr alle aufmerksam lauschten. Rose fiel sofort der Mann auf, der neben Simons Mutter ging. Er war klein und glatzköpfig und wirkte unauffällig in seinem grauen Anzug. Dennoch erkannte sie ihn sofort.

»Clive Wentworth«, sagte sie, mehr zu sich selbst, aber laut genug, dass Elaine Fielding auf sie aufmerksam wurde.

»Ach, Simon«, sagte sie erfreut. »Ich glaube, du hast unseren Ehrengast noch gar nicht kennengelernt«, sagte sie. »Clive, das sind mein Sohn Simon und …« Sie zögerte einen Moment und deutete auf Rose, »… seine Begleiterin.«

Rose war es völlig egal, dass Simons Mutter ihren Namen vergessen hatte, sie war viel zu fasziniert davon, dem berühmten englischen Modeschöpfer gegenüberzustehen, dessen Arbeit sie schon so lange bewunderte. Simon dagegen schien es zu stören, denn er warf seiner Mutter einen missbilligenden Blick zu.

»Ihr Name ist …«

»Rose Riley! Na, so was!« Eine hagere, groß gewachsene Frau mit kurzen Haaren bahnte sich den Weg durch die Gruppe ganz nach vorn, und Rose erstarrte, als sie erkannte, dass es Felicity Myers war.

Die arrogante Amerikanerin, die ihr mit ihren vielen Sonderwünschen so auf die Nerven gegangen war – und die ihre wahren Lebensumstände in Cornwall kannte.

»Was machen Sie denn hier in London?«, wollte Felicity Myers wissen, und Rose spürte, wie ihr das Blut aus dem Gesicht wich, als ihr klar wurde, dass ihr ganz schnell etwas einfallen musste, wenn Simon nicht vor seiner Mutter und all diesen Leuten erfahren sollte, dass sie ihn belogen hatte.

25

»Geht es Ihnen nicht gut, meine Liebe?«, fragte Felicity Myers besorgt. »Sie sind ja ganz blass.«

»Doch, doch«, versicherte Rose ihr hastig und klammerte sich an ihrem Champagnerglas fest. »Ich war nur so überrascht, Sie hier zu sehen. Ich dachte, Sie wären nach Boston zurückgeflogen.«

»Das wollte ich auch, aber dann haben sich ein paar Termine verschoben, und ich musste meine Pläne ändern«, erwiderte die Amerikanerin und lächelte ihr verschwörerisch zu. »Ich habe übrigens schon eine Menge Komplimente bekommen für die Sachen, die Sie für mich gemacht haben.« Sie deutete auf ihre Bluse in verschiedenen Apricot- und Orangetönen, die Rose erst in diesem Moment als eines von ihren Modellen erkannte. »Dieses Stück hier zum Beispiel gefällt mir besonders. Aber ich habe ja auch ein gutes Auge für Mode. Nicht wahr, Clive?«

Clive Wentworth nickte mit ernster Miene, und Rose wurde noch ein bisschen blasser. Die beiden kannten sich?

»Die Bluse hast du entworfen?«, fragte Simon überrascht, und auch Elaine Fielding wirkte plötzlich beeindruckt.

»Ja, denken Sie nur, wie überrascht ich war«, meinte Felicity Myers. »Niemals hätte ich gedacht, dass ich ausgerechnet in diesem winzigen Ort in Cornwall so ein Juwel entdecken würde. Man würde doch meinen, dass die aktuellen Trends nicht bis dorthin vordringen. Aber da wusste ich ja auch noch nicht, dass Sie regelmäßig nach London kommen.« Das Letzte sagte sie an Rose gewandt. »Dann ist es natürlich kein Wunder, dass Ihre Entwürfe so erfrischend modern sind. Warum haben Sie das denn nicht erwähnt? Wir hätten uns doch verabreden können.«

Rose lächelte gezwungen und hasste die Amerikanerin einmal mehr für ihre Gabe, zweischneidige Komplimente zu machen.

»Die Reise war eine sehr spontane Entscheidung«, sagte sie, froh darüber, wenigstens in diesem Punkt nicht lügen zu müssen. »So häufig bin ich gar nicht hier.«

»Nein, natürlich nicht.« Felicity Myers schlug einen mitfühlenden Ton an und legte Rose die Hand auf den Arm. »Ich kann mir vorstellen, dass es schwer für Sie ist, sich loszueisen. Da gibt es sicher viel zu organisieren.«

Rose spürte, wie das Blut zurück in ihre Wangen strömte, als Simon sie fragend ansah.

Felicity Myers lächelte süßlich. »Wie geht es denn Ihren ... Oh!«

Völlig entsetzt blickte sie auf ihre Seidenhose hinab, die Rose gerade mit dem Inhalt ihres Champagnerglases übergossen hatte. Das Glas selbst zerschellte mit einem lauten Klirren auf dem Boden und ließ die Umstehenden einen Schritt zurücktreten, während die Scherben in alle Richtungen über die Marmorfliesen sprangen.

»Oh Gott! Das tut mir furchtbar leid!«, rief Rose und bemühte sich um einen möglichst zerknirschten Gesichtsausdruck. »Wie ungeschickt von mir!«

»Das ist eine Clive-Wentworth-Hose!«, fauchte Felicity Myers böse und rieb hektisch über den Fleck. »Sie haben Sie ruiniert!«

»Ich werde Ihnen eine neue schneidern.« Die näselnde Stimme gehörte Clive Wentworth, der die Szene zwischen den beiden Frauen wie alle anderen nur stumm beobachtet hatte. Felicity Myers starrte ihn an, doch er wandte sich an Rose, fixierte sie mit seinen blassblauen Augen, die erstaunlich freundlich blickten, auch wenn er kaum lächelte. »Das kann schließlich mal passieren, nicht wahr?«

Rose war viel zu perplex, um zu antworten. Das tat stattdessen Felicity Myers.

»Oh, das wäre wundervoll, Clive«, rief sie entzückt und genoss sichtlich die neidvollen Blicke der Gäste ringsum. Mit einer erneuten Leidensmiene deutete sie auf ihre Hose. »Das hier war nämlich eines meiner Lieblingsmodelle!«

Rose wollte ihr gerade versichern, dass sie ihr den entstandenen Schaden ersetzen würde, doch Simon kam ihr zuvor.

»Senden Sie mir bitte die Rechnung, falls die Hose sich doch noch reinigen lässt.« Er reichte der überraschten Amerikanerin seine Visitenkarte. »Und ich übernehme selbstverständlich auch die Kosten für den Ersatz, den Mr Wentworth Ihnen in Aussicht gestellt hat.«

»Danke«, sagte die Amerikanerin und wirkte überrumpelt. »Ich werde sehen, ob noch etwas zu retten ist.«

Mit diesen Worten rauschte sie davon in Richtung der Toiletten, während Elaine Fielding hektisch zwei der Kellner herbeiwinkte, die daraufhin mit Tüchern und einem Kehrblech anrückten.

Rose wollte den beiden dabei helfen, die Scherben zusammenzufegen, doch Elaine Fielding hielt sie zurück.

»Schon gut. Es ist sicher gleich beseitigt«, meinte sie, doch der Blick, den sie Rose zuwarf, zeigte unmissverständlich, was sie tatsächlich davon hielt, dass die Begleiterin ihres Sohnes für so viel Unruhe auf ihrer Veranstaltung sorgte. »Wie Mr Wentworth schon sagte: Das kann passieren. Und mein Sohn war ja so freundlich, die Sache zu regeln.«

Elaine zog eine Augenbraue hoch und warf Simon einen Blick zu, der ihm vermutlich zeigen sollte, dass sie mit seiner Einmischung ganz und gar nicht einverstanden war. Dann wandte sie sich wieder an Clive Wentworth und die Gruppe, die ihn begleitete. »Wollen wir weiter?«

Seelenruhig setzte sie ihre Privatführung fort und ließ Simon und Rose bei den Kellnern zurück, die um sie herum den Boden säuberten.

»Komm.« Simon nahm Rose' Hand und zog sie hinter eine der großen Säulen, wo sie den neugierigen Blicken der anderen Besucher nicht so ausgesetzt waren.

»Oh Gott, wie peinlich!«, stöhnte Rose und lehnte die Stirn gegen seine Brust, während sie die furchtbaren letzten Minuten erneut durchlebte. »Da habe ich einmal im Leben die Chance, mit Clive Wentworth zu reden – und schütte ihm Champagner über die Schuhe!«

»Vergiss die Scherben nicht. Die sind wirklich weit geflogen«, meinte Simon mit amüsierter Stimme, und als Rose zu ihm aufblickte, grinste er breit.

»Das ist nicht lustig!«, beschwerte sie sich. »Ich hab's total vermasselt.«

Ihr war einfach nichts anderes eingefallen, um Felicity Myers davon abzuhalten, sich nach ihren Kindern zu erkundigen. Simon sollte nicht auf diese Weise erfahren, dass sie ihm einen so wichtigen Punkt in ihrem Leben verschwiegen hatte, vor allem nicht jetzt, wo sie wusste, wie er über das Thema Familie dachte. Also war ihr gar nichts anderes übrig geblieben, als ihr Glas fallen zu lassen, um die Aufmerksamkeit auf etwas anderes zu lenken.

»Ich gebe dir das Geld natürlich wieder«, sagte sie und überlegte unglücklich, was eine Clive-Wentworth-Hose wohl kostete. Simon schüttelte jedoch lächelnd den Kopf.

»Nein, das wirst du nicht. Aber du könntest dich mit einem Kuss bei mir bedanken. Das würde ich annehmen.«

Rose hob den Kopf und gab ihm diese Entlohnung nur zu gerne. Doch als er sie wieder freigab, fiel ihr der vernichtende Blick wieder ein, den Elaine Fielding ihr zugeworfen hatte.

»Deine Mutter hasst mich jetzt bestimmt«, sagte sie unglücklich.

»Zumindest wird sie dich so schnell nicht wieder vergessen«, meinte Simon, immer noch belustigt. »Und letztlich war es doch ein Erfolg, wenn man bedenkt, wie sehr diese Amerikanerin deine Entwürfe gelobt hat. Wer war sie denn eigentlich?«

Rose schüttelte den Kopf. »Eine der schlimmsten Kundinnen, die ich in den letzten Jahren hatte. Keine Ahnung, was sie hier macht. Ich dachte eigentlich, sie wäre längst wieder in Amerika.«

»Aber sie mag deine Bluse«, bemerkte Simon.

»Sie *mochte* meine Bluse«, stellte Rose richtig. »Jetzt wird sie das Stück wahrscheinlich mit der Schere zerfetzen und mich ein für alle Mal aus ihrer Erinnerung streichen.«

»Dafür klang sie viel zu begeistert«, widersprach Simon. »Hat sie denn etwas mit der Modebranche zu tun? Sie schien Clive Wentworth zu kennen.«

»Keine Ahnung.« Rose konnte sich erinnern, dass die Amerikanerin immer wieder mit ihrem Wissen über die verschiedenen Designlabels angegeben hatte. Ansonsten war sie vor allem damit beschäftigt gewesen, Rose mit ihren Sonderwünschen in Atem zu halten.

Dass sich ihre Wege ausgerechnet hier wieder kreuzen würden, war eine böse Laune des Schicksals, und Rose wurde bewusst, dass die Gefahr noch nicht vorbei war. Sie konnten

Felicity Myers noch einmal über den Weg laufen, und dann würde sie vielleicht doch noch auffliegen. Und Simon verlieren …

»Ich könnte meine Mutter fragen, wer sie ist«, überlegte Simon. »Sie weiß das sicher, schließlich sind nur geladene Gäste hier. Oder wir gehen direkt zu dieser Felicity Myers. Dann kannst du dich noch mal entschuldigen und …«

»Nein!« Rose legte ihm einen Finger auf die Lippen und lächelte zu ihm auf. »Küss mich lieber«, flüsterte sie und spürte, wie ihr Herz schneller schlug, als er dieser Aufforderung nachkam.

»Aber es wäre sicher gut für deine Karriere«, sagte er zwischen zwei Küssen.

»Das ist mir egal«, hauchte Rose atemlos – und meinte es so. Sie hatte keine Karriere. In ein paar Tagen würde sie in ihr altes Leben zurückkehren, und bis dahin wollte sie Simon noch so oft küssen wie möglich. Alles andere war nicht so wichtig, schon gar nicht die furchtbare Felicity Myers.

»Rose Riley, wenn du so weitermachst, dann kann ich für nichts mehr garantieren.« Simon zog sie noch fester an sich und ließ sie spüren, wie sehr ihre Nähe ihn erregte. »Du willst doch nicht noch mal dafür sorgen, dass wir alle Blicke auf uns ziehen, oder?«

»Dann sollten wir wohl besser gehen«, erklärte sie, stellte sich auf die Zehenspitzen und küsste ihn noch einmal voller Leidenschaft, bis er sich fast abrupt von ihr löste. Mit gerunzelter Stirn sah er auf sie herunter.

»Wir sind doch gerade erst gekommen«, protestierte er, aber es klang halbherzig, und sie sah an dem Ausdruck in seinen Augen, dass er den Vorschlag durchaus reizvoll fand.

Sie grinste. »Ich glaube nicht, dass deine Mutter mich vermissen wird.«

»Nein, vermutlich nicht«, meinte er und stieß einen beinahe wehmütigen Seufzer aus. »Aber *ich* werde dich vermissen, wenn du wieder in Cornwall bist.«

Rose spürte, wie ihr Herz sich zusammenzog.

»Sollten wir die Zeit dann nicht nutzen?«

Simon antwortete nicht, sondern nahm ihre Hand und ging mit entschlossenen Schritten in Richtung Ausgang.

Sie schwiegen, während sie darauf warteten, dass einer der livrierten Helfer ihnen das Auto zurückbrachte, doch die Spannung zwischen ihnen war beinahe greifbar.

Simon fuhr los, sobald sie im Wagen saßen, aber er folgte nicht der Allee, über die sie hergekommen waren, sondern bog nach der ersten Kurve in einen schmalen Weg ab, der direkt in den Park führte. Offenbar kannte er sich dort aus, denn er nahm noch zwei weitere, von hohen Hecken eingefasste Abzweigungen und parkte den Wagen schließlich an einer Baumgruppe.

»Hier sind wir ungestört«, sagte er und wollte Rose wieder in seine Arme ziehen. Doch sie stieg stattdessen aus.

»Komm«, sagte sie, als er ihr folgte, und griff nach seiner Hand und ging mit ihm zu den Bäumen hinüber. Die Luft war angenehm warm, und es roch nach Gras und Sommer – eine Mischung, die Rose ebenso berauschend fand wie die Tatsache, dass sie hier ganz allein waren. »Hattest du schon mal Sex unter freiem Himmel?«, fragte sie und wunderte sich ein bisschen über sich selbst.

Sie war nie besonders experimentierfreudig gewesen, was das anging, aber bei Simon war das anders. Ihn wollte sie mit einer Macht, die ihr selbst unheimlich war, deshalb stöhnte sie lustvoll auf, als er sie mit dem Rücken gegen den Stamm einer Eiche drängte und eine Hand besitzergreifend um ihre rechte Brust schloss.

»Nein. Aber eine sehr kluge Frau hat mir erst kürzlich den Rat gegeben, öfter mal was Neues auszuprobieren.«

»Ich denke, dann solltest du auf sie hören«, sagte sie atemlos.

»Unbedingt«, raunte Simon und küsste sie so leidenschaftlich und tief, dass sie innerhalb von Sekunden in Flammen stand. Ihr Herz schlug wild, und sie fühlte sich so lebendig und frei wie seit Langem nicht mehr. Ihre Sinne schalteten auf Fühlen, und sie gab sich ganz seinen Liebkosungen hin, half ihm, ihre störenden Sachen abzustreifen und keuchte auf, als seine Lippen sich warm um eine ihrer entblößten Brustspitzen schlossen.

»Simon«, stöhnte sie und vergrub ihre Hände in seinem Haar, während sein sanftes Saugen Schauer durch ihren Körper schickte. Sie brauchte mehr von ihm, wollte ihn spüren, deshalb knöpfte sie mit zitternden Fingern sein Hemd auf und schob es nach hinten, ließ die Hände über seine nackte Brust gleiten. Hilflos versank sie im Blick seiner blauen Augen, die dunkel waren vor Verlangen.

Ungeduldig sah sie zu, wie er sich auch noch seiner Hose entledigte, dann war er wieder bei ihr und hob sie hoch, legte sich mit ihr in den Schatten der Bäume auf die Wiese. Willig öffnete sie sich für ihn, als er zu ihr kam und in sie eindrang, und für einen kurzen Moment sahen sie sich nur an und genossen das Gefühl, vereint zu sein. Dann begann er sich zu bewegen, und Rose folgte ihm. Fast sofort fanden sie in einen Rhythmus, der sie immer höher trug, drängend und unausweichlich. Wie im Rausch klammerte Rose sich an ihn, als die Welt um sie herum explodierte, und Simon folgte ihr nur Sekunden später mit einem erlösten Stöhnen.

Irgendwann ging ihr Atem wieder ruhiger, und die köstlichen Beben ebbten ab, die sie immer wieder durchliefen.

Aber das Glücksgefühl blieb, ließ sie aufseufzen, während sie eng umschlungen dalagen.

Es war so schön mit ihm, so wild und verrückt, und als er den Kopf hob und sie ansah, schienen ihre Empfindungen sich in seinem Blick zu spiegeln.

»Was machst du mit mir, Rose?«, sagte er und küsste sie sanft, aber sie hatte plötzlich einen Kloß im Hals.

So war das nicht geplant, dachte sie erschrocken. Sie durfte sich nicht in Simon Fielding verlieben. Es war eine Affäre, die enden würde, wenn er die Wahrheit über sie erfuhr. Und es war besser, sich nicht in irgendwelche romantischen Ideen hineinzusteigern. Deshalb stemmte sie sich gegen seine Brust, bis er sein Gewicht verlagerte und sich von ihr löste, sodass sie es schaffte, ihn herumzurollen.

»Ich führe dich in Versuchung«, sagte sie, möglichst unbeschwert, und küsste ihn noch mal, bevor sie aufstand und ihm die Hand hinhielt, um ihm aufzuhelfen.

Lachend zogen sie sich wieder an, beide noch ganz berauscht von der Verrücktheit dessen, was sie gerade getan hatten, und gingen Hand in Hand zurück zum Auto.

»Kommst du noch mit zu mir?«, fragte Simon und ließ den Motor an.

Rose nickte und lehnte sich mit einem Seufzen in den Sitz zurück, während er den Wagen zurücksetzte und wendete.

Ich werde es genießen, so lange es dauert, beschloss sie und versuchte, das Ziehen in ihrer Brust zu ignorieren, das einfach nicht weichen wollte.

26

Als Zoe den großen, mit Girlanden und Blumen geschmückten Saal des Hotel Alistair betrat, atmete sie tief durch. Es sah alles noch genauso aus wie damals – die Tische mit den feinen weißen Decken, die am Rand des Saals standen, die Band, die auf einem erhöhten Podest in einer Ecke spielte, und die vielen Paare, die sich gut gelaunt auf dem Parkettboden zur Musik drehten. Es war der gleiche Anblick wie vor vierzehn Jahren, als sie zuletzt am Eingang des Saals gestanden hatte. Doch damals hatte sie Jacks Hand gehalten und war mit ihm zusammen durch die Menge gegangen, um sich einen Platz an einem der Tische zu suchen. Jetzt musste sie das allein tun.

Ich hätte nicht kommen sollen, dachte sie unglücklich und spürte erneut einen scharfen Stich hinter der Stirn. Seit sie vorhin wieder aufgewacht war, plagten sie Kopfschmerzen, und sie hatte lange mit sich gerungen, ob sie überhaupt kommen sollte. Aber Jack hatte recht, sie musste es versuchen, wenn sie etwas über Chris' heimliche Liebe herausfinden wollte. Also hatte sie eine Tablette genommen und sich auf den Weg ins Alistair gemacht.

Das Hotel verfügte über den größten Saal in ganz Penderak, deshalb fand der Summer Dance traditionell hier statt, genau wie viele andere Veranstaltungen und Versammlungen der Gemeinde. Aber nur für das Tanzfest wurde der Raum so besonders schön herausgeputzt. Viele freiwillige Helfer sorgten für die Dekoration, was zeigte, welche Bedeutung dieser Abend für den Ort hatte. Und auch bei den Touristen schien sich herumgesprochen zu haben, dass es ein besonderes Fest war, denn wenn sich überhaupt etwas verändert hatte, dann, dass es noch voller war als früher.

Etwas verloren stand Zoe zwischen all den Leuten und versuchte sich an die Namen derjenigen zu erinnern, die sie wiedererkannte. Es waren weniger, als sie geglaubt hatte, aber immer noch genug, und die Vorstellung, jeden Einzelnen nach Chris zu fragen, ließ ihren Kopfschmerz anschwellen. Es war eine Mammutaufgabe, und sie fühlte sich nicht fit genug dafür. Ich sollte einfach wieder gehen, dachte sie, plötzlich niedergeschlagen. Damit würde sie sich auch ersparen, Jack und Megan beim Tanzen zuzusehen …

»Hallo Zoe!«

Zu spät, dachte sie, als sie erkannte, dass es Jack war, der sie angesprochen hatte. Hastig zwang sie ein Lächeln auf ihr Gesicht und drehte sich zu ihm um.

Er trug keinen Anzug wie einige der anderen Männer, sondern ein feines grünes Hemd, das ihm sehr gut stand, zu einer dunklen Hose. Zoe konnte nicht genau sagen, ob es eine Jeans war, aber sie nahm es an. Jack war formelle Kleidung schon immer zuwider gewesen. Was seiner Attraktivität keinen Abbruch tat, denn er sah selbst in einem zerrissenen T-Shirt besser aus als die meisten anderen.

»Hey«, erwiderte sie, ein bisschen erleichtert darüber, dass er allein war. Doch das änderte sich schon einen Moment später, als Megan hinter Jack auftauchte und sich neben ihn stellte. Dicht neben ihn.

»Ah, Miss Bevan«, sagte sie. »Ich wusste gar nicht, dass Sie auch kommen.«

»Es war ein spontaner Entschluss«, erwiderte Zoe und musterte die andere Frau.

Megan trug ein champagnerfarbenes Kleid mit einem weit

schwingenden Rock. Es bildete einen schönen Kontrast zu ihrem dunklen Haar, das ihr diesmal offen über die Schultern fiel. Ganz verändert wirkte sie dadurch, viel weiblicher und gelöster. Aber vielleicht lag das eher an Jack, den sie strahlend anlächelte.

Jack hielt den Blick jedoch auf Zoe gerichtet, die sich nervös über ihr hellblaues Sommerkleid fuhr, zu dem sie einen blauen Cardigan trug. Sie war sich bewusst, dass beides eigentlich nicht fein genug für den Anlass war, aber sie hatte nichts Passendes dabei. Also würde sie damit leben müssen, dass Megan sie mit ihrem Kleid locker ausstach.

»Wenn du willst, kannst du dich zu uns setzen«, meinte Jack und wies hinüber zu einem der Tische auf der rechten Seite des Saales.

Zoe erkannte Daisy und Iris mit ihrem Mann Gordon, die dort ebenfalls saßen, und war versucht, das Angebot anzunehmen. Die Gallaghers waren beliebt und kannten viele Leute, also würde sie dort leichter an Informationen kommen. Doch wenn sie es tat, würde sie den ganzen Abend zusehen müssen, wie Megan mit Jack turtelte, und sie war nicht sicher, ob sie das ertragen konnte. »Nein, schon gut. Ich möchte nicht stören.«

»Okay. Dann noch einen schönen Abend«, meinte Megan, bevor Jack etwas sagen konnte, und hakte sich bei ihm ein. »Wir wollten doch tanzen, Darling. Kommst du?«

Sie zog ihn weiter, und Zoe fing Jacks verärgerten Blick auf. Betroffen starrte sie den beiden nach. Offenbar hatte sie unterschätzt, wie nahe Megan und Jack sich standen. War es ihm unangenehm, dass sie gekommen war? Aber warum hatte er es dann vorgeschlagen und ihr angeboten, sich zu ihnen zu setzen?

Zoe zwang sich, nicht weiter darüber nachzudenken, und

bahnte sich einen Weg durch die Menge. Absichtlich wählte sie die Seite des Saales, auf der die Gallaghers nicht saßen, um nach einem freien Platz Ausschau zu halten. Schließlich entdeckte sie einen leeren Stuhl an einem der weiter hinten gelegenen Tische. Zwei andere Paare saßen dort bereits und lächelten ihr freundlich zu. Beide standen jedoch kurze Zeit später auf und gingen tanzen. Zoe blieb allein zurück und spürte die Blicke, die ihr die Leute von den anderen Tischen aus zuwarfen. Wahrscheinlich fragen sie sich, wieso ich ohne Begleitung gekommen bin, dachte sie und wünschte auf einmal, sie hätte Jacks Angebot, sich an den Tisch der Gallaghers zu setzen, nicht abgelehnt.

»Möchten Sie etwas trinken?«

Überrascht sah Zoe zu dem Mädchen mit den langen dunklen Haaren auf, das plötzlich neben ihr stand. Sie trug ein T-Shirt und Jeans und hatte sich eine dunkelblaue Halbschürze um die Hüfte gebunden, genau wie die anderen Jugendlichen, die mit Tabletts und Blöcken in der Hand zwischen den Tischen herumgingen. Alle waren zu jung, um zu einem Cateringservice zu gehören, und Zoe erinnerte sich plötzlich wieder daran, dass die Gemeinde diese Kellner-Jobs, für die es einen kleinen Obolus gab, schon früher an junge Leute aus dem Ort vergeben hatte.

»Ja, ich hätte gerne ein Wasser«, sagte sie, obwohl ihr ein Bier sehr viel lieber gewesen wäre. Aber der Arzt hatte ihr dringend davon abgeraten, Alkohol zu trinken. Und außerdem musste sie einen klaren Kopf bewahren.

Das Mädchen riss einen Zettel von ihrem Block ab und reichte ihn Zoe. »Dann müssen Sie bitte hier Ihren Namen eintragen. Ich schreibe daneben Ihre Getränke auf, und wenn Sie gehen, kassiere ich alles zusammen ab.« Sie lächelte. »Das machen wir jetzt so, weil es einfacher ist.«

Zoe befolgte die Anweisung, doch als das Mädchen ein paar Minuten später ihr Wasser brachte und den entsprechenden Strich auf dem Zettel setzen wollte, stutzte es.

»Wow. Sie sind die Frau, die in unserem Haus wohnt«, sagte sie und betrachtete Zoe mit neuem Interesse.

»Dann bist du … Rose' Tochter?« Zoe versuchte, sich an den Namen zu erinnern. »Sarah, richtig?«

»Genau«, erwiderte das Mädchen strahlend. »Mein Cousin William hat mir schon von Ihnen erzählt. Er sagt, Sie sind cool.«

»Tatsächlich?« Zoe war überrascht, freute sich aber über das unerwartete Kompliment. »Ist er auch hier?«

Sarah schüttelte den Kopf. »Nein. Er hat sich mit meinem Onkel gestritten. Worüber weiß ich nicht, aber Jack war echt sauer, und jetzt hat William Hausarrest.«

»Das tut mir leid für ihn.« Zoes Blick glitt zu Jack, der mit Megan in der Menge tanzte, und sie überlegte, worum es bei dem Streit gegangen sein mochte. Nahm William seinem Vater immer noch übel, dass er nicht mit seiner Mutter nach New York hatte gehen dürfen? Jack hatte sicher gute Gründe für diese Entscheidung gehabt, aber das Verhältnis der beiden war dadurch offenbar schwer angeschlagen, und man konnte nur hoffen, dass der Junge ihm irgendwann verzieh.

»Ich muss dann mal weiter«, verkündete Sarah und lächelte noch einmal freundlich, bevor sie die nächsten Gäste nach ihren Getränkewünschen fragte.

Als sie wieder allein war, sah Zoe erneut zur Tanzfläche hinüber und suchte Jack, weil sie einfach nicht anders konnte. Er drehte sich gerade in ihre Richtung, und für einen Moment trafen sich ihre Blicke über Megans Schulter hinweg. Dann sagte Megan etwas, und er wandte sich ihr wieder zu, tanzte weiter, ohne auf Zoe zu achten.

Hastig nahm sie einen Schluck von ihrem Wasser und starrte dann in das Glas, während sie versuchte, das Brennen in ihrer Brust zu ignorieren. Natürlich widmete Jack sich Megan. Die beiden passten gut zusammen. Und es würde wahrscheinlich nicht mehr lange dauern, bis aus ihnen ein Paar wurde …

»Na, wenn das nicht Zoe Bevan ist!«, sagte plötzlich jemand, und als Zoe aufsah, stand eine Frau um die fünfzig vor ihr, mit dunklem Haar und einer sportlichen Figur, die in ihrem roten engen Kleid gut zur Geltung kam. Sie lächelte freundlich, und Zoe erkannte sie sofort.

»Dr. Corby!«, rief sie. »Wie geht es Ihnen?«

»Wenn es nach Lizzy Carmichael geht, dann sollte ich die Frage eigentlich lieber Ihnen stellen. Darf ich mich setzen?«

Barbara Corby wartete Zoes Antwort nicht ab, sondern nahm auf dem freien Stuhl neben ihr Platz, was Zoe nicht wirklich wunderte. Die einzige Ärztin von Penderak war schon immer für ihre direkte, ein bisschen burschikose Art bekannt gewesen. Zoe war selbst einmal bei ihr gewesen, weil sie starke Bauchschmerzen gequält hatten und ihre Mutter sichergehen wollte, dass es sich nicht um eine Blinddarmentzündung handelte. Diese Begegnung hatte Zoe nicht vergessen, aber sie war überrascht, dass es umgekehrt auch der Fall zu sein schien. »Ich hätte nicht gedacht, dass Sie sich noch an mich erinnern.«

»Natürlich«, versicherte ihr Barbara Corby lächelnd. »Eine Landärztin kennt ihre Patienten, selbst wenn sie sich lange nicht blicken lassen.« Ihr Gesicht wurde ernst. »Aber was muss ich da hören? Mit einem Ohnmachtsanfall ist nicht zu spaßen. Sie hätten zu mir kommen sollen, damit ich Sie untersuche.«

Mit gerunzelter Stirn betrachtete sie Zoe, die nicht wusste, was sie sagen sollte. Ihr Londoner Hausarzt wäre vermutlich niemals auf die Idee gekommen, ihr einen medizinischen Rat zu erteilen, ohne dass sie ihn darum gebeten hatte. Aber er hätte vermutlich auch nichts von ihrem Ohnmachtsanfall mitbekommen. Das war eben der Unterschied zwischen Penderak und einer Metropole. Auf dem Land kannten die Leute sich und kümmerten sich umeinander, selbst wenn derjenige, um den es ging, das gar nicht wollte. Letzteres schien auch Barbara Corby klar zu werden, denn sie schüttelte den Kopf.

»Entschuldigen Sie. Das geht mich eigentlich gar nichts an. Nennen wir es professionelle Neugier. Ich kann das einfach nicht abschalten. Einmal Ärztin, immer Ärztin.«

»Es ist schön, dass Sie sich um das Wohlergehen der Leute hier sorgen. Aber mir geht es gut, wirklich. Ich ...«

Zoe stockte, weil ihr Blick erneut zur Tanzfläche gewandert war und an Jack hängen blieb. Er fiel auf, weil er so groß war und weil er sich mit Megan besonders elegant durch die Menge bewegte. Jack war schon früher ein guter Tänzer gewesen, erinnerte sich Zoe und musste den Blick von seinen breiten Schultern losreißen, um endlich ihren Satz zu Ende zu sprechen.

»... ich bin sicher, es war nur eine Kreislaufschwäche.«

Barbara Corby betrachtete sie mit kritischem Blick, ließ das Thema jedoch ruhen.

»Wie geht es Ihren Eltern?«, erkundigte sie sich, und Zoe hatte plötzlich ein schlechtes Gewissen, als ihr klar wurde, dass sie selbst sich das in den letzten Tagen überhaupt nicht gefragt hatte. Sie war so mit sich beschäftigt gewesen, dass sie alles andere ausgeblendet hatte. Tatsächlich wusste sie nicht mal, ob ihr Vater oder Philipp versucht hatten, sie zu erreichen. Sie hatte beiden eine kurze Nachricht geschrieben, nachdem sie angekommen war, und ihr Handy dann ausgeschaltet. Das war fahrlässig gewesen, und sie nahm sich vor, es sofort wieder anzuschalten, sobald sie zu Hause war, während sie Barbara Corby den Gesundheitszustand ihrer Mutter schilderte.

»Das tut mir sehr leid«, sagte die Ärztin betroffen. »Erst Ihr Bruder und jetzt Ihre Mutter. Das muss alles sehr schwer für Sie gewesen sein.«

Zoe nickte. »Deswegen bin ich auch noch einmal hergekommen. Weil ich herausfinden möchte, wie mein Bruder von den Klippen gestürzt ist. Ich möchte meinen Frieden damit machen, und das kann ich nicht, so lange ich keine Gewissheit habe.«

Barbara Corby nickte. »Ich verstehe sehr gut, dass Ihnen das keine Ruhe lässt. Eine furchtbare Tragödie war das. Ich konnte es damals gar nicht glauben, als ich es gehört habe. Ihr Bruder war noch ein paar Tage vorher bei mir in der Praxis gewesen. Wegen einer Muschel, die er sich in den Fuß getreten hatte.«

Zoe nickte. »Stimmt. Die Wunde hatte sich entzündet.«

»Es war ein ziemlich tiefer Schnitt«, erinnerte sich die Ärztin. »Deswegen musste er mehrmals zur Kontrolle kommen.«

Zoe zögerte kurz, dann gab sie sich einen Ruck.

»Hat Chris Ihnen etwas von einer Frau erzählt, mit der er zusammen war?«

Es war ein Schuss ins Blaue, weil sie eigentlich sicher war, dass Barbara Corby und ihr Bruder keinen engen Kontakt zueinander gehabt hatten. Aber einen Versuch war es wert, schließlich war Zoe deswegen gekommen.

»Ich kann mich nicht erinnern. Das war allerdings auch nicht unbedingt das Thema unserer Unterhaltungen«, meinte die Ärztin mit einem nachsichtigen Lächeln. Aber Zoe gab noch nicht auf.

»Dann formuliere ich es mal anders: Haben Sie ihn mal mit einer Frau gesehen, die älter war als er und mit der er irgendwie vertraut umgegangen ist?«

»Vertraut? Mit einer älteren Frau?«, fragte Barbara Corby irritiert.

»Ja. Sie wissen schon – eine, die er gut zu kennen schien, die aber eigentlich gar nicht zu ihm passte.«

Die Ärztin runzelte die Stirn. »Sie stellen Fragen. Das ist doch alles schon eine Ewigkeit her.« Sie hielt inne. »Wobei, doch, jetzt wo Sie es sagen ... Ich erinnere mich, dass ich ihn mal zusammen mit Alicia Spencer gesehen habe. Sie hat vor der Praxis auf ihn gewartet, und ich weiß noch, dass ich mich gewundert habe, wieso ausgerechnet sie ihn abholt, als ich das zufällig durchs Fenster beobachtet habe.«

»Alicia Spencer?« Der Name sagte Zoe nichts.

»Die Frau des damaligen Chief Constable John Spencer«, erklärte die Ärztin.

Zoe dachte einen Moment nach und sog dann überrascht die Luft ein, als ihr klar wurde, dass sie doch wusste, von wem die Ärztin sprach.

»Ist das nicht ... die Schwester von Harry Owen?«

»Seine ältere Schwester, genau«, bestätigte Barbara Corby. »Kann man auch eigentlich nicht übersehen, schließlich haben sie beide dieselben hellen Haare.«

Zoe dachte zurück an die freundliche Frau, deren Haare tatsächlich genauso weißblond gewesen waren wie die von ihrem Bruder Harry. Was ihn eher blass machte, unterstrich dagegen ihre natürliche Schönheit.

»Wirkten die beiden, als hätten sie etwas miteinander?«

Irritiert sah die Ärztin sie an. »Nein, natürlich nicht. Alicia hatte damals gerade mit John ihr erstes Kind bekommen. Die beiden sind heute noch verheiratet, soweit ich weiß. Und zwischen Chris und Alicia lagen doch gut zehn Jahre Altersunterschied.« Sie musterte Zoe misstrauisch. »Wieso fragen Sie das?«

Für einen Moment überlegte Zoe, ob sie der Ärztin die Wahrheit sagen sollte. Dann entschied sie sich, es darauf ankommen zu lassen, denn nur so würde sie erfahren, was sie wissen wollte.

»Ich habe ein altes Tagebuch von Chris gefunden«, sagte sie und seufzte. »Darin schreibt er, dass er verliebt war, aber er nennt keinen Namen. Ich weiß nur, dass die Frau älter gewesen sein muss als er.«

»Trotzdem war es sicher nicht Alicia Spencer«, beharrte Barbara Corby. »Das kann ich mir beim besten Willen nicht vorstellen.«

Aber es würde passen, dachte Zoe und registrierte, dass die Musik für einen Moment aussetzte. Der Gitarrist der Band sagte etwas ins Mikrofon, doch sie hörte gar nicht wirklich hin, dachte angestrengt nach. Chris erwähnte in seinen Tagebuch-Briefen einen großen Altersunterschied. Und wenn Alicia Mann und Kind gehabt hatte, dann war das vielleicht das Problem gewesen, das ihrer Liebe im Weg stand – und der Grund, warum sie ihre Beziehung unbedingt geheim halten mussten. Konnte das etwa schon des Rätsels Lösung sein?

»Chris hat Alicia nie erwähnt, ich wusste nicht mal, dass die beiden sich gut kannten«, meinte sie und spürte ein Kribbeln, das sie ganz unruhig werden ließ. Wie von selbst schweifte ihr Blick zurück zur Tanzfläche, doch sie konnte Jack nicht mehr entdecken.

»Ich denke schon, dass sie sich gut kannten, sonst hätte sie ihn nicht abgeholt«, bestätigte die Ärztin nachdenklich. »Aber vielleicht täusche ich mich auch, und es war nur eine zufällige Begegnung. Wie gesagt: Es ist lange her, und ich möchte auf keinen Fall Gerüchte in die Welt setzen.«

»Das will ich auch nicht«, versicherte Zoe ihr hastig.

Sie wollte sich gerade danach erkundigen, ob Alicia Spencer noch in Penderak lebte, doch bevor sie etwas sagen konnte, spürte sie eine Hand auf ihrer Schulter.

Überrascht fuhr sie herum – und vergaß für einen Moment zu atmen, als sie sah, dass Jack hinter ihr stand.

Er ließ Zoes Schulter wieder los und streckte ihr stattdessen die Hand hin.

»Darf ich bitten?«

27

»Aber du bist doch mit Megan hier«, meinte Zoe, vollkommen überrumpelt von Jacks Frage.

»Den nächsten Tanz darf man nicht mit seinem Partner tanzen«, erwiderte er. »Hast du die Ankündigung gerade nicht gehört?«

Also das war es, was der Gitarrist der Band gerade verkündet hatte. Das war Brauch beim Summer Dance, daran erinnerte Zoe sich plötzlich wieder. Sie hatte es damals gehasst, Jack für mehrere Tänze am Abend an andere Partnerinnen »ausleihen« zu müssen, und war jedes Mal froh gewesen, wenn er ihr hinterher versichert hatte, dass er viel lieber mit ihr tanzte. Würde er das auch zu Megan sagen, wenn er gleich zu ihr zurückkehrte?

Zoe zögerte noch einen Augenblick, dann legte sie mit klopfendem Herzen ihre Hand in Jacks und ließ sich von ihm aufhelfen.

»Entschuldigen Sie mich«, sagte sie zu Barbara Corby und folgte ihm auf die Tanzfläche.

Die Musik hatte bereits eingesetzt, und Zoe stellte beklommen fest, dass es ein langsames Stück war. Ausgerechnet, dachte sie und versuchte, nicht darauf zu achten, wie nah sie Jack war und wie vertraut es sich anfühlte, in seinen Armen zu sein, während sie sich zur Musik bewegten.

Aber es war hoffnungslos. Er führte sie sicher, und sie folgte ihm wie selbstverständlich, wiegte sich mit ihm im Takt der Musik. Sie hatten schon immer gut miteinander tanzen können, und als sie aufsah und ihre Blicke sich trafen, überfluteten sie die Erinnerungen an jenen Summer Dance vor vierzehn Jahren.

An dem Abend hatte Jack ihr gesagt, dass er nach Kanada gehen wollte – und dass er sich nicht vorstellen konnte, es ohne sie zu tun. Sie hatte ihm da noch keine Antwort gegeben, weil ihr Verstand vor diesem gewaltigen Schritt zurückgeschreckt war. Ihr Herz dagegen hatte sofort Ja gesagt, so wie immer, wenn es um Jack ging.

Wann aus ihren freundschaftlichen Gefühlen für den Bruder ihrer besten Freundin mehr geworden war, hätte sie nicht mehr sagen können, aber sie wusste noch genau, dass sie es auf dem Summer Dance ein Jahr vor jenem schicksalhaften Sommer gemerkt hatte. Sie hatte mit Jack getanzt, so wie sie es gerade tat, und etwas hatte sich zwischen ihnen verändert. Es war ihnen beiden aufgefallen, auch wenn sie es da noch nicht in Worte hatten fassen können.

Kurze Zeit später war Zoe mit ihrer Familie abgereist, aber sie waren in Kontakt geblieben, hatten sich geschrieben und telefoniert und waren sich so immer nähergekommen. Zoe hatte Rose in jenem Jahr auch noch einmal in den Winterferien besucht, und Jack und sie hatten sich unter dem Mistelzweig, der immer über der Pensionstür hing, zum ersten Mal geküsst. Von da an hatte Zoe die Tage gezählt, bis sie wieder nach Penderak fahren würde, und es war der schönste Sommer ihres Lebens geworden. Bis zu jenem furchtbaren Tag.

Zoes Herz zog sich zusammen. Wie hatte etwas, das so wundervoll begonnen hatte, nur so furchtbar enden können? Wieso hatte sie ihn nach Chris' Tod weggestoßen – und warum hatte er nicht um sie gekämpft?

Vielleicht haben wir uns geirrt, und es war doch nur ein

Strohfeuer, dachte sie traurig und senkte den Kopf, um ihm nicht mehr in die Augen sehen zu müssen.

»Ich hätte nicht gedacht, dass du kommst.« Seine Worte ließen sie wieder aufblicken, und für einen Moment fragte sie sich, ob es ihn freute oder ob es ihm lieber gewesen wäre, sie hätte es nicht getan.

»Wäre ich auch fast nicht«, erwiderte sie und räusperte sich, um ihre plötzliche Melancholie zu verscheuchen. »Ich habe gerade deine Nichte getroffen. Sie sagt, du hast dich mit William gestritten?«

Jacks Miene verfinsterte sich. »Der Junge macht mich wahnsinnig. Egal, was ich sage, er ist dagegen, und was ich ihm verbiete, tut er besonders gern. Heute hat er die Kisten auf dem Dachboden durchwühlt und ein totales Chaos angerichtet.«

Überrascht sah Zoe ihn an. »Warum?«

Jack seufzte. »Weil er Erinnerungen an seine Mutter sucht und glaubt, ich würde sie ihm vorenthalten.«

»Und? Tust du das?«, fragte Zoe und sah, wie ein Schatten über sein Gesicht huschte.

»Er weiß alles, was er wissen muss«, erwiderte Jack und zog sie noch etwas enger an sich, um einem anderen Paar auszuweichen. »Was hast du eigentlich gerade mit Dr. Corby besprochen?«

Zoe war sich seiner Nähe so bewusst, dass sie für einen Moment nicht antworten konnte. Dann fiel ihr wieder ein, was die Ärztin gesagt hatte.

»Ich glaube, ich bin auf einen Hinweis gestoßen.«

Aufgeregt erzählte sie ihm von der Beobachtung, die Barbara Corby gemacht hatte, doch Jack blieb skeptisch.

»Ich weiß nicht, ob das als Hinweis schon ausreicht, Zoe«, meinte er. »Dass die beiden sich unterhalten haben, muss nicht zwangsläufig etwas bedeuten.«

»Aber es könnte«, beharrte sie. »Ich kann Alicia Spencer zumindest fragen, wie sie zu Chris stand.«

Jack schüttelte den Kopf. »Nein, ich fürchte, das kannst du nicht. Sie ist mit ihrer Familie nach Irland gegangen, vor ein paar Jahren schon. John Spencer stammt von dort und er wollte wieder zurück. Deswegen ist Harry Owen jetzt Chief Constable. Er ist nach dem Weggang seines Schwagers befördert worden und hat dessen Job übernommen.«

Diese Information nahm Zoe allen Wind aus den Segeln. Irland, dachte sie verzweifelt. Das war nicht um die Ecke – und sie konnte im Moment schlecht reisen.

»Dann rede ich eben mit Harry Owen. Ich habe ihn gerade gesehen, er ist auch hier. Er ist schließlich ihr Bruder. Vielleicht weiß er etwas über die Beziehung der beiden.«

»Zoe, langsam«, warnte Jack. »Es ist doch überhaupt nicht gesagt, dass die beiden eine Beziehung hatten. Dr. Corby hat sie einmal zusammen gesehen, mehr nicht. Daraus kannst du doch nicht gleich eine Affäre machen.«

Vorwurfsvoll sah Zoe ihn an. »Es war doch deine Idee, dass ich herkommen und die Leute nach Chris fragen soll.«

»Ja, aber du solltest ihre Erinnerungen wecken und dich nicht gleich auf das erste Indiz stürzen und eine wilde Theorie daraus spinnen. Wenn noch jemand die beiden zusammen gesehen hat, dann hast du einen Ansatzpunkt. Ansonsten wäre ich vorsichtig damit, Gerüchte in die Welt zu setzen.«

Zoe blieb stehen und starrte ihn an. Er hat recht, dachte sie, während um sie herum die anderen Paare weiter tanzten. Sie hatte Dr. Corbys Beobachtung förmlich aufgesogen und war sich gleich sicher gewesen, die Lösung des Rätsels vor sich zu haben. Weil sie gehofft hatte, dass es bald vorbei war. Aber sie stand immer noch ganz am Anfang ihrer Suche, und das Wissen ließ heiße Verzweiflung in ihr aufsteigen.

»Mir bleibt aber keine Zeit mehr«, stieß sie hervor, ohne darüber nachzudenken, und bereute es sofort, als Jacks Augen schmal wurden. Er umfasste ihren Arm und führte sie von der Tanzfläche herunter, zog sie weiter bis in das Foyer des Hotels, in dem es stiller und auch wesentlich leerer war.

»Wieso bleibt dir keine Zeit mehr?«, fragte er und musterte sie scharf. »Was ist los mit dir, Zoe?«

»Nichts«, sagte sie hastig. »Ich bin einfach ungeduldig. Ich will die Sache mit Chris klären, bevor ich wieder fahren muss. Und mir war nicht klar, wie aufwändig das alles werden würde.«

In ihr rangen Frust, Wut und Verzweiflung miteinander, und sie hatte Mühe, die Fassung zu wahren, während sie Jacks Blick standhielt.

»Das wäre es nicht, wenn du damals geblieben wärst«, meinte er vorwurfsvoll und auch ein bisschen traurig. »Wir hätten es zusammen herausfinden können.«

»Du bist doch nach Kanada gegangen«, erinnerte sie ihn. »Du wolltest nichts mehr mit mir zu tun haben.«

Der Ausdruck in seinen Augen wechselte, wurde ungläubig und dann wieder wütend.

»Dann hätte ich dir wohl kaum den Brief geschrieben.«

»Welchen Brief?« Zoe sah ihn verständnislos an. »Ich habe keinen Brief von dir bekommen.«

Jack sah aus, als wüsste er nicht so recht, ob er das glauben sollte.

»Ich habe ihn dir geschickt, bevor ich nach Kanada gegangen bin. Sogar den Flug habe ich verschoben, weil ich gehofft hatte, dass du antwortest. Hast du aber nicht.«

»Bei mir ist nichts angekommen«, versicherte sie ihm noch mal. »Wieso hast du mir überhaupt geschrieben? Du hättest mich doch auch anrufen können.«

»Wie denn?«, fragte er vorwurfsvoll. »Dein Handy war plötzlich nicht mehr erreichbar. ›Diese Nummer ist derzeit nicht vergeben.‹ Das war die Ansage, die lief, als ich versucht habe, dich anzurufen.«

Zoe dachte zurück an die Tage und Wochen nach Chris' Tod. Ihr Handy war damals ganz plötzlich weg gewesen. Sie hatte es nicht finden können und von ihrem Vater relativ schnell ein Neues bekommen – mit einer anderen Nummer. Dadurch hatte Jack sie nicht mehr erreichen können, aber sie war so in ihrer Trauer gefangen gewesen, dass sie darüber gar nicht nachgedacht hatte.

»Warum hast du es dann nicht bei uns zu Hause probiert?«

»Weil da auch dein Vater hätte rangehen können und ich nach der Szene, die er mir damals in der Pension gemacht hat, nicht noch mal mit ihm sprechen wollte.« Er ballte die Hände zu Fäusten, und sein Blick brannte sich in ihren. »Aber am Ende habe ich es trotzdem gemacht, Zoe. Als ich schon mit gepackten Koffern am Flughafen stand, habe ich bei euch angerufen. Weil ich es wenigstens noch einmal versuchen wollte. Dein Vater war am Apparat, genau wie ich es befürchtet hatte, und er hat mir sehr deutlich zu verstehen gegeben, dass du nichts mehr mit mir zu tun haben willst und dass ich dich gefälligst in Ruhe lassen soll.«

»Was?« Entsetzt starrte Zoe ihn an. »Davon wusste ich nichts.«

Sie hatte plötzlich ein flaues Gefühl im Magen und das dringende Bedürfnis, sich zu setzen. Aber sie blieb stehen und erwiderte Jacks Blick, in dem sich ihre Verwirrung jetzt zu spiegeln schien. Wenn das alles stimmte, dann …

»Was stand in dem Brief?«, fragte sie tonlos, doch sie kannte die Antwort, sah sie in seinen Augen.

Oh Gott, dachte sie und spürte, wie ihr das Blut aus dem Gesicht wich. Jack hatte sich damals nicht zurückgezogen, so wie sie. Er hatte versucht, mit ihr zu reden und sich mit ihr zu versöhnen. Nur hatte ihr Vater verhindert, dass seine Nachrichten sie erreichten. Deshalb war sie davon ausgegangen, dass Jack nichts mehr mit ihr zu tun haben wollte. Dass es aus war zwischen ihnen und dass ihre Liebe mit ihrem Bruder gestorben war. Aber das stimmte nicht. Es hatte nie gestimmt.

»Jack, ich …«

»Ach, hier steckst du, Jack!« Megan tauchte plötzlich neben ihm auf und hakte sich bei ihm ein. »Ich habe dich schon gesucht«, sagte sie und blickte zwischen ihm und Zoe hin und her, offenbar nicht ganz sicher, wie sie die Situation einschätzen sollte. »Du hast mich doch nicht etwa vergessen, oder?«

Jack antwortete nicht gleich, sondern sah immer noch Zoe an, ohne dass sie seinen Gesichtsausdruck deuten konnte. Dann wandte er sich Megan zu.

»Nein«, sagte er, was ihr eher angespanntes Lächeln in ein Strahlen verwandelte. Er nickte Zoe noch einmal zu und ging dann mit Megan wieder zurück in den Saal.

Zoe sah ihnen nach, dann schleppte sie sich zu einem der Sessel, die in einer Ecke des Foyers standen, und ließ sich daraufsinken.

Es spielt keine Rolle mehr, dachte sie verzweifelt. Das war es, was gerade eben in Jacks Blick gelegen hatte. Sie hatte ihre Chance auf eine Versöhnung mit ihm vertan, auch wenn sie daran offenbar gar nicht allein schuld war. Aber vielleicht ist es gut so, dachte sie verzweifelt. Schließlich gab es nichts, was sie ihm in ihrer jetzigen Situation noch hätte bieten können.

Für einen Moment saß sie ganz still und wartete darauf, dass der Schmerz abebbte, der ihr die Brust einschnürte. Doch es ging nicht weg, dieses Engegefühl, das ihr das Atmen schwer machte, deshalb versuchte sie, sich wieder dem Grund zuzuwenden, aus dem sie hergekommen war.

Es erschien ihr nur plötzlich alles so aussichtslos. Ihr fehlte die Kraft, noch einmal zurück in den Saal zu gehen und sich unter die Leute zu mischen, um sie nach Chris zu fragen. Immer wieder aufzurühren, was ihr wehtat, um am Ende festzustellen, dass sie nichts Neues erfahren hatte. Und war es nicht ohnehin die falsche Herangehensweise?

Zoe runzelte die Stirn, als sich ein Gedanke in ihrem Kopf festsetzte. Sie hatte ihn schon mehrfach gestreift, aber jetzt nahm er Gestalt an, drängte sich in den Vordergrund.

Chris musste extrem vorsichtig gewesen sein, wenn es ihm gelungen war, seine Liebe geheim zu halten. Gerade in einem Dorf wie Penderak, in dem jeder jeden kannte, war so etwas sehr schwer. Aber es gab jemanden, der Bescheid wusste, und das schon seit einer halben Ewigkeit.

Zoe griff nach ihrer Handtasche und holte das Tagebuch heraus, das sie spontan eingesteckt hatte. Sie trennte sich nicht gerne davon und war nicht sicher gewesen, ob es ihr vielleicht nützlich sein würde. Hastig überflog sie die Seiten, bis sie die Stelle fand, nach der sie gesucht hatte. Es war einer der letzten Einträge, und die Worte hatten sie schon beim ersten Lesen sehr berührt.

Würde es der Person, an die sie gerichtet waren, vielleicht genauso gehen?

Einen Moment lang saß Zoe ganz ruhig da und durchdachte ihren Plan. Dann erhob sie sich und ging zurück in den Saal, in dem das Fest noch in vollem Gange war. Die Band spielte, die Tänzer drehten sich Leib an Leib auf der Tanzfläche und die warme, fast stickige Luft war von lauter Musik und Stimmengewirr erfüllt. Die Geräusche schmerzten Zoe nach der Ruhe im Foyer in den Ohren, während sie sich den Weg durch die Menge zur Bühne bahnte.

Ihr Herz schlug aufgeregt, und ihre Handflächen waren feucht, doch sie ging entschlossen die Stufen an der Seite hinauf und wartete, bis die Band das Lied zu Ende gespielt hatte. Der Drummer, der weiter hinten saß, hatte sie bereits bemerkt und machte seine Kollegen auf Zoe aufmerksam.

»Ich würde gerne kurz etwas sagen«, erklärte sie dem Leadgitarristen, der lächelnd auf den Mikrofonständer am Bühnenrand deutete.

»Nur zu, schöne Frau.«

Mit einem beklommenen Gefühl trat Zoe nach vorn. Da die Musik nicht weiterspielte, waren alle Tänzer stehen geblieben, und auch die Blicke der Leute an den Tischen richteten sich auf sie. Es war ein Meer von Gesichtern, und Zoe versuchte erst gar nicht, ihre Aufmerksamkeit auf eines davon zu lenken, weil es ihre Nervosität nur verschlimmert hätte. Stattdessen räusperte sie sich und wartete, bis das Gemurmel im Saal verstummte.

»Mein Name ist Zoe Bevan«, sagte sie mit fester Stimme. »Ich bin die Schwester von Chris Bevan, der vor vierzehn Jahren hier ganz in der Nähe von den Klippen gestürzt ist, und ich möchte Ihnen gerne etwas vorlesen, das er kurz vor seinem Tod in sein Tagebuch geschrieben hat.«

28

Zoe blätterte zu der Stelle, die sie vorlesen wollte. Ihr Mund war plötzlich ganz trocken, und ihre Selbstsicherheit war wie weggeblasen.

Sie hatte schon oft vor vielen Menschen gesprochen, deshalb war ihr die Situation eigentlich nicht fremd. Aber bei einem Business-Meeting waren keine Gefühle im Spiel, deswegen war das, was sie jetzt tun würde, Neuland für sie, und es fiel ihr schwerer, als sie geglaubt hatte.

Noch einmal musste sie sich räuspern.

»Es ist ein Gedicht, das mein Bruder für seine große Liebe geschrieben hat. Und es lautet wie folgt:

Ein dunkles Geheimnis die Liebe,
Leichtfüßig Gewohntes durchbricht.
Schwarze Nacht verbirgt uns wie Diebe,
Ein Stern unser einziges Licht.
Neu und glückselig und immer dein,
doch nur jetzt, nur hier, nur kurz, nur allein.

Wir brauchen die Hoffnung auf Morgen,
Da sonst alles in mir verstummt.
Nie genug von dir, doch voll Sorgen,
Erwarte ich das, was da kommt.
Wage mit mir diese neue Zeit –
Nur du und nur ich, für immer, zu zweit.«

Chris hatte die Zeilen oft überarbeitet und immer wieder Wörter ersetzt, gestrichen oder neu hinzugefügt. Es war kein Meisterwerk, aber es berührte Zoe. Und hoffentlich nicht nur mich, dachte sie, während sie den Blick wieder auf die Menge richtete.

»Ich weiß nicht, über wen er da spricht, aber ich weiß, dass es ihm viel bedeutet hätte, wenn diese Liebe kein Geheimnis bleiben würde. Es ist viel Zeit vergangen seitdem, und man könnte meinen, es würde keine Rolle mehr spielen. Aber das tut es.«

Ihr Blick glitt kurz zu Jack, der auf der Tanzfläche bei Megan stand und sie unverwandt ansah.

»Die Wahrheit ist wichtig, und jemand ist sie mir und meiner Familie noch schuldig. Jemand, der zu lange geschwiegen hat. Deshalb bitte ich Sie von Herzen, wer immer Sie auch sind: Wagen Sie es und stehen Sie zu Chris. Er hat es verdient. Helfen Sie ihm und uns, endlich Frieden zu finden.«

Für einen Moment war es totenstill im Saal, während die Festgäste sie überrascht, ratlos oder irritiert ansahen. Erst, als Zoe den Musikern zunickte und die Bühne wieder verließ, setzte das Stimmengewirr mit neuer Heftigkeit ein, und Zoe spürte, wie die Blicke ihr durch den Saal folgten.

Sie konnte sich denken, dass das, was sie gesagt hatte, für die meisten Leute keinen Sinn ergab. Sehr viele kannten sicher weder sie noch Chris und wussten nicht, wovon sie sprach. Aber es reichte, wenn es die Person verstanden hatte, an die ihre Worte gerichtet gewesen waren.

»Miss Bevan, warten Sie!«

Harry Owen hielt sie auf, als sie das Foyer schon fast erreicht hatte, und betrachtete sie mit ernstem Gesicht.

»Es gibt ein Tagebuch?«, fragte er, sichtlich erregt. »Wieso haben Sie uns das damals nicht für die Ermittlungen zur Verfügung gestellt?«

»Ich habe es erst kürzlich durch Zufall entdeckt«, erklärte Zoe betroffen. Der Gedanke, dass auch die Polizei Interesse an dem Tagebuch haben könnte, war ihr gar nicht gekommen.

»Kann ich es sehen?« Harry Owen streckte fordernd die Hand aus. »Wir könnten neue Erkenntnisse daraus gewinnen. Das müssen wir prüfen.«

Er wirkte sehr entschlossen, doch Zoe zögerte trotzdem.

»Bekomme ich es wieder?«

»Selbstverständlich. Sie erhalten es sobald wie möglich zurück.«

Trotz dieser Zusicherung gab Zoe ihm das Buch nur widerwillig. Er steckte es ein und verabschiedete sich mit knappen Worten von ihr, bevor er sich umdrehte und in den Festsaal zurückging.

»Passen Sie bitte gut darauf auf«, rief sie ihm nach und fühlte sich mit einem Schlag schrecklich erschöpft. Sie wusste nicht, ob ihr Plan aufgehen würde, aber sie hatte keine Kraft mehr, zu bleiben und auf eine Reaktion zu warten. Wahrscheinlich brachte es ohnehin nichts, und sie wollte den neugierigen Blicken entfliehen, die ihr plötzlich unangenehm waren.

Deshalb ging sie zur Garderobe im Foyer, holte ihren Mantel und verließ das Hotel.

Es war kühler, und der Wind hatte merklich aufgefrischt, trieb immer wieder Wolken über den Nachthimmel, die den tief hängenden Vollmond verdeckten. Aber Zoe war so in Gedanken, dass sie den Wetterumschwung kaum wahrnahm. Sie schloss ihren Mantel und lief durch die Gassen hinunter zum Hafen. Nur in den Kneipen und Restaurants brannte noch Licht, ansonsten war die Promenade menschenleer, und es war auch nirgends ein Taxi zu sehen, so wie sie gehofft hatte. Sie war mit einem hergekommen, weil sie sich nicht fit genug gefühlt hatte, um die Strecke zu laufen, und sie wäre gerne auf demselben Weg wieder ins Strandhaus zurückgekehrt. Unschlüssig blieb sie stehen und blickte auf die kleinen Motorboote im Hafenbecken, die im fahlen Licht der Laternen auf den Wellen tanzten.

»Zoe! Warte!«

Der Wind trug Jacks Stimme zu ihr, und als sie sich umdrehte, lief er über die Promenade auf sie zu. Ein paar Schritte von ihr entfernt blieb er stehen. Eine Windböe erfasste ihn und fuhr in seine offene Lederjacke, zerzauste sein Haar, während er sie eindringlich betrachtete.

»Sie reden über dich, Zoe.« Er sprach laut, damit sie ihn über dem Rauschen des Windes hören konnte. »Du hast für einen ziemlichen Aufruhr gesorgt.«

Zoe zuckte mit den Schultern. »Das war der Plan«, rief sie mit einem zittrigen Lächeln, wurde jedoch wieder ernst, als er noch einen Schritt auf sie zumachte. Und dann noch einen, bis er dicht vor ihr stand.

Im Licht der Laterne über ihnen leuchteten seine Augen, und der Ausdruck, der darin lag, nahm ihr den Atem.

»Hast du den Brief wirklich nie bekommen?«

Traurig schüttelte sie den Kopf.

»Und wenn du ihn bekommen hättest?«

Zoe spürte, wie ihr Herz sich zusammenzog. Dann wäre vielleicht alles anders gekommen, dachte sie. Aber diese Chance war vertan.

»Ist das nicht egal?« Sie zuckte mit den Schultern. »Du hast jetzt Megan, und ich ...«

»Nein, es ist nicht egal«, fiel er ihr ins Wort und kam noch näher, ließ den Blick über ihr Gesicht gleiten, so als wollte er sich alle Details einprägen. »Es stimmt, Zoe. Ich habe dich gehasst. Und ich wollte dich nie wiedersehen. Weil ich dachte, dass dir das, was wir hatten, nicht das Gleiche bedeutet hat wie mir. Weil ich dachte, du hättest mich einfach aus deinem Leben gestrichen, und weil es verdammt wehgetan hat, das zu akzeptieren.«

Er legte die Hände um ihre Oberarme und hielt sie so fest, dass es fast schmerzte.

»Aber jetzt weiß ich nicht mehr, was ich denken soll«, sagte er, und die Verzweiflung, die Zoe in seinen Augen sah, traf sie mitten ins Herz. »Hat es dir etwas bedeutet? Würdest du es ändern, wenn du könntest?«

Plötzlich hatte sie einen dicken Kloß im Hals.

»Ja«, sagte sie aus vollem Herzen, weil sie so glücklich über eine zweite Chance gewesen wäre, ihn zu lieben. Sie wusste nicht mal, ob sie je damit aufgehört hatte.

Jack ließ sie los und nahm ihr Gesicht in die Hände, strich mit den Daumen über ihre Lippen. Wie von selbst wanderte Zoes Blick zu seinem Mund, der ihrem jetzt so nah war.

Er würde sie küssen, und sie konnte es genauso wenig aufhalten wie den Wind, der an ihren Kleidern riss. Sie wollte es auch gar nicht, kam ihm entgegen, und als ihre Lippen sich trafen, durchfuhr die Berührung sie wie ein Schock. Sie spürte, wie er die Arme um sie schloss, und lehnte sich an ihn, verschränkte die Hände in seinem Nacken, während sie seinen Kuss fiebrig erwiderte.

Plötzlich wusste sie nicht mehr, wie sie es geschafft hatte, so lange ohne Jack zu leben. Es war, als wäre etwas in ihr wieder vollständig, als wäre die Lücke gefüllt, die viele Jahre in ihrem Leben geklafft hatte. Instinktiv schmiegte sie sich noch näher an ihn und ignorierte die Stimme der Vernunft, die ihr sagte, dass sie das hier nicht durfte. Dass sie gekommen war, um sich zu verabschieden, und nicht, um etwas neu zu beginnen.

Jack gab sie so unvermittelt frei, dass Zoe einen Moment brauchte, um wieder in die Realität zurückzufinden. Doch dann hörte auch sie, dass jemand nach ihm rief.

»Onkel Jack! Onkel Jack!«

Sarah kam über die Promenade auf sie zugelaufen, die Servierschürze noch immer um die Hüften gebunden. Völlig außer Atem blieb sie vor ihnen stehen.

»Onkel Jack, ich glaube, mit William stimmt was nicht«, stieß sie hervor, als sie wieder Luft bekam. »Er hat mich gerade angerufen, und er klang so komisch. Ich glaube, er hat geweint. Er meinte, er wüsste jetzt Bescheid, aber als ich nachgefragt habe, hat er wieder aufgelegt. Und jetzt geht er nicht mehr dran, ich glaube, er hat sein Handy ausgeschaltet.« Ängstlich sah sie zu Jack auf. »Ich mache mir Sorgen.«

Jack lächelte. »Bestimmt ist es nichts. Aber es ist gut, dass du Bescheid gesagt hast. Ich werde gleich mal rüber zur Farm fahren und nach ihm sehen.«

»Okay«, meinte Sarah und wollte wieder gehen, doch Jack hielt sie am Arm zurück.

»Warte. Würdest du Megan ausrichten, dass ich gefahren bin und dass sie ohne mich weiterfeiern soll? Sag ihr, dass ich mich um William kümmern muss und dass ich mich bald bei ihr melde. Und sag ihr, es tut mir leid.«

Sarah nickte und verschwand wieder in Richtung Hotel. Als sie außer Hörweite war, stieß Jack die Luft aus, so als hätte er sich die ganze Zeit zusammengerissen. Sein Mund war jetzt eine schmale Linie, und Zoe erschrak, als sie sah, wie blass er plötzlich war.

»Was ist passiert?«, fragte sie besorgt.

»Ich weiß es nicht«, sagte er. »Aber falls es das ist, was ich befürchte, dann ist es eine verdammte Katastrophe.«

29

Jack jagte den Defender über die leeren Straßen von Penderak, den Blick starr nach vorn gerichtet. Als sie die Lichter des Ortes hinter sich ließen, trat er aufs Gas und fuhr trotz des heftigen Windes, der an der Karosserie rüttelte, noch ein bisschen schneller.

Zoe, die neben ihm saß, klammerte sich an den Innengriff der Tür und sagte nichts zu seinem rasanten Fahrstil. Sie hatte immer noch keine Ahnung, worüber er sich solche Sorgen machte, weil er ihren Fragen auswich. Aber seinem Gesichtsausdruck nach musste es etwas Ernstes sein.

»Soll ich wirklich mitkommen?« Unsicher sah sie ihn an. »Vielleicht ist es besser, wenn du mit William allein redest.«

»Ich weiß nicht mal, ob es etwas zu reden gibt«, meinte Jack grimmig. »Aber wenn, dann wird er wahrscheinlich eher mit dir reden als mit mir. Er mag dich, das hat er mir gesagt.«

Diese Tatsache schien er nicht mehr in Frage zu stellen, so wie beim letzten Mal, als sie über William gesprochen hatten, doch Zoe hatte keine Zeit, über diese Veränderung nachzudenken, denn Jack zog sein Handy aus seiner Jackentasche.

»Hier. Versuch noch mal, ihn zu erreichen. Die Nummer ist eingespeichert.«

Als er ihr das Handy gab und ihre Finger sich berührten, sah Zoe erschrocken auf und begegnete seinem Blick. Für eine Sekunde durchlebte sie noch einmal ihren erschütternden Kuss, aber dies war nicht die Zeit dafür. Deshalb konzentrierte sie sich hastig wieder auf den Anruf bei William. Sie erreichte jedoch wieder nur die Mailbox.

»Es ist immer noch ausgeschaltet.«

Jack fluchte unterdrückt und fuhr noch ein bisschen schneller. Sie hatten die Farm jetzt fast erreicht, und man konnte in der Dunkelheit bereits die erleuchteten Fenster sehen.

»Er scheint da zu sein.« Jack wirkte erleichtert darüber, doch als sie kurze Zeit später im Haus standen, begrüßte sie nur Buddy, und auf Jacks Rufe nach William kam keine Antwort.

»Ich sehe nach, ob er oben ist«, rief Jack und lief die Treppe hinauf zu den Schlafräumen, während Zoe, begleitet von Buddy, durch das Wohnzimmer in die Küche ging. Beide Räume waren leer, und auch in der Speisekammer, in die sie einen Blick warf, fand sie den Jungen nicht.

Es gab hier unten außer einer kleinen Gästetoilette nur noch ein Arbeitszimmer auf der Rückseite des Hauses. Als Zoe die Tür öffnete, um dort nachzusehen, stieß sie einen überraschten Schrei aus.

Das Zimmer sah aus, als hätten es Einbrecher verwüstet. Eine der Schubladen an dem großen Schreibtisch, der vor dem Fenster stand, war offenbar gewaltsam aufgebrochen worden, denn sie stand offen und das Holz war kurz über dem Schloss zersplittert. Darin mussten die Papiere gewesen sein, die jetzt überall auf dem Schreibtisch und dem Boden verteilt lagen.

Neugierig nahm Zoe eines der Blätter in die Hand, überflog den Inhalt. Es war ein Brief, den Karen an Jack geschrieben hatte, aber das, was darin stand, konnte Zoe kaum glauben. Entsetzt wollte sie sich auch die übrigen Papiere ansehen, hielt jedoch inne, als Jack hereinkam. Bei dem Anblick, der sich ihm bot, wurde er ganz blass.

»Er hat sie gefunden«, stöhnte er und ließ sich auf den Schreibtischstuhl sinken.

»Das war William?« Entsetzt blickte Zoe auf das zersplitterte Holz. »Er hat die Schublade aufgebrochen?«

Jack nickte. »William hat immer wieder gefragt, was ich darin aufbewahre. Aber ich dachte, so lange ich sie abschließe, wären die Papiere dort sicher. Ich hätte nicht gedacht, dass er so weit geht.«

Er wirkte erschüttert, und Zoe war es auch, wenn auch aus einem anderen Grund. Sie deutete auf den Brief in ihrer Hand.

»Karen wollte William gar nicht mit nach New York nehmen?«

»Nein«, erwiderte Jack. »Sie hatte jemanden kennengelernt, einen reichen New Yorker Geschäftsmann. Sie war total euphorisch, wollte ihn sogar heiraten. Aber offenbar hatte der Typ nur Interesse an ihr und nicht an William. Er wollte sie für sich allein und hatte keine Lust, ein Kind von einem anderen Mann aufzuziehen. Also hat sie mir geschrieben, dass sie bei unserer Scheidung auf das Sorgerecht verzichten würde. Sie wollte keine Besuchsregelung, keine gemeinsamen Ferien. Nichts. Wenn es nach ihr gegangen wäre, dann hätte sie William komplett aus ihrem Leben gestrichen.« Er seufzte. »Ich habe alles versucht, um sie umzustimmen, habe ihr erklärt, dass sie nicht einfach so aus unserem Leben verschwinden kann und dass William sie wenigstens besuchen muss. Aber sie wollte davon nichts wissen.«

Fassungslos schüttelte Zoe den Kopf. »Wie konnte sie das tun?«

Er zuckte mit den Schultern. »So war Karen eben – völlig unberechenbar. Deshalb hätte ich ihr William niemals überlassen, selbst wenn sie das Sorgerecht gewollt hätte. Wochenlang haben wir uns geschrieben und telefoniert, bis ich sie endlich zu einem Treffen überreden konnte. Ich dachte, dass ich sie vielleicht wieder zur Vernunft bringen kann, wenn sie mir bei dem Gespräch in die Augen sehen muss. Sie war auf dem Weg zu uns, als der Unfall passierte.«

Zoe rieb sich mit der Hand über die Stirn. »Und William wusste bis jetzt nichts davon.« Es war keine Frage, sondern eine Feststellung.

Jack hob die Hände in einer hilflosen Geste. »Hätte ich ihm sagen sollen, dass seine Mutter ihn nicht mehr wollte? Ihr plötzlicher Tod war doch schon schlimm genug für ihn. Ich wollte das Bild nicht zerstören, das er von ihr hatte.«

Und dafür hast du einen hohen Preis bezahlt, dachte Zoe und spürte, wie ihr Herz sich zusammenzog. Jack hatte in Kauf genommen, dass der Junge ihn hasste, um ihm Leid zu ersparen. Und am Ende doch nicht verhindern können, dass er davon erfuhr.

»Ich hätte diese Briefe verbrennen sollen.« Jack stöhnte. »Aber irgendwie dachte ich, dass es wichtig wäre, sie aufzuheben, weil Karen in manchen auch liebevolle Dinge über William schreibt. Ich wollte das alles irgendwann noch mal durchgehen und ihm diese Stellen zeigen, wenn er alt genug ist.«

Zoe verstand, warum er so gehandelt hatte, aber mit seinem letzten Satz sprach er genau das Problem an. William war noch nicht alt genug – und es auf diese Weise zu erfahren, musste ein schlimmer Schock für ihn gewesen sein.

»Wir müssen ihn unbedingt finden«, sagte sie. »Bevor er irgendetwas Dummes tut.«

Die Vorstellung ließ Jack aufspringen.

»Vielleicht ist er irgendwo in der Scheune oder im Stall«, sagte er und lief nach draußen.

Zoe folgte ihm und half ihm bei der Suche, doch William blieb verschwunden.

»Wenn er nicht hier auf der Farm ist, dann kann er überall sein«, meinte Jack verzweifelt, als sie die Suche schließlich aufgaben. »Er streunt immer durch die Gegend und kennt tausend Verstecke.«

Zoe schüttelte den Kopf. »Ich glaube, er ist oben bei den Klippen«, sagte sie und dachte an ihre erste Begegnung mit William. »Damals, bei unserer ersten Begegnung, ist er aus dem Gebüsch neben der Turmruine gekommen. Das muss also eines seiner Verstecke sein. Und dort ist auch etwas Tragisches passiert, genau wie mit seiner Mutter. Ich weiß auch nicht, aber ich glaube, wenn er traurig und verzweifelt ist, dann würde er am ehesten dorthin gehen.«

Jack nickte. »Fahren wir hin und sehen nach! Irgendwo müssen wir ja anfangen!«

Ein paar Minuten später erreichten sie den kleinen Parkplatz, von dem aus der Weg zu den Klippen führte.

Zoe wurde klar, dass sie mit ihren Pumps auf dem unebenen Weg nicht weit kommen würde, deshalb zog sie die Schuhe aus und folgte Jack barfuß. Er hatte eine Taschenlampe aus dem Auto geholt und schaltete sie an, doch man erkannte auch so recht viel. Der Wind ging zwar noch stark, aber die Wolkendecke war aufgerissen und ließ jetzt wieder das Mondlicht durch, machte es ihnen leicht, dem Weg zu folgen.

Schon bald tauchten vor ihnen die Umrisse des alten Turms auf, die sich deutlich vor dem Nachthimmel abzeichneten. Als sie ihn erreichten, leuchtete Jack jeden Winkel ab, und sie riefen beide immer wieder nach William. Doch der Junge war nicht da – oder er hörte sie nicht über dem lauten Brüllen der Wellen, die unten an den Strand schlugen.

Entmutigt, weil sie offensichtlich falschlag, trat Zoe an das Geländer am Rand der Klippe, beugte sich vor und sah hinunter auf die Sandfläche. Die Flut kam gerade herein, und das

Wasser hatte schon einen Großteil des Strandes erobert. Aufgepeitscht durch den Wind brachen sich die Wellen mit donnernder Gewalt und wild spritzender, weißer Gischt an den Felsen, die teilweise schon überspült waren. Nur die größeren ragten noch aus dem Wasser.

Unwillkürlich musste Zoe an den Morgen denken, als Chris gefunden worden war, und überlegte, neben welchem der Steine er gelegen hatte. Es war zwar lange her, aber sie war trotzdem ziemlich sicher, dass es der große längliche Felsen in der Mitte des Strandes gewesen war, der nun schon fast vollständig vom Wasser umspült wurde.

Sie wollte sich gerade wieder abwenden, hielt jedoch inne, als sie eine Bewegung oben auf dem großen Felsbrocken bemerkte. Angestrengt kniff sie die Augen zusammen und erkannte, dass dort jemand saß.

»Da unten!«, rief sie Jack aufgeregt zu. »Ich glaube, da ist William!«

Jack lief zu ihr, um sich ebenfalls über das Geländer zu beugen, und sie sah an seinem entsetzten Gesichtsausdruck, dass er das Schlimmste annahm.

»Er sitzt auf dem Felsen«, sagte sie, um ihn zu beruhigen, aber seine Miene blieb sorgenvoll.

»Wir müssen sofort da runter, selbst wenn es nicht William ist.« Jack deutete auf die unablässig herannahenden Wellen. »Es dauert nicht mehr lange, dann ist der Stein komplett vom Wasser umgeben. Wer immer da sitzt, kann dann nicht mehr runter, und bei dem Seegang reißt ihn der nächste größere Brecher raus ins Meer.«

Zoe nickte beklommen und folgte ihm zu dem steilen Pfad, der nach unten an den Strand führte. Sie war froh, dass sie ihre Schuhe im Auto gelassen hatte, denn sie fand mit bloßen Füßen mehr Halt, selbst auf den bereits von der Gischt feuchten, in den Stein gehauenen Stufen. Als sie unten ankamen, griff Jack nach Zoes Hand.

»Schnell! Uns bleibt nicht viel Zeit!«

Gemeinsam rannten sie über den Strand auf den Felsen zu, auf dem sie den Jungen vermuteten.

Es war ein knapp drei Meter hoher, langgezogener Brocken. Der obere Teil war wie ein Plateau geformt, und im Mondlicht zeichneten sich deutlich die Umrisse des Jungen ab, der vorne auf dem Felsen saß, dort, wo das Wasser bereits angelangt war. Er hatte die Arme um seine angezogenen Beine geschlungen und starrte aufs Meer hinaus, offenbar ohne auf die aufspritzende Gischt zu achten, die ihn immer wieder traf.

»Es ist William!« Jack klang erleichtert und besorgt zugleich. Er legte die Hände an den Mund. »William!«, brüllte er mehrmals, so laut er konnte, doch das Tosen der Wellen schluckte seinen Ruf. Fluchend gab er es auf. »Er hört uns nicht! Wir müssen da rauf, bevor der Felsen ganz im Wasser ist!« Jack versuchte, an der Steinwand hochzuklettern, doch seine Füße fanden keinen Halt und er rutschte immer wieder ab. »Hier ist es zu glatt.«

Er wollte eine andere Stelle suchen, doch Zoe hielt ihn am Arm fest.

»Ich komme vielleicht rauf, wenn du mich hochstemmst.«

Die Idee, dass sie auf den Felsen kletterte, gefiel ihm nicht, dass konnte sie ihm ansehen. Aber auch ihm schien klar zu sein, dass ihnen die Zeit weglief.

Er verschränkte seine Finger ineinander und hielt sie Zoe hin, damit sie ihren Fuß hineinstellen konnte. Sie nahm Schwung, zog sich hoch und schaffte es, den Fuß weiter oben in eine Mulde zu stellen. Von da aus zog sie sich auf das Plateau hinauf. Ihr Kleid war inzwischen nass und dreckig, aber sie kümmerte sich nicht weiter darum, sondern näherte sich vorsichtig dem Jungen. Als sie nah genug war, rief sie seinen Namen.

»William?«

Der Junge fuhr herum, und sie sah die Tränenspuren auf seinen Wangen und seine geröteten Augen. Offenbar hatte er lange geweint. Für einen Moment starrte er Zoe an wie eine Erscheinung, dann drehte er sich um und nahm seine zusammengekauerte Haltung wieder ein.

»William!« Zoe hockte sich ebenfalls hin, um dem Wind weniger Angriffsfläche zu bieten, und kroch auf allen vieren hin zu dem Jungen. »Du musst hier weg, hörst du? Die Flut kommt gleich und überspült den Strand.«

Er schüttelte den Kopf. »Ist mir egal«, sagte er mit tränenerstickter Stimme und wischte sich über die Wangen. »Mum wollte mich nicht mehr. Und ich dachte, sie liebt mich.«

»Sie hat dich geliebt, ganz bestimmt.« Zoe legte ihm die Hand auf die Schulter, zwang ihn, sie anzusehen. »Und vor allem liebt dein Vater dich, sehr sogar. Er ist da unten und wartet auf dich. Komm mit runter. Hier oben ist es zu gefährlich!«

Wie um ihre Worte zu unterstreichen, traf eine besonders hohe Welle den Felsen und ergoss sich über sie, warf sie beide nach hinten.

Das kalte Wasser schien den Jungen endlich zur Vernunft zu bringen, denn er ließ sich von Zoe aufhelfen. Zusammen liefen sie über den Felsen zurück. Der von den Gezeiten glattgewaschene Stein war nass und glitschig, und der Wind wehte so heftig, dass sie aufpassen mussten, nicht das Gleichgewicht zu verlieren.

»Hierher!«, schrie Jack, der jetzt weiter vorne an einer Stelle stand, wo der Stein stärkere Unebenheiten aufwies und sie besser herunterklettern konnten. Das Wasser war dort jedoch schon deutlich höher. Es reichte ihm bis zu den Knien und schwappte mit jeder neuen Welle bis zu seiner Hüfte, sodass er Mühe hatte, sich zu halten. »Schnell!«

»Du zuerst.« Zoe schob William zur Kante, hielt ihn fest, während er sich langsam rückwärts am Stein herunterhangelte. Von oben betrachtet war der Boden erschreckend weit weg, und das ohrenbetäubende Donnern der Wellen verstärkte ihre Angst noch, machte ihr klar, dass sie wirklich in Gefahr waren. Trotzdem lächelte sie, um den Jungen nicht zu beunruhigen.

»Du schaffst das«, spornte sie ihn an, und tatsächlich kletterte William recht sicher hinunter.

Jack half ihm beim letzten Stück und riss ihn in seine Arme, als er wieder sicher auf dem Boden stand. Dann schickte er ihn an den Strand und wandte sich wieder Zoe zu.

»Und jetzt du!«, rief er und hob erneut die Arme.

Zoe atmete noch einmal tief durch und machte dann alles genau wie William, drehte sich um, stützte die Arme auf den Felsen und streckte die Beine über den Rand, um mit den Füßen nach Halt an der glatten Steinwand zu suchen.

Es war jedoch nicht so leicht, wie es bei William ausgesehen hatte. Ihr Kleid war durchnässt und klebte ihr am Körper, und ihre Zehen waren inzwischen so eisig, dass sie kaum noch Gefühl darin hatte. Sie tastete nach einer Vertiefung im Fels und fand schließlich eine. Doch als sie sich herunterlassen wollte, rutschte sie ab. Erschrocken klammerte sie sich an der Felskante fest und versuchte es erneut, doch sie schaffte es nicht, wieder Halt zu finden. Ihre Arme zitterten vor Anstrengung.

»Jack!«, schrie sie verzweifelt, als eine weitere Welle gegen den Felsen schlug. Sie war höher als alle davor, überspülte das komplette Plateau und drückte gegen Zoes Körper. Mit aller

Kraft versuchte sie, sich festzuklammern. Aus den Augenwinkeln sah sie, dass Jack unter ihr ebenfalls von der Welle erfasst und in Richtung Strand gerissen wurde.

Ihre Hände waren taub vor Kälte, und sie spürte entsetzt, wie ihre Finger langsam, aber unweigerlich von der Kante abrutschten. Mit einem Schrei fiel sie nach hinten, und eine Sekunde später schlug das Wasser über ihrem Kopf zusammen.

30

Für einen Moment verlor Zoe jede Orientierung. Dann spürte sie Sand unter ihren Fingern und an ihrem Rücken. Sie stützte sich ab und schaffte es, den Kopf aus dem Wasser zu heben und Luft zu holen. Doch schon eine Sekunde später überspülte sie die nächste Welle und riss sie mit sich. Panisch strampelte sie und versuchte, wieder Halt zu finden. Doch das Wasser wirbelte sie umher wie einen Spielball, und sie befürchtete, jeden Moment gegen einen der Felsen geschleudert zu werden. Ihre Lungen brannten, während sie sich verzweifelt wieder nach oben kämpfte.

Endlich durchbrach ihr Kopf die Wasseroberfläche, und als sie gierig Luft in ihre Lungen sog, merkte sie zu ihrem Entsetzen, dass sie ein Stück hinaus in die Bucht gezogen worden war. Panisch versuchte sie, gegen die Strömung anzuschwimmen, doch die nächste Welle überspülte sie erneut.

Dann legten sich plötzlich Arme um sie und zogen sie wieder nach oben.

»Ganz ruhig«, sagte Jack keuchend dicht an ihrem Ohr. »Hilf mir, dann schaffen wir es zurück.«

Zoe gab ihr Bestes, aber es war seine Kraft, die sie nach quälenden Minuten gegen die Wellen und die Strömung gewinnen ließen. Völlig außer Atem erreichten sie den Strand, und Zoe wäre gerne einfach im Sand liegen geblieben. Aber Jack zog sie weiter, zurück zu den Steinstufen.

»Wir müssen hier weg!«, mahnte er auch William, schob sie beide vor sich her.

Zoe konnte sich später nicht mehr daran erinnern, wie lange es gedauert hatte, wieder oben auf die Klippe und von dort zurück zum Auto zu gelangen, aber irgendwie schafften sie es. Durchnässt und frierend erreichten sie schließlich alle drei das Farmhaus, wo Buddy sie bellend begrüßte.

»Wir brauchen trockene Sachen.« Jack lief nach oben und kehrte kurze Zeit später mit einem Bündel Kleidung und einem Handtuch zurück, die er Zoe reichte. »Du kannst dich hier unten umziehen«, sagte er, dann legte er den Arm um William. »Und wir beide gehen rauf.«

Der Junge nickte stumm. Er war blass und wirkte verloren, während er Jack nach oben folgte, und Zoes Herz flog ihm zu.

Als sie kurze Zeit später in der Gästetoilette stand, stellte sie fest, dass ihr eigenes Gesicht nicht mehr Farbe hatte als das von William. Schnell entledigte sie sich ihrer nassen Sachen und trocknete sich ab. Dann schlüpfte sie in die Jogginghose, den Pullover und die Socken, die Jack ihr gegeben hatte. Die Hose passte halbwegs, deshalb vermutete sie, dass sie William gehörte. Der Pulli dagegen war viel zu groß und hüllte sie in Jacks Duft ein, was sie nach dem Schrecken der letzten Stunde sehr tröstlich fand.

Ihre Lebensgeister kehrten langsam zurück, und sie wollte Jack helfen, deshalb ging sie in die Küche und kochte zwei Becher Tee, die sie nach oben trug.

»Ich dachte, den hier könntet ihr gebrauchen«, sagte sie, als sie Jack im Flur begegnete. Er steckte immer noch in den nassen Klamotten, aber zum ersten Mal, seit sie Sarah unten am Hafen getroffen hatten, lächelte er wieder.

»Danke.« Er nahm ihr einen der Becher ab und deutete auf die Tür, die ihnen am nächsten lag. »Könntest du William seinen Tee bringen? Dann ziehe ich mir schnell was Trockenes an.«

Zoe nickte und sah ihm nach, als er in seinem Zimmer verschwand. Dann klopfte sie an die Tür, auf die er gezeigt hatte, und öffnete sie vorsichtig.

»Hier ist etwas zum Aufwärmen für dich«, sagte sie zu William, der im Bett unter der Decke lag. Sein Haar war zerzaust, und seine Augen wirkten riesig in seinem blassen Gesicht.

»Es tut mir leid«, sagte er unglücklich. »Ich wollte das nicht.«

Zoe stellte die Tasse auf dem Nachttisch ab und setzte sich zu ihm auf die Bettkante.

»Das weiß ich. Aber es ist ja zum Glück alles gut gegangen«, versuchte sie ihn zu beruhigen. Doch er schüttelte den Kopf.

»Sie hätten ertrinken können. Und das wäre meine Schuld gewesen.« Tränen schimmerten jetzt in den Augen des Jungen. »Alles mache ich falsch. Wollte Mum mich deshalb loswerden?«

Er klang so verloren, dass es Zoe fast das Herz brach. Liebevoll strich sie ihm über das Haar. »Du hast gar nichts falsch gemacht«, versicherte sie ihm. »Im Gegenteil. Du hättest nichts anders oder besser machen können. Es lag nicht an dir, es lag an deiner Mutter. Sie konnte manche Sachen nicht so machen, wie andere Mütter sie machen. Und sie ist manchmal auf verrückte Ideen gekommen. Das stimmt doch, oder?«

William nickte. »Auf sehr verrückte sogar«, bestätigte er mit einem schiefen Lächeln.

»Siehst du. Und mit dieser Sache war es genauso. Es war eine verrückte Idee, mehr nicht. Und dein Dad hätte das auch nicht zugelassen. Er wollte sich mit ihr treffen, um ihr diesen Unsinn auszureden. Und wie ich deinen Dad kenne, hätte er das auch geschafft.« Sie lächelte. »Deine Mum wäre wieder zu dir zurückgekommen. Das ist sie doch am Ende immer, oder nicht?«

»Ja.« William kaute auf seiner Lippe. »Aber Dad ist gar nicht erst weggegangen. Er war immer da, die ganze Zeit. Und ich war total gemein zu ihm, weil ich dachte ...« Er beendete seinen Satz nicht, und neue Tränen schossen in seine Augen. »Er hätte es mir sagen müssen.«

Zoe schluckte den Kloß hinunter, der ihr die Kehle eng machte. »Er wollte dich schützen, William. Und er ist dir ganz sicher nicht böse.«

Sie sah Erleichterung in den Augen des Jungen, doch dann starrte er plötzlich über ihre Schulter zur Tür.

»Dad!«

Jack lehnte am Türrahmen, als Zoe sich umdrehte. Er musste sich mit dem Umziehen beeilt haben und hatte offenbar einen Teil ihres Gesprächs gehört, was Zoe die Röte ins Gesicht trieb. Hastig sprang sie auf, weil sie plötzlich Angst hatte, dass sie zu weit gegangen war. Das Verhältnis zwischen Jack und seinem Sohn ging sie nichts an, auch wenn es sich nach den Ereignissen des Abends so anfühlte.

»Ich ... warte unten«, erklärte sie und wollte an Jack vorbeigehen, doch er griff nach ihrer Hand und hielt sie zurück.

»Danke«, sagte er, und ein Schauer durchlief sie, als sie den liebevollen Ausdruck in seinen Augen sah.

Nur zögernd löste sie ihre Hand wieder von seiner und sah noch, wie er sich zu William ans Bett setzte. Dann wandte sie sich ab und ging zur Treppe.

Unten im Wohnzimmer ließ sie sich auf das Sofa sinken und merkte auf einmal, wie ausgelaugt sie nach den Anstrengungen der letzten Stunde war. Körperlich zumindest. Geistig war sie immer noch hellwach und sah ständig die dramatischen Bilder vom Strand vor sich, durchlebte noch einmal die schrecklichen Minuten im Wasser, die Todesangst – und Jacks Kuss unten im Hafen.

Er hatte gesagt, dass er nicht mehr wusste, was er denken sollte. Genauso ging es ihr auch. Ihre Gefühle waren in Aufruhr, und ihr Kopf schmerzte, deshalb schloss sie die Augen. Nur einen Moment, dachte sie und ließ sich zur Seite sinken, streckte sich auf der Couch aus und kuschelte sich in Jacks Pullover.

Als sie die Augen wieder aufschlug, lag der Raum im Dunkeln. Überrascht setzte sie sich auf und brauchte ein paar Sekunden, bis sie wieder wusste, wo sie war. Der Mond schien durch die Fenster herein, deshalb erkannte sie die Umrisse der Lampe, die auf dem Beistelltisch neben dem Sofa stand. Sie tastete nach dem Schalter und knipste sie an, blinzelte in das helle Licht.

Buddy, der vor der Couch gelegen hatte, hob den Kopf, und Zoe streichelte ihn gedankenverloren. Erst jetzt bemerkte sie die Wolldecke über ihren Beinen und das dicke Kissen, auf dem ihr Kopf gelegen hatte.

Offenbar hatte Jack sie zugedeckt und es ihr bequem gemacht, anstatt sie zu wecken.

Nein, das stimmt nicht, dachte sie. Er war bei ihr gewesen und hatte sie gefragt, ob er sie zurück ins Strandhaus fahren sollte, daran erinnerte sie sich plötzlich. Aber nicht daran, was sie geantwortet hatte. Sie wusste nur noch, dass es angenehm gewesen war, seine Nähe zu spüren, und dass die Wärme der Decke sie noch schläfriger hatte werden lassen, sodass sie nach kurzer Zeit wieder weggedämmert war.

Ihr Blick fiel auf die alte Standuhr in der Ecke des Raumes, und sie stellte überrascht fest, dass es erst zwei Uhr war. Doch sie war nicht mehr müde, sondern hellwach, deshalb legte sie sich nur widerwillig zurück auf das Sofa und starrte an die Decke.

Sie wusste, dass es das Beste gewesen wäre, einfach wieder

zu gehen, bevor die Sache mit Jack außer Kontrolle geriet. Aber sie konnte nicht, so sehr ihre Vernunft sie auch dazu zwingen wollte. Alles in ihr sträubte sich dagegen, ins Strandhaus zurückzukehren, weil sie dort wieder allein sein würde mit ihrer Angst. Ihr Herz raste plötzlich, und sie spürte, wie Panik ihr die Kehle zuschnürte.

Hastig schwang sie die Beine vom Sofa und lief zur Treppe, schlich möglichst leise hinauf zu Jacks Zimmer und schlüpfte hinein. Es war ein kleiner Raum, der von einem großen Bett und einem alten, wuchtigen Schrank dominiert wurde. Das Mondlicht fiel durch das Fenster auf das Bett und auf Jack.

Er hatte sich im Schlaf auf den Rücken gedreht und lag nur halb unter der Decke, atmete ruhig und gleichmäßig.

Leise näherte Zoe sich dem Bett und erkannte, dass er kein T-Shirt trug. Sein Oberkörper war nackt, und ihr Herz schlug schneller, während sie den Blick über seine Brust gleiten ließ. Sehnsucht erfüllte sie, und sie wusste plötzlich, dass sie nicht nur gekommen war, weil sie nicht allein sein wollte. Sie wollte Jack, begehrte ihn mit jeder Faser ihres Wesens, so sehr, dass es fast schmerzte.

Nur eine Nacht, dachte sie verzweifelt. Mehr konnte sie nicht verlangen, und eigentlich war selbst das egoistisch. Aber stand Todgeweihten nicht die Erfüllung eines letzten Wunsches zu?

Jack drehte sich im Schlaf zur Seite, wandte ihr das Gesicht zu, als sie sich zu ihm auf die Bettkante setzte, und auch wenn seine Bewegung unbewusst geschah, kam sie ihr wie eine Einladung vor. Noch einmal atmete Zoe tief durch, dann legte sie sich neben ihn und schlüpfte unter die Decke. Seine Wärme und sein Duft hüllten sie ein, und sie seufzte auf, als sie spürte, wie er im Schlaf die Arme um sie schloss und sie an sich zog.

Für einen Moment lag sie ganz still, dann berührte sie seine Brust und streichelte ihn, genoss selbstvergessen das Gefühl seiner nackten Haut unter ihren Fingern. Doch als sie sich vorbeugte und einen Kuss auf seine Schulter drückte, spürte sie plötzlich, wie er sich anspannte. Sie hob den Kopf und erkannte, dass er aufgewacht war und sie erstaunt musterte.

Mit angehaltenem Atem und plötzlich sehr nervös verlor sie sich in seinen Augen, nicht sicher, was jetzt passieren würde. Jack rührte sich nicht, sah sie lange einfach nur an. Dann verstärkte er den Griff seiner Arme und zog sie noch näher zu sich. Wie von selbst fanden sich ihre Lippen, und Zoe stöhnte glücklich auf, als ihr klar wurde, dass er für diese Nacht noch einmal ihr gehörte.

31

Jack konnte nicht mehr klar denken. Er hatte keine Ahnung, wie Zoe in sein Bett kam, und es war ihm auch egal, weil es sich viel zu gut anfühlte, sie wieder in den Armen zu halten und zu küssen. Er wollte nicht darüber nachdenken, dass es kompliziert war zwischen ihnen und dass es noch unglaublich viel gab, worüber sie reden mussten. Im Moment reichte es, dass sie bei ihm war und er endlich tun konnte, was er sich so oft ausgemalt und genauso oft verboten hatte, seit er ihr oben auf der Klippe wiederbegegnet war.

Ihre weiche Haut duftete ganz leicht nach Vanille, genau wie früher, und als er ihr Haar zurückschob, fiel das fahle Mondlicht auf den Leberfleck kurz unter ihrem Ohr, der aussah wie ein blasses Herz.

Langsam wanderte er mit den Lippen an ihrem Hals entlang, zog eine Linie von kleinen Küssen bis zu ihrem Schlüsselbein und spürte, wie ihn ein Schauer durchlief, als sie leise aufstöhnte und die Hände in sein Haar schob.

Bevor er Karen begegnet war, hatte er sich in Kanada in diverse Affären gestürzt, um die Erinnerungen an Zoe zu überschreiben, sie auszulöschen, damit sie ihn nicht mehr quälten. Aber es war ihm nicht gelungen, auch wenn es ihm erst in diesem Moment bewusst wurde. Es war nie wieder so gewesen wie mit Zoe, nie mehr so verzehrend und erschütternd, dass es ihm den Boden unter den Füßen weggerissen hatte. Und er hatte sich auch nie wieder so bedingungslos fallen lassen in dieses Gefühl, das ihn auch jetzt wieder erfüllte.

Entschlossen griff er nach dem Saum seines Pullovers und zog ihn Zoe über den Kopf, warf ihn achtlos neben das Bett, ohne den Blick von ihren Brüsten abzuwenden. Sie waren nicht groß, aber perfekt gerundet, mit dunklen Vorhöfen und Spitzen, die sich ihm willig entgegenreckten, als er zuerst an der einen, dann an der anderen sanft saugte. Zoes kehliges Stöhnen belohnte ihn, trieb ihn an, ihr weiter Lust zu bereiten.

Er ließ seine Hände über ihren Bauch nach unten wandern und schob ihr die Jogginghose über die Hüften, streifte sie ihr ab und betrachtete ihren schlanken Körper, der im Mondlicht nackt vor ihm lag. Sie hatte sich verändert, aber wenn überhaupt, dann war sie noch schöner geworden, reifer, verführerischer. Jeden Zentimeter ihrer weichen Haut wollte er neu entdecken, neu erobern.

Und Zoe schien es genauso zu gehen. Sie streckte die Arme nach ihm aus und zog ihn zu sich, erkundete ihn genauso wie er sie, bis sie beide fiebrig waren vor Verlangen.

»Jack«, hauchte Zoe an seinem Ohr, sehnsüchtig und fast verzweifelt, und öffnete ihre Schenkel für ihn, als er sich auf sie legte. Er sah ihr in die Augen, hielt ihren Blick fest, als er in sie eindrang und spürte, wie sie ihn heiß und feucht umschloss.

Jeder vernünftige Gedanke, jeder Zweifel, den er vielleicht noch gehabt hatte, ob es richtig war, was er tat, war mit einem Schlag aus seinem Kopf gelöscht.

Langsam begann er sich zu bewegen, verlor sich in ihren Augen, in denen das gleiche Erstaunen stand, das er auch empfand. Sie war wie gemacht für ihn, schmiegte sich an ihn und kam ihm bei jedem seiner Stöße entgegen, empfing ihn willig und stöhnte, wenn er sich zurückzog, trieb ihn an, gab und nahm, genau wie er. Und dann erschauerte sie plötzlich unter ihm, zog sich um ihn zusammen und klammerte sich an seine Schultern, bäumte sich auf.

Jack fing ihren Schrei mit den Lippen auf und spürte, wie er selbst die Kontrolle verlor. Noch einmal vergrub er sich tief in ihr, und während er mit einem erlösten Stöhnen kam, brach auch ein Damm in seinem Innern, und er wusste plötzlich, dass es kein Zurück mehr für ihn gab und er sich dem machtvollen Gefühl würde stellen müssen, das jede Faser seines Körpers erfüllte.

***

Zoe zitterte, als ein weiteres Nachbeben ihres Höhepunktes durch ihren Körper zog. Sie hatte die Arme um Jack geschlungen und hielt ihn fest, wollte ihn nicht loslassen.

Erst nach einer ganzen Weile löste Jack sich von ihr und zog sie mit sich, als er sich drehte, hielt sie im Arm. Eng aneinandergeschmiegt lagen sie im Bett, und Zoe lauschte seinem Atem, der sich langsam wieder beruhigte.

Ich liebe ihn, dachte sie und schloss verzweifelt die Augen, weil sie wusste, dass sie dazu kein Recht hatte. Trotzdem wollte sie seine Nähe, die ihr so guttat, noch nicht aufgeben und schmiegte sich eng an ihn, merkte kaum, wie sie zurück in einen tiefen, traumlosen Schlaf driftete.

Als sie wieder erwachte, war es draußen hell und sie lag allein im Bett. Im Licht des Tages erschien ihr das, was in der Nacht zuvor passiert war, beinahe unwirklich. Aber es war kein Traum gewesen, denn der Platz neben ihr war noch warm, und sie konnte Jacks Duft an dem Kissen wahrnehmen, auf dem er gelegen hatte.

Es war ein Fehler gewesen, mit ihm zu schlafen, das wusste sie, doch sie konnte es nicht bereuen. Schnell erhob sie sich und zog sich den Pulli und die Jogginghose wieder an, die Jack auf den Stuhl neben dem Bett gelegt hatte. Dann schlüpfte sie in den Flur und von dort ins Bad, um sich frisch zu machen. Im Vorbeigehen sah sie, dass Williams Zimmertür noch geschlossen war. Der Junge schlief vermutlich noch, aber von unten waren Geräusche aus der Küche zu hören.

Dorthin ging sie, als sie ein paar Minuten später fertig war, und blieb im Türrahmen stehen. Buddy, der auf seiner Decke gelegen hatte, erhob sich sofort und kam schwanzwedelnd auf sie zu, doch Jack, der mit dem Rücken zu ihr vor dem Herd stand und – dem Zischen und dem Duft nach zu urteilen – gerade Speck briet, bemerkte sie nicht.

Sein Haar glänzte noch nass von der Dusche, die er genommen haben musste, und er war barfuß wie sie, trug sein Hemd offen über der Jeans. Also war er tatsächlich noch nicht lange auf, obwohl die Uhr an der Wand schon beinahe zehn Uhr anzeigte. Es war kein Wunder, dass er lange geschlafen hatte. Selbst jemanden wie ihn hatte die Rettungsaktion am Strand sicher an seine physischen Grenzen gebracht – von dem, was in der Nacht passiert war, ganz zu schweigen.

Ein Schauer durchlief Zoe, als sie daran dachte, wie leidenschaftlich sie sich geliebt hatten und wie glücklich sie in seinen Armen gewesen war. Unwillkürlich dachte sie an die Frage, die er ihr gestern Abend unten am Hafen gestellt hatte.

Würdest du es ändern, wenn du könntest?

Ja, dachte sie. Ja, ja, ja. Sie würde alles anders machen, und vor allem würde sie dieses verdammte Aneurysma in ihrem Kopf verschwinden lassen, das sie davon abhielt, einfach zu ihm zu gehen, sich in seine Arme zu schmiegen und darauf zu vertrauen, dass sie es schaffen würde, ihn zurückzuerobern. Dass es diesmal gut gehen würde mit ihnen und dass sie sich nicht wieder trennen mussten. Aber das mussten sie, und es zerriss ihr schon jetzt das Herz.

»Guten Morgen«, sagte sie, laut genug, um das Zischen des heißen Fetts zu übertönen, und wartete angespannt. Sie hatte plötzlich Angst, dass sie sich irrte und ihre gemeinsame Nacht für ihn nicht das Gleiche bedeutet hatte wie für sie. Doch als er sich umdrehte, war sein Lächeln so strahlend, dass sie ihre Zweifel sofort vergaß.

Erleichtert ging sie zu ihm. Oder sie wollte zu ihm gehen, denn plötzlich schwankte der Boden unter ihren Füßen.

»Zoe!«, rief Jack alarmiert und war eine Sekunde später bei ihr, fing sie auf, bevor sie das Gleichgewicht verlor.

»Es geht schon«, versicherte sie ihm und kämpfte gegen die Übelkeit, die mit dem Schwindel zurückgekehrt war. Aber es half, sich an ihn zu lehnen. Das half sogar ganz besonders gut. »Es ist schon wieder vorbei.«

»Was ist vorbei, Zoe?« Sein besorgter Blick bohrte sich fragend in ihren, verlangte nach einer Antwort. »Was zur Hölle ist los mit dir?«

»Jack?« Der Ruf kam von draußen, und jemand klopfte gleichzeitig laut gegen die Haustür. »Jack, bist du da?«

Zoe erkannte Megans Stimme und erschrak. Sie hatte die andere Frau ganz vergessen und blickte zu Jack auf, der ebenfalls überrascht wirkte. Seine Brauen schoben sich jedoch verärgert zusammen, als plötzlich zu hören war, wie die Haustür geöffnet wurde.

»Jack?« Megans Frage klang nun viel deutlicher, und Schritte kamen näher.

Zoe wollte sich von Jack lösen, doch er hielt sie fest, und das war auch ganz gut so, denn sie fühlte sich noch ziemlich zittrig.

Einen Augenblick später stand Megan im Türrahmen. »Es war offen, und da dachte ich …«

Sie sprach nicht weiter, sondern starrte Jack und Zoe fassungslos an.

»Ich … tut mir leid, ich wollte nicht stören«, sagte sie nach einem kurzen, unangenehmen Schweigen. »Ich wollte mich nur nach William erkundigen. Sarah sagte gestern Abend, dass du seinetwegen zurückgefahren bist. Ist alles in Ordnung mit ihm?«

»Es geht ihm gut«, erklärte Jack.

»Tja, dann.« Sie lächelte, aber auf ihren Wangen zeichneten sich rote Flecken ab. »Ich geh dann mal wieder. Mach's gut, Jack.«

Sie drehte sich auf dem Absatz um und verließ die Küche. Einen Augenblick später fiel die Haustür ins Schloss.

Jack fluchte unterdrückt und half Zoe, sich auf einen der Küchenstühle zu setzen. Dann schob er die Pfanne von der heißen Herdplatte. Der Speck darin hatte zuletzt unschön laut gezischt, und es roch ein wenig angebrannt, was Zoes schlechtes Gewissen noch verstärkte.

»Tut mir leid«, sagte sie, weil sie nicht recht wusste, was sie sonst sagen sollte. Die Bemerkung ließ Jack innehalten.

»Das war nicht deine Schuld«, sagte er und kam zum Tisch, setzte sich ihr gegenüber. »Wenn überhaupt, dann war es mein Fehler. Ich wusste, dass Megan mehr für mich empfindet, und ich habe nicht klargestellt, dass ich keine Beziehung will. Aber wieso kommt sie auch unaufgefordert rein und platzt in die Küche, so als hätte sie ein Recht dazu? Es stört mich schon länger, dass sie meine Privatsphäre nicht respektiert. Und dass sie mich gestern ständig ›Darling‹ genannt hat, obwohl wir gar kein Paar sind, hat mich auch geärgert.«

Zoe dachte an Jacks finstere Miene, als er mit Megan am Arm an ihr vorbeigegangen war. Sie hatte das auf sich bezogen, dabei war er wütend auf Megan gewesen. Weil er keine

Beziehung wollte. Natürlich nicht, dachte sie beklommen, nach den schlechten Erfahrungen mit Karen hat er davon vermutlich erst mal die Nase voll.

»Wird Megan nicht sehr wütend auf dich sein?«

Er zuckte mit den Schultern. »Ich werde noch mal mit ihr reden. Irgendwann. Jetzt will ich erst mal wissen, was mit dir los ist.«

Sein Blick wurde wieder eindringlich, und für einen kurzen, schwachen Moment wollte Zoe es ihm sagen.

Aber nur, weil sie eine wunderschöne Nacht miteinander verbracht hatten und sie jetzt endgültig wusste, dass sie ihn immer noch liebte, musste es ihm nicht ebenso gehen. Er wollte keine Beziehung, das hatte er gerade gesagt, und wenn er erfuhr, wie schlecht es ihr ging, fühlte er sich vielleicht verpflichtet, nett zu ihr zu sein und bei ihr zu bleiben. Sie wollte sein Mitleid nicht, und sie wollte auch nicht, dass die Zeit, die ihnen blieb, nur noch von diesem Thema geprägt sein würde. War es nicht besser, den Augenblick zu genießen, so lange es noch ging?

»Ich ... weiß auch nicht«, sagte sie, weil er ihr die Erklärung mit dem schwachen Kreislauf nicht ein weiteres Mal glauben würde. »Vielleicht muss ich doch mal zum Arzt.«

»Das musst du unbedingt«, stimmte er erleichtert zu. »Du kannst gleich morgen zu Dr. Corby gehen.«

Zoe nickte, froh darüber, dass sie ihn beruhigt hatte, und sicher, dass ihr eine Ausrede einfallen würde, wenn es so weit war.

»Wie hat William es verkraftet?«, erkundigte sie sich, um das Thema zu wechseln, aber auch, weil es sie wirklich interessierte.

Jack seufzte. »Er war ziemlich fertig und braucht sicher noch eine ganze Weile, bis er das alles verarbeitet hat. Aber ich glaube, tief drinnen wusste er es schon länger. Kinder haben ein Gespür für so etwas. Er wollte es nur nicht wahrhaben.«

Zoe dachte daran, wie sie William am Abend zuvor im Bett vorgefunden hatte. Da war Verzweiflung in seinem Blick gewesen, aber auch die Erkenntnis, dass er einen Vater hatte, der ihn niemals so im Stich lassen würde, wie seine Mutter das getan hatte.

»Dann habt ihr euch versöhnt?«

»Zumindest vorläufig«, meinte Jack mit einem schiefen Lächeln. »Aber ihm fällt sicher bald wieder etwas ein, womit er mich ärgern kann.«

Er blickte zur Tür, weil Schritte auf der Treppe zu hören waren, und sein Gesichtsausdruck wurde weicher, als kurze Zeit später William mit strubbeligen Haaren und immer noch ziemlich blassem Gesicht in die Küche trottete.

Zoe hielt den Atem an, weil sie nicht sicher war, wie der Junge auf ihre Anwesenheit reagieren würde. Doch William begrüßte sie nur und setzte sich wie selbstverständlich neben sie.

»Hast du Hunger?«, fragte Jack.

»Und wie!«, bestätigte William. »Gibt's auch Eier?«

Jack holte eine Schüssel mit Rührei aus dem Ofen, die er dort warmgestellt hatte, und verteilte es zusammen mit dem ziemlich krossen Speck auf drei Teller. William stürzte sich regelrecht auf seine Portion.

»Sollen Zoe und ich dir nachher bei den Schafen helfen?«, fragte er seinen Vater zwischen zwei Bissen.

Überrascht sahen sich Jack und Zoe an.

»Gern«, meinte Jack. »Aber vielleicht solltest du Zoe erst fragen, ob sie das möchte.«

Williams kaute zu Ende, dann wandte er sich an Zoe.

»Kommst du mit?«

Zoe zögerte und blickte zu Jack hinüber, der sie genauso erwartungsvoll ansah wie der Junge.

»Nur, wenn du mir zeigst, was ich machen muss«, meinte sie lächelnd und verdrängte den Gedanken, dass sie sich den Abschied, der bald kommen musste, gerade noch ein bisschen schwerer gemacht hatte.

32

»Hier ist es perfekt!« Rose deutete auf einen Platz unter einem Baum, wo noch keiner der anderen Besucher des Hyde Parks saß. Die Nachmittagssonne schien von einem wolkenlosen Himmel, und im Park wimmelte es von Sonntagsausflüglern. Der Baum, den Rose ausgesucht hatte, lag jedoch abseits der Spazierwege und bot angenehmen Schatten, deshalb breitete sie dort die mitgebrachte Decke aus.

Simon stellte den Picknickkorb ab, und sie machte sich daran, das Obst und die anderen Leckereien auszupacken, die sich darin befanden. Erst, als sie fertig war, bemerkte Rose, dass er sie dabei mit amüsiertem Blick beobachtete.

»Möchtest du was?«, fragte sie.

»Ja, dich«, erwiderte er grinsend und beugte sich zu ihr herüber, gab ihr einen Kuss. »Eigentlich möchte ich immer nur dich.«

Rose spürte, wie ihr Herz sich zusammenzog vor lauter Glück.

»Mich gibt es später vielleicht zum Nachtisch. So lange wirst du dich hiermit begnügen müssen«, erklärte sie und schob ihm eine Traube in den Mund.

Mit einem Seufzen legte Simon sich auf die Seite und streckte die Beine aus, stützte den Kopf auf seinen Arm.

»Ich habe schon seit Ewigkeiten kein Picknick im Park mehr gemacht«, sinnierte er und nahm sich ein Sandwich, biss herzhaft hinein. »Aber daran könnte ich mich gewöhnen.«

Ich auch, dachte Rose und betrachtete Simon von der Seite. Sie konnte kaum fassen, wie schön es mit ihm war und wie selbstverständlich sie schon nach so kurzer Zeit miteinander umgingen. Zwischen ihnen passte einfach alles, und sie war so Hals über Kopf verliebt, dass sie gar nicht daran denken wollte, dass die Zeit, die sie miteinander verbringen konnten, ab morgen, wenn die neue Woche begann, noch knapper werden würde.

»Schade, dass nicht jeden Tag Sonntag ist«, sagte sie wehmütig, weil ihnen von jetzt an nur noch die Abende blieben, und wenn es nach ihr ging, war das viel zu wenig.

Simon schien das genauso zu empfinden, denn Rose sah einen Schatten über sein Gesicht huschen.

»Vielleicht nehme ich mir die nächsten Tage frei.«

»Oh, das wäre großartig«, sagte sie hoffnungsvoll. »Aber kommen deine Klienten denn ohne dich aus?«

»Besser als ich ohne dich«, meinte Simon, und in seinem Blick lag die gleiche Frage, die auch Rose die ganze Zeit beschäftigte. Er wollte wissen, wie es mit ihnen weitergehen sollte. Aber darauf hatte sie keine Antwort, solange ihr der Mut fehlte, ihm die Wahrheit über sich zu sagen.

»Vorsicht!«, rief jemand, und Rose sah aus den Augenwinkeln etwas auf sich zufliegen. Sie wollte ausweichen, doch das brauchte sie nicht, weil Simon sich blitzschnell aufrichtete und den Fußball auffing, der sie sonst vermutlich am Kopf getroffen hätte.

»Ausgezeichnete Reflexe«, meinte sie staunend, nachdem sie sich von dem Schreck erholt hatte. »Du könntest glatt Torhüter in Henrys Mannschaft werden.«

»Wer ist Henry?«, fragte Simon überrascht, und Rose biss sich auf die Lippe, als ihr klar wurde, was ihr da herausgerutscht war. Aber vielleicht ist es Schicksal, überlegte sie.

Irgendwann würde sie es ihm ohnehin sagen müssen, also konnte sie es auch endlich hinter sich bringen.

Sie holte tief Luft und öffnete den Mund, schloss ihn jedoch wieder, weil ein Junge zu ihnen an die Decke trat. Er war ungefähr so alt wie ihr Jüngster und blickte mit unsicherer Miene auf den Fußball in Simons Hand.

»Kann ich den wiederhaben?«, fragte er und schob ein verspätetes »Bitte« hinterher, weil ihm offenbar wieder eingefallen war, was seine Mutter ihm über Höflichkeit beigebracht hatte.

Simon schmunzelte, als er dem Jungen den Ball reichte.

»Guter Schuss«, meinte er. »Du wirst bestimmt mal der neue David Beckham. Aber das nächste Mal zielst du ein bisschen besser, okay?«

Der Junge nickte strahlend, bevor er sich umdrehte und wieder zurück zu seiner Familie lief.

Rose lächelte, als sie wieder allein waren. »Ich wusste gar nicht, dass du so nett zu Kindern bist.«

Simon hob einen Mundwinkel. »So lange es nur ein paar Minuten sind, geht es.«

»Und danach?«, fragte Rose beklommen.

»Keine Ahnung«, meinte er mit einem Schulterzucken. »Ich hab's ehrlich gesagt noch nicht ausprobiert.« Er lehnte sich wieder zurück und musterte Rose nachdenklich. »Aber ich glaube, das würde ich gerne.«

Ihr Herz schlug ein bisschen schneller. »Ach ja?«

Er nickte und griff nach ihrer Hand. »Ich habe viel nachgedacht in den letzten Tagen und festgestellt, dass ich den Gedanken, eine Familie zu gründen, gar nicht mehr so schrecklich finde. Mit der richtigen Frau Kinder zu haben, stelle ich mir sogar sehr schön vor.«

Rose schluckte. »Aber es müssten deine Kinder sein, oder?«

»Natürlich«, erwiderte er und holte sein Handy heraus, das gerade angefangen hatte zu klingeln. Stirnrunzelnd blickte er auf das Display. »Entschuldige, aber da muss ich drangehen.«

Er stand auf und ging ein paar Schritte weg, um zu telefonieren. Rose war froh über diese Unterbrechung, weil er dann vielleicht nicht bemerkte, wie sehr seine Antwort sie getroffen hatte.

Es war schön, dass er sich plötzlich doch vorstellen konnte, Kinder zu haben. Aber er hätte nicht deutlicher machen können, dass es seine eigenen sein mussten. Dass die Frau vielleicht schon welche hatte, kam in seinem Familienmodell offenbar nicht vor. Natürlich nicht, dachte sie, während sie das Gras neben der Picknickdecke abzupfte, und fürchtete sich plötzlich noch mehr vor dem Moment, in dem er die Wahrheit erfahren würde.

***

Simon beendete das Gespräch mit Darios Pandakis und fluchte unterdrückt. Er war es langsam wirklich leid, die sprunghaften Launen des exzentrischen Griechen zu ertragen, der seine Geschäfte offenbar auch am Sonntag erledigte und von allen anderen erwartete, dass sie sich danach richteten. Dabei war Simon im Moment jeder Gedanke an Arbeit zuwider, weil er seine Zeit lieber mit Rose verbringen wollte.

Er blickte zu ihr hinüber und runzelte die Stirn, als er sah, dass sie vorübergebeugt auf der Decke saß und gedankenverloren Gras aus der Wiese zupfte.

Wieso sah sie plötzlich so unglücklich aus? Lag es daran, dass er erwähnt hatte, wie er zum Thema Familie stand? Er hatte schon mehrfach versucht, auf das Thema Zukunft zu sprechen zu kommen, aber Rose wich ihm jedes Mal aus – eine Tatsache, die ihn langsam wirklich nervös machte.

Dabei entbehrte die Situation nicht einer gewissen Ironie. Sonst war nämlich er derjenige gewesen, der ähnliche Andeutungen seiner früheren Freundinnen geflissentlich ignoriert hatte. Wollte Rose keine Beziehung? Oder nur mit ihm nicht? Irgendetwas verschwieg sie ihm, und die Ungewissheit, wie es nach ihrer Rückkehr nach Cornwall mit ihnen weitergehen würde, nagte zunehmend an ihm.

Er wollte mehr über sie wissen, doch je näher er ihr in dieser Hinsicht zu kommen versuchte, desto weiter schien sie sich von ihm zurückzuziehen. Dabei war er sicher, dass sie auch etwas für ihn empfand, das sah er in ihren Augen, wenn sie sich liebten.

Ich muss das klären, dachte er entschlossen, während er wieder auf sie zuging. Aber nicht hier. Dafür würde er sich einen anderen Rahmen suchen, und er hatte auch schon eine Idee, welcher das sein würde.

Rose blickte erst auf, als er sich wieder neben sie setzte, und der verlorene Ausdruck in ihren Augen traf ihn ins Herz.

»War das deine Mutter?«, fragte sie.

Er schüttelte den Kopf. »Nein, das war Pandakis.«

Sie runzelte die Stirn. »Will er die Villa jetzt doch nicht kaufen?«

»Im Gegenteil, er will sie mehr denn je«, erklärte Simon und seufzte entnervt. »Es gibt da nur leider ein Problem.«

33

»Kann ich den Hund füttern?«, fragte William aufgeregt und lief voraus in die Küche, dicht gefolgt von Buddy, der genau zu wissen schien, dass er sich diesmal an den Jungen halten musste.

»Von mir aus«, meinte Jack und ließ Zoe den Vortritt.

Sie waren gerade erst zurück, weil ihr gemeinsamer Gang zur Weide am Ende viel länger gedauert hatte als geplant. Nachdem die Schafe versorgt waren, hatten sie nämlich beschlossen, den Tag für einen gemeinsamen Ausflug zu nutzen. Sie waren zum Strandhaus gefahren, damit Zoe sich frische Sachen anziehen konnte, und dann weiter nach Padstow, wo sie in einem gemütlichen Pub zu Mittag gegessen hatten. Danach waren sie zu einem der Strände in der Nähe des Ortes gefahren und hatten den Surfern und Bodyboardern zugesehen, die sich dort in die Wellen stürzten. Das Wetter war nach dem Sturm am Vortag wieder herrlich sonnig und klar gewesen, und Zoe hatte es genossen, einfach nur neben Jack im Sand zu sitzen, während er ihr von Kanada erzählt hatte und davon, was er mit der Farm in der nächsten Zeit vorhatte. Sie hätte ihm stundenlang zuhören können, und obwohl sie wusste, dass sie die Zeit eigentlich hätte nutzen müssen, um mehr über ihren Bruder zu erfahren, hatte sie es nicht eilig gehabt zurückzukommen. William hatte ab und zu bei ihnen gesessen, aber die meiste Zeit Stöckchen für Buddy geworfen, der diese mit nicht nachlassendem Eifer immer wieder zurückgebracht hatte. Tatsächlich schien es William plötzlich sehr viel Spaß zu machen, sich mit dem Hund zu beschäftigen, und er strahlte richtig, während er Buddy beim Fressen zusah.

»Buddy bringt alles zurück, was man wirft. Und habt ihr gesehen, wie er auf der Weide die Herde zusammengetrieben hat? Ich wusste gar nicht, dass er das schon so gut kann«, sagte William verwundert.

»Du hast dich bis heute ja auch nicht besonders für ihn interessiert«, erwiderte Jack, schien die Kritik jedoch sofort zu bereuen, denn er fügte schnell hinzu: »Buddy hat wirklich sehr gute Anlagen, und er lernt schnell. Aber er ist noch lange nicht fertig ausgebildet. Wenn du willst, kannst du ja von jetzt an mit ihm arbeiten und ihm noch mehr beibringen.«

Die Idee schien seinem Sohn zu gefallen. »Das wäre cool«, meinte er und kraulte Buddy, der seinen Napf schon leer gefressen hatte, hinter den Ohren. »Ich gehe noch mal kurz mit ihm raus.«

»Aber bleib in der Nähe, es gibt bald Essen«, rief Jack ihm nach und wartete, bis er mit Zoe allein war. Dann zog er sie an sich und küsste sie. Vor William hatten sie das nicht getan, und Zoe stellte erleichtert fest, dass es nicht nur ihr schwergefallen war, sich in dieser Hinsicht zurückzunehmen.

»Bleibst du zum Essen?«, fragte Jack, und Zoe wollte gerade Ja sagen, als William plötzlich wieder in die Küche kam. Hastig ließen sie sich wieder los, aber ihre Umarmung war dem Jungen sicher nicht entgangen – genauso wenig wie Daisy Gallagher, die er im Schlepptau hatte.

»Grandma ist da«, erklärte William, ohne zu kommentieren, was er gesehen hatte. Dann ging er wieder, während Daisy in die Küche trat.

Befangen und nicht sicher, wie sie den Blick von Jacks Mutter deuten sollte, gab Zoe ihr die Hand.

»Ich wollte nicht stören«, sagte Daisy. »Aber im Strandhaus

war niemand, deshalb habe ich gedacht, ich sehe mal nach, ob du vielleicht hier bist.«

Überrascht sah Zoe sie an. »Sie wollten zu mir?«

Daisy nickte. »Rose hat angerufen. Sie sagt, sie muss dich dringend sprechen, aber dein Handy ist wohl ausgeschaltet und im Strandhaus hat sie dich auch nicht erreicht.«

»Hat sie gesagt, worum es geht?«, fragte Zoe erschrocken und dachte an ihre Eltern. Sie musste wirklich dringend Kontakt zu ihrem Vater und Philipp aufnehmen, aber die dramatischen Ereignisse der letzten Nacht hatten sie ihren Vorsatz vergessen lassen.

Daisy schüttelte den Kopf. »Nicht genau. Sie sagte nur, es hätte etwas mit der Villa zu tun. Du sollst dich so schnell wie möglich melden.«

»Du kannst mein Telefon nehmen«, meinte Jack, aber Zoe schüttelte den Kopf. In Daisys Anwesenheit fühlte sie sich nicht wohl, denn Jacks Mutter betrachtete sie mit einem weit kritischeren Ausdruck in den Augen als bei ihrer letzten Begegnung. Außerdem hatte sie plötzlich das dringende Bedürfnis zu kontrollieren, ob Nachrichten auf ihrem Handy eingegangen waren.

»Nein, ich glaube, es ist besser, wenn ich zurück zum Strandhaus gehe und das dort kläre.«

»Soll ich dich fahren?«, bot Jack an.

»Ich laufe, es ist ja nicht weit«, wehrte sie mit einem Blick auf Daisy ab. »Schließlich hast du Besuch.«

Sie lächelte ihm noch einmal zu und hoffte, dass er sah, wie leid es ihr tat, gehen zu müssen. Aber es war, als hätte Daisy Gallagher sie an etwas erinnert, dass sie den Tag über nur zu gerne vergessen hatte: Ihr Platz war nicht hier.

Jack begleitete sie noch zur Tür und zog sie in seine Arme, küsste sie noch einmal.

»Kommst du wieder?«, fragte er, und die Unsicherheit, die sie in seinen Augen las, schnitt ihr ins Herz.

Sie nickte, dann drehte sie sich hastig um und lief über den Hof in Richtung Strandhaus.

* * *

Missmutig schloss Jack die Tür und versuchte, das hässliche Gefühl der Leere zu ignorieren, das ihn plötzlich erfüllte. Seit er Zoe unten am Hafen geküsst hatte, war er nicht mehr von ihr getrennt gewesen, und er hatte Angst vor diesem Moment gehabt. Dem Moment, in dem er sie wieder gehen lassen musste, ohne zu wissen, wie sie zu ihm stand.

Dabei hatte er selbst das Thema vermieden, hatte ihr von seiner Vergangenheit erzählt und vom Leben auf der Farm. Die Zukunft hatte er mit keinem Wort erwähnt, weil es ihm lieber gewesen war, die Zeit mit ihr und William zu genießen und nicht darüber nachzudenken, dass es so einfach nicht war, wie es sich heute angefühlt hatte. Das war dumm von ihm gewesen. Und feige. Aber er wollte einfach nicht hören, dass sie zurück nach London gehen würde – weil er nicht wusste, ob er erneut die Kraft hatte, um sie zu kämpfen. Es hatte verdammt wehgetan beim letzten Mal, und er hatte lange gebraucht, um sich davon zu erholen. Konnte er das wirklich noch einmal riskieren?

Als er in die Küche trat, brodelte der Wasserkocher und seine Mutter bereitete gerade die Teekanne vor. Sie schaffte es einfach nicht, sich still irgendwo hinzusetzen, sie musste immer etwas tun, und zu anderen Zeiten hätte ihn das amüsiert. Jetzt jedoch ärgerte es ihn, vor allem, weil der Ausdruck in ihren Augen immer noch vorwurfsvoll war.

»Ich will keinen Tee«, knurrte er und setzte sich an den Küchentisch. Daisy brachte das jedoch nicht aus der Ruhe.

»Aber ich«, erklärte sie und wartete, bis das Wasser kochte. Dann goss sie den Tee auf.

»Ich hoffe, du weißt, was du tust«, sagte sie in die Stille hinein, und er wusste, dass sie von Zoe sprach.

»Ja, das weiß ich«, gab er schroff zurück. »Aber ich weiß nicht, ob dich das was angeht.«

Seine Mutter stemmte die Hände in die Hüften. »Natürlich geht es mich etwas an, wenn mein Sohn mit offenen Augen ins Unglück rennt. Das ganze Dorf redet von Zoes Auftritt gestern. Und davon, dass du anschließend mit ihr verschwunden bist.« Sie schüttelte den Kopf. »Willst du dir das wirklich noch mal antun, Jack?«

Er spürte, wie sein Magen sich zusammenkrampfte, weil sie das aussprach, was er selbst fürchtete. Aber er schüttelte das Gefühl ab und hielt ihrem Blick stand.

»Wir mussten uns um William kümmern«, sagte er. »Zoe hat mir geholfen, ihn unten am Strand vor der Flut zu retten.«

Ungläubig starrte seine Mutter ihn an, während er erzählte, was passiert war.

»Das wusste ich nicht«, sagte sie betroffen, als er geendet hatte. Sie holte einen Becher aus dem Hängeschrank, füllte ihn mit Tee und setzte sich damit zu Jack.

Für einen Moment schwiegen sie beide, doch als er den Blick hob, sah er, dass der skeptische Ausdruck noch nicht aus ihren Augen gewichen war.

»Und was ist mit Megan?«, wollte sie wissen. »Sie passt zu dir, Jack. Mit ihr kannst du dir etwas aufbauen. Zoe dagegen …«

»Du kennst sie doch gar nicht mehr, Mum«, fiel Jack ihr ins Wort und sprang auf. Unruhig fing er an, in der Küche auf und ab zu laufen.

»Und du schon?« Daisy hob die Augenbrauen. »Woher willst du wissen, dass sie dich nicht wieder einfach so verlässt wie beim letzten Mal?«

Jack blieb stehen und schlug mit der Faust auf den Tisch. »Können wir jetzt bitte über etwas anderes reden?«

Seine Mutter verzog keine Miene, sondern hielt seinem wütenden Blick stand, bis er nachgab und die Spannung aus seinen Schultern wich. Er sank zurück auf den Stuhl.

»Tut mir leid«, sagte er zerknirscht, weil er wusste, dass er zu weit gegangen war.

Daisy griff über den Tisch nach seiner Hand und lächelte, als er den Kopf hob und sie ansah.

»Mir tut es auch leid. Ich sollte mich da nicht einmischen. Aber du weißt ja, wie das ist, wenn man Kinder hat. Man hört nie auf, sich Sorgen zu machen, egal wie alt sie sind.«

Jack dachte an William und lächelte schief. »Du musst dir keine Sorgen machen, Mum«, versicherte er ihr.

Daisy drückte seine Hand, dann erhob sie sich. »Ich muss wieder los.«

Sie stand schon in der Tür, als sie sich noch einmal zu ihm umdrehte, und Jack sah ihr an, dass sie noch etwas sagen wollte. Doch sie lächelte ihn nur an und ging.

Jack stützte die Ellenbogen auf den Tisch und vergrub mit einem Stöhnen die Finger in seinem Haar.

Sie irrt sich, was Zoe angeht, dachte er und hoffte inständig, dass er recht hatte. Wenn nicht …

Darüber wollte er lieber nicht nachdenken.

34

Als Zoe die Haustür des Strandhauses aufschloss, hörte sie das Telefon klingeln. Schnell trat sie in den Flur und nahm es von der Station.

»Zoe? Endlich! Ich hab's schon hundert Mal probiert, aber du bist nie drangegangen.« Es war Rose.

Zoe schloss die Haustür wieder und ging mit dem Telefon ins Wohnzimmer, ließ sich erschöpft auf das Sofa fallen. Es war nicht weit von der Farm bis zum Strandhaus, aber sie fühlte sich trotzdem abgekämpft.

»Ich war bei Jack«, sagte sie. »Deine Mutter hat mir aber schon ausgerichtet, dass du mich sprechen willst.« Sie seufzte. »Worum geht es denn?«

»Um die Villa«, erklärte Zoe. »Der Mann, der sie kaufen will, hat vorhin Simon ... ich meine, Mr Fielding, angerufen und ihm erklärt, dass er das Kaufangebot noch mal um fünfzigtausend Pfund erhöht. Aber – und das ist der Haken – diese Summe gilt nur bis morgen Abend. Bis dahin musst du dich entschieden haben, ob du ihm das Haus verkaufst, sonst zieht er sein Angebot komplett zurück.«

Zoe war für einen Moment zu überrumpelt, um zu antworten. »Noch mal fünfzigtausend?«

Das war eine stolze Summe, und das Angebot war schon vorher nicht schlecht gewesen. Trotzdem war es ein komisches Gefühl, plötzlich so unter Druck zu stehen.

»Ich weiß nicht«, sagte sie. »Darüber muss ich erst nachdenken.«

»Das habe ich mir schon gedacht. Aber Simon sagt, dass du nicht zu lange warten sollst. Dieser Darios Pandakis ist ein Zocker, aber er steht zu seinem Wort. Wenn du dich nicht bald entscheidest, dann wird es nichts mit dem Verkauf.«

»Simon?« Zoe lächelte. »Wie gut kennst du diesen Anwalt inzwischen, dass ihr euch beim Vornamen nennt?«

Sie hatte Rose nur ein bisschen aufziehen wollen, doch als diese nicht antwortete, wurde Zoe bewusst, dass sie mit ihrem Scherz offenbar ins Schwarze getroffen hatte.

»Jetzt sag nicht, du hast was mit ihm?«

»Doch«, gestand Rose und seufzte tief. »Ich habe keine Ahnung, wie das passieren konnte, aber er ist der tollste Mann, der mir seit sehr langer Zeit begegnet ist, und ich bin total verliebt in ihn.«

Zoe stand wieder auf, holte ihre Handtasche, die im Flur stand, und suchte darin nach ihrem Handy. »Ist das nicht was Gutes?«, fragte sie, während sie das Smartphone wieder einschaltete, weil Rose trotz dieser sehr positiven Aussage bedrückt klang.

»Das wäre etwas Gutes, wenn ich ihm nicht verschwiegen hätte, dass ich drei Kinder habe. Ich dachte, es wäre nicht wichtig, weil das mit ihm und mir nichts Ernstes ist. Aber inzwischen fühlt es sich so an, als könnte es ernst werden, und wenn ich es ihm jetzt sage, dann war's das vermutlich.« Wieder seufzte sie unglücklich. »Was soll ich denn bloß machen, Zoe?«

Sie klang ehrlich verzweifelt, und Zoe hätte ihr gerne geholfen. Es fühlte sich gut an, plötzlich wieder Rose' Vertraute zu sein. Aber es gab nur einen Rat, den sie ihr geben konnte – und den wusste Rose vermutlich auch selbst.

»Du musst es ihm sagen.«

Und das gilt auch für mich selbst, dachte sie zerknirscht. Sie schob es auch vor sich her, Jack zu erklären, dass sie ihn wieder verlassen musste.

Rose stöhnte. »Du hast recht. Simon muss es erfahren. Er will nachher mit mir essen gehen. Dann sage ich es ihm. Im Restaurant kann er mir wenigstens keine Szene machen.«

Zoe musste gegen ihren Willen lachen. »Ach, Rose«, sagte sie und fühlte sich ihrer Freundin plötzlich wieder so nah wie damals. »Du machst das schon. Und wenn er dich genauso liebt, wie du ihn, dann kriegt ihr das hin.«

Rose schien davon nicht wirklich überzeugt zu sein, aber sie ging nicht weiter darauf ein.

»Und wieso warst du bei Jack?« Ihre Stimme klang hoffnungsvoll. »Hast du dich mit ihm ausgesprochen?«

Zoe verzog den Mund. »Nicht direkt. Aber …«

Sie zögerte kurz, konnte jedoch nicht mehr für sich behalten, was sie beschäftigte. Rose hatte sich ihr schließlich auch anvertraut. Und sie brauchte einfach jemanden zum Reden.

»Ich war so dumm damals, Rose. Jack wollte mich zurück. Er hat mir einen Brief geschrieben, aber den habe ich nicht bekommen. Ich dachte, er hätte mich vergessen, aber das stimmt gar nicht.« Verzweifelt dachte sie an die Zeit, die sie verloren hatten. »Ich liebe ihn immer noch. Ich glaube, ich habe damit nie aufgehört.«

Es tat gut, es auszusprechen, und es schmerzte gleichzeitig so sehr, dass sie gegen die Tränen anblinzeln musste, die plötzlich in ihren Augen brannten.

»Aber es ist doch noch nicht zu spät.« Rose klang sehr erfreut, so als wäre es genau das, was sie sich gewünscht hatte. »Ihr hättet eine zweite Chance verdient.«

Das Handy, das Zoe während des Gesprächs freigeschaltet und auf den Couchtisch gelegt hatte, stieß plötzlich mehrmals hintereinander sanfte Warntöne aus, und auf dem Display erschien die Meldung, dass über ein Dutzend Nachrichten eingegangen waren. Sie stammten fast alle von ihrem Vater und von Philipp, der inzwischen aus den USA zurück war.

»Ich muss Schluss machen, Rose. Ich melde mich wegen der Villa, okay?« Sie zögerte. »Es war schön, mit dir zu reden.«

»Fand ich auch«, sagte Rose, und Zoe spürte erneut eine warme Welle der Zuneigung.

Ich hätte diese Freundschaft genauso wenig aufgeben dürfen wie meine Liebe zu Jack, dachte sie reumütig, nachdem sie aufgelegt hatte. Dann wandte sie sich den Nachrichten zu, die ihr Vater und Philipp ihr geschrieben hatten.

Sie befürchtete, dass irgendetwas passiert war, im schlimmsten Fall mit ihrer Mutter. Doch tatsächlich erkundigten sich beide nur nach ihr. Philipp blieb dabei höflich, die Nachrichten ihres Vaters hingegen wurden von Mal zu Mal ungeduldiger.

Melde dich, Zoe.

Wir machen uns Sorgen.

Wo zur Hölle bist du?

Schalte endlich dieses verdammte Handy an!

Zoe kaute auf ihrer Lippe, als ihr klar wurde, dass ihr langes Schweigen fahrlässig gewesen war. Sie hatte damit Fragen vermeiden wollen, aber jetzt würde sie eine sehr gute Begründung dafür brauchen, dass ihr Handy so lange ausgeschaltet gewesen war.

Sie überlegte kurz, wen von beiden sie zuerst anrufen sollte, und entschied sich für Philipp, weil es ihr einfacher erschien, mit ihm zu reden. Er würde Verständnis für sie haben und nicht so viel nachbohren wie ihr Vater. Sie war gerade im Begriff, seinen Kontakt im Telefonbuch aufzurufen, als ihr Blick auf seine letzte Nachricht fiel.

Ich hoffe, es geht dir gut, Liebling. Lass bitte von dir hören.

Erschüttert starrte sie auf das Wort »Liebling«. Philipp benutzte selten Kosenamen, aber es war natürlich sein gutes Recht, sie so zu nennen. Schließlich ging er immer noch davon aus, dass sie bald heiraten würden. Aber sie konnte nicht seine Frau werden. Ihre Gefühle für ihn waren nur ein blasser Schatten dessen, was sie für Jack empfand, und ihr wurde plötzlich klar, dass sie deshalb immer neue Gründe gefunden hatte, um die Hochzeit aufzuschieben und nicht mit Philipp zusammenzuziehen. Weil sie tief in ihrem Innern immer gewusst hatte, dass ihr Herz einem anderen gehörte.

Trotzdem schuldete sie ihm eine Erklärung, deshalb suchte sie seine Nummer im Speicher und drückte auf die Rufaufbautaste.

Er ging sofort dran. »Zoe! Mein Gott, endlich meldest du dich! Geht es dir gut? Dein Vater macht deinetwegen schon alle verrückt.«

»Tut mir leid«, sagte sie und überlegte fieberhaft, was sie ihm erzählen sollte. »Ich … habe hier furchtbar schlechten Empfang. Deshalb ist wahrscheinlich immer die Mailbox drangegangen. Aber es geht mir gut. Ihr müsst euch keine Sorgen machen.«

Sie sah förmlich vor sich, wie Philipp die Stirn runzelte.

»Und *wo* genau bist du?«, wollte er wissen.

»In … Schottland«, log Zoe. »In dem Golfhotel in der Nähe von Edinburgh, in dem damals das große Bauwirtschaftstreffen stattgefunden hat, weißt du noch?«

Es war der erste Ort, der ihr einfiel, aber schon, als sie es ausgesprochen hatte, wurde ihr klar, dass es ein Fehler gewesen war.

»Warum denn ausgerechnet dort?«, fragte Philipp, und sie hörte die Zweifel in seiner Stimme. »Du hast damals gesagt, da kriegen dich keine zehn Pferde mehr hin, weil es so einsam liegt.«

»Das ist es ja gerade«, meinte sie. »Ich brauchte Ruhe, und die kriege ich hier.«

Philipp sagte nichts, aber sie spürte, dass er ihr nicht glaubte. Und das war gar nicht gut.

Lenk ihn ab, dachte sie und wollte sich gerade danach erkundigen, wie es in der Firma lief, als es plötzlich laut an der Tür klopfte.

»Was war das?«, fragte Philipp irritiert, der sie ja allein in einem Hotel vermutete.

Zoe spürte, wie sich Schmerz hinter ihrer Stirn sammelte. Es war anstrengend zu lügen, und sie konnte einfach nicht mehr.

»Ich muss Schluss machen«, sagte sie. »Ich melde mich wieder.«

»Zoe, warte …«, hörte sie ihn noch sagen, bevor sie den Anruf wegdrückte. Jetzt würde er sich vermutlich erst recht Sorgen machen, aber sie konnte sich im Moment nicht damit auseinandersetzen.

Es klopfte erneut, deshalb stand sie auf und ging schnell zur Tür, weil sie hoffte, dass es Jack war.

Doch es war Chief Constable Harry Owen.

»Darf ich reinkommen?«

»Natürlich.« Zoes Blick fiel auf Chris' Tagebuch, das er in der Hand hielt. Hastig trat sie einen Schritt zur Seite und ließ ihn in den Flur, führte ihn in das kleine Wohnzimmer. »Möchten Sie sich setzen?«

Er schüttelte den Kopf. »Ich stehe lieber«, erklärte er, und ihr fiel auf, dass er angespannt wirkte. Seine Bewegungen waren fahrig, und er atmete schwer. »Ich wollte Ihnen das hier zurückbringen.«

Zoe nahm das Tagebuch entgegen und sah ihn fragend an.

»Konnten Sie etwas damit anfangen?«

Harry Owen nickte mit ernster Miene, und Zoes Herz schlug sofort schneller.

»Dann … haben Sie neue Erkenntnisse?«

Der Polizist stieß die Luft aus.

»Nein. Eigentlich nicht. Aber ich kann Ihnen sagen, wen Ihr Bruder in seinem Gedicht gemeint hat.«

35

»*Prego*, Signore Fielding!« Der Oberkellner im La Vigna deutete auf einen Tisch für zwei direkt am Fenster, von dem aus man einen schönen Blick auf die Straße und den angrenzenden eingezäunten Park hatte. »Wir haben Ihnen Ihren Stammplatz reserviert. Ich hoffe, das ist Ihnen recht?«

»Danke, Fausto«, erwiderte Simon und zog für Rose den Stuhl heraus, half ihr galant, sich zu setzen, bevor der beflissene Italiener das tun konnte.

»Ich bringe sofort die Karte«, erklärte dieser und ging eilig davon.

»Und? Habe ich zu viel versprochen?«, fragte Simon, als sie wieder allein waren.

Rose schüttelte den Kopf. »Nein, es ist wirklich schön hier«, bestätigte sie und ließ den Blick über die Tische mit den glänzenden Damastdecken und den silbernen Leuchtern schweifen.

Das gesamte Ambiente des La Vigna war genauso nobel, wie sie befürchtet hatte, aber tatsächlich gefiel es ihr sehr und sie fühlte sich weder fremd noch unwohl. Und das lag vor allem an Simon. Das Zusammensein mit ihm hatte ihr Selbstbewusstsein auf eine ganz wunderbare Weise gestärkt. Vor Kurzem noch hatte sie geglaubt, nicht an so einen Ort zu passen. Doch Simon hatte es geschafft, ihr diese Unsicherheit zu nehmen. Die Bewunderung, die sie in seinen Augen sah, machte sie stark und hatte sie daran erinnert, dass sie eine attraktive Frau war, die sich nicht zu verstecken brauchte, weder was ihr Aussehen betraf, noch was ihre Talente anging. Denn auch in dieser Hinsicht lobte Simon sie immer wieder und machte ihr Mut, ihren Weg weiterzugehen und an sich zu glauben. Dafür würde sie ihm immer dankbar sein, egal was geschah.

»Soll ich dir etwas empfehlen?«, fragte Simon, als der Kellner die Karten gebracht hatte.

Rose nickte, aber sie hörte ihm gar nicht richtig zu, während er ihr von dem Carpaccio und den Fettuccine mit Trüffeln in Weißweinsoße vorschwärmte. Stattdessen betrachtete sie ihn und versuchte, sich jedes Detail an ihm einzuprägen – für die Zeit, in der sie nicht mehr bei ihm sein würde. Und die kam vielleicht schon bald, wenn sie tat, was Zoe ihr geraten hatte.

»Rose?«

Erst, als Simon fragend die Brauen hob, wurde ihr klar, dass sie noch nichts zu seinem Vorschlag gesagt hatte.

»Was? Ja, das klingt gut. Das nehme ich auch«, sagte sie und lächelte entschuldigend.

Simon bestellte für sie beide und suchte auch einen Wein aus. Als der Kellner gegangen war, musterte er Rose mit einem Stirnrunzeln.

»Was ist los mit dir?«, fragte er. »Ist etwas nicht in Ordnung?«

Rose knetete nervös die Hände in ihrem Schoß. »Ich muss die ganze Zeit an mein Gespräch mit Zoe denken«, sagte sie und überlegte, ob sie ihr Geständnis vielleicht besser gleich hinter sich bringen sollte. Aber war jetzt wirklich der richtige Zeitpunkt dafür? Sollte sie nicht lieber noch ein bisschen warten?

»Wenn deine Freundin schlau ist, dann nimmt sie das Angebot an«, meinte Simon, der ihre Bemerkung auf den Verkauf der Villa bezog. »Sie wird in absehbarer Zeit keinen höheren Preis mehr für das Haus erzielen.«

»Ich denke nicht, dass es ihr ums Geld geht.« Rose lächelte dem Oberkellner zu, der gerade den Wein brachte, und wartete, bis Simon davon probiert hatte und ihre Gläser gefüllt waren, bevor sie weitersprach. »An dem Haus hängen Erinnerungen. Ich glaube, deshalb zögert sie, und nicht, weil sie hofft, der Preis könnte noch steigen. Außerdem ist sie gerade mit anderen Dingen beschäftigt.«

»Mit welchen denn?«, wollte Simon wissen.

Rose zögerte, weil Simon mit Zoe beruflich zu tun hatte. Aber sie war sicher, dass er persönliche Dinge, die sie ihm anvertraute, nicht weitertragen würde.

»Sie war früher mal mit meinem Bruder zusammen, und ich glaube, zwischen den beiden entwickelt sich wieder etwas«, erklärte sie und lächelte, weil der Gedanke ihr gefiel. Sie war schon damals davon überzeugt gewesen, dass Jack und Zoe zusammengehörten.

Simon runzelte die Stirn. »Aber ich dachte, sie wäre mit dem Geschäftsführer ihrer Firma verlobt.«

»Was?« Erschrocken sah Rose ihn an. »Davon hat sie nichts erwähnt.«

Er zuckte mit den Schultern. »Ich hoffe nicht, dass da eine Enttäuschung auf deinen Bruder wartet. Aber vielleicht irre ich mich ja auch.«

Hoffentlich, dachte Rose und legte sich ihre Serviette auf den Schoß, weil ihnen die Vorspeise serviert wurde. Das Carpaccio, das Simon bestellt hatte, war köstlich, genau wie die Nudeln, und sie versuchte wirklich, das Essen zu genießen. Doch je näher sie dem Punkt kamen, an dem sie Simon endlich die Wahrheit sagen musste, desto nervöser wurde sie. Deshalb bejahte sie seine Frage, ob sie noch einen Nachtisch wollte, und wählte die größte Portion, die es gab. Doch auch die war irgendwann gegessen, und auf diesen Moment schien Simon gewartet zu haben.

»Bringen Sie uns bitte noch zwei Gläser Champagner«, bat er Fausto, der seinen Wunsch prompt erfüllte.

Als sie ihre Gläser in der Hand hielten, musste Rose lächeln. »Beendest du jedes Essen so feudal?«

»Nein, aber ich hoffe, wir haben gleich etwas zu feiern«, erwiderte Simon und wurde ernst, als Rose ihn fragend ansah.

Er streckte den Arm über den Tisch und nahm ihre Hand.

»Ich weiß, es klingt verrückt, vor allem, weil wir uns erst seit ein paar Tagen kennen, aber ich habe noch nie eine Frau wie dich getroffen, Rose. Ich kann immer noch nicht fassen, dass ich das Glück hatte, dir zu begegnen, und ich will auf gar keinen Fall, dass das, was wir haben, endet, wenn du zurück nach Cornwall gehst. Es ist mir egal, wie viele Kilometer es von hier aus sind, und es ist mir auch egal, was für Schwierigkeiten es sonst noch gibt – ich will mit dir zusammen sein. Weil ich noch nie in jemanden so verliebt war wie in dich, und wenn es dir genauso geht, dann lass es uns miteinander versuchen, ja?«

Rose sah den unsicheren Ausdruck in seinen Augen, der so untypisch für ihn war, und ihr Herz flog ihm zu. Es war genau das, was sie auch empfand, und sie hätte so gerne Ja gesagt. Aber das ging nur, wenn er die ganze Wahrheit über sie kannte.

»Simon, ich …«

Sie stockte und starrte zum Eingangsbereich des Restaurants hinüber, den sie von ihrem Platz aus gut sehen konnte. Nein, dachte sie und spürte, wie ihr das Blut aus dem Gesicht wich. Fast verzweifelt hoffte sie, dass sie sich irrte. Aber der

Mann, der gerade mit einer hübschen Blondine am Arm bei Fausto stand und darauf wartete, dass er zu seinem Tisch geführt wurde, war tatsächlich ihr Exmann Matt.

Als hätte er ihren Blick bemerkt, drehte er den Kopf und sah ihr direkt in die Augen.

»Rose?«, fragte Simon irritiert.

»Entschuldige mich einen Augenblick«, stieß sie hervor, stand auf und ging mit schnellen Schritten in Richtung der Toiletten. Auf dem Weg dorthin würde sie Matt begegnen und konnte mit ihm sprechen, bevor er womöglich an ihren Tisch kam. Sie wollte nämlich auf keinen Fall, dass Simon ihm begegnete, bevor er über alles Bescheid wusste.

»Rose!« Matt klang ehrlich erstaunt, als sie sich gegenüberstanden, und musterte sie von Kopf bis Fuß. »Was machst du denn in London?«

»Ich habe hier zu tun«, erklärte sie und betrachtete ihrerseits seine hübsche Begleiterin. Sie war jünger als er, höchstens Mitte zwanzig, und passte damit voll in Matts Beuteschema.

Matt schien das als Aufforderung zu verstehen, sie einander vorzustellen.

»Das ist Kelsey Jones«, erklärte er, ohne genauer zu definieren, in welchem Verhältnis er zu ihr stand. »Und das ist meine Exfrau Rose«, fügte er dann hinzu und richtete seine Aufmerksamkeit wieder ganz auf sie. »Wieso hast du dich nicht gemeldet und gesagt, dass du in der Stadt bist?«

»Das hätte ich noch. Wir müssen nämlich dringend über die Unterhaltszahlungen für mich und die Kinder reden.«

Die hübsche Kesley zuckte bei dem Wort »Unterhaltszahlungen« deutlich zusammen, was Matt nicht entging.

»Müssen wir das hier besprechen?«, zischte er, sichtlich unangenehm berührt.

»Nein, aber das werden wir noch«, meinte Rose und wollte

weitergehen zur Treppe, die hinunter zu den Toiletten führte. Doch Matt hielt sie auf.

»Warte! Bist du allein hier?«

Rose machte sich von ihm los.

»Nein. Mit einem Freund.« Sie sah hinüber zu Simon, der an ihrem Tisch saß und gedankenverloren aus dem Fenster starrte.

»Du bist mit Simon Fielding hier?«

Rose spürte, wie ihr Magen sich zusammenzog.

»Du kennst ihn?«

»Nicht persönlich«, erklärte Matt. »Seine Kanzlei vertritt unsere Firma, und ich habe ihn schon öfter bei uns im Haus gesehen. Er heißt, er sei ein sehr guter Anwalt. Und er ist mit dem Earl of Chiswick verwandt.«

Er konnte seine Bewunderung nicht verhehlen, und das erstaunte Rose nicht. Matt orientierte sich gerne an den »wichtigen« Leuten, zu denen Simon in seinen Augen offenbar gehörte. Dass dieser mit seiner Exfrau Essen ging, schien ihn dagegen sichtlich zu irritieren.

»Und woher kennst du ihn?«

»Ich glaube nicht, dass dich das noch etwas angeht«, erwiderte Rose kühl. »Wenn du mich jetzt entschuldigst?«

Wieder versuchte sie, in Richtung Treppe zu gehen, doch Matt hielt sie auch diesmal auf, umfasste ihren Arm beinahe schmerzhaft fest.

»Es geht mich sehr wohl etwas an. Du bist die Mutter meiner Kinder. Wo sind die drei überhaupt?«

Rose spürte kalte Wut in sich aufsteigen, als sie das eifersüchtige Funkeln in seinen Augen sah. Offenbar passte es ihm nicht, dass es einen anderen Mann in ihrem Leben gab. Was höchst ironisch war, wenn man bedachte, dass es seine ständigen Seitensprünge gewesen waren, die ihre Ehe zerstört hatten.

»Die drei sind bei meiner Familie, die uns – im Gegensatz zu dir – sehr unterstützt«, sagte sie und machte sich mit einem Ruck von ihm los. »Die Kinder fragen schon gar nicht mehr nach dir, weil du dich nie meldest, und wir warten seit Monaten auf das Geld, das du uns schuldest. Und jetzt erzähl mir nicht wieder, du wärst knapp bei Kasse. Wenn du es dir leisten kannst, deine neue Freundin hierher zum Essen auszuführen, sollte der Unterhalt kein Problem sein.«

Matts Gesicht war weiß geworden, und er presste die Lippen aufeinander. Er hasste öffentliche Szenen, und eigentlich tat Rose das auch. Aber er hatte sie provoziert, und letztlich war sie schon viel zu lange geduldig mit ihm gewesen. Deshalb ballte sie die Hände zu Fäusten und funkelte ihn wütend an.

»Du darfst dich also sehr gerne einmischen, wenn es um die Kinder geht, schließlich bist du ihr Vater. Aber du bist nicht mehr mein Mann, deshalb hältst du dich gefälligst aus meinem Leben raus. Bis dann, Matt, und wie gesagt: Du hörst von mir.«

Sie warf ihm noch einen letzten warnenden Blick zu, dann ging sie die Treppe hinunter zu den Toiletten. Dort machte sie sich kurz frisch und sammelte sich noch einmal, bevor sie wieder nach oben ging.

Als sie in den Gastraum zurückkehrte, entdeckte sie Matt und seine Begleitung an einem Tisch in der anderen Ecke des Raumes. Er sah zu ihr herüber, aber sie ignorierte ihn und ging zu Simon, der am Tisch auf sie wartete.

»Tut mir leid, dass es so lange gedauert hat«, entschuldigte sie sich.

»Schon gut.« Simon zuckte mit den Schultern, und erst jetzt sah sie den zerknirschten Ausdruck auf seinem Gesicht. »Ich hätte dich mit meiner kleinen Ansprache nicht so überfallen sollen. Wahrscheinlich war ich ein bisschen zu voreilig.«

»Was? Nein!« Daran, dass er ihre Reaktion so deuten könnte, hatte sie überhaupt nicht gedacht. Aber es musste in der Tat befremdlich auf ihn gewirkt haben, dass sie einfach aufgesprungen und gegangen war, nachdem er ihr gerade seine Gefühle gestanden hatte. Schnell streckte sie die Hand aus und legte sie auf seine.

»Mir geht es genauso wie dir, Simon. Wirklich. Ich bin schrecklich verliebt in dich, und ich möchte nichts lieber als mit dir zusammen sein. Aber es gibt da etwas, dass ich dir noch nicht gesagt habe.« Sie wollte gerade weitersprechen, als jemand neben ihren Stuhl trat.

»Tut mir leid, wenn ich störe«, sagte Matt.

Er war immer noch blass, aber auf seinen Wangen brannten rote Flecken, die davon zeugten, wie viel Mühe er sich geben musste, den Zorn zu unterdrücken, der in seinen Augen loderte. Trotzdem sprach er so leise und beherrscht, dass die Leute am Nebentisch ihn nicht hören konnten.

»Okay, du willst also, dass ich mich um unsere Kinder kümmere, Rose? Nun, das sollte ich vielleicht auch besser, wenn ich sehe, wie sehr du sie vernachlässigst. Du müsstest bei ihnen sein, anstatt dich in London rumzutreiben«, sagte er schneidend und warf Simon einen Seitenblick zu, den Rose zu deuten wusste. Er war darauf aus, sie schlecht zu machen, und versuchte gleichzeitig, Simons Aufmerksamkeit zu bekommen. Was ihm mit diesem Auftritt zweifellos gelang. »Ich denke, unter diesen Umständen überlege ich mir, ob ich die Scheidungsvereinbarungen nicht anfechte und das Sorgerecht neu verhandeln lasse. Schließlich zahle ich den Unterhalt für die drei nicht, damit du dich von dem Geld mit anderen Männern amüsieren kannst.«

Er wartete Rose' Antwort nicht ab, sondern drehte sich auf dem Absatz um und ging wieder zurück zu seinem Tisch.

Aber Rose hätte ohnehin nichts sagen können, dafür war sie viel zu entsetzt über seinen Auftritt.

Und Simon schien es da ganz ähnlich zu gehen, denn er starrte Matt fassungslos hinterher.

»Das war mein Exmann«, erklärte sie hastig. »Ich wollte dir gerade von ihm erzählen.«

Simons Augen wurden schmal. »Und ich nehme an, im Zuge dessen wolltest du auch endlich erwähnen, dass du drei Kinder hast?«

Seine Stimme klang sarkastisch, und Rose spürte, wie sich ihr Magen zusammenzog, als sie den enttäuschten Ausdruck in seinen Augen sah.

36

Zoe bemerkte, dass kleine Schweißtropfen auf Harry Owens Stirn glänzten.

»Könnten wir uns vielleicht doch setzen?«, fragte er matt und sank auf das Sofa, so als würden seine Beine ihn nicht mehr tragen. Nichts an ihm erinnerte noch an den zugeknöpften Polizeichef, der ihr vor ein paar Tagen kühl erklärt hatte, dass er für sie bei der Akteneinsicht keine Ausnahme machen konnte. Im Gegenteil, dachte Zoe, die sich ihm gegenüber in einen der Sessel setzte, jetzt wirkt er eher unsicher.

»Ihre Rede gestern Abend war sehr beeindruckend«, meinte er. »Und Sie haben recht. Die Wahrheit ist wichtig. Und derjenige, an den Chris sein Gedicht gerichtet hat, ist sie Ihnen schon lange schuldig.«

»Wissen Sie wirklich, wer es ist?«

Er nickte, und Zoe dachte aufgeregt an das, was Dr. Corby ihr auf dem Summer Dance erzählt hatte. Plötzlich glaubte sie zu wissen, was der auf einmal so nervöse Polizist ihr sagen wollte.

»Also war es doch Ihre Schwester?«

Harry Owen hob überrascht die Augenbrauen. Dann schüttelte er den Kopf. »Alicia? Nein. Chris kannte sie kaum.«

»Aber wen meinte er dann?«, drängte Zoe.

Harry Owen holte tief Luft. »Er meinte mich.«

»*Sie?*« Ungläubig sah Zoe ihn an, während sich in ihrem Kopf ein Bild zu formen begann, das enthüllte, worauf sie niemals gekommen wäre. »Sie waren seine große Liebe?«

Harry Owen nickte. »Und er meine.«

»Aber …« Zoe schüttelte den Kopf. »Warum haben Sie denn nie etwas gesagt?«

In einer hilflosen Geste hob Harry Owen die Arme und ließ sie wieder sinken. Er wirkte niedergeschlagen, und Zoe sah Tränen in seinen Augen schimmern.

»Weil ich zu feige war. Wir waren es beide, zumindest am Anfang. Weil das doch alles gar nicht passte. Chris war erst zwanzig, und ich schon fast dreißig. Wir hatten Angst vor unseren Gefühlen. Es war neu und aufregend und überwältigend, aber es stellte auch alles infrage. Ich stamme aus einer sehr konservativen Familie. Homosexualität kommt im Weltbild meiner Eltern nicht vor. Wenn bei uns überhaupt über so etwas gesprochen wurde, dann immer herablassend und mit einer Spur Mitleid in der Stimme. So, als wäre es etwas Bedauerliches, das zwar existiert, mit dem man aber persönlich nichts zu tun haben will. Etwas, das nur diejenigen betrifft, die nicht ›ganz normal‹ sind. ›Wider die Natur‹ hat mein Vater es oft genannt. Er hätte niemals akzeptiert, dass ich einen Mann liebe, und in meinem Job ist es auch schwierig, sich dazu zu bekennen. Die Polizei ist immer noch eine Männerdomäne, und ich hatte Angst vor der Reaktion meiner Kollegen. Also habe ich lange versucht, meine Neigung zu ignorieren. Aber das ist nichts, was wieder vorbeigeht wie eine lästige Erkältung.«

Beklommen dachte Zoe an die Bemerkungen, die ihr Vater immer über gleichgeschlechtliche Paare gemacht hatte. Abfällig waren sie meist gewesen oder im besten Fall mitleidig, genau wie Harry Owen es beschrieben hatte. Ihr Herz wurde schwer bei der Vorstellung, wie das für ihren Bruder gewesen sein musste.

»Und Chris?«, fragte sie.

Harry Owen seufzte tief. »Ihm ging es ähnlich. Er befürchtete, dass für Ihre Eltern eine Welt zusammenbrechen würde, wenn sie davon erfuhren. Das hat ihn anfangs sehr verunsichert. Ihm war klar, welche Konsequenzen es haben würde, wenn es herauskommt. Deshalb waren wir extrem vorsichtig. Nur meine Schwester wusste davon. Sie hat uns geholfen, damit wir uns heimlich treffen konnten.«

Zoes Gedanken überschlugen sich. Also war ihre These doch gar nicht so falsch gewesen: Alicia hatte tatsächlich etwas mit Chris' heimlicher Liebe zu tun gehabt. Nur auf eine ganz andere Weise als erwartet.

»Wie lange ging das zwischen Ihnen?«

»Ungefähr ein Jahr«, erklärte Harry Owen. »Es begann im Sommer vor Chris' Tod. Wir gestanden uns, wie wir füreinander empfanden, und fingen an, uns Nachrichten zu schreiben und zu telefonieren. Ich war während des Winters auch zwei Mal in London, und wir haben uns heimlich getroffen. So ist unsere Liebe gewachsen. Und als wir uns dann in Penderak wiedersahen …« Er ließ den Satz unbeendet und lächelte schwermütig.

»Aber das ist doch alles schon so lange her«, sagte Zoe. »Wieso sind Sie in der ganzen Zeit nie zu uns gekommen und haben uns davon erzählt? Oder wenigstens zu mir? Ich hätte es gerne gewusst.«

Harry Owen schwieg lange. »Ich … konnte nicht«, sagte er. »Weil es da noch etwas gibt, das ich nie jemandem erzählt habe. Etwas, das ich eigentlich mit ins Grab nehmen wollte.« Er deutete auf das Tagebuch, das Zoe noch immer in der Hand hielt. »Und das hätte ich wahrscheinlich auch, wenn Sie das Gedicht nicht vorgelesen hätten.«

Seine Unterlippe zitterte, als er weitersprach. »Ich dachte, es wäre richtig zu schweigen. Ich dachte, ich schütze Chris, wenn das alles nicht rauskommt. Aber dann habe ich die Briefe gelesen, die er in dem Buch an mich geschrieben hat, und mir ist klar geworden, dass Sie recht haben, Miss Bevan: Chris hat es verdient, dass ich zu ihm stehe. Er war ein wunderbarer Mensch. Ich habe nie wieder jemanden so geliebt wie ihn. Und ich werde mir nie verzeihen, dass ich ihn nicht retten konnte.«

Zoe spürte, wie ihr Magen sich zusammenzog. »Sie hätten ihn retten können?«, fragte sie tonlos. »Wie meinen Sie das?«

Wieder brauchte Harry Owen lange, bis er weitersprach.

»Er rief mich an jenem Abend an und sagte, dass wir uns sehen müssten. Unser Verhältnis war damals sehr angespannt. Wir hatten einen Punkt erreicht, an dem wir nicht mehr weiterwussten. Unsere heimlichen Treffen waren zermürbend, und uns war klar, dass wir uns entscheiden mussten, entweder zu unserer Liebe zu stehen oder uns zu trennen. Beides kam mir beängstigend vor. Ich wollte Chris nicht verlieren, aber ich habe mich auch vor der Ablehnung gefürchtet, die uns entgegenschlagen würde, und vor den Folgen. Chris sollte doch die Firma übernehmen, er hatte eine tolle Karriere vor sich, und ich wollte nicht, dass er das für mich aufgibt. Und da ich der Ältere von uns war, dachte ich, dass ich auch der Vernünftigere sein müsste, und habe Schluss gemacht. Oder ich habe es versucht. Ich habe mich von ihm ferngehalten, und Chris hat es zunächst auch akzeptiert. Aber wir sind nicht wirklich voneinander losgekommen.«

Harry Owen seufzte tief. »In jener Nacht oben auf der Klippe war er dann plötzlich wie ausgewechselt. Er sagte, er hätte von Ihnen erfahren, dass Sie mit Jack Gallagher nach Kanada gehen wollten. Und dass ihm dadurch klar geworden sei, dass auch er seinen eigenen Weg gehen muss. Er hatte vor, es genauso zu machen wie Sie: Er wollte mit mir irgendwo ganz neu anfangen, und es war ihm plötzlich egal, was Ihr Vater dazu sagen würde.«

Zoe war wie vor den Kopf gestoßen. »Aber … wir haben uns gestritten an dem Abend. Er hat mir vorgehalten, dass ich egoistisch bin und nicht an die Familie denke, und er ist keinen Zentimeter von dieser Haltung abgewichen. Selbst als ich ihn einen Feigling genannt habe.«

Harry Owen hob einen Mundwinkel. »Nun, wie es aussieht, haben Sie es trotzdem geschafft, seine Meinung zu ändern. Und Sie wissen ja, wie er war, wenn er sich etwas vorgenommen hatte.«

»Dann war er davon nicht mehr abzubringen«, bestätigte Zoe mit einem traurigen Lächeln und dachte daran, wie Chris gegen den Widerstand ihres Vaters seine Klavierstunden durchgesetzt hatte.

Harry Owen stand auf und begann, im Raum auf und ab zu gehen. »Es war das, was mich zu ihm hingezogen hat. Diese Kraft, die er ausstrahlte, wenn es um etwas ging, das ihm wichtig war. Er konnte so leidenschaftlich sein und so zielstrebig, wenn er sich einer Sache sicher war. Vielleicht hätte ich darauf vertrauen sollen. Aber ich dachte, ich wüsste es besser. Dabei war ich bloß nicht so stark wie er. Er könnte noch leben, wenn ich es gewesen wäre.«

Zoe schluckte. »Was ist damals passiert?«, drängte sie. »Wieso ist er gestürzt?«

Harry Owen blieb stehen, und als er Zoe ansah, stand blanke Verzweiflung in seinem Blick.

»Es war ein Unfall«, stieß er hervor. »Wir haben gestritten, oben auf der Klippe. Ich habe versucht, ihm zu sagen, dass es nicht geht. Dass wir nicht zusammen sein können und dass er vernünftig sein soll. Davon wollte Chris jedoch nichts wissen.

Er ließ keinen meiner Einwände gelten und hatte auf jedes meiner Argumente eine Antwort, bis ich nicht mehr wusste, was ich noch sagen sollte. Ich hätte einfach Ja sagen sollen, dann wäre alles gut gewesen. Aber ich hatte zu viel Angst, deshalb bin ich gegangen. Erst, als ich schon ein gutes Stück weg war, wurde mir klar, dass ich einen großen Fehler gemacht hatte. Also bin ich umgekehrt und zurückgelaufen. Als ich wieder dort ankam, stand Chris mit dem Rücken zu mir dicht am Rand der Klippe und starrte aufs Meer hinaus. Es war sehr windig an dem Abend, und er war wohl tief in Gedanken versunken. Jedenfalls hörte er mich nicht, als ich nach ihm rief. Erst, als ich ihn schon fast erreicht hatte, fuhr er erschrocken zu mir herum – und rutschte ab. Ich wollte nach ihm greifen und ihn festhalten, aber es ging zu schnell, und ich war einen Schritt zu weit von ihm weg. Einen einzigen verdammten Schritt.«

Er ballte die Hände zu Fäusten und rang sichtlich mit der Erinnerung. »Chris fiel, aber er schaffte es, sich an einen Felsvorsprung zu klammern. Ich habe versucht, ihn zu erreichen, aber die Stelle war zu weit unten. Ich habe ihn angeschrien, dass er nicht loslassen soll. Dass ich ihn liebe und dass er durchhalten muss, bis ich Hilfe geholt habe. Ich weiß nicht, ob er mich gehört hat. Kurz danach passierte es, vor meinen Augen. In einer Sekunde konnte ich seine Hände noch sehen, die sich an den Steinen festklammerten, im nächsten waren sie weg und ich hörte ihn schreien.«

Harry Owen schloss die Augen und Tränen quollen unter seinen Lidern hervor. »Ich bin sofort runtergelaufen zum Strand, aber ich wusste es schon, bevor ich ihn fand. Ich wusste, dass er tot war. Und ich war schuld, weil ich ihn erschreckt hatte. Dabei wollte ich ihm sagen, dass ich ihn liebe und bei ihm bleiben will.«

Zoe schwieg, während sie versuchte, das alles zu verarbeiten. »Aber Chris wurde erst am Morgen von Jack gefunden. Wieso haben Sie nicht sofort Ihre Kollegen alarmiert?«

»Weil ich wie erstarrt war.« Harry Owen sank zurück auf das Sofa. »Ich weiß nicht, wie lange ich einfach nur dasaß, neben Chris. Der Schmerz war unerträglich, und ich wollte auch sterben. Ohne ihn wollte ich nicht weitermachen. Dann wurde es irgendwann hell, und als ich merkte, dass bald die Flut einsetzen würde, kam ich wieder zu mir. Ich wusste, dass alles herauskommen würde, wenn man mich bei Chris fand. Die Leute hätten angefangen, sich über ihn und mich das Maul zu zerreißen, und den Gedanken konnte ich nicht ertragen. Ich dachte, wenn es niemand erfährt, dann bleibt es unser Geheimnis, etwas, das keiner beschmutzen kann.«

Er blickte auf. »Es war so einfach. Ich nahm sein Handy an mich, damit niemand unsere Nachrichten darauf entdecken konnte. Meine Spuren im Sand habe ich verwischt, und die Flut kam, kurz nachdem Chris gefunden wurde, also gab es nichts, was meine Kollegen mit mir hätten in Verbindung bringen können, weder unten am Strand, noch oben auf den Klippen. Niemand hatte etwas gesehen, niemand ahnte etwas. Die Einzige, der ich es damals erzählte, war meine Schwester. Ich dachte, es wäre besser so, ich dachte, so hätte wenigstens Chris seinen Frieden, auch wenn ich meinen niemals mehr finden würde. Erst später wurde mir klar, dass es so aussehen könnte, als hätte ich vertuschen wollen, dass ich ihn gestoßen hatte. Aber das war nicht der Grund, das schwöre ich. Es war ein Unfall.«

Zoe wusste nicht wieso, aber sie glaubte ihm. Dennoch war sie zutiefst erschüttert über das, was er getan hatte.

»Aber Sie sind Polizist. Wir haben darauf vertraut, dass Sie den Fall aufklären. Wissen Sie, wie furchtbar es war, mit der

Ungewissheit zu leben? Was es für uns bedeutet hat, keine Erklärung zu haben?«

Sie dachte daran, wie Harry Owen damals vor ihr gestanden und ihr sein Beileid ausgesprochen hatte, blass und sichtlich bewegt. Sie hatte seine Betroffenheit völlig falsch gedeutet.

»Sie hätten es uns sagen müssen.«

»Ich weiß.« Harry Owen stieß die Luft aus. »Glauben Sie mir, am Anfang war ich oft kurz davor. Aber es hätte Chris nicht zurückgebracht. Und es war doch alles auch so schon schlimm genug. Ihr Vater ist fast durchgedreht vor Trauer. Ich dachte, es zerstört ihn, wenn er die Wahrheit erfährt.«

Die Wut kehrte in Zoes Magen zurück, breitete sich heiß in ihr aus.

»Es stand Ihnen aber nicht zu, das zu entscheiden«, fuhr sie ihn an. »Wenn wir es gewusst hätten, dann hätten wir eine Chance gehabt, uns damit auseinanderzusetzen. Dann hätten wir unseren Frieden damit machen können. Wie konnten Sie so egoistisch sein und uns das verwehren?«

Harry Owen zuckte unter ihren Worten zusammen.

»Es tut mir leid. Ich weiß, Sie müssen mich jetzt hassen. Aber mir war nicht klar, dass ich Sie und Ihre Familie damit quäle. Ich dachte, ich mache es Ihnen leichter.«

Zoe überlegte, ob sie ihn hasste. Sie war immer noch durcheinander und nicht sicher, ob sie ihm sein langes Schweigen verzeihen konnte. Aber Chris hatte ihn geliebt, das konnte man aus jedem Wort in seinem Tagebuch herauslesen. Und auch wenn sie Harry Owens Entscheidung für falsch hielt, verstand sie seine Beweggründe.

»Ich werde jetzt nachholen, was ich versäumt habe, und die Konsequenzen für mein Handeln tragen«, erklärte er. »Die Leute sollen endlich erfahren, was wirklich passiert ist.«

Erstaunt sah Zoe ihn an. »Sie wollen Ihre Aussage öffentlich machen?«

Er nickte. »Und mich dem stellen, was folgt. Es gibt sicher ein Verfahren, weil ich eine polizeiliche Ermittlung behindert habe. Ich werde den Dienst quittieren müssen, aber das ist in Ordnung, das hätte ich ohnehin getan. Ich nehme jede Strafe auf mich, egal was ist, und danach gehe ich weg von hier. Ich werde das tun, was Chris wollte, und noch mal neu anfangen. In Irland vielleicht, bei meiner Schwester.« Für einen Moment saß er zusammengesunken da, dann erhob er sich. »Ich gehe jetzt lieber.«

»Warten Sie!« Zoe stand ebenfalls auf. »Ich ... muss erst mit meinem Vater reden. Behalten Sie es bitte noch für sich, bis ich mit ihm gesprochen habe.«

Er nickte, und sie ging mit ihm zur Tür. Als sie sich dann gegenüberstanden, konnte sie ihm nicht die Hand geben, dafür war sie zu aufgewühlt. Eins musste sie ihm aber sagen, weil sie nicht wusste, ob sie später noch die Gelegenheit dazu haben würde.

»Danke.«

Überrascht hob er die Augenbrauen.

»Es bedeutet mir viel, dass ich die Wahrheit jetzt kenne«, erklärte sie.

Er zuckte mit den Schultern. »Ich habe viel zu lange geschwiegen. Und mich selbst damit härter bestraft, als das andere hätten tun können. Die Leute wissen nicht, wer ich wirklich bin, Miss Bevan. Nur meine engsten Vertrauten. Ich dachte, ich darf meine Neigung nicht mehr ausleben nach dem, was ich damit angerichtet habe. Es war meine Buße. Aber seit ich das Tagebuch gelesen habe, weiß ich, dass Chris das nicht gewollt hätte. Und deshalb wird sich jetzt alles ändern.«

Als er weg war, schloss Zoe die Tür und lehnte sich dagegen, rutschte daran herunter, weil ihre Beine sie nicht mehr trugen. Ihr Kopf schmerzte plötzlich, und tausend Gedanken und Gefühle stürzten gleichzeitig auf sie ein, nahmen ihr den Atem und brachten die Trauer zurück.

Irgendwie hatte sie immer geglaubt, dass es sie trösten würde zu wissen, was in jener Nacht passiert war. Stattdessen schnitt Chris' Verlust ihr noch einmal tief ins Herz, und sie umklammerte das Tagebuch, starrte darauf, während heiße Tränen über ihre Wangen liefen.

Sie weinte um ihn, weinte um die Chancen, die er verpasst hatte. Und um das Leben, das sie selbst verpasst hatte in dem Glauben, ihn ersetzen zu müssen.

»Zoe?« Jemand klopfte gegen die Tür, und sie erkannte erleichtert, dass es Jack war, der nach ihr rief.

Mühsam rappelte sie sich auf und öffnete ihm.

»Was ist passiert?«, fragte er erschrocken, als er ihre tränennassen Wangen sah.

Sie konnte nicht sprechen, schluchzte nur erleichtert auf und streckte die Hände nach ihm aus, flüchtete sich dankbar in die Wärme seiner Umarmung.

37

Simon schwieg. Er hatte Rose die Beifahrertür aufgehalten, so wie immer, und sich dann hinter das Steuer gesetzt. Aber außer der Ankündigung, dass er sie nach Hause fahren würde, hatte er seitdem nichts mehr gesagt und den Mercedes nur schweigend durch den Londoner Verkehr gelenkt.

»Simon?«, fragte Rose zaghaft, weil sie die unangenehme Stille nicht mehr aushielt.

Er wandte sich zu ihr um, und sie sah, dass der enttäuschte Ausdruck noch nicht aus seinen Augen gewichen war. So sah er sie schon an, seit sie ihm im Restaurant alles gestanden hatte: als wäre sie eine Fremde. Und das tat mehr weh, als sie es sich in ihren schlimmsten Fantasien ausgemalt hatte. Wenn er ihr wenigstens Vorwürfe gemacht hätte, dann wäre sie in der Lage gewesen, sich damit auseinanderzusetzen. Aber er hatte nur bezahlt, und sie waren gegangen.

»Es tut mir leid«, erklärte sie noch einmal. »Ich wollte es dir sagen, aber ich wusste nicht, wie. Es war so schön mit uns, aber du hast gesagt, dass du mit Kindern nichts anfangen kannst …«

»Ach, dann bin ich also schuld daran, dass du mich angelogen hast?«, brach es aus ihm heraus. »Dass du kein Vertrauen zu mir hattest und mich hast glauben lassen, du wärst eine ganz andere?«

Rose schluckte. »Hättest du mich denn überhaupt noch einmal wiedersehen wollen, wenn ich dir von Anfang an gesagt hätte, dass ich drei Kinder habe?«

Der Blick, den er ihr zuwarf, bestätigte ihr, dass das nicht der Fall gewesen wäre, also hatte sie damals mit ihrer Einschätzung richtig gelegen.

»Es hätte dich abgeschreckt, gib es zu. Du hättest mich einfach aussortiert und dich lieber wieder an diese hübschen, ungebundenen Charity-Töchter gehalten.« Sie schüttelte den Kopf. »Und im Übrigen bin ich keine andere. Ich bin Rose, ich lebe in Cornwall und ich verdiene mein Geld damit, Kleider nach meinen eigenen Entwürfen zu nähen. Nur dass ich eben auch noch Mutter bin.«

Er schnaubte. »*Nur?* Findest du nicht, dass das ein ganz entscheidender Punkt ist?«

»Natürlich«, erwiderte Rose. »Aber woher hätte ich denn wissen sollen, dass es dir wirklich ernst ist mit mir? Das zwischen uns war doch zuerst nur ein Flirt. Ich dachte, wir verbringen ein paar schöne Tage miteinander und dann geht jeder wieder seiner Wege. Dass ich mich in dich verlieben würde, damit hatte ich nicht gerechnet.«

Simons Gesichtsausdruck wurde grimmig. »Das heißt, du hattest sowieso nie vor, bei mir zu bleiben?«

»Doch. Ich habe es mir gewünscht. Sehr sogar. Aber ich konnte mir nicht vorstellen, dass es für dich kein Problem ist«, gestand sie und fühlte sich ertappt. Weil ihr erst jetzt auffiel, dass sie nie wirklich in Erwägung gezogen hatte, dass sie zusammenbleiben würden. Es war ein schöner Traum gewesen – aber keiner, an dessen Erfüllung sie ernsthaft geglaubt hatte. »Und ich hatte recht«, fügte sie traurig hinzu.

Simon bog so scharf um die nächste Kurve, dass Rose sich am Sitz festklammern musste, um nicht gegen die Tür gedrückt zu werden.

»Das Problem ist vor allem, dass du mir nicht vertraut hast. Wir waren uns so nah. Ich dachte, ich kenne dich. Aber ...«

»Aber was?«, drängte Rose, weil er nicht weitersprach.

Er schüttelte den Kopf. »So hatte ich mir das nicht vorgestellt.«

Rose spürte, wie sich der Schmerz, der ihr schon die ganze Zeit die Brust einschnürte, in hilflose Wut verwandelte.

Sie wusste, dass sie einen Fehler gemacht hatte, weil sie nicht ehrlich zu ihm gewesen war. Aber das war gar nicht das eigentliche Problem, sondern die Tatsache, dass Simon nun nicht mehr bereit war, sich auf sie einzulassen. Er machte einen Rückzieher, obwohl er ihr vorhin erst versichert hatte, dass er um ihre Beziehung kämpfen wollte. Allerdings nur zu seinen Bedingungen. Nicht zu denen, die sie ihm anbot.

»Ach nein? Wie hätte es denn sein dürfen?«, fragte sie sarkastisch. »Wären zwei Kinder noch okay gewesen? Oder hätte eins schon gereicht, um dich zu überfordern?«

»Ja, verdammt, es überfordert mich!«, erklärte Simon wütend und bog mit Schwung in die Auffahrt der Villa ein. Das Haus lag im Dunkeln, aber die Außenlampen flammten automatisch auf, als er den Wagen hinter dem Cabrio zum Stehen brachte.

Als Simon sich ihr wieder zuwandte, war seine Wut verflogen, und auf seinem Gesicht spiegelte sich seine Ratlosigkeit.

»Verstehst du das denn nicht, Rose? Ich dachte, das mit uns wäre etwas Besonderes. So etwas ist mir noch nie passiert. Ich konnte mir plötzlich sogar vorstellen, mit dir eine Familie zu gründen. Und dann erfahre ich, dass du schon eine Familie hast. Wie soll ich mich denn da fühlen?«

»Ich habe keine Familie, ich habe Kinder«, stellte Rose richtig. »Weil mich deren Vater schon vor Jahren im Stich gelassen hat und sich lieber hier in London mit irgendwelchen anderen Frauen vergnügt, denen er das Geld hinterherschmeißt, das wir eigentlich bräuchten. Natürlich haben diese

Frauen alle keine Kinder, mit denen sie ihn belasten könnten. Ist ja auch viel leichter so für ihn. Er fängt einfach noch mal bei null an. Ich konnte das nicht – und ich wäre auch nie auf den Gedanken gekommen, meine Kinder zu verlassen. Aber der Preis dafür ist offenbar, dass ich mit dem einzigen Mann, in den ich mich seit dem Ende meiner Ehe wieder ernsthaft verliebt habe, nicht zusammen sein kann. Weil er nicht bereit ist zu akzeptieren, dass sie zu mir gehören. Ich bin, wie ich bin, weil ich meine drei Kinder habe, Simon. Und wer sie nicht will, der kriegt mich auch nicht.«

Sie drängte die Tränen zurück, die in ihren Augen brannten, und stieg aus, ging auf die Haustür zu.

»Rose, warte!« Simon kam ihr hinterher, hielt sie am Arm fest und zwang sie, sich zu ihm umzudrehen. »Du kannst nicht erwarten, dass es keinen Unterschied macht. Ich brauche erst mal Zeit, um das zu verarbeiten.«

Rose blickte zu ihm auf und suchte in seinem Gesicht nach etwas, das ihr Hoffnung gab. Etwas, das ihr sagte, dass er ihr wirklich noch eine Chance geben würde. Aber alles, was sie erkannte, war Unsicherheit. Er musste vielleicht noch überlegen, aber es war klar, wie die Sache ausgehen würde.

»Und du denkst, ich warte auf dich?« Zornig funkelte sie ihn an. »Nachdem du mir gerade erst gezeigt hast, wie viel deine Versprechen wert sind? Du hast mir vorhin noch erklärt, dass du alle Schwierigkeiten überwinden willst, um mit mir zusammen zu sein. Aber damit hast du offenbar nur Dinge gemeint, die nicht so wichtig sind. Die Farbe des Sofas oder der Vorhänge, da wärst du sicher einen Kompromiss eingegangen, um mich nicht zu verlieren. Aber alles andere muss so laufen, wie du es willst, sonst bist du raus aus der Nummer.« Sie ging einen Schritt zurück, weg von ihm. »Vielleicht habe ich ja gewusst, dass du so bist, und habe es dir deshalb nicht erzählt. Aber ich hätte es tun sollen. Dann wäre das mit uns sicher schon viel schneller vorbei gewesen, und ich hätte mir eine Menge Kummer erspart.«

Sie kramte in ihrer Tasche nach dem Schlüssel, und fand ihn zum Glück prompt. Hastig schloss sie die Tür auf, doch Simon folgte ihr in die Halle und zog sie an sich. Die Spannung zwischen ihnen war beinahe greifbar, und bevor Rose es verhindern konnte, lagen seine Lippen auf ihren. Sofort schmolz jeder Widerstand in ihr und sie erwiderte seinen Kuss voller Hingabe, sah ihm atemlos in die Augen, als er sie nach einem Moment wieder freigab.

»Ich will nicht, dass es so endet, Rose.« Er klang ehrlich verzweifelt, und für einen Moment schöpfte Rose Hoffnung. Doch dann kehrte die Angst zurück, noch einmal verletzt zu werden, und sie machte sich von ihm los.

»Aber es endet so«, erklärte sie. »Ich habe Kinder, Simon. So ist es, und so bleibt es. Das mit dir war ein schöner Traum, aber jetzt sind wir eben wieder daraus aufgewacht.« Sie schob ihn durch die Tür. »Leb wohl. Ich hoffe, du findest eines Tages die perfekte Frau, mit der du glücklich werden kannst.«

Damit schloss sie die Tür, ließ ihn draußen stehen. Mit klopfendem Herzen legte sie das Ohr an die dicke Holztür. Zuerst war nichts zu hören, dann entfernten sich Simons Schritte, und einen Augenblick später heulte der Motor des Mercedes auf. Der Wagen setzte zurück, und die Geräusche wurden leiser, als er über die Straße davonfuhr.

Das war's, dachte Rose und presste die Finger gegen ihre zitternden Lippen. Genau das, was gerade passiert war, hatte sie befürchtet, aber es tatsächlich zu durchleben, riss ihr trotzdem das Herz heraus.

Sie fühlte sich wie zerschlagen und schleppte sich in die Küche, ließ sich auf einen der Stühle sinken und starrte minutenlang ins Leere. Und genauso fühlte sie sich. Leer. So als würde etwas fehlen, das sie brauchte, um ohne Schmerzen atmen zu können.

Plötzlich wünschte sie, sie wäre niemals nach London gekommen. Ein Abenteuer, pah. Dafür war sie einfach nicht gemacht, und das hätte sie wissen können. Aber warum musste Simon auch so wunderbar sein? Er war genau der Mann, den sie sich immer gewünscht hatte. Oder auch nicht, denn wenn er nicht bereit war, um sie zu kämpfen, sondern schon an der ersten Hürde scheiterte, dann hatte sie sich in ihm getäuscht.

Tränen stiegen ihr in die Augen und liefen heiß über ihre Wangen, und sie hielt sie nicht auf, ließ ihrer Trauer freien Lauf. Es dauerte lange, bis sie sich schließlich wieder beruhigte, aber als es so weit war, stand ihr Entschluss fest. Sie würde morgen früh abreisen. Ihr blieben eigentlich noch ein paar Tage, aber sie konnte sich nicht vorstellen, noch länger in diesem Haus zu bleiben, in dem sie so vieles an die Zeit mit Simon erinnerte. Sie konnte nicht einmal am Tisch in der Küche sitzen, ohne an ihn zu denken, und am liebsten hätte sie sofort gepackt und wäre gefahren. Aber dafür war es zu spät und sie war zu erschöpft, deshalb schleppte sie sich ins Bett.

Lange lag sie wach und ging in Gedanken immer wieder die Ereignisse des Abends durch. Irgendwann musste sie dennoch eingeschlafen sein, denn sie schreckte hoch, als der Türgong durchs Haus hallte. Müde rieb sie sich die Augen und sah, dass die Leuchtziffern auf dem Wecker neben ihrem Bett sechs Uhr morgens anzeigten. Wer klingelte sie denn da schon so früh raus?

Der Türgong erklang erneut, und Rose wühlte sich aus den Laken. Weil sie keine Zeit hatte, sich etwas anzuziehen, holte sie den Bademantel, der im Bad hinter der Tür hing, und schlüpfte hinein, richtete sich kurz das Haar. Währenddessen klingelte es wieder und dann noch einmal, und ihr Herz schlug schneller, während sie auf die Haustür zuging. Hatte Simon es sich anders überlegt und war noch einmal zurückgekommen?

Aber es war nicht Simon, der auf den Stufen vor dem Eingang stand, sondern ein großer, dunkelhaariger Mann mit graumelierten Schläfen. Er trug einen gut sitzenden Anzug und musterte sie mit ernster Miene.

»Kann ich Ihnen helfen?«

»Mein Name ist Philipp Freeman«, sagte er mit ruhiger, aber strenger Stimme. »Und ich würde gerne wissen, was Sie im Haus meiner Verlobten zu suchen haben.«

38

Zoe drehte den Strauß mit den Wildblumen, die sie auf dem Weg gepflückt hatte, und vergrub noch einmal ihr Gesicht darin, atmete den Duft ein, den sie verströmten. Dann sah sie zu Jack auf, der neben ihr am Geländer oben am Rand der Klippe stand. Er lächelte, aber der Ausdruck in seinen Augen blieb traurig.

»Soll ich es tun?«, fragte er.

Zoe teilte die Blumen und reichte ihm einen Teil davon. »Wir tun es zusammen.«

Er nickte, dann warfen sie die beiden Sträuße gleichzeitig in die Wellen, die unten gegen die Felsen donnerten, weil die Flut ihren höchsten Punkt erreicht hatte. Einige Blüten lösten sich von den anderen und fielen einzeln, regneten auf das Wasser, dessen weiße Gischt sie fast sofort verschluckte.

Jack trat hinter Zoe, und sie schmiegte sich an ihn, während sie weiter auf die schäumenden Wellen starrte, die sich an den Felsen brachen.

Er war genauso erschüttert gewesen wie sie, als sie gestern Abend von Harry Owens Geständnis erzählt hatte, und es war seine Idee gewesen, hierherzukommen und Chris auf diese Weise noch einmal Lebwohl zu sagen. Tatsächlich fühlte sich dieser Abschluss gut an. Es war immer noch furchtbar, und Zoe würde den Schmerz niemals ganz überwinden. Aber ein bisschen war es so, als wäre ihr Bruder aus dem Dunkel wieder aufgetaucht, in dem sie ihn so lange verloren hatte. Sie hatte ihn neu kennengelernt und verstand jetzt, was in ihm vorgegangen war, und das machte es einfacher, an ihn zu denken. Wenn sie ihn sich jetzt in Erinnerung rief, dann sah sie nicht mehr zuerst seinen zerschmetterten Körper, sondern sein lächelndes Gesicht, das sie tröstete, anstatt ihr wehzutun.

Ein Windstoß erfasste ihr Haar, und als sie in der kühlen Morgenluft erschauerte, spürte sie, wie Jacks Arme sich fester um sie schlossen. Sie drehte sich zu ihm um und schmiegte sich an seine Brust, genoss seine Wärme und das Gefühl, ihm ganz nah zu sein.

Sie war so froh darüber, dass er sie mit zurück auf die Farm genommen hatte, nachdem sie ihm die Wahrheit über Chris' Tod gesagt hatte, weil es ihr unmöglich gewesen wäre, allein zu sein. Die halbe Nacht hatten sie geredet, über Chris und jene Nacht, darüber, wie es ihnen hatte entgehen können, was in ihm vorgegangen war. Jack hatte sie weinen lassen und dann hatte er sie noch mal geliebt, sanft und zärtlich. Jeder seiner Küsse hatte etwas in ihr wieder heil gemacht und ihr geholfen, die Vergangenheit endlich loszulassen. Danach hatte sie in seinen Armen gelegen und versucht, den tiefen Frieden festzuhalten, der sie erfüllte. Seit jenem Morgen vor vierzehn Jahren war sie nie wieder richtig glücklich gewesen, und sie wusste plötzlich, dass sie es auch nie wieder sein würde. Nicht ohne Jack.

»Sollen wir zurückgehen?«, fragte er und küsste sie aufs Haar.

Zoe löste sich nur ungern von ihm und war froh, als er ihre Hand nahm, während sie gemeinsam dem Pfad folgten, der an der Turmruine vorbeiführte.

Sobald sie die Klippe hinter sich gelassen hatten, ließ auch der Wind nach, und die Sonne wärmte sie wieder. Sie stand schon hoch am Himmel, und Zoe vermutete, dass es bald Mittag sein musste. Sie hatten lange geschlafen, ausgiebig mit William gefrühstückt und sich auf dem Weg zur Klippe viel Zeit gelassen. Es waren schöne, entspannte Stunden gewesen, aber Jack hatte sicher noch mehr zu tun, als sich um sie zu kümmern.

»Halte ich dich von der Arbeit ab?«, fragte sie, plötzlich ein wenig schuldbewusst.

Er lächelte. »Leider ja. Aber ich möchte trotzdem nicht, dass du gehst. Kannst du nicht einfach mitkommen, so wie gestern?«

Zoe blickte in seine grünen Augen, in denen sie sich so gerne verlor, und hätte nur zu gerne zugestimmt. Aber ihr blieben nur noch wenige Tage bis zur Operation, und es gab jetzt, wo sie herausgefunden hatte, was mit Chris passiert war, noch einige Dinge zu regeln. Zitternd stieß sie die Luft aus, als sie daran dachte, was nach dem Eingriff kommen würde. Oder auch nicht.

»Ich muss zurück nach London, um mit meinem Vater zu reden«, sagte sie. »Er muss es erfahren – und er ist mir noch eine Erklärung schuldig, was er damals mit deinem Brief gemacht hat.«

Jack blieb stehen und sah sie an.

»Und dann?« Er hob eine Hand und legte sie an ihre Wange, streichelte sie, während sein Blick über ihr Gesicht glitt. Dann beugte er sich vor und küsste sie. »Kommst du wieder zurück?«

Die Hoffnung in seiner Stimme schnitt ihr ins Herz.

»Willst du das denn?«

Für einen kurzen Moment hoffte sie, dass er die Frage mit Nein beantworten würde. Weil es vieles einfacher gemacht hätte. Aber der leidenschaftliche Ausdruck in seinen Augen sagte ihr mehr als deutlich, dass er sich genau das Gegenteil wünschte.

»Natürlich will ich das, Zoe. Ich liebe dich, und ich werde nicht zulassen, dass du wieder aus meinem Leben verschwindest.« Er zog sie an sich, legte ihren Kopf auf seine Brust. »Ich brauche dich.«

Zoe fühlte seine Hand auf ihrem Haar und konnte sein Herz schlagen hören, gleichmäßig und stark. Für einen Moment schloss sie die Augen und wünschte, sie hätte ihm sagen können, dass es ihr genauso ging. Dass sie keine einzige Sekunde mehr von ihm getrennt sein wollte. Aber das konnte sie nicht, denn sie durfte keine Pläne mehr machen. Was, wenn sie nach der Operation ein Pflegefall war? Jack sollte sich dann nicht verpflichtet fühlen, sich um sie zu kümmern. Er trug schon genug Verantwortung, für William und den Hof, und sie ertrug den Gedanken nicht, eine zusätzliche Bürde für ihn zu sein.

Es kostete sie enorm viel Kraft, aber irgendwie schaffte sie es, sich wieder von ihm zu lösen und ihn auf Armlänge von sich zu schieben. Ihre Blicke trafen sich, und sie wusste, dass ihre Augen sie verrieten und dass er ihr ansehen konnte, wie es tatsächlich in ihr aussah. Deshalb musste sie ihre Worte gut abwägen, damit er ihr glaubte, dass es ihr ernst war. Ernst mit einer Trennung, die ihnen beiden das Herz brechen würde …

»Es geht nicht, Jack. Ich kann nicht bleiben.«

Der Wind fuhr in sein rotbraunes Haar und wehte es ihm aus der gerunzelten Stirn.

»Was soll das heißen?«

»Dad?, Zoe?«

Überrascht fuhren sie beide herum, als sie Williams Rufe hörten. Und dann sahen sie ihn, als er über den Pfad auf sie zugerannt kam.

»Was ist denn los?«, fragte Jack besorgt.

»Tante Rose ist zurück«, erklärte sein Sohn, ganz außer Atem. »Ich hab euch gesucht und wollte sehen, ob ihr im Strandhaus seid. Als ich ankam, fuhr sie gerade vor. Da bin ich schnell hin und hab sie begrüßt.«

»Rose ist wieder da?« Zoe runzelte die Stirn, weil es dafür noch zu früh war. Sie hatten abgemacht, die Häuser erst am Donnerstag wieder zu tauschen. »Hat sie gesagt, warum?«

William schüttelte den Kopf. »Nein. Aber sie ist mit einem Mann gekommen.«

»Was für ein Mann?«, wollte Jack wissen.

»So ein großer Dunkelhaariger. Hatte einen Anzug an. Er hat ziemlich grimmig geguckt.«

Zoe stöhnte auf, weil sie wusste, von wem er sprach. »Wissen die beiden, dass wir hier sind?«, fragte sie mit klopfendem Herzen.

Diesmal nickte William. »Ich hab Tante Rose gesagt, dass ich glaube, dass ihr auf der Klippe seid. Sie meinte, ich soll euch holen.« Er wandte den Kopf und blickte zum Pfad hinüber, auf dem ihnen gerade zwei Leute entgegenkamen. »Aber das muss ich gar nicht. Ich glaube, da kommen sie schon.«

Die Sonne blendete Zoe, ließ sie blinzeln. Trotzdem erkannte sie Philipp, der mit großen Schritten voranging. Rose folgte ihm und erreichte sie dennoch als Erste, weil sie die letzten Meter lief.

»Zoe, es tut mir leid. Ich konnte dir nicht Bescheid sagen, dass ich etwas früher zurück sein werde und dass Mr Freeman mitkommt. Das war alles etwas ... hektisch heute Morgen.«

Zoe erwiderte nichts, sondern starrte Philipp an, der neben Rose stehen blieb. Sein Gesicht war wie versteinert.

»Hallo Philipp«, sagte sie, aber er erwiderte ihren Gruß nicht.

»Würdest du mir bitte erklären, wieso du nicht in Schottland bist, so wie du behauptet hast?« Seine Stimme klang ungewöhnlich scharf, und er musterte Jack feindselig.

»Ich musste hier noch etwas klären«, erwiderte Zoe.

»Und das konntest du mir nicht sagen? Denkst du nicht, ich hätte ein Recht darauf, es zu erfahren? Du schuldest mir eine Erklärung!«

Er brüllte den letzten Satz, und Zoe zuckte zusammen. Derart wütend und aufgewühlt hatte sie ihn noch nie erlebt, und es war erschreckend, hinter seine sonst eher gefasste Fassade zu blicken. So kannte sie ihn nicht, und plötzlich fragte sie sich, ob sie sich je wirklich nah gewesen waren.

»Das reicht!« Jack trat zwischen sie und fixierte Philipp warnend. »Vielleicht erklären Sie uns lieber mal, weshalb Sie sich hier so aufführen! Wer sind Sie überhaupt? Und was wollen Sie von Zoe?«

»Jack ...« Zoe legte ihm eine Hand auf den Arm. Es war ein verzweifelter Versuch, ihn vor dem zu schützen, was er jetzt erfahren würde. »Das ist ...«

»Mein Name ist Philipp Freeman und ich bin Zoes Verlobter«, erklärte Philipp, und Zoe schloss für einen Moment verzweifelt die Augen. Als sie sie wieder öffnete, starrte Jack sie an.

»Du bist verlobt?«

Nein, dachte Zoe. Das war sie nicht. Jedenfalls nicht mehr lange. Aber sie nickte trotzdem und spürte einen schmerzhaften Stich, als die Wärme schlagartig aus Jacks Augen verschwand.

»Dann war das alles nur Theater? Du hast mir was vorgemacht, damit ich dir helfe?«

»Es tut mir leid«, sagte sie und zuckte hilflos mit den Schultern, weil sie ihm keine Erklärung bieten konnte. Jedenfalls keine, die sie ihm zumuten durfte. Und war es nicht sogar besser so? Wenn er wütend auf sie war, würde ihm die Trennung leichterfallen.

»Das glaube ich nicht«, sagt er und griff nach ihr, legte die Hände um ihre Oberarme. »Das kann nicht sein.«

»Lassen Sie sie sofort los!«, mischte sich jetzt Philipp ein, aber Jack achtete gar nicht auf ihn, sondern hielt Zoes Blick fest.

»Lass mich gehen, Jack«, sagte sie gequält, weil sie den Schmerz nicht ertrug, den sie in seinen Augen sah. »Bitte.«

Abrupt ließ er sie los und trat einen Schritt zurück, was Philipp sofort nutzte, um sich neben Zoe zu stellen.

»Komm«, sagte er mit einem letzten, warnenden Blick zu Jack und hakte sie unter, wollte sie zurück auf den Pfad in Richtung Strandhaus ziehen. Doch diesmal war es Rose, die sie aufhielt.

»Willst du wirklich gehen, Zoe? Du hast doch gesagt, dass …«

»Ja, ich will gehen«, unterbrach Zoe sie hastig und fügte dann leise hinzu. »Ich muss, Rose. Es geht nicht anders.«

Sie sah das Unverständnis in Rose' Augen, doch ihre Freundin trat zur Seite und ließ sie mit Philipp vorbeigehen.

Als Zoe sich nach ein paar Metern noch einmal umdrehte, sah sie, dass Rose nahe bei William stand. Beide blickten ihr erschüttert nach. Jacks Gesicht wirkte dagegen wie versteinert, und in seinen Augen lag die gleiche Härte wie vor ein paar Tagen, als sie sich hier auf den Klippen zum ersten Mal wiedergetroffen hatten. Er hasste sie jetzt, und das tat ihr weh. Aber es war besser für ihn, als demnächst an ihrem Bett zu sitzen und zusehen zu müssen, wie sie vor sich hin vegetierte.

»Wieso hast du mich angelogen, Zoe?« Philipps Wut schien

abgeklungen zu sein, aber er war sichtlich verwirrt. »Und wer war dieser Mann?«

Erst jetzt wurde Zoe klar, wie wenig Philipp über das Trauma wusste, das ihre Familie auseinandergerissen hatte. Sie hatte Jack nie erwähnt, und ihr Vater ganz sicher auch nicht. Letztlich kannte Philipp deshalb nur die nackten Fakten – dass ihr Bruder hier in Penderak verunglückt war und dass der Ort und alles, was damit zusammenhing, bei den Bevans als Tabuthema galt. Über die Einzelheiten hatte Zoe nicht mit ihm gesprochen, genauso wie über so vieles andere nicht. Sie würde weit ausholen müssen, um ihm verständlich zu machen, wie das alles zusammenhing.

Aber nicht jetzt, dachte sie müde, und setzte mühsam einen Fuß vor den anderen.

»Das ist eine lange Geschichte«, sagte sie. »Lass mich zuerst meine Sachen packen, damit wir fahren können. Dann erkläre ich es dir.« Ein Gedanke kam ihr, der sie erschrocken aufblicken ließ. »Weiß mein Vater, dass ich hier bin?«

Philipp schüttelte den Kopf. »Aber er ist schon ganz krank vor Sorge.«

Erleichtert atmete sie auf. »Ich rede mit ihm, sobald wir zurück sind«, sagte sie und spürte, wie sich ein dumpfer Schmerz hinter ihrer Stirn festsetzte. Er war jedoch nichts gegen das Ziehen, das ihr beim Einatmen in die Brust schnitt und das mit jedem Schritt, der sie von Jack entfernte, ein bisschen schlimmer wurde.

***

Jack starrte Zoe und dem fremden Mann nach. Er hatte die rechte Hand zur Faust geballt und obwohl er kein Schläger war, verspürte er den irrationalen Wunsch, sich mit jemandem zu prügeln. Aber die Einzigen in Reichweite waren sein Sohn und seine Schwester. Ihnen hätte er niemals wehgetan, auch wenn er zumindest auf Rose sehr wütend war.

»Warum hast du mir nicht Bescheid gesagt?«, fuhr er sie an. »Wieso musste ich diesem Kerl hier in die Arme laufen und mich zum Narren machen lassen?«

»Das war nicht meine Schuld. Dieser Philipp stand heute im Morgengrauen vor der Villa und wollte wissen, wo Zoe ist. Er hat mir mit einem Anwalt gedroht, wenn ich es ihm nicht sofort sage, und mir gerade noch Zeit gelassen, meine Sachen zu packen, dann sind wir losgefahren.«

»Und wieso hast du nicht ...«

»Ich wollte dich ja anrufen«, unterbrach sie ihn. »Oder dir wenigstens eine Nachricht schicken, um dich zu warnen. Aber ich war gestern Abend ziemlich fertig und hatte vergessen, mein Handy zu laden. Und ich konnte ihn ja schlecht bitten, mir seins zu leihen. Und selbst wenn, was hätte ich sagen sollen, wenn er neben mir sitzt?« Unglücklich sah sie ihn an. »Es tut mir leid, Jack. Ich hätte dir das gerne erspart.«

Jack schnaubte. »Schon gut. Ich hätte Zoe einfach nicht trauen dürfen«, sagte er und trat gegen einen Stein, der auf dem Weg lag.

»Kommt sie nicht mehr zurück?« Williams Frage ließ Jack aufblicken, und als er den unglücklichen Ausdruck auf dem Gesicht seines Sohnes sah, hasste er Zoe noch ein bisschen mehr.

»Nein«, sagte er. »Ich fürchte, wir haben uns in ihr getäuscht.«

William schüttelte den Kopf. »Das glaube ich nicht! So ist sie nicht!« Wütend funkelte er seinen Vater an, so als wäre es Jacks Schuld, dass Zoe gegangen war. Dann drehte er sich um und lief zurück in Richtung Turmruine.

»Ich gehe ihm besser nach«, meinte Jack.

»Und ich werde mal nachsehen, ob die beiden noch in meinem Haus sind«, erwiderte Rose mit einem Seufzen und legte ihrem Bruder eine Hand auf die Schulter. »Es tut mir wirklich leid, Jack. Ich war so sicher, dass ihr wieder zusammenfindet.«

»So kann man sich täuschen«, sagte er verbittert. Sein Innerstes fühlte sich taub an, aber er wusste, dass es nicht mehr lange dauern würde, bis es wehtat. Und er war selbst schuld, weil er Zoe noch einmal in sein Leben gelassen hatte. Ich hätte es wissen müssen, dachte er und versuchte verzweifelt, ihr Bild aus seinem Kopf zu verdrängen, als er sich von seiner Schwester abwandte, um William zu folgen.

39

Als Zoe die Tür zum Vorzimmer ihres Büros öffnete, stieß sie beinahe mit ihrer Assistentin Maureen Baker zusammen, die gerade mit einigen Akten unter dem Arm auf dem Weg in den Flur war.

»Miss Bevan! Ich wusste gar nicht, dass Sie heute schon zurückkommen!«, rief Maureen überrascht und sah so aus, als wüsste sie nicht, ob sie sich freuen oder entsetzt sein sollte. »Sagten Sie nicht, Sie kämen erst am Donnerstag wieder? Ich ... oh, nein, jetzt habe ich die Berichte noch gar nicht fertig. Aber das hole ich sofort nach, ich muss nur schnell ...«

»Schon gut.« Zoe legte ihr die Hand auf den Arm, um sie zu beruhigen. »Ich bin nur ganz kurz hier, um etwas mit meinem Vater zu klären. Ich bleibe nicht lange.«

Maureen atmete sichtlich auf. »Oh. Dann ... ist es ja gut. Ich dachte schon, ich hätte da etwas verwechselt.«

Zoe betrachtete die junge Frau. Sie war Mitte zwanzig und arbeitete noch nicht lange als ihre Assistentin. Doch sie lernte schnell, und Zoe hatte sie von Anfang an sehr gemocht.

»Ich war immer sehr zufrieden mit Ihnen, Maureen«, sagte sie, aus einem Impuls heraus. »Sie waren eine tolle Assistentin.«

Maureen runzelte die Stirn. »Das klingt, als wäre ich es nicht mehr lange«, sagte sie besorgt, und Zoe merkte erst jetzt, dass sie in der Vergangenheitsform gesprochen hatte. So, als wäre schon alles vorbei ...

»Nein, keine Sorge. Ihr Job hier ist nicht gefährdet«, versicherte sie der jungen Frau mit einem Lächeln.

»Okay. Dann … bringe ich diese Akten schnell rüber zu Larry Swanson. Er soll sich die Pläne für das Lombardi-Projekt noch mal ansehen, sagt Ihr Vater. Oder möchten Sie das tun?«

Zoe schüttelte den Kopf, erstaunt darüber, wie weit weg ihr das erschien, was letzte Woche noch ihren Alltag ausgemacht hatte.

»Nein, nein, geben Sie es Larry.«

Maureen nickte und wollte gehen, zögerte jedoch.

»Brauchen Sie mich dann noch?«, fragte sie, wieder unsicher. »Ich weiß, es ist erst fünf Uhr, aber meine Mutter hat heute Geburtstag, und ich bin extra etwas früher gekommen, damit ich eher Schluss machen kann. Ich wusste ja nicht, dass Sie kommen. Aber ich kann gerne …«

»Gehen Sie ruhig«, meinte Zoe. »Wie gesagt – ich bin eigentlich gar nicht hier.«

Maureen lächelte dankbar, und als sie wieder allein war, ging Zoe durch das Vorzimmer, in dem der Schreibtisch ihrer Assistentin stand, weiter in ihr eigenes Büro.

Ihr Arbeitsplatz wirkte ungewohnt leer und aufgeräumt, aber ansonsten war ihr jedes Detail in diesem Raum zutiefst vertraut. Viele Jahre lang war das ihr Lebensmittelpunkt gewesen, aber dieser Ort weckte trotzdem keine Gefühle in ihr. Sie bedauerte nicht, dass sie ihn auf absehbare Zeit nicht mehr betreten würde, und empfand sogar fast so etwas wie Erleichterung, als sie die Tür wieder schloss und in den Flur zurückkehrte. Dieser Platz war nicht ihrer, das erkannte sie jetzt. Er war nie ihrer gewesen.

Auf dem Weg in das Büro ihres Vaters kam Zoe an Philipps geschlossener Tür vorbei und dachte an das unangenehme

Gespräch, das sie mit ihm hatte führen müssen. Als sie endlich wieder in London gewesen waren, hatte er sie auf ihren Wunsch hin direkt in die Firma gefahren und sich dann sofort in sein Büro zurückgezogen.

Philipp wusste jetzt alles, auch dass sie sich bald am Kopf operieren lassen musste und dass der Eingriff gefährlich war. Er hatte betroffen reagiert und ihr sofort seine Unterstützung angeboten. Seine Wut, die ihm oben auf den Klippen noch so deutlich anzusehen gewesen war, schien verraucht, und er hatte auch die Tatsache, dass Zoe ihn nicht mehr heiraten wollte, relativ gefasst aufgenommen, fast so, als hätte er damit gerechnet. Hatte er vielleicht genau wie sie längst gespürt, dass ihrer Beziehung etwas fehlte, und sein Auftritt vor Jack war nur ein letztes Aufbäumen gewesen? Zoe hoffte es, denn dann würde das alles nicht so schwer für ihn werden.

Entschlossen konzentrierte sie sich wieder auf das, was jetzt noch vor ihr lag, und ging weiter bis zu der Tür ganz am Ende des Flurs. Sie klopfte kurz, und als sie das Vorzimmer zum Büro ihres Vaters betrat, spürte sie, wie der pulsierende Schmerz in ihrem Kopf schlimmer wurde. Schon seit sie sich am Mittag von Rose verabschiedet hatte und mit Philipp in Penderak losgefahren war, quälte er sie. Die Tablette, die sie dagegen genommen hatte, schien nicht zu wirken, denn es wurde nicht besser, sondern schlimmer. Nicht dass es einen Unterschied gemacht hätte. Sie fühlte sich auch so einfach nur furchtbar.

»Miss Bevan!« Auch in Phyllis Porters Augen blitzte kurz Überraschung auf, als Zoe den Raum betrat. »Wie schön, dass Sie da sind. Ihr Vater hat sich schon Sorgen um Sie gemacht.«

Zoe antwortete nicht, sondern musterte die adrett gekleidete Sekretärin ihres Vaters. Sie war Mitte fünfzig, aber hinter ihrem großen Schreibtisch, von dem aus sie George Bevans

Alltag organisierte, wirkte sie irgendwie alterslos und lächelte wie immer, wenn sie Zoe sah, besonders freundlich. Aber Zoe gelang es trotzdem nicht, sie zu mögen.

»Ist er da?«, fragte sie knapp.

Phyllis sah auf das Display ihrer Telefonanlage. «Er telefoniert gerade. Aber gehen Sie ruhig rein. Er wird wissen wollen, dass Sie zurück sind.«

Zoe nickte ihr noch einmal zu, dann klopfte sie kurz an die Bürotür ihres Vaters und betrat den Raum.

George Bevans Büro war nur ein wenig größer als ihr eigenes oder das von Philipp, und es war auch ähnlich eingerichtet, mit modernen, aber eher schlichten, funktionalen Möbeln. Ihr Vater, der an seinem Schreibtisch saß und telefonierte, war kein Typ, der seine Vorrangstellung nach außen hin zeigen musste. Er kannte andere Wege, um deutlich zu machen, dass er der Boss war.

Als er Zoe sah, beendete George sofort sein Gespräch und sprang auf.

»Zoe! Meine Güte, wo warst du denn?«, rief er mit einer Mischung aus Erleichterung und Wut. »Wir haben uns solche …«

»Ich war in Penderak, Dad«, unterbrach Zoe ihn.

Ihr Vater, der gerade den Schreibtisch hatte umrunden wollen, um zu ihr zu gehen, hielt abrupt inne, und Zoe sah, wie er blass wurde.

»Was zur Hölle wolltest du denn da?«, fragte er grimmig und war offensichtlich nicht ganz sicher, was er mit dieser Information anfangen sollte.

»Ich wollte herausfinden, was in jener Nacht mit Chris passiert ist«, erklärte sie und sah, wie das Gesicht ihres Vaters versteinerte.

»Den Weg hättest du dir sparen können. Niemand weiß

das. Und falls doch, dann hält dieser Jemand seit Jahren dicht«, sagte er grimmig, und Zoe wusste sofort, an wen er dachte.

»Jack hattte nichts damit zu tun«, erklärte sie. »Aber du hast recht – es gibt wirklich jemanden, der die ganzen Jahre über geschwiegen und erst jetzt den Mut gefunden hat, die Wahrheit zu gestehen.«

Fassungslos starrte ihr Vater sie an. »Soll das heißen, du weißt, wie dein Bruder von der Klippe gestürzt ist?«

Ein leichter Schwindel erfasste Zoe, und sie griff hastig nach der Lehne des Besucherstuhls, der vor dem Schreibtisch stand, zog ihn zu sich heran und setzte sich.

»Ja, das weiß ich jetzt«, erklärte sie und wartete, bis auch ihr Vater wieder Platz genommen hatte. Dann schilderte sie ihm, was sie am Abend zuvor von Harry Owen erfahren hatte. Als sie fertig war, herrschte für einen Moment angespannte Stille im Raum.

»Harry Owen?«, sagte ihr Vater dann tonlos. »Es war Harry Owen?«

»Nein, er war es nicht. Es war ein Unfall. Aber er war der Mann, mit dem Chris damals zusammen war.«

George Bevan stieß verächtlich die Luft aus. »Der Kerl lügt. Chris war ganz normal. Er hat keine Männer geliebt.«

»Doch, Dad, das hat er«, beharrte Zoe. »Ich wusste auch nichts davon, aber er hat es in seinem Tagebuch festgehalten. Es steht alles da, ich kann es dir zeigen, wenn du willst. Harry Owen war seine große Liebe, und er wollte mit ihm zusammen ...«

»Unsinn!«, brüllte ihr Vater so laut, dass Zoe erschrocken zusammenzuckte. Er sprang auf und stemmte die Hände auf den Schreibtisch. »Er war längst zur Vernunft gekommen, was diese Sache anging.«

Zoe spürte, wie sich eine eisige Hand um ihr Herz legte, als ihr klar wurde, was die Worte ihres Vaters enthüllten. Und er schien auch zu begreifen, was er verraten hatte, denn er richtete sich wieder auf und wich ihrem Blick aus.

»Du wusstest es«, sagte Zoe und starrte ihren Vater an. »Du hast gewusst, dass Chris schwul war.«

40

»Wann hat er es dir gesagt?«, wollte Zoe wissen und fasste sich an die Stirn, weil sie den Schmerz kaum noch aushielt, der dahinter pulsierte.

George Bevan trat an das Fenster hinter seinem Schreibtisch und blickte hinaus ins Leere, schien tief in Gedanken versunken.

»Er muss damals vierzehn oder fünfzehn gewesen sein. Ich wollte etwas mit ihm besprechen und fand ihn im Musikzimmer. Er saß am Flügel und spielte eine wunderschöne Melodie von einem handgeschriebenen Notenblatt ab, auf das oben am Rand ganz viele Herzen gemalt waren. Als er mich bemerkte, hörte er auf zu spielen und wollte das Blatt verstecken. Ich sprach ihn darauf an, und er gab zu, dass er die Melodie selbst komponiert hatte. Ich wollte wissen für wen, aber er wollte es mir nicht sagen. ›Du kannst ruhig dazu stehen, wenn du dich in ein Mädchen verliebt hast‹, sagte ich zu ihm, aber er sah mich nur traurig an. Dann fragte er: ›Und wenn es kein Mädchen ist?‹«

George Bevan drehte sich zu Zoe um. »Ich sagte ihm, dass er darüber keine Witze machen soll. Als ich merkte, dass er es ernst meinte, bin ich wütend geworden. Ich habe ihm gesagt, dass er vernünftig sein und solche absurden Gedanken vergessen soll. Dass es ihn unglücklich machen würde und uns gleich mit und dass die Leute anfangen würden über ihn zu reden, wenn er nicht absolutes Stillschweigen darüber bewahrt. Und dass ich davon nie wieder irgendetwas hören will.«

Zoe stiegen Tränen in die Augen, als sie daran dachte, was diese Reaktion in Chris ausgelöst haben musste. Kein Wunder, dass er danach nie mehr über seine Gefühle hatte sprechen wollen.

»Ich habe darauf geachtet, dass er danach möglichst viel mit Mädchen zusammen war. Chris war so ein hübscher Kerl, er hatte jede Menge Chancen. Er brauchte sich doch nur eine von ihnen auszusuchen. Dein Bruder war normal, Zoe, er war nicht ...«

»Homosexuell?«, beendete Zoe seinen Satz, weil er das Wort offenbar nicht aussprechen konnte, und starrte ihn wütend an. »Und du denkst, das hätte er einfach so abstellen können?«

»Er hat nie wieder davon gesprochen«, beharrte ihr Vater. »Und er hatte danach doch Freundinnen. Er war zur Vernunft gekommen.«

Zoe dachte an Chris' erste Freundin Joanna. Ein hübsches Mädchen aus seiner Schule, das ihn total angehimmelt hatte. Die Beziehung hatte trotzdem nicht lange gehalten, nur ein paar Monate, und genauso war es mit den drei oder vier anderen gewesen, die Chris danach mit nach Hause gebracht hatte. Wahrscheinlich waren das seine verzweifelten Versuche gewesen, es ihrem Vater recht zu machen, der ihm eingeredet hatte, dass seine wahren Gefühle falsch waren.

»Wie konntest du das tun?«, herrschte sie ihn an. »Wie konntest du so hart zu Chris sein?«

»Ich wollte nur sein Bestes«, verteidigte er sich.

»Indem du ihn gezwungen hast, ein anderer zu sein?«

Wut stieg in ihr auf, als sie seine verschlossene Haltung sah. Die Arme vor der Brust verschränkt hielt er ihrem Blick stand und schien überhaupt nicht zu verstehen, was er getan hatte.

»Chris war nicht wie du, Dad, aber er wollte dich nicht enttäuschen. Deshalb hat er versucht, der Sohn zu sein, den du dir gewünscht hast. Dafür hat er vieles aufgegeben, was ihm wichtig war. Das Wirtschaftsstudium hat er nur dir zuliebe aufgenommen. Sein Herz schlug für die Musik, aber er war bereit, diesen Kompromiss einzugehen. Und er hat sich sogar mit Mädchen getroffen, damit du zufrieden bist. Aber dann hat er sich ernsthaft verliebt, und das konnte er nicht einfach so aufgeben. Chris hat vielleicht etwas gebraucht, bis ihm das klar wurde, aber du weißt, wie er war. Wenn er etwas wirklich wollte, dann war er nicht davon abzubringen. Er hätte diese Liebe gegen alle Widerstände durchgesetzt. Genau wie du es damals bei Mum gemacht hast. Du hast dir die Chance erkämpft, mit ihr glücklich zu werden. Und genau das hätte Chris für Harry Owen auch getan.«

George Bevan schnaubte, und seine Brauen schoben sich noch dichter zusammen. »Das war doch etwas ganz anderes. Das kann man nicht vergleichen.«

»Doch, Dad, das ist ganz genau das Gleiche, auch wenn du das nicht wahrhaben willst. Du kannst weiter so tun, als hättest du Chris bei dem Unfall auf den Klippen verloren. Aber in Wahrheit hättest du das auch, wenn er nicht gestorben wäre. Er wäre gegangen. Genau wie ich. Aber den Gedanken konntest du auch ertragen, oder?« Sie schüttelte den Kopf, weil sie das alles immer noch ganz fassungslos machte. »Wieso hast du mir Jacks Brief damals nicht gegeben? Oder mir gesagt, dass er angerufen hat?«

George Bevan löste seine Arme, und seine Schultern sanken herab. Überraschung stand auf seinem Gesicht, als er sich wieder hinsetzte.

»Woher weißt du das? Hast du Jack wiedergesehen?«

Zoe nickte. »Dann ist es also wahr? Du hast den Brief abgefangen?«

Er wich ihrem Blick aus, schien sich aber immer noch im Recht zu fühlen.

»Es stand eine Menge Unsinn drin. Dass er dich mit nach Kanada nehmen wollte. Ausgerechnet er! Was hätte er dir denn bieten können? Du bist doch keine Farmerin!« Er zuckte mit den Schultern, als er ihrem vorwurfsvollen Blick begegnete. »Du warst so durcheinander, Zoe. Ich wollte nicht, dass du einen Fehler machst, den du später bereust.«

»Es wäre aber kein Fehler gewesen, sondern das einzig Richtige«, rief sie verzweifelt und hasste ihn zum ersten Mal in ihrem Leben. »Und wenn ich etwas bereue, dann nur, dass ich nicht um ihn gekämpft habe.«

»Aber du hast doch jetzt Philipp«, wandte ihr Vater ein. »Er passt viel besser zu dir.«

Gequält verzog sie das Gesicht. »Ich liebe Philipp aber nicht. Ich liebe Jack. Ich habe damit nie aufgehört. Und wenn ich den Mut gehabt hätte, dazu zu stehen, dann hätte ich die Zeit nutzen können. Wir hätten Jahre gehabt und nicht Tage. Wir hätten glücklich sein können.«

Ihr Vater runzelte die Stirn. »Dann ... bist du nicht mit ihm zusammen?«, fragte er, und Zoe hasste es, dass seine Stimme hoffnungsvoll klang.

»Nein. Aber nicht, weil ich es nicht will, sondern weil ich es nicht kann. Ich habe ein Aneurysma im Kopf, Dad. Das haben die Ärzte festgestellt, als sie mich wegen der Gehirnerschütterung untersucht haben. Es muss operiert werden, aber ich weiß nicht, wie es mir geht, wenn ich wieder aufwache. Vielleicht geht es mir dann schlechter als Mum. Also habe ich ihm nicht gesagt, dass ich ihn liebe. Weil ich nicht will, dass er an meinem Krankenbett sitzen muss. Er soll sich mir gegenüber nicht verpflichtet fühlen – oder sich von mir abwenden, so wie du von Mum.«

Erschüttert sah ihr Vater sie an. »Deine Mutter erinnert sich nicht mehr an mich«, sagte er. »Das war nicht leicht zu ertragen.«

»Aber du warst auch nicht für sie da, als sie dich noch gebraucht hat«, hielt Zoe ihm entgegen. »Du hast nicht mit ihr getrauert, sondern einfach weitergemacht. Du hast sie im Stich gelassen. Dabei hat sie nie aufgehört, dich zu lieben.«

»Denkst du, ich hätte je damit aufgehört?« Zum ersten Mal, seit sie sein Büro betreten hatte, sah Zoe hinter die Fassade, die ihr Vater um sich herum errichtet hatte, sah den Schmerz, den er sonst immer verbarg. »Ich war nur so verdammt hilflos. Ich wollte Brenda nicht auch noch verlieren. Aber ich konnte es nicht verhindern, und immer wieder daran erinnert zu werden, habe ich einfach nicht ertragen.«

Seine Augen füllten sich mit Tränen. »Zoe, ich wollte das alles nicht. Ich wollte dir nie wehtun. Du bist alles, was mir noch geblieben ist. Es ist mir wichtig, dass du glücklich bist.«

Etwas in seinem Blick erreichte sie, sagte ihr, dass er es ehrlich meinte. Und sie wusste plötzlich, dass sie ihm am Ende verzeihen würde.

Sie wollte ihm sagen, dass sie Angst hatte. Und dass sie froh war, endlich nicht mehr allein mit ihrem Geheimnis leben zu müssen. Sie wollte ihm so vieles noch sagen. Aber die Worte erstarben auf ihren Lippen, weil der Schmerz in ihrem Kopf plötzlich unerträglich wurde. Er sprengte ihren Kopf, ließ sie gequält aufschreien, während vor ihren Augen alles verschwamm.

»Zoe, um Gottes willen! Was ist mit dir?«

Die Stimme ihres Vaters drang nur noch wie durch einen Nebel zu ihr, und die Spannung wich aus ihrem Körper. Sie hatte keine Kontrolle mehr, spürte, wie sie vom Stuhl rutschte. Jacks Gesicht tauchte vor ihr auf, und sie versuchte, all ihre

Aufmerksamkeit darauf zu richten, stemmte sich verzweifelt gegen den überwältigenden Schmerz. Das war es dann also, dachte sie. So fühlte es sich an, wenn es zu Ende ging.

Ein letztes Mal lehnte sie sich innerlich auf, versuchte sich zu wehren. Dann glitt sie in die friedliche Dunkelheit, die hinter dem Schmerz auf sie wartete.

41

»William?« Jack stand mitten auf dem Hof und wartete auf eine Antwort. Er war sicher, dass sich sein Sohn irgendwo in der Nähe herumtrieb, aber alles blieb still. Mit einem Seufzen senkte er den Kopf und sah zu Buddy hinunter, der zu seinen Füßen saß.

»Wo treibt er sich rum, Buddy, hm? Kannst du ihn nicht suchen?«

Der Border Collie blickte auf, als er seinen Namen hörte, hechelte jedoch nur und legte sich dann hin, so als wollte er sagen, dass sein Herrchen das vergessen konnte. Es war ein heißer Tag, und sie kamen gerade von der Weide, wo Jack mit ihm gearbeitet und Treibkommandos geübt hatte. Eigentlich hatte William sie begleiten sollen, doch der Junge war verschwunden. Seit Zoe vor zwei Tagen so plötzlich abgereist war, hatte sein Sohn sich wieder vollkommen zurückgezogen, und das machte Jack Sorgen. Er hatte nicht erwartet, dass William so heftig reagieren würde. Und es machte seinen eigenen Schmerz nicht erträglicher.

»William, verdammt! Wo bist du?«, rief er noch einmal, ohne viel Hoffnung, dass sein Sohn ihn diesmal hören würde. Doch in der Nähe raschelte etwas.

»Ich bin hier.« Williams Stimme war gerade laut genug, dass Jack sie orten konnte. Sie kam oben aus der Scheune, und als er die Leiter hinaufstieg, die auf den Heuboden führte, entdeckte er den Jungen in einer Ecke. Mit angezogenen Beinen hockte William dort und drehte einen Halm zwischen den Fingern.

Jack setzte sich neben ihn. »Wieso bist du nicht mit raus auf die Weide gekommen?«

William zuckte mit den Schultern. »Keine Lust«, sagte er.

Jack überlegte, ob er nachhaken sollte, beschloss dann aber, dass es besser war, ihn nicht zu sehr zu bedrängen. Letztlich war es schon ein gutes Zeichen, dass der Junge Jacks Nähe zuließ – etwas, das vor ein paar Tagen noch undenkbar gewesen wäre.

Für eine Weile saßen sie einfach nebeneinander und hingen ihren Gedanken nach. Dann spürte Jack Williams Blick auf sich, und wandte sich zu dem Jungen um.

»Warum ist sie gegangen?«

Es fiel William sichtlich schwer, diese Frage zu stellen. Aber sie schien ihn genauso zu beschäftigen wie seinen Vater.

»Sie musste zurück nach London«, erwiderte Jack und spürte wieder dieses hohle Gefühl in der Brust.

»Kannst du sie nicht zurückholen?«

Überrascht hob Jack die Augenbrauen.

»Wie kommst du darauf, dass ich das wollen würde?«

William hob einen Mundwinkel. »Dad, ich bin fast vierzehn. Ich habe Augen im Kopf.«

»Und du hast auch zwei Ohren, mit denen du hören kannst«, fügte Jack hinzu. »Sie ist verlobt, William. Also werde ich den Teufel tun und ihr noch mal hinterherlaufen.«

»Aber sie mag dich. Das habe ich ihr angesehen«, beharrte William. »Diesen Typen fand sie nicht so toll. Sie ist nicht gerne mit ihm mitgegangen.«

Jack stemmte sich gegen das Gefühl in seinem Bauch, das ihm die ganze Zeit schon das Gleiche sagte. Aber das war Unsinn. Er hatte diesen Philipp Freeman gegoogelt und herausgefunden, dass er Geschäftsführer bei Bevan Constructions war und das Unternehmen zusammen mit Zoe und ihrem

Vater leitete. Also passte er perfekt zu ihr, und obwohl Jack allein der Gedanke wahnsinnig machte, dass sie diesen Anzugträger tatsächlich heiraten könnte, würde er sich damit abfinden müssen.

»Aber sie ist mit ihm gegangen. Das ist der Punkt. Sie hat ihre Entscheidung getroffen.«

»Du vermisst sie trotzdem«, befand William. »Ich habe dich gestern Nacht gehört. Du bist die ganze Zeit unten rumgelaufen. Das hast du auch gemacht, als Mum weggegangen ist.«

Jack fühlte sich ertappt. Damals bei Karen hatte er die Nächte wach gelegen, weil er nicht gewusst hatte, ob und wie er William von den Plänen seiner Mutter erzählen sollte. Jetzt konnte er nicht schlafen, weil er dieses Gefühl nicht loswurde. So als würde ein Eisenband seine Brust einschnüren und ihn nicht atmen lassen. Tagsüber ging es, wenn er mit der Arbeit beschäftigt war. Aber nachts grübelte er die ganze Zeit, und das zehrte an ihm. Weil er das alles genauso wenig verstand wie William.

»Warum sind Frauen so?«, fragte der Junge, und Jack musste gegen seinen Willen lächeln.

»Gute Frage«, sagte er und war plötzlich dankbar dafür, dass wenigstens sein Verhältnis zu William nach all der Zeit endlich wieder in Ordnung war.

Sie horchten beide auf, als sich ein Motorengeräusch näherte, und erhoben sich. Gerade, als sie den Rand des Heubodens erreichten, von dem aus man durch die geöffnete Klappe in der Scheunenwand in den Hof hinuntersehen konnte, hielt ein silberner Jaguar vor dem Haus. Verblüfft sahen Jack und William sich an, denn keiner ihrer Bekannten fuhr einen so schicken Wagen. Den hageren Mann mit den grauen Haaren erkannte Jack jedoch sofort, auch wenn ihre letzte Begegnung vierzehn Jahre zurücklag.

»Wer ist das?«, wollte William wissen.

»Das ist Zoes Vater.«

»Was will der denn hier?«

»Keine Ahnung«, brummte Jack. »Fragen wir ihn.«

Sie stiegen hintereinander die Leiter herunter, doch George Bevan, der jetzt vor der Haustür stand, bemerkte sie erst, als Jack ihn ansprach. Er fuhr zu ihnen herum, und Jack stellte erschrocken fest, dass der ältere Mann sich sehr verändert hatte.

Bei ihrer letzten Begegnung waren George Bevans Schläfen zwar schon ergraut gewesen, aber er hatte einen dynamischen und vitalen Eindruck gemacht. Nun waren seine Haare komplett graumeliert, und seine blassen Wangen wirkten eingefallen, die Falten hatten sich tief in sein Gesicht gegraben. Am schlimmsten jedoch war der Ausdruck in seinen Augen. Kraftlos blickte er Jack an, der Mühe hatte, diesen alten, gebrochenen Mann mit dem Bild in Einklang zu bringen, das er die ganzen Jahre über von Zoes Vater im Kopf gehabt hatte. Dessen plötzliches Auftauchen auf dem Hof brachte allerdings auch die Wut zurück, die Jack damals empfunden hatte.

»Was kann ich für Sie tun, Mr Bevan?« Er verschränkte die Arme vor der Brust und musterte den anderen Mann misstrauisch. »Falls Sie gekommen sind, um mir noch mal zu erklären, dass ich mich von Ihrer Tochter fern halten soll, dann hätten Sie sich die Mühe sparen können.«

George Bevan musterte ihn lange, bevor er antwortete.

»Nein, ich ...« Er räusperte sich, und seine Stimme klang niedergeschlagen. »Kann ich Sie sprechen?«, fragte er und fügte mit einem Blick auf William hinzu: »Unter vier Augen?«

Jack beschloss, dass er hören wollte, was George Bevan zu sagen hatte. Er suchte Williams Blick, und der Junge nickte, auch wenn es ihm gar nicht zu passen schien, dass er mit Buddy draußen im Hof bleiben musste, während Jack mit seinem Gast ins Haus ging.

»Möchten Sie einen Tee?«, erkundigte Jack sich, als sie einen Moment später in der Küche standen.

George Bevan ließ sich schwerfällig auf einen Stuhl sinken.

»Gerne. Die Fahrt war lang«, meinte er und ließ den Blick durch die Küche schweifen.

Jack war diese Inspektion unangenehm. Er wusste selbst, dass die Farm verglichen mit den Räumlichkeiten der Bevans in London sehr einfach wirkte, und wieder fragte er sich, ob Zoes Vater gekommen war, um ihn diesen Unterschied noch einmal spüren zu lassen. Aber George Bevan wirkte, als würde er das alles gar nicht richtig wahrnehmen. Er schien nicht gekommen zu sein, um zu streiten. Und das irritierte Jack.

Als der Tee fertig war, stellte er den dampfenden Becher vor seinem Gast ab und kehrte an seinen Platz vor dem Herd zurück, lehnte sich wieder an die Arbeitsplatte, weil er den Abstand brauchte.

»Was führt Sie her?«, fragte er, weil er die beklemmende Stille nicht mehr aushielt.

George Bevan zögerte einen Moment, bevor er antwortete. Offenbar fiel ihm das schwer, was er zu sagen hatte.

»Ich bin hier, um mich für mein Verhalten nach Chris' Tod zu entschuldigen. Und um Ihnen etwas von meiner Tochter auszurichten.«

Jack spürte, wie er sich innerlich anspannte, als Zoes Name fiel.

»Ich habe damals Fehler gemacht«, fuhr George Bevan fort. »Große Fehler. Nicht nur den, zu denken, Sie könnten etwas mit Chris' Tod zu tun haben. Das war völlig aus der Luft gegriffen, und das Einzige, was ich zu meiner Verteidigung vorbringen kann, ist, dass ich außer mir war vor Schmerz. Aber das ist keine Entschuldigung für die Tatsache, dass ich Ihren Brief nicht an Zoe weitergegeben habe. Oder dafür, dass sie nie von Ihrem Anruf erfahren hat. Ich habe alles getan, damit meine Tochter und Sie nicht mehr zusammenkommen. Ich habe sogar ihr Handy verschwinden lassen und ihr ein neues besorgt, weil ich es Ihnen schwerer machen wollte, wieder Kontakt zu ihr aufzunehmen. Das war falsch. Und es tut mir aufrichtig leid.«

Jack verschränkte die Arme vor der Brust. Er hatte mit vielem gerechnet, aber nicht mit einer solchen Generalentschuldigung. Und er konnte sich auch keinen Reim darauf machen.

»Woher die späte Einsicht? Hat Zoe etwas damit zu tun? Sind Sie in ihrem Auftrag hier?«

George Bevan nickte. »In gewisser Weise«, sagte er, und Jack fragte sich ernsthaft, was das alles sollte.

»Und was erwarten Sie jetzt von mir? Dass ich Ihnen vergebe? Okay. Gut. Dann tue ich das. Ich bin nämlich nicht mehr sicher, ob Sie mir nicht einen Gefallen getan haben. Ihre Tochter wäre wahrscheinlich sowieso nicht zu mir zurückgekommen. Sie will mich nicht und hat sich gerade erst wieder gegen mich entschieden. Es hätte also keinen Unterschied gemacht, wenn Sie meinen Brief damals bekommen hätte.«

»Doch, natürlich hätte es einen Unterschied gemacht«, widersprach George Bevan. »Einen großen sogar. Dann wären Sie bei Zoe gewesen und alles wäre anders gekommen. Das wäre besser für meine Tochter gewesen.«

Jack schnaubte. »Möglich. Aber jetzt ist sie verlobt. Also

spielt es keine Rolle mehr, was vielleicht aus uns geworden wäre.«

»Sie ist nicht mehr verlobt.« George Bevan drehte seine Teetasse. »Sie hat die Verlobung mit Philipp gelöst. Und sie hat mir gesagt, dass sie nur einen einzigen Mann wirklich geliebt hat, und das sind Sie. Deshalb bin ich hier. Ich wollte, dass Sie das wissen.«

Jack starrte ihn an. Er hätte gerne geglaubt, was Zoes Vater ihm da sagte. Sehr gerne sogar. Aber das ergab alles überhaupt keinen Sinn.

»Ihre Tochter ist gegangen. Sie wollte nicht bei mir bleiben. Und sie hat auch nichts davon erwähnt, dass sie nicht mehr verlobt ist. Wenn ich da irgendetwas falsch verstanden habe, dann soll sie herkommen und es mir selbst sagen.«

Tränen traten in George Bevans Augen.

»Das würde Zoe sicher gerne«, sagte er. »Aber das kann sie leider nicht.«

Jack sog erschrocken die Luft ein, als er endlich begriff, was die zusammengesunkene Haltung des älteren Mannes zu bedeuten hatte. Und was in seinem Blick lag.

Verzweiflung. Und Trauer.

»Was ist mit Zoe?«, fragte er und spürte, wie sich eine Eisfaust um sein Herz legte. »Ist ihr was passiert?«

42

»Na, komm schon, erzähl es mir endlich!«, sagte Daisy und lächelte, als Rose sie überrascht ansah.

Sie saßen gemeinsam am Küchentisch in der Pension und putzten das Gemüse fürs Abendessen. Rose half ihrer Mutter im Moment oft dabei. Wenn sie allein im Strandhaus war, dachte sie ständig nur an Simon, deshalb verbrachte sie seit ihrer Rückkehr vor zwei Tagen viel Zeit in der Pension und war froh über jede Art von Beschäftigung. Sie hatte jedoch nicht damit gerechnet, dass ihre Mutter ihr Verhalten so leicht durchschaute.

»Ich weiß nicht, was du meinst«, sagte sie, ohne viel Hoffnung, dass Daisy ihr das glauben würde. »Mir geht es gut.«

Ihre Mutter schüttelte den Kopf. »Rose, ich kenne dich, seit du auf die Welt gekommen bist. Glaubst du, ich wüsste nicht, dass du unglücklich bist? Was ist in London passiert? Iris will nicht damit herausrücken. Also sag du es mir. Warum bist du früher zurückgekommen? Und wieso guckst du seitdem, als würde Weihnachten dieses Jahr ausfallen?«

Rose legte die Möhre zur Seite, die sie gerade geputzt hatte, und seufzte tief.

»Ich habe jemanden kennengelernt in London«, gestand sie. »Einen Mann. Simon Fielding heißt er, und ich habe mich in ihn verliebt. Ich weiß, das klingt verrückt, weil es nur ein paar Tage waren, aber es war sehr schön mit ihm. Ich dachte, es geht ihm genauso, jedenfalls hat er das gesagt. Doch als er erfahren hat, dass ich drei Kinder habe, hat er seine Meinung geändert. Er war überfordert von dem Gedanken, sich auf eine Familie einzustellen, und ich habe mit ihm Schluss gemacht.« Sie zuckte mit den Schultern. »Mehr war da nicht.«

Mehr war da nicht? Sie stöhnte innerlich, weil das die Untertreibung des Jahres war. Sie bekam Simon einfach nicht aus ihrem Kopf und träumte auch jede Nacht von ihm – wenn sie überhaupt schlafen konnte vor lauter Grübeln. Wie konnte man jemanden schon nach ein paar Tagen so sehr brauchen, dass es beinahe körperlich schmerzte, ihn nicht um sich zu haben?

Rose schüttelte den Kopf, um Simons Bild loszuwerden, das schon wieder vor ihrem geistigen Auge aufgetaucht war.

»Ich komme drüber weg«, sagte sie, mehr zu sich selbst als zu ihrer Mutter.

Daisys Blick blieb jedoch skeptisch.

»Vielleicht hätte er sich an den Gedanken ja noch gewöhnt, wenn du ihm ein bisschen mehr Zeit gegeben hättest«, meinte sie.

Rose nahm die Möhre wieder in die Hand und bearbeitete sie mit fahrigen Bewegungen. »Nein, das hätte er nicht. Und wenn man es nüchtern betrachtet, dann wäre es sowieso nicht gut gegangen. Er lebt in London in einem schicken Apartment, und ich hier mit den Kindern im Strandhaus. Wir würden nicht in sein Leben passen, und er nicht in unseres. Eine Beziehung zwischen uns wäre gescheitert. Also können wir es auch gleich lassen.«

Daisy stieß ein Schnauben aus, das Rose nur zu gut kannte. Es zeigte nicht nur, dass ihrer Mutter etwas missfiel, sondern kündigte meist eine Schlussfolgerung an.

»Du hast Angst«, sagte sie, was Rose entrüstet innehalten ließ.

»Natürlich habe ich Angst«, erwiderte sie. »Ich will nicht

wieder verletzt werden. Und ich will auch nicht, dass die Kinder sich an jemanden gewöhnen, der sie dann wieder im Stich lässt. Es ist schlimm genug, dass ihr Vater das getan hat. Wie kann ich Ihnen da jemand Neues zumuten – vor allem, wenn dieser Jemand schon gleich am Anfang ein Problem damit hat, sich überhaupt auf uns einzulassen?«

»Schieb nicht immer die Kinder vor, Rose. Daran liegt es nicht. Du hast einfach Angst, noch einmal einem Mann zu vertrauen.«

Diesmal war es Rose, die schnaubte. »Und ist das ein Wunder nach allem, was ich mit Matt erlebt habe? Ich brauche nicht noch einen Mann, der mir erst erklärt, dass er mich liebt, und mich dann fallen lässt, wenn es schwierig wird. Simon hat mir feierlich verkündet, dass er alle Hindernisse überwinden will, um mit mir zusammen zu sein. Aber das waren nur leere Worte. Als er von den Kindern hörte, war davon nämlich keine Rede mehr.«

Daisy seufzte und warf eine geschälte Kartoffel in den Topf. »Ich hätte mir eher Sorgen gemacht, wenn er gesagt hätte, dass es kein Problem ist.« Sie zuckte mit den Schultern, als Rose sie verständnislos ansah. »Es ist nicht immer alles so einfach. Drei Kinder bedeuten eine Menge Verantwortung. Als er dir gesagt hat, dass er eine Beziehung mit dir möchte, wusste er nicht, was auf ihn zukommt. Kannst du ihm wirklich vorwerfen, dass er da erst mal kalte Füße gekriegt hat?«

Ihre Worte trafen Rose. »Auf wessen Seite steht du eigentlich, Mum?«

»Auf deiner«, versicherte Daisy ihr. »Ich bin immer auf deiner Seite. Aber ich kann das langsam nicht mehr mitansehen. Seit der Trennung von Matt vergräbst du dich hier und lässt keinen Mann mehr in dein Leben. Dieser Simon ist der Erste, den du mir gegenüber überhaupt erwähnt hast – und du gibst der Sache nicht mal eine Chance, sondern läufst schon wieder weg. Ich möchte, dass du wieder glücklich bist, Rose. Aber dafür wirst du dein Herz noch mal riskieren müssen.«

Betroffen sah Rose sie an. Weil es stimmte. Sie hatte einen Schlussstrich gezogen, ohne Simon die Zeit einzuräumen, um die er gebeten hatte. Aber was hätte es genützt, ihm diese Chance zu geben? Er wollte nicht, genau wie sie es sich schon gedacht hatte, denn sie hatte seit ihrem Streit vor der Villa nichts mehr von ihm gehört.

Und in einem weiteren Punkt hatte ihre Mutter ebenfalls unrecht: Sie hatte ihr Herz riskiert. Und verloren ...

Ein Wagen hielt mit laut quietschenden Bremsen vor dem Haus, und einen Augenblick später wurde die Küchentür aufgerissen.

»Jack!«, rief Daisy überrascht, als ihr Sohn hereinstürmte.

Rose starrte ihren Bruder an. »Was ist passiert?«

»Es ist Zoe«, stieß er hervor. »Ihr Vater war gerade bei mir. Sie hatte eine Gehirnblutung. Ich muss sofort zu ihr. Kümmert ihr euch bitte um William und die Farm?«

»Eine Gehirnblutung? Mein Gott!«, sagte Rose und tauschte einen betroffenen Blick mit Daisy. »Wie schlimm ist es?«

»Sie liegt im Koma. Mehr weiß ich nicht«, sagte Jack ungeduldig. »Kann ich auf euch zählen?«

»Natürlich«, erklärte Daisy und suchte wie immer gleich nach einer Lösung. »Ich werde Douglas Thomson fragen, ob er auf der Farm einspringt. Das hat er immer gemacht, wenn Brian im Krankenhaus war. Er hilft uns bestimmt.«

Jack nickte und wollte wieder gehen, doch Rose rief ihn zurück. »Warte! Ich komme mit!« Rasch blickte sie zu ihrer Mutter. »Ist das okay? Kannst du mit Iris nach den Kindern sehen?«

»Ja, natürlich. Fahr mit ihm. Es ist besser, wenn er jetzt nicht alleine ist«, erwiderte Daisy. »Und haltet mich auf dem Laufenden.«

Kurze Zeit später saßen sie im Wagen, und Jack ließ den Motor an.

»Ich dachte, du willst sie nicht mehr«, sagte Rose leise.

»Doch, ich will sie. Ich liebe sie.« Er blickte kurz zu Rose, und sie sah die Verzweiflung in seinen Augen. »Und ich darf sie nicht noch mal verlieren«, fügte er grimmig hinzu, während er das Gaspedal durchtrat.

43

Jack stürmte in den Eingangsbereich des King Edward VII's Hospital in Marylebone. Von außen wirkte der mehrstöckige Bau, der sich perfekt in das Straßenbild einpasste, eher wie ein Hotel, und so sah auch der Empfang aus, hinter dessen Theke aus geschnitztem dunklen Holz ihnen eine brünette junge Frau freundlich entgegenlächelte. Aber George Bevan hatte betont, dass es sich um eine renommierte Klinik handelte, und Jack hoffte inständig, dass es stimmte.

»Kann ich Ihnen helfen?«, fragte die junge Frau, als Jack den Tresen erreichte.

»Ich möchte zu Zoe Bevan«, sagte er und warf Rose, die ihm gefolgt war und jetzt neben ihm stand, einen dankbaren Blick zu. Er war froh, dass seine Schwester mitgekommen war. Sie hatte ihn auf der quälend langen Fahrt nach London beruhigt und ihm Mut gemacht. Sonst wäre er vor Sorge vermutlich durchgedreht.

»Sie liegt auf der Intensivstation«, informierte ihn die Brünette. »Sind Sie ein Angehöriger?«

Jack starrte sie an und überlegte, was er ihr antworten sollte. Er musste unbedingt zu Zoe, aber er war ziemlich sicher, dass sie ihn nicht lassen würden, wenn er die Wahrheit sagte.

»Ja, das ist er«, sagte eine Stimme hinter ihnen, und als Jack sich umdrehte, sah er George Bevan auf sich zukommen. Zoes Vater schien auf ihre Ankunft gewartet zu haben.

»Wie geht es ihr?«, wollte Jack sofort wissen.

»Unverändert«, erwiderte George Bevan mit einem traurigen Lächeln.

»Ich will zu ihr.«

»Natürlich«, meinte der ältere Mann und bedeutete Jack und Rose, ihm zu folgen.

George konnte noch nicht lange im Krankenhaus sein. Er war zwar vor Jack losgefahren, der erst noch ein paar Sachen gepackt und in der Pension Bescheid gesagt hatte, bevor er ihm mit Rose folgen konnte. Aber Jack war schneller unterwegs gewesen als jemals zuvor, ständig getrieben von dem Gedanken, dass er zu spät kommen könnte. Deshalb war der Vorsprung sicher nicht groß gewesen.

Als sie die Flügeltüren erreichten, hinter denen die Intensivstation lag, kam ihnen Philipp Freeman entgegen. Sein Gesicht verschloss sich, als sein Blick auf Jack fiel. Aber es war nichts mehr zu spüren von der Feindseligkeit, mit der er Jack zuletzt begegnet war, und auch Jack konnte das Gefühl der Eifersucht nicht mehr in sich wachrufen, das ihn bis vor ein paar Stunden noch innerlich zerfressen hatte. Sie waren jetzt keine Konkurrenten mehr, sondern machten sich beide Sorgen um die Frau, die sie liebten. Auch wenn Zoe die Verlobung mit Philipp gelöst hatte, bedeutete sie ihm sicher noch etwas, und das respektierte Jack, deshalb nickte er dem anderen Mann zu.

»Ich komme gleich nach«, meinte George Bevan und blieb, um mit Philipp zu sprechen, vor der Tür stehen.

Rose und Jack gingen alleine hinein und befolgten die Anweisungen der Krankenschwester, die jedem von ihnen Überzieher für ihre Schuhe und einen blauen Kittel gab, den sie über ihrer Kleidung tragen mussten. Erst dann durften sie in das Zimmer, in dem Zoe lag.

Es war ein Einzelzimmer, das vollgestopft war mit Technik.

Über dem Bett und daneben standen kompliziert aussehende Apparate, deren Schläuche und Kabel in Zoes Körper endeten. Blass und reglos lag sie da, mit verbundenem Kopf und einem Schlauch im Mund, über den sie beatmet wurde. Sie wirkte so zerbrechlich, dass sich Jacks Herz schmerzhaft zusammenzog. Mühsam unterdrückte er die Tränen, die ihm in die Augen schossen.

Er wusste nicht, was er tun sollte, und wandte sich hilfesuchend zu Rose um, doch sie erwiderte seinen Blick genauso erschrocken. Sie hatten sich auf der Fahrt vieles ausgemalt, aber es tatsächlich zu sehen, war weit schlimmer.

Jack wusste, dass die Maschinen Zoe am Leben erhielten, aber es kam ihm vor, als würden sie genau das Gegenteil tun. Die Schläuche schienen alles aus ihr herauszusaugen, was sie vorher ausgemacht hatte. Übrig war nur eine leblose Hülle, und diesen Gedanken ertrug er nicht. Sie ist noch da, sagte er sich. Ich muss sie nur erreichen.

»Darf ich sie anfassen?«, fragte er die Krankenschwester, die gerade die einzelnen Werte auf den Monitoren überprüfte. Sie zögerte einen Moment, doch sie schien seine Verzweiflung zu spüren.

»Sie können ihre Hand nehmen, wenn Sie wollen.«

Jack trat an das Bett und griff zaghaft nach Zoes Hand, darauf bedacht, nicht gegen den Zugang für den Tropf zu stoßen, der auf ihrem Handrücken befestigt war. Ihre Finger fühlten sich eiskalt an, und das verstärkte seine Angst noch.

»Wird sie wieder aufwachen?«, fragte er mit belegter Stimme.

Die Krankenschwester trat hinter ihn und stützte die Hände in die Hüften.

»Das hoffen wir. Und je eher, desto besser. Wir werden die Beatmung in den nächsten Tagen herunterfahren und testen, ob sie wieder selbstständig atmet. Ansonsten lässt sich zu diesem Zeitpunkt noch nicht viel sagen.«

Jack schluckte schwer. »Aber sie wird leben?«

Die Schwester antwortete ihm nicht, und als er sich zu ihr umdrehte, lag Sorge in ihrem Blick.

»Ich kann Ihnen nichts versprechen«, sagte sie. »Nur dass wir alles tun, was in unserer Macht steht.«

Jack betrachtete Zoes Gesicht, ihr hübsches Profil.

»Kann ich bei ihr bleiben?«

Die Schwester zögerte erneut, dann deutete sie auf den Stuhl, der in der Ecke des Raums stand.

»Den können Sie sich nehmen, wenn Sie wollen.«

Rose reagierte sofort und brachte Jack den Stuhl. Er setzte sich, ohne Zoe loszulassen, während er sie weiter betrachtete, so als könnte er dadurch verhindern, dass sie ihm entglitt.

»Du musst wieder aufwachen, hörst du?«, sagte er leise und küsste ihre Hand. »Bitte, Zoe. Wach wieder auf.«

Es war ihm egal, dass Rose und die Schwester ihn hörten. Und es war ihm auch egal, wie lange er hier sitzen musste. Er würde Zoe auf gar keinen Fall verlassen. Diesmal würde er bei ihr bleiben, wie auch immer diese Sache ausging.

***

Nachdenklich streifte sich Rose den blauen Kittel ab und zog die Überzieher von ihren Schuhen. Dann ging sie raus in den Wartebereich. Philipp Freeman war nicht mehr da, aber George Bevan saß auf einer der Bänke und erhob sich, als sie durch die Tür kam.

»Ist Ihr Bruder noch bei Zoe?«

Rose nickte. »Und ich fürchte, es bekommt ihn dort auch niemand weg«, sagte sie mit einem Seufzen.

Es war inzwischen fast Mitternacht, aber Jack wich Zoe nach wie vor nicht von der Seite und würde, wenn ihn niemand wegschickte, sicher die ganze Nacht am Krankenbett ihrer Freundin verbringen. Er schien beschlossen zu haben, dass er bei Zoe sein musste, und vermutlich wäre er selbst auch dann nicht gegangen, wenn man ihn darum gebeten hätte. Rose hatte ihn nicht mal dazu überreden können, etwas zu essen. Lediglich den Tee, den sie ihm gebracht hatte, hatte er angenommen. Ansonsten hielt er nur weiter Zoes Hand und sah so verzweifelt aus, dass es Rose jedes Mal einen Stich versetzte, wenn sie ihn dort sitzen sah.

Sie hatte keine Ahnung, wie lange er das noch durchhielt. Lange vermutlich. Aber sie selbst spürte inzwischen, wie müde sie war. Sie wollte für Jack und auch für Zoe da sein, aber das Warten zermürbte sie, und sie schaffte es nur noch mit Mühe, die Augen aufzuhalten.

»Ich glaube, ich besorge mir noch einen Kaffee«, sagte sie und gähnte hinter vorgehaltener Hand.

»Sie sollten sich lieber eine Weile hinlegen«, sagte George Bevan besorgt. »Sie sehen aus, als würden Sie im Stehen einschlafen.«

Rose warf einen beinahe sehnsüchtigen Blick auf die Bänke im Wartebereich. »Vielleicht ruhe ich mich wirklich ein bisschen aus«, sagte sie, doch Zoes Vater hielt sie auf, als er begriff, welchen Ort sie sich als Ruheplatz auserkoren hatte.

»Das ist doch viel zu unbequem«, befand er. »Sie können in der Villa schlafen. Ich bringe Sie hin, wenn Sie wollen.«

Der Gedanke an ein weiches Bett war tatsächlich sehr verlockend. Trotzdem schüttelte Rose den Kopf.

»Vielen Dank für das Angebot. Aber ich möchte lieber hierbleiben.«

Sie dachte an das Haus, das während der letzten Woche ihr

Zuhause gewesen war, und ihr kam eine Frage in den Sinn, die sie völlig aus den Augen verloren hatte.

»Was ist eigentlich mit dem Kaufangebot für die Villa? Hat Zoe es angenommen?«

George Bevan sah sie überrascht an. »Sie wissen davon?«

»Ich habe es mitbekommen«, antwortete Rose vage. »Soweit ich es verstanden habe, hatte der Kaufinteressent ihr ein Ultimatum gestellt. Sie sollte sich bis Montagabend entscheiden. Aber ich weiß nicht, wie die Sache ausgegangen ist.«

Zoes Vater seufzte. »Sie hat abgelehnt«, erklärte er. »Auf der Rückfahrt nach London hat sie in Philipps Beisein mit dem Anwalt gesprochen, der sich um den Deal kümmern sollte, und das Angebot ausgeschlagen. Philipp hat es mir erzählt. Sie wollte nicht verkaufen.«

Rose dachte an Simon. Wenn das stimmte, dann wusste er vermutlich nicht, dass es ihrer Freundin so schlecht ging. Sie hatte irgendwie gehofft, dass er inzwischen davon erfahren hatte und Kontakt zu ihr aufnehmen würde, vielleicht weil sie sich so danach sehnte, von ihm in den Arm genommen zu werden. Sie hätte ihm gerne alles erzählt und sich von ihm trösten lassen. Aber das war natürlich Wunschdenken. Selbst wenn er es gewusst hätte, wäre er vermutlich nicht gekommen. Sicher hatte er die Zeit mit ihr längst hinter sich gelassen und verschwendete keinen Gedanken mehr an ihre kurze Romanze.

Sie seufzte tief. »Ich glaube, ich hole mir doch noch einen Kaffee«, sagte sie und machte sich müde auf den Weg zum Automaten.

44

»Daran sollten wir bei der nächsten Verhandlung unbedingt anknüpfen. Meinen Sie nicht auch?« Hazel Cummings runzelte die Stirn. »Simon? Haben Sie mir zugehört?«

Simon hielt der hübschen rothaarigen Anwältin die Tür auf und folgte ihr aus dem Gerichtsgebäude.

»Ja, ja, natürlich. Das ist eine sehr gute Taktik«, versicherte er ihr ohne viel Enthusiasmus und lächelte entschuldigend, als sie ihm einen irritierten Blick zuwarf. »Sie haben das großartig gemacht, Hazel. Wirklich. Sie waren perfekt vorbereitet. Mein Vater wird sehr zufrieden sein.«

Sie lächelte wieder strahlend, und Simon ärgerte sich darüber, dass er sie durch seine Lustlosigkeit verunsichert hatte. Es war ein wichtiger Tag für seine junge Kollegin, und er wollte ihn ihr nicht verderben.

»Gehen wir was essen?«, fragte sie mit einem Blick auf die Uhr, die über einem Geschäft auf der anderen Straßenseite hing und halb eins anzeigte. »Ich sterbe vor Hunger. Außerdem könnten wir dann den Fall noch mal durchsprechen. Ihre Meinung dazu wäre mir wichtig.«

»Natürlich«, erwiderte Simon, obwohl er schon ahnte, was sie in der nächsten Sitzung vorhatte und dass er daran nichts auszusetzen haben würde.

Hazel Cummings arbeitete erst seit ein paar Wochen bei Fielding & Mason und war noch relativ unerfahren. Aber sie war auch ehrgeizig und fleißig, überließ bei der Prozessvorbereitung nichts dem Zufall. Deshalb hatte Simons Vater ihr zum ersten Mal die Verteidigung eines wichtigen Klienten übertragen. Das Verfahren hatte heute begonnen, und Hazel hatte sich – genau wie erwartet – exzellent geschlagen.

Robert Fielding hatte trotzdem darauf bestanden, dass Simon sie begleiten und unterstützen sollte, und das hatte sicher nicht mit ihrer Unerfahrenheit zu tun. Eher mit der Tatsache, dass Hazel genau den Vorstellungen entsprach, die seine Mutter von einer idealen Schwiegertochter hatte: Hazel war intelligent, hübsch, hatte den gleichen Job und den gleichen familiären Hintergrund wie Simon. Er traute seiner Mutter deshalb durchaus zu, dass sie bei diesem »Auftrag« die Finger im Spiel gehabt hatte. Immerhin hatte sie ihm Hazel erst vor Kurzem als mögliche Partnerin angepriesen.

Und vielleicht hat sie ja recht, überlegte er, während er den Arm hob, um ein Taxi für sie anzuhalten. Vielleicht sollte er sich mit Hazel verabreden und sie näher kennenlernen. Sie passten im Grunde perfekt zueinander. Und ihre hübschen roten Haare erinnerten ihn an …

Rose.

Simon stöhnte innerlich, als ihm klar wurde, dass er es wieder getan hatte. Wieso zur Hölle konnte er nicht aufhören, jede Frau mit Rose Riley zu vergleichen? Es war ganz egal, was er tat, immer begleitete ihn ihr Bild, und das zermürbte ihn. Aber das ging sicher vorbei. Er musste nur noch ein bisschen Geduld haben. Seinen anderen Verflossenen hatte er schließlich auch nie wirklich lange nachgetrauert. Allerdings war er, wenn er sich von ihnen getrennt hatte, auch nicht jede Nacht mit dem Gefühl aufgewacht, dass ihm etwas fehlte …

Ein Taxi hielt am Bordstein, und Simon öffnete für Hazel die Tür, ließ ihr den Vortritt und stieg dann ebenfalls ein. Er nannte dem Fahrer die Adresse eines Lokals ganz in der Nähe, das er immer besuchte, wenn er in der City of London war. Es war ein beliebter Treffpunkt für die Mitarbeiter der Banken und Investmentfirmen, von denen es hier in der Gegend so viele gab, und mittags herrschte dort Hochbetrieb. Aber Simon kannte den Wirt und bekam trotzdem noch einen Tisch für zwei.

Als das Essen kam, steckte Hazel schon mitten in ihren Ausführungen über ihre geplante Verteidigungsstrategie. Und Simon hatte schon wieder Schwierigkeiten, sich auf ihre Worte zu konzentrieren. Er nickte und brummte seine Zustimmung, aber er hörte ihr nicht wirklich zu.

»Gehen Sie eigentlich auch auf dem Charity-Ball, den ihre Mutter nächstes Wochenende in Malton House gibt?«

Hazels Frage drang zu ihm durch, auch weil sie ihn plötzlich erwartungsvoll ansah.

»Hat meine Mutter Ihnen eine Einladung geschickt?«

Hazel nickte. »Aber ich weiß nicht, ob ich hingehen soll. Ich kenne dort niemanden und würde mich da sicher sehr verloren fühlen.«

Sie hielt Simons Blick fest, und ihm wurde klar, dass es eine Aufforderung an ihn war. Offensichtlich hoffte sie darauf, dass er ihr anbot, sie zu begleiten, und für einen kurzen Moment war er versucht, darauf einzugehen.

Es wäre ein ideales erstes Date, weil es ihnen eine unverfängliche Gelegenheit geben würde, sich besser kennenzulernen. Danach würde er Hazel dann zum Essen einladen, und von da an würden sie sehen, wie die Sache sich entwickelte. Er hatte diese Rituale schon Dutzende Male durchlaufen und wusste, wie es funktionierte. Tatsächlich könnte es mit Hazel sogar sehr gut funktionieren. Sie war nett und attraktiv und scheinbar auch an ihm interessiert.

Es gab da nur ein Problem.

Sie war nicht Rose.

»Bringen Sie doch einfach eine Begleitung mit«, sagte er. »Meine Mutter hat sicher nichts dagegen.«

»Oh, ja. Das habe ich auch schon überlegt«, erwiderte Hazel nach kurzem Zögern lächelnd und ließ sich nicht anmerken, ob sie enttäuscht war. Aber wahrscheinlich war sie es, denn den Rest des Essens verbrachten sie mit eher bemühtem Smalltalk, und Simon hatte den Eindruck, dass nicht nur er froh war, als sie das Lokal verließen.

Draußen vor dem Restaurant hielt Simon erneut ein Taxi an und war Hazel beim Einsteigen behilflich. Er wollte ihr gerade folgen, zögerte jedoch plötzlich, als ihm klar wurde, dass er ein Trottel war. Ein dämlicher, hirnverbrannter Trottel.

»Mr Fielding?«, fragte Hazel irritiert, weil er den Fuß, der schon im Taxi gestanden hatte, wieder zurückzog.

»Tut mir leid, aber mir ist gerade eingefallen, dass ich noch etwas erledigen muss«, erklärte er. »Wir sehen uns nachher in der Kanzlei.«

Er warf die Tür zu und blickte dem Taxi nach, das sich in den Verkehr einreihte. Dann zog er sein Handy heraus und rief Gloria an. Die Sekretärin, die nicht nur ihm, sondern auch seinem Vater zuarbeitete, war schon seit Jahren in ihrer Kanzlei beschäftigt und hatte ungeahnte Fähigkeiten, wenn es darum ging, knifflige Aufgaben zu lösen. Worauf er in diesem Fall baute.

»Sie müssen jemanden für mich ausfindig machen, Gloria«, sagte er ohne viel Umschweife.

»Gerne, Mr Fielding«, erwiderte sie, ruhig und freundlich wie immer. »Um wen handelt es sich denn?«

»Um Matthew Riley«, sagte er und lächelte grimmig, während sich in seinem Kopf ein Plan zu formen begann.

45

»Rose! Warte kurz!« Der Ruf ließ Rose, die gerade auf dem Weg in die Boutique ihrer Schwester war, überrascht herumfahren. Als sie sah, dass es Megan Turner war, die über die Hafenpromenade auf sie zukam, stöhnte sie innerlich. Denn sie ahnte, was Megan sie fragen würde.

»Gibt es schon Neuigkeiten aus London?«

Zoes Zustand hatte sich schnell herumgesprochen und auch, dass Jack seit Tagen nicht von ihrem Klinikbett wich. Die Leute nahmen Anteil und erkundigten sich oft, wie es den beiden ging. Bei Megan war Rose sich allerdings nicht sicher, auf welche Antwort sie hoffte.

»Es ist alles unverändert«, sagte sie. »Zoe ist immer noch nicht aufgewacht.«

»Aber sie liegt doch jetzt schon fast eine Woche im Koma. Haben die Ärzte noch Hoffnung, dass sie sich erholt?«

Rose dachte an Zoes blasses, regloses Gesicht. »Sie erholt sich bestimmt«, meinte sie mit mehr Überzeugung, als sie tatsächlich empfand. »Sie atmet jetzt wieder selbstständig, und die Ärzte sagen, das ist ein gutes Zeichen.«

Allerdings hatten die Ärzte auch gesagt, dass jeder Tag, den Zoe im Koma lag, die Wahrscheinlichkeit erhöhte, dass ihr Gehirn durch die Blutung Schaden genommen hatte. Bei einem geplatzten Aneurysma konnte man nie vorhersehen, wie sich der Zustand des Patienten entwickeln würde. Zoe hatte in mancher Hinsicht Glück gehabt: Sie war sofort in eine Klinik gekommen und operiert worden, und die Blutung war an einer vergleichsweise günstigen Stelle aufgetreten. Trotzdem konnten erst, wenn sie aufwachte, neurologische Test durchgeführt werden, um festzustellen, wie schlimm die Auswirkungen waren. Wenn sie überhaupt wieder aufwachte …

»Und Jack?«, hakte Megan nach. »Ist er noch dort?«

Rose nickte, und das schien Megan nicht zu gefallen, denn sie kaute nachdenklich auf ihrer Unterlippe.

»Aber kann er denn überhaupt etwas tun? Wäre es nicht besser, er kommt zurück? Er kann den Hof doch nicht so lange allein lassen.«

»Das ist alles geregelt«, erwiderte Rose gereizt. »Wenn du mich jetzt entschuldigen würdest, ich muss dringend zu meiner Schwester.«

Sie verabschiedete sich und ging weiter in Richtung Boutique, ohne sich noch einmal umzusehen. Eigentlich tat Megan ihr leid, weil sie offenbar die Hoffnung noch nicht aufgegeben hatte, dass Jack sich doch noch für sie entschied. Aber sie hatte ihn ja auch nicht an Zoes Bett sitzen sehen. Ihn interessierte im Moment nur eine Frau, und Rose hoffte inständig, dass die beiden noch eine Chance bekamen.

Eine Nacht und einen weiteren Tag lang hatte sie mit Jack zusammen an Zoes Bett Wache gehalten. Dann war Iris gekommen und hatte Rose wieder mit nach Hause genommen.

Hier ging das Leben inzwischen seinen gewohnten Gang, und das war Rose ganz recht, denn es lenkte sie zumindest ein bisschen von ihren Sorgen und ihrem Kummer wegen Simon ab.

Er hatte sich bis jetzt nicht bei ihr gemeldet, aber sie war schon mehrfach kurz davor gewesen, ihn anzurufen, weil sie es einfach nicht mehr aushielt. Im letzten Moment hatte sie allerdings jedes Mal der Mut verlassen. Es ging einfach nicht. Sie konnte sich ihm nicht aufdrängen, auch wenn er ihr mit jedem Tag, den sie von ihm getrennt war, ein bisschen mehr fehlte.

Mit einem Seufzen stieß sie die Tür zur Boutique auf und machte einer Kundin Platz, die gerade gehen wollte. Dann betrat sie den Laden und lächelte Iris an, die hinter dem Tresen stand und Geld in der Kasse verstaute.

»Na, wie laufen die Geschäfte?«

»Ich kann nicht klagen«, meinte Iris fröhlich, doch dann wurde sie wieder ernst. »Du hast nichts von Jack gehört, oder?«

Rose schüttelte den Kopf. »Er hat versprochen, sofort anzurufen, wenn sich etwas ändert. Sag du mir lieber, wie viele Aufträge du für mich hast.«

Iris gab ihr eine Liste mit den Blusen und Taschen, die inzwischen verkauft waren und die Rose wieder ersetzen musste. Es waren ungefähr so viele wie sonst, deshalb würde sie dafür nicht allzu lange brauchen.

»Ich hatte gehofft, es wäre mehr«, meinte sie, ein bisschen enttäuscht, aber Iris lachte nur.

»Du wirst vielleicht ganz froh darüber sein, dass es nicht so viele sind. Ich habe hier nämlich noch was für dich.« Sie griff unter den Tresen und holte einen Brief heraus, der an Rose adressiert war. »Den hier hat Mr Pine dagelassen, als ich ihm gesagt habe, dass du gleich noch vorbeikommst. Er meinte, dann muss er deswegen nicht extra bis zum Strandhaus rausfahren.«

Der Postbote machte das öfter, wenn Briefe oder Päckchen für Rose ankamen, und es störte Rose nicht. Neugierig nahm sie den Umschlag entgegen und las den Absender.

»Von Felicity Myers?«, rief sie erschrocken. »Was kann die denn von mir wollen?«

»Bestimmt musst du ihr noch mal ein komplettes Outfit nähen«, mutmaßte Iris.

Rose befürchtete nach ihrem letzten Zusammentreffen mit der exzentrischen Amerikanerin eher etwas anderes. Hatte sie ihr etwa die Rechnung für die ruinierte Hose geschickt? Besorgt öffnete sie den Umschlag und faltete die beiden Bögen auf, die er enthielt.

»Und? Ist es ein neuer Auftrag?«, wollte Iris wissen.

»Nein, viel besser.« Rose las den Brief noch einmal, weil sie nicht fassen konnte, was Felicity Myers ihr in dem Schreiben anbot. »Sie lädt mich nach London zu einem Gespräch ein. Offenbar gehört ihr ein großer amerikanischer Onlineshop, der sich auf Designermode spezialisiert hat. Neben den eingeführten Marken möchte sie auch ein eigenes Label gründen, und da ihr meine Sachen so gut gefallen haben, könnte sie sich eine Zusammenarbeit vorstellen. Ich soll Entwürfe für sie machen, die sie dann vielleicht produziert.«

Rose sah von dem Brief auf und blickte in Iris' weit aufgerissene Augen. Ihre Schwester klatschte begeistert in die Hände.

»Das ist ja großartig! Du wirst eine echte Designerin! Hach, ich wusste es immer!«, rief sie und umarmte Rose stürmisch. Doch obwohl Rose genauso aufgeregt war, versuchte sie, realistisch zu bleiben.

»Es ist nur ein Gespräch, Iris. Vielleicht wird ja gar nichts draus.«

»Ach, Unsinn, natürlich wird es was. Du bist gut, und das hat endlich jemand erkannt.« Iris fiel Rose erneut um den Hals. »Ich freu mich so für dich. Wann ist denn der Termin?«

»Hier steht, dass ich mich bei ihr melden soll, um einen Termin auszumachen.« Rose deutete auf die Stelle im Brief, an der Felicity Myers ihr das mitteilte.

»Na, dann los! Fahr zurück und ruf sie an!«, drängte Iris.

Rose lächelte. »Das mache ich, sobald ich wieder zu Hause

bin. Aber erst muss ich noch mal auf der Farm vorbei und nach William sehen.«

Kurze Zeit später saß sie wieder auf ihrem Fahrrad und radelte durch den Ort. Es war ein herrlicher, milder Tag, und sie blinzelte lächelnd in die Sonne, die ihr angenehm das Gesicht wärmte, glücklich über die gute Nachricht, die sie gerade erhalten hatte.

Als sie die Kreuzung an der Kirche erreichte, fiel ihr eine dunkle Mercedes-Limousine auf, die ein Stück von ihr entfernt über die Hauptstraße fuhr, einen Augenblick später abbog und wieder aus ihrem Blickfeld verschwand.

Es war das gleiche Modell, das Simon fuhr, und das ließ sie sofort wieder an ihn denken. Was er wohl zu Felicity Myers' Angebot sagen würde, überlegte sie und seufzte, als ihr klar wurde, wie gerne sie ihm davon erzählt hätte. Sie hätte ihn überhaupt gerne wieder um sich gehabt. Aber sie machte es sich selbst nur schwerer, wenn sie sich etwas wünschte, das niemals eintreten würde. Deshalb versuchte sie, Simons Bild wegzuschieben, während sie sich auf den Weg zur Farm machte, um William zu besuchen.

Sie sahen alle regelmäßig nach ihm und unterstützten ihn bei der Versorgung der Tiere. Aber er kam auch allein erstaunlich gut klar. Offenbar wollte er Jack nicht enttäuschen. Stolz berichtete er Rose von seinem Training mit Buddy, deshalb fuhr Rose nach einer halben Stunde beruhigt weiter.

Als sie sich kurz darauf dem Strandhaus näherte, sah sie schon von Weitem, dass ein Wagen davor parkte. Sie kniff die Augen zusammen und sah genauer hin, weil sie eigentlich niemanden erwartete. Es war ein schwarzer Mercedes, vielleicht sogar der, den sie vorhin gesehen hatte.

Je näher sie kam, desto bekannter kam ihr der Wagen vor,

und ihr Herz schlug schneller, als sie nah genug war, um das Nummernschild zu lesen.

Der Wagen sah nicht nur aus wie der von Simon.

Es war Simons Wagen.

46

Hastig stieg Rose vom Fahrrad und lehnte es gegen das Haus, dann schloss sie die Haustür auf.

»Henry? Luke?«, rief sie, weil die Jungs eigentlich zu Hause sein mussten, und sah im Wohnzimmer und in der Küche nach. Aber dort war niemand.

»Dann müssen Sie oben sein!«, dachte Rose und lief die Treppe hinauf. Als sie sich dem Zimmer der Jungs näherte, hörte sie Stimmen durch die halb geöffnete Tür. Mit wild klopfendem Herzen trat sie näher und sah hinein.

Simon saß im Schneidersitz neben der Schienenstrecke. Luke hockte neben ihm und Henry stand mitten in der Eisenbahnlandschaft und deutete auf die kompliziert verschachtelten Schienenstränge, auf denen die Züge über Brücken und durch Unterführungen geleitet wurden.

»Das hier war besonders schwierig zu bauen, dafür haben Luke und ich … Oh, hi, Mum!« Er lächelte Rose an, genau wie Luke. Nur Simon, der sich sofort erhob, blickte sie ernst an.

»Hallo Rose«, sagte er. »Die Jungs haben mich reingelassen und wir haben uns hier oben ein bisschen die Zeit vertrieben. Ich hoffe, das war okay?«

Rose sah Henry und Luke strafend an, und die beiden erwiderten ihren Blick schuldbewusst. Weil es eigentlich nicht okay war, einen fremden Mann einfach ins Haus zu lassen. Aber hier draußen kamen eigentlich nur Leute vorbei, die sie gut kannten, deshalb waren sie in solchen Situationen einfach nicht misstrauisch genug. Und da Rose selbst wusste, wie einnehmend Simons Lächeln war, konnte sie ihnen diesen Fehler nachsehen.

»Was machst du hier?«, fragte sie Simon und versuchte, sich vor den Kindern nicht anmerken zu lassen, wie aufgeregt sie war. Ihr Herz schlug ihr bis zum Hals, und ihre Hände zitterten ein bisschen.

»Ich muss mit dir reden«, sagte er und bückte sich nach einer Mappe, die er auf dem Boden neben sich abgelegt hatte. Unsicher fügte er noch hinzu: »Wenn du Zeit hast.«

Rose nickte. »Gehen wir runter, da sind wir ungestört«, erwiderte sie und sah die Jungs scharf an. »Ihr bleibt so lange hier oben.«

Die beiden nickten stumm, weil sie zu spüren schienen, dass ihr diese Anweisung sehr ernst war. Und es war offenbar auch kein Problem, denn als Rose mit Simon die Treppe hinunterging, hörte sie die beiden durch die jetzt geschlossene Tür schon wieder reden und ihr Spiel fortsetzen.

Rose führte Simon ins Wohnzimmer und bot ihm einen Platz an. Doch er lehnte ab, deshalb blieb auch sie stehen, und für einen langen Moment sahen sie sich einfach nur an.

»Es tut mir leid«, sagte Simon in die Stille. »Ich hätte im Auto warten sollen, bis du zurück bist.«

»Schon gut«, meinte sie mit einem schiefen Lächeln. »Wäre ich an ihrer Stelle gewesen, hätte ich dich vermutlich auch reingelassen.«

»Das beruhigt mich«, erwiderte er. »Da war ich mir nämlich gar nicht so sicher.« Er reichte ihr die Mappe, die er in der Hand hielt. »Hier, für dich.«

»Was ist das?« Rose schlug die Mappe auf, die einige sehr offiziell aussehende Papiere enthielt, Formulare und Anträge. Es ging um Unterhaltszahlungen, so viel entnahm sie den

Schriftstücken, und Matts Name tauchte mehrmals darin auf. Außerdem lag noch eine Vollmacht dabei, die Simon ermächtigte, Rose in Rechtsangelegenheiten zu vertreten. Es fehlte lediglich ihre Unterschrift. Überrascht blickte sie auf. »Willst du Matt verklagen?«

»Wenn es hart auf hart kommt«, meinte Simon. »Bei dem Gespräch, das ich mit ihm geführt habe, hatte ich allerdings den Eindruck, dass er es darauf lieber nicht ankommen lassen will. Würde mich deshalb nicht wundern, wenn du bald die ausstehenden Zahlungen auf deinem Konto hättest.«

Überrascht starrte sie ihn an. »Du hast mit Matt gesprochen?«

Simon nickte. »Er hat dir im Restaurant mit einer Klage gedroht, was ich ziemlich unverschämt fand angesichts der Tatsache, dass er mit den Unterhaltszahlungen massiv im Rückstand ist. Das Geld steht dir zu, also habe ich ihm erklärt, dass du dir kompetenten Rechtsbeistand gesucht hast und dass wir, falls er weiter säumig ist, nicht nur die fällige Summe einklagen werden, sondern im Zuge dessen auch gleich noch mal überprüfen lassen, ob die festgesetzte Höhe überhaupt ausreichend ist. So wie ich dich kenne, hast du bestimmt nicht den Maximalsatz gefordert, aber den kriegen wir locker durch, bei dem, was er als Investmentbanker verdient. Und dein Exmann scheint das auch zu wissen, denn er war ziemlich kleinlaut und hat mir versichert, dass er die Zahlungen sofort nachholt. Falls nicht, brauchst du bloß die Vollmacht zu unterschreiben. Dann mache ich ihm mit dem allergrößten Vergnügen die Hölle heiß.«

Rose war vollkommen perplex. Sie hatte sich sehr erschrocken, als Matt ihr im Restaurant mit einer Klage gedroht hatte, und sie hätte sich sehr gerne einen Anwalt wie Simon genommen, um sich gegen ihren Exmann zu wehren. Allerdings wagte sie sich gar nicht auszumalen, wie hoch sein Stundensatz war.

»Es wäre schon sehr schön, wenn Matt endlich zahlen würde, aber ich glaube, ich kann mir deine Dienste nicht leisten.«

»Leute, die ich liebe, vertrete ich kostenlos«, meinte Simon. »Rose, du brauchst dringend jemanden an deiner Seite, jemanden, der das alles mit dir zusammen angeht. Und ich würde diesen Job sehr gerne übernehmen. Vor Gericht sowieso, aber auch sonst.«

Rose spürte, wie sich ein warmes Gefühl in ihr ausbreitete, und sie wäre wirklich gerne zu ihm gegangen, um sich in seine Arme zu schmiegen. Aber so einfach war das alles nicht.

»Simon, ich ...«

»Ich habe mich übrigens sehr gut mit deinen Jungs verstanden«, unterbrach er sie, so als wollte er verhindern, dass sie ihm aufzählte, warum eine Beziehung zwischen ihnen unmöglich war. »Sie sind echt nett.«

»Das sind sie aber nicht immer«, erklärte sie. »Die beiden können auch schrecklich anstrengend sein. Und sie wechseln sich dabei sehr gerne mit ihrer Schwester ab, sodass es hier eigentlich rund um die Uhr hoch hergeht. Irgendwas ist immer, glaub mir.«

Simon kam einen Schritt auf sie zu. »Ich weiß, was du versuchst. Du willst mir Angst machen, damit ich wieder gehe.«

»Ich dachte, das wäre mir schon gelungen«, sagte sie und spürte, wie ihr ein Schauer über den Rücken lief, als sie den entschlossenen Ausdruck in seinen Augen sah.

»Es wäre dir *fast* gelungen.« Er kam noch einen Schritt näher. »Weil du wirklich eine Herausforderung bist. In jeder Hinsicht. Ich könnte es bestimmt einfacher haben, wenn ich mir eine Frau suche, die perfekt in mein Leben passt. Das

Problem ist nur, dass ich so eine Frau nicht will. Sondern dich. Du bist die Einzige, die überhaupt infrage kommt. Du bist nämlich perfekt für mich, Rose. Nur du und keine andere.«

Er hatte sie erreicht und zog sie in seine Arme, küsste sie, bis ihre Knie ganz weich waren. Als er sie wieder freigab, atmete sie zitternd aus.

»Aber was, wenn es nicht klappt?«

»Einspruch«, meinte Simon und legte ihr einen Finger auf die Lippen. »Die Frage ist reine Spekulation und daher irrelevant.« Er lächelte, doch sein Blick war flehend. »Ich kann dir nicht sagen, was passieren wird. Aber ich kann dir versprechen, dass ich jetzt bereit bin. Ich liebe dich, Rose, und ich will, dass es klappt mit uns. Und wenn es hier hoch hergeht, dann ist das eben so. Ich tausche meinen Frieden gerne gegen ein bisschen Stress, wenn ich dafür bei dir sein kann.« Er küsste sie noch mal. »Und? Wie lautet das Urteil, Euer Ehren? Bekomme ich eine zweite Chance?«

Rose blickte zu ihm auf. »Ich denke, ich folge der Argumentation der Verteidigung«, sagte sie mit einem strahlenden Lächeln und erwiderte seinen Kuss aus vollem Herzen.

Als sie sich nach einem langen, selbstvergessenen Moment wieder voneinander lösten, lehnte Simon seine Stirn an ihre.

»Gott sei Dank«, sagte er und seufzte erleichtert. »Ich hätte es auch nicht mehr viel länger ausgehalten.«

»Wie lange kannst du denn bleiben?«, fragte Rose, weil sie auf einmal das Bedürfnis hatte, ihm ihr Leben hier zu zeigen. Er musste Sarah kennenlernen, und sie wollte ihn gerne mit in die Pension nehmen und ihrer Mutter vorstellen. Und Iris natürlich, die sicher ganz entzückt von ihm sein würde.

Simon lächelte schief. »Leider erst mal nur bis morgen«, sagte er. »Ich wusste ja nicht, wie mein Gespräch mit dir ausgeht und ob du mich vielleicht gleich wieder rausschmeißt.

Aber keine Sorge, so schnell wirst du mich nicht mehr los. Ich werde mir ab sofort nur noch Klienten aus Cornwall suchen, und dir mit meinen Besuchen gehörig auf die Nerven gehen.«

»Das musst du vielleicht gar nicht«, meinte Rose. »Ich glaube nämlich, dass ich demnächst öfter in London bin.«

Aufgeregt erzählte sie ihm von dem Angebot, das Felicity Myers ihr geschickt hatte.

»Das ist ja großartig!«, rief er, und während er sie herumwirbelte, sah sie den Stolz in seinen Augen. Es wird alles gut, dachte sie und spürte eine große Dankbarkeit.

Sie wollte Simon noch einmal küssen, als er sie wieder absetzte, aber das Klingeln des Telefons hielt sie davon ab. Es kam von oben, weil die Jungs das Mobilteil offenbar mitgenommen hatten. Und einer von ihnen schien auch drangegangen zu sein, denn das Klingeln verstummte fast sofort wieder.

Kurze Zeit später waren schnelle Schritte auf der Treppe zu hören, was Simon dazu veranlasste, Rose wieder loszulassen. Sie hatten zwar nicht darüber gesprochen, aber er schien instinktiv zu begreifen, wie wichtig es war, die Kinder behutsam an den Gedanken zu gewöhnen, dass es jetzt einen neuen Mann im Leben ihrer Mutter gab – etwas, wofür Rose ihn mit einem dankbaren Lächeln belohnte. Dann wandte sie sich Luke zu, der ins Zimmer stürmte und Rose das Telefon reichte.

»Onkel Jack will dich sprechen«, sagte er ganz außer Atem. »Es ist was mit deiner Freundin.«

47

»Sie machen sich noch kaputt, Mr Gallagher.« Schwester Susan schüttelte besorgt den Kopf und reichte Jack eine Tasse mit frisch aufgebrühtem Tee. »Sie kommen ja überhaupt nicht zur Ruhe. Legen Sie sich doch eine Weile hin. Ich wecke Sie sofort, wenn es eine Veränderung gibt.«

Jack blickte müde zu ihr auf und antwortete das, was er schon seit Tagen immer wieder sagte, wenn ihm das jemand vorschlug: »Es geht schon.«

Schwester Susan schüttelte den Kopf. »Sie sind ein sturer Hund, wissen Sie das?«

Er verzog den Mund zu einem schiefen Lächeln. »Ich glaube, Sie und Ihre Kolleginnen haben das gelegentlich erwähnt«, meinte er und trank von dem starken Tee, der unerwartet süß war. »Haben Sie da Zucker reingemacht?«

Schwester Susan nickte. »Das tut Ihnen gut«, erklärte sie streng und setzte sich ihm gegenüber an den kleinen Tisch im Schwesternzimmer.

Normalerweise hielt sich nur das Personal in diesem Raum auf, aber für Jack galt inzwischen eine Ausnahmeregelung. Er bekam dort Tee und durfte sich, wenn es gar nicht mehr ging, auf die Liege legen, die in einer Ecke des Zimmers stand. Außerdem brachten ihm die Schwestern etwas zu essen mit, wenn sie ihre Schicht antraten, und dafür war er ihnen ausgesprochen dankbar. Lange blieb er trotzdem nie, denn es zog ihn immer wieder zurück zu Zoe. Sie lag nach wie vor im Koma, und die Warterei zermürbte ihn langsam. Mit jedem Tag, den sie nicht aufwachte, nahm die Wahrscheinlichkeit zu, dass die Blutung schwere Schäden in ihrem Gehirn verursacht hatte.

Aber ganz so schlimm kann es doch nicht sein, tröstete er sich. Schließlich atmete sie wieder selbstständig. Sonst tat sich allerdings nichts, und er merkte, dass selbst bei den Ärzten langsam die Hoffnung schwand, auch wenn sie ihm immer wieder versicherten, dass bei einem Aneurysma alles möglich war.

Schwester Susan widmete sich den Patientenakten, die vor ihr auf dem Tisch lagen, und trug Sachen nach, während Jack den Tee trank und seinen Gedanken nachhing. Deswegen mochte er die große, blondgelockte Frau, die er auf ungefähr fünfzig schätzte, besonders gern – weil sie ihn im Gegensatz zu einigen anderen nicht ständig in ein Gespräch verwickelte. Irgendwann merkte er jedoch, dass sie ihn ansah. Fragend hob er die Augenbrauen, und sie lächelte zaghaft.

»Sie lieben Sie sehr, oder?«

Als er nickte, sah er, wie sie mit sich kämpfte, weil sie ihn offenbar noch etwas fragen wollte. Schließlich gab sie sich einen Ruck.

»Und was, wenn sie nicht mehr dieselbe ist, wenn sie aufwacht?« Sie zuckte mit den Schultern. »Ich meine, Sie wissen schon. Was ist, wenn sie gelähmt ist? Oder sich nicht mehr an Sie erinnert? Das könnte passieren. Bei einem geplatzten Aneurysma gibt es immer irgendwelche neurologischen Ausfälle. Sie wird vielleicht nicht mehr richtig sprechen können, oder sie kann nicht mehr laufen. Und im schlimmsten Fall lernt sie das auch nie wieder richtig.«

Jack wusste das alles, weil die Ärzte es immer wieder betont hatten. Aber für ihn zählte im Moment nur eins.

»Ich will nur, dass sie wieder aufwacht«, sagte er. »Alles andere sehen wir dann.«

Schwester Susan lehnte sich auf ihrem Stuhl zurück und betrachtete ihn nachdenklich.

»Ich hoffe, Ihre Freundin weiß, was für ein Glück sie mit Ihnen hat«, meinte sie lächelnd und beugte sich dann wieder über ihre Akten.

Jack trank seinen Tee aus und bedankte sich bei ihr. Dann machte er sich wieder auf den Weg zu Zoes Zimmer. Als er an einer Tür mit Glaseinsatz vorbeikam, in dem er sich spiegelte, erschrak er über seinen eigenen Anblick. Ich muss mich mal wieder rasieren, dachte er und strich über die Bartstoppeln auf seinen Wangen. Er hatte sich wirklich vernachlässigt, aber es erschien ihm auch nicht wichtig. Wichtig war nur, dass Zoe …

Ein Arzt rannte mit wehendem Kittel an ihm vorbei, gefolgt von einer Schwester und dann einer weiteren. Jack wusste inzwischen, was das bedeutete: Einer der Patienten hatte eine Krise und brauchte rasch Hilfe. Er kannte die Schwestern, die nun weiter den Gang hinuntereilten. Eine von ihnen war Schwester Susan, die sich im Laufen zu ihm umdrehte.

»Mr Gallagher, schnell, kommen Sie!«, rief sie, und erst in diesem Moment begriff er, dass sie nicht in irgendein Zimmer rannten.

Sondern in Zoes.

48

Das Licht blendete, deswegen schloss sie ihre Lider wieder. Aber die drängende Stimme ließ nicht nach.

»Öffnen Sie Ihre Augen!« Es war ein Mann, der sie dazu aufforderte. »Zoe? Wenn Sie mich hören, dann drücken Sie meine Hand.«

Sie versuchte, die Anweisung auszuführen, aber ihr Körper war kraftlos. Spürte sie ihre Hand überhaupt? Angst kroch in ihr hoch, ließ ihre Lider flatterten. Mühsam schlug sie die Augen wieder auf und blinzelte in den Lichtpunkt vor ihrem Gesicht.

»Folgen Sie dem Licht mit den Augen. Können Sie das, Zoe?«

Der Lichtpunkt bewegte sich nach rechts, und sie folgte ihm automatisch. Aber nur ein Stück, dann richtete sie den Blick auf die verschwommenen Gesichter über ihr. Sie konnte nicht fokussieren, nahm nur Konturen wahr. Erst nach und nach klärte sich das Bild, wurde deutlicher.

Menschen in weißen Kitteln standen an ihrem Bett und sahen sie an. Menschen, die sie nicht kannte. Zoe merkte, wie Adrenalin durch ihren Körper raste. Sie wollte sich aufsetzen, aber es ging nicht. Sie spürte jetzt deutlich ihren rechten Arm und auch ihr rechtes Bein. Aber der Rest fehlte. Sie hatte kein Gefühl mehr darin, und sie wollte das sagen. Aber auch mit ihrem Mund stimmte etwas nicht.

Wo bin ich?, dachte sie verzweifelt. Und was tun diese Leute hier?

Ein Gesicht drängte die anderen beiseite, schob sich direkt vor ihres. Sie blickte in grüne Augen, aus denen Sorge sprach.

»Zoe?« Die Stimme klang vertraut, und das Angstgefühl wich aus ihrer Brust. Sie wusste nicht, wo sie war und was mit ihr geschah, aber sie hatte jetzt wieder etwas, das ihr Halt gab. Weil sie den Mann kannte, der sich über sie beugte.

»Jack.« Es kostete sie enorm viel Kraft, seinen Namen auszusprechen, und er kam nicht richtig heraus, klang wie ein Krächzen, fremd und rau und unverständlich. Aber Jack belohnte sie dafür mit einem erleichterten Lächeln.

»Gott sei Dank«, stieß er erleichtert hervor, und sie sah Tränen in seinen Augen, spürte seine Hand auf ihrem Haar. »Jetzt wird alles gut, Zoe. Hörst du? Es wird alles wieder gut.«

Dann ist es im Moment nicht gut, dachte sie. Und es fühlte sich auch nicht gut an. Sie war schwach, hatte keine Kontrolle über ihren Körper und konnte auch die Augen nicht mehr aufhalten. Die Dunkelheit, aus der sie sich gerade herausgekämpft hatte, griff erneut nach ihr, ließ Jacks Bild verschwimmen.

Bitte, geh nicht weg, dachte sie, bevor ihre Kräfte sie verließen und sie zurück in einen tiefen Schlaf sank.

49

Acht Monate später

Nur noch ein Stück. Zoe biss die Zähne zusammen, weil es schwieriger war als gedacht. Der Boden war uneben, und sie musste vorsichtig einen Schritt vor den anderen setzen, kämpfte immer wieder um ihr Gleichgewicht. Aber dank des Gehstocks, der ihr ständiger Begleiter geworden war, hatte sie nach einigen Minuten das Geländer oben an der Klippe erreicht.

Erhitzt, aber auch sehr erleichtert lehnte sie sich gegen das verwitterte Holz und atmete tief die frische Seeluft ein. Der Wind wehte heute kräftig, und es war trotz des blauen Himmels noch kühl. Doch schon jetzt blühten die Wildblumen wieder überall auf den Klippen und zeugten davon, dass der Sommer nicht mehr fern war.

Zoe freute sich schon darauf, dass es endlich wieder warm wurde, weil jede Sonnenstunde die Erinnerungen an die dunkle Zeit vertrieb, die hinter ihr lag.

Es war hart gewesen, sich zurück ins Leben zu kämpfen, und der Kampf war noch nicht vorbei. Aber es wurde besser. Die Lähmung ihrer linken Seite war inzwischen fast vollständig abgeklungen. Zoe konnte wieder normal sprechen, wofür sie wirklich dankbar war, aber hin und wieder fehlten ihr Wörter und sie brauchte länger, um einen Satz zu formulieren. Daran arbeitete sie, und auch daran, wieder ohne Gehstock laufen zu können, aber so weit war sie noch nicht. So weit würde sie vielleicht nie wieder sein.

Dabei hatte sie Glück gehabt, das betonten die Ärzte immer wieder. Ihr Zustand hatte sich deutlich verbessert, und das lag vor allem an Jack. Nach der Reha war sie zu ihm nach Cornwall gezogen, und er hatte sie in jeder erdenklichen Weise unterstützt, war in der schlimmsten Zeit rund um die Uhr für sie da gewesen. Inzwischen war sie wieder so weit, dass sie etwas zu ihrem gemeinsamen Leben beitragen konnte. Sie half William bei den Hausaufgaben und übernahm kleinere Arbeiten, die sie bewältigen konnte. Kochen zum Beispiel, und Backen. Zoe lernte jeden Tag neue Rezepte von Daisy und probierte sie aus, was ihr erstaunlich viel Spaß machte, vor allem, weil es ihr mehr Erfolgserlebnisse verschaffte als das Training ihres Beins, das einfach nicht so funktionierte, wie sie es wollte.

»Hey! Was machst du denn hier oben?«

Jacks Ruf riss Zoe aus ihren Gedanken. Er kam über den Pfad auf sie zugelaufen. Als er sie erreichte, sah sie, dass Freude und Sorge sich in seinen Augen abwechselten.

»Du hättest mir Bescheid sagen können, dann wäre ich mitgekommen.«

»Ich hab's William gesagt«, entgegnete sie. »Und er fand es völlig okay. Offenbar traut er mir mehr zu als du.«

Jack lächelte. »Ich sage das ja auch nicht, weil ich es dir nicht zutraue, sondern weil ich gerne mitgekommen wäre. Nur weil du jetzt alles wieder ohne mich kannst, musst du es nicht unbedingt ohne mich machen. Sonst komme ich noch auf den Gedanken, dass du mich gar nicht mehr brauchst.«

Zoe sah für einen Moment betroffen zu Boden, weil das genau der Punkt war, über den sie unbedingt mit ihm sprechen musste. Aber bevor sie etwas erwidern konnte, redete er schon weiter.

»Dein Dad hat angerufen. Er will wissen, ob du es dir überlegt hast mit dem Vorsitz für die Stiftung«, sagte er. »Ich glaube, es wäre ihm wichtig.«

Zoe seufzte. »Es ist mir auch wichtig, immerhin war die Gründung meine Idee. Aber ich weiß nicht, ob ich die Richtige für diese Aufgabe bin.«

Sie dachte an die Villa und daran, wie froh sie war, dass sie sich damals entschieden hatte, sie nicht zu verkaufen. Das Haus war nämlich inzwischen der Sitz der Chris-Bevan-Stiftung für junge Musiktalente, die Zoe zusammen mit ihrem Vater gegründet hatte. Es beherbergte nicht nur die Verwaltung, sondern diente auch als Treffpunkt für die Stipendiaten, die dort Seminare und Veranstaltungen besuchten. Dadurch standen die großen Räume endlich nicht mehr leer, sondern waren wieder mit Leben und Musik gefüllt. Und es spielte wieder jemand auf Chris' altem Flügel, eine Tatsache, die vor allem Zoes Mutter sehr gefreut hätte, wenn sie es noch mitbekommen hätte.

Brendas Zustand hatte sich jedoch zuletzt noch einmal dramatisch verschlechtert und sie war Anfang des Jahres überraschend gestorben. Es war ein Schock für sie alle gewesen, dass es am Ende so schnell gegangen war, aber zumindest wusste Zoe, dass sie alles für sie getan hatten, was in ihrer Macht stand. Sie selbst hatte sich nicht um ihre Mutter kümmern können, aber ihr Vater hatte das an ihrer Stelle getan und seine Frau so gut begleitet, wie das noch möglich gewesen war.

Er war anders als früher, viel milder und zugänglicher. Die Leitung der Firma hatte er größtenteils an Philipp abgegeben, damit er sich ganz dem Aufbau der Stiftung widmen konnte, deren Aufgabe er sehr ernst nahm, fast so, als wollte er auf diesem Weg ausgleichen, was er seinem Sohn zu Lebzeiten verweigert hatte. Er ging richtig in dieser Arbeit auf, und Zoe war sicher, dass er ihre Hilfe nicht brauchte. Dass er ihr trotzdem den Vorsitz der Stiftung überlassen wollte, hatte wohl eher damit zu tun, dass er sie dann öfter gesehen hätte. So einen Job konnte man nämlich nicht nur von einem Farmhaus in Cornwall aus erledigen.

»Ich glaube, ich bin einfach noch nicht so weit«, sagte sie. »Außerdem müsste ich dann wieder viel öfter nach London fahren.«

»Wäre das nicht gut?«, fragte Jack. »Du vermisst das Großstadtleben doch bestimmt.«

»Nein, gar nicht«, erklärte Zoe mit Nachdruck.

Es fehlte ihr nicht mal ein bisschen. Sie war glücklich hier, bei Jack, und sie wollte das nicht aufgeben. Aber er sah das womöglich anders.

In den letzten Wochen hatte er oft abwesend gewirkt, so als würde ihn etwas beschäftigen, aber immer, wenn sie ihn darauf ansprach, wich er ihr aus und versicherte ihr, dass alles in Ordnung wäre. Und das schürte ihre Zweifel.

War er es leid, Rücksicht auf sie zu nehmen und sein Leben auf sie einzustellen? Die Tatsache, dass er sich immer wieder dafür aussprach, dass sie das Angebot ihres Vaters annehmen sollte, schien das zu bestätigen. Vielleicht hoffte er, dass sie nach London ging, damit er sie los war?

»Du brauchst die Entscheidung ja nicht zu überstürzen«, sagte er, bevor sie es schaffte, ihre Sorge zu formulieren. »George lässt dir sicher noch Zeit, wenn du ihn darum bittest. Jetzt feiern wir erst mal Rose' Hochzeit. Dein Vater kommt doch auch, oder?«

Zoe nickte. »Rose hat ihn eingeladen. Und er bringt Phyllis mit.«

Jack legte den Kopf ein wenig schief und musterte sie skeptisch. »Ist das okay für dich?«

»Ja, absolut«, erwiderte Zoe. Tatsächlich war sie es sogar

gewesen, die ihren Vater gedrängt hatte, endlich öffentlich zu der Beziehung mit seiner Sekretärin zu stehen. Ihr war klar geworden, dass er das ihretwegen bisher nicht getan hatte – weil sie Phyllis mit so viel Ablehnung begegnet war. Inzwischen konnte sie jedoch anerkennen, dass diese Beziehung wichtig für ihren Vater war. Er brauchte genau wie sie jemanden, der ihm Halt gab, und Phyllis liebte ihn aufrichtig. »Ich möchte, dass Dad wieder glücklich ist. Er verdient es nach allem, was war.«

Jack lächelte. »Und meine Schwester verdient es auch.« Er seufzte. »Hoffentlich hat sie im zweiten Anlauf mehr Glück.«

»Natürlich hat sie das«, meinte Zoe und dachte daran, wie sehr Rose in den letzten Monaten aufgeblüht war. Ihre Liebe zu Simon hatte ihr gesamtes Leben verändert.

Die beiden hatten ihre Fernbeziehung nicht lange ausgehalten und waren schon nach drei Monaten zusammengezogen. Sie wohnten jetzt mit den Kindern in einem großen Haus in Hampstead, ganz in der Nähe der Villa, und hatten sich dort bestens eingelebt. Die Kinder mochten Simon sehr und gingen gern auf ihre neuen Schulen, und Rose arbeitete inzwischen für den Designer Clive Wentworth. Die geplante Kooperation mit der Amerikanerin, die ihre Entwürfe für ihren Online-Shop angefordert hatte, war nicht zustande gekommen, weil die Bedingungen, die sie Rose angeboten hatte, nicht akzeptabel gewesen waren. Aber Rose hatte nicht aufgegeben, sondern weiter versucht, ihren Traum zu verwirklichen. Und tatsächlich war ihr kurze Zeit später bei dem renommierten Designer ein Job angeboten worden, der ihr viel Spaß machte. Die Hochzeit mit Simon, die in vierzehn Tagen hier in Penderak stattfinden sollte, würde diese Wendung in ihrem Leben krönen – und das freute Zoe von Herzen für ihre Freundin.

»Die beiden sind doch wie füreinander geschaffen«, meinte

sie, ein bisschen wehmütig. »Ich glaube, ich kenne kein Paar, das glücklicher ist.«

Erst, als es heraus war, wurde ihr klar, was sie da gesagt hatte. Erschrocken blickte sie zu Jack, der sie mit gerunzelter Stirn musterte.

»Soll das heißen, wir sind nicht glücklich?«

»Ich weiß, dass ich es bin.« Sie spürte, wie ihr die Kehle eng wurde. »Aber bist du es noch?«

»Wie meinst du das?«, fragte er überrascht.

Zoe holte tief Luft, weil es ihr schwerfiel, ihre Zweifel auszusprechen.

»Jack, ich bin nicht mehr die, in die du dich damals verliebt hast. Und ich werde das vielleicht auch nie mehr sein. Ich habe mich erholt, und ich komme jetzt wieder allein zurecht. Bitte fühl dich nicht verpflichtet, bei mir zu bleiben. Du hast wirklich genug für mich getan, und ich verstehe, wenn du lieber eine Frau hättest, die richtig laufen kann. Und die nicht so ungeschickt ist wie ich, und so langsam. Du kannst ehrlich zu mir sein. Wenn ich eine zu große Belastung für dich bin, dann …«

»So ein Unsinn«, unterbrach er sie. »Wie kommst du denn auf so etwas?«

»Weil du in letzter Zeit so nachdenklich bist. Und du fängst immer wieder von diesem Stiftungsvorsitz an. Willst du, dass ich nach London zurückgehe?«

»Was? Nein!« Erschrocken sah er sie an. »Aber ich dachte, du willst das.« Er schüttelte den Kopf. »Zoe, du musst dich in Penderak doch schrecklich eingesperrt fühlen, jetzt, wo du wieder fit bist. Du warst erfolgreich in deinem Job, du hast ein Unternehmen geleitet – das war sicher sehr viel spannender als der Alltag auf einer Farm. Ich war mir sicher, du vermisst London und dein altes Leben, und ich dachte, dass ich dich hier nicht mehr länger festhalten kann. Deshalb habe ich dir zugeraten, den Vorsitz anzunehmen. Weil ich Angst hatte, dass du dich hier langweilst.«

Zoe spürte, wie sich ein Gewicht von ihrer Brust hob. »Ich bin gerne hier, Jack. Lieber als irgendwo sonst. Ich liebe es hier. Und ich liebe dich. Ich möchte dich nie wieder verlassen.«

Jack lächelte erleichtert. »Wenn das so ist, dann sollte ich eine Sache wohl besser ein für alle Mal klarstellen.«

Er holte etwas auf seiner Hosentasche, und Zoe sog überrascht die Luft ein, als sie sah, dass es ein silberner Ring mit zwei eingearbeiteten Diamanten war.

»Den trage ich schon eine ganze Weile mit mir rum, und ich habe ihn dir nur noch nicht gegeben, weil ich dachte, es wäre vielleicht zu früh. Ich dachte, du bist noch nicht so weit, und ich wollte auch nicht, dass du das Gefühl hast, dich nicht frei entscheiden zu können, gerade was das Angebot deines Vaters angeht. Sonst hätte ich das hier längst getan.«

Zoes Augen füllten sich mit Tränen, als er vor ihr auf die Knie ging.

»Zoe, ich liebe dich. Und mir ist völlig egal, ob du auf zwei Beinen läufst oder nur auf einem. Ich trage dich, wenn du willst, aber ich möchte bei dir sein. Ich habe dich schon einmal verloren, und ich hätte dich fast ein zweites Mal verloren, und wenn mich das etwas gelehrt hat, dann, dass man das Glück festhalten muss, wenn es einem begegnet. Du bist mein Glück, Zoe, und ich kann mir mein Leben nicht mehr ohne dich vorstellen, deshalb möchte ich dich heiraten. Willst du meine Frau werden?«

Tränen liefen über Zoes Wangen. »Ja«, hauchte sie. »Ja, das will ich. Das will ich unbedingt.«

Lächelnd nahm er ihre Hand und steckte ihr den Ring an,

dann stand er auf und schloss sie in seine Arme, küsste sie lange und ausgiebig, so als wollte er jeden Zweifel in ihr ausräumen, er habe vielleicht nicht gemeint, was er gesagt hatte. Aber Zoe zweifelte nicht mehr, sondern schmiegte sich an ihn und erwiderte glücklich seinen Kuss.

Als er sich wieder von ihr löste, standen sie noch einen langen Moment eng umschlungen da – bis Zoe spürte, wie Jack sich anspannte und den Kopf hob.

»Was ist?«, fragte sie erschrocken, doch er lächelte schon wieder.

»Ich glaube, wir sind nicht mehr allein«, sagte er und sah zu der alten Turmruine hinüber. »Komm raus, William. Ich weiß, dass du da bist.«

In den Büschen vor der Mauer raschelte es, und einen Augenblick später trat William heraus. Er grinste verlegen, während er näher kam.

»Ich wollte euch nicht stören«, meinte er und deutete auf den Ring an Zoes Hand. »Dann hat er dich endlich gefragt?«

Sie lächelte überrascht. »Du wusstest davon?«

Er nickte. »Ich hatte ein bisschen Angst, dass er es vermasselt. Aber es ist ja gut gegangen.«

»Pass auf, du!« Jack boxte spielerisch nach ihm, und die beiden grinsten sich an. Dann legte Jack den Arm um Zoes Schultern.

»Na, kommt. Gehen wir nach Hause«, meinte er, und Zoe lächelte glücklich, während sie sich zu dritt auf den Weg zurück zur Farm machten.